U0095422

新农村建设丛书

农村公共物品供给研究

石洪斌　著

科学出版社
北　京

图书在版编目(CIP)数据

农村公共物品供给研究/石洪斌著. —北京：科学出版社，2009
(新农村建设丛书)
ISBN 978-7-03-022562-7

Ⅰ.农… Ⅱ.石… Ⅲ.农村－公共经济学－研究－中国 Ⅳ.F812.8

中国版本图书馆 CIP 数据核字（2008）第 106512 号

责任编辑：胡升华 牛 玲 卜 新 / 责任校对：陈玉凤
责任印制：钱玉芬 / 封面设计：无极书装

科学出版社 出版
北京东黄城根北街 16 号
邮政编码：100717
http://www.sciencep.com

骏杰印刷厂 印刷

科学出版社发行 各地新华书店经销

*

2009 年 1 月第 一 版 开本：B5（720×1000）
2009 年 1 月第一次印刷 印张：19 1/4
印数：1—2 000 字数：367 000

定价：42.00 元

（如有印装质量问题，我社负责调换〈环伟〉）

浙江文化研究工程指导委员会

浙江文化研究工程成果文库总序(一)

有人将文化比作一条来自老祖宗而又流向未来的河，这是说文化的传统，通过纵向传承和横向传递，生生不息地影响和引领着人们的生存与发展；有人说文化是人类的思想、智慧、信仰、情感和生活的载体、方式和方法，这是将文化作为人们代代相传的生活方式的整体。我们说，文化为群体生活提供规范、方式与环境，文化通过传承为社会进步发挥基础作用，文化会促进或制约经济乃至整个社会的发展。文化的力量，已经深深熔铸在民族的生命力、创造力和凝聚力之中。

在人类文化演化的进程中，各种文化都在其内部生成众多的元素、层次与类型，由此决定了文化的多样性与复杂性。

中国文化的博大精深，来源于其内部生成的多姿多彩；中国文化的历久弥新，取决于其变迁过程中各种元素、层次、类型在内容和结构上通过碰撞、解构、融合而产生的革故鼎新的强大动力。

中国土地广袤、疆域辽阔，不同区域间因自然环境、经济环境、社会环境等诸多方面的差异，建构了不同的区域文化。区域文化如同百川归海，共同汇聚成中国文化的大传统，这种大传统如同春风化雨，渗透于各种区域文化之中。在这个过程中，区域文化如同清溪山泉潺潺不息，在中国文化的共同价值取向下，以自己的独特个性支撑着、引领着本地经济社会的发展。

从区域文化入手，对一地文化的历史与现状展开全面、系统、扎实、有序的研究，一方面可以借此梳理和弘扬当地的历史传统和文化资源，繁荣和丰富当代的先进文化建设活动，规划和指导未来的文化发展蓝图，增强文化软实力，为全面建设小康社会、加快推进社会主义现代化提供思想保证、精神动力、智力支持和舆论力量；另一方面，这也是深入了解中国文化、研究中国文化、发展中国文化、创新中国文化的重要途径之一。如今，区域文化研究日益受到各地重视，成为我国文化研究走向深入的一个重要标志。我们今天实施浙江文化研究工程，其目的和意义也在于此。

千百年来，浙江人民积淀和传承了一个底蕴深厚的文化传统。这种文化传统的独特性，正在于它令人惊叹的富于创造力的智慧和力量。

浙江文化中富于创造力的基因，早早地出现在其历史的源头。在浙江新石器时代最为著名的跨湖桥、河姆渡、马家浜和良渚的考古文化中，浙江先民们都以不同凡响的作为，在中华民族的文明之源留下了创造和进步的印记。

浙江人民在与时俱进的历史轨迹上一路走来，秉承富于创造力的文化传统，这深深地融汇在一代代浙江人民的血液中，体现在浙江人民的行为上，也在浙江历史上众多杰出人物身上得到充分展示。从大禹的因势利导、敬业治水，到勾践的卧薪尝胆、励精图治；从钱氏的保境安民、纳土归宋，到胡则的为官一任、造福一方；从岳飞、于谦的精忠报国、清白一生，到方孝孺、张苍水的刚正不阿、以身殉国；从沈括的博学多识、精研深究，到竺可桢的科学救国、求是一生；无论是陈亮、叶适的经世致用，还是黄宗羲的工商皆本；无论是王充、王阳明的批判、自觉，还是龚自珍、蔡元培的开明、开放，等等，都展示了浙江深厚的文化底蕴，凝聚了浙江人民求真务实的创造精神。

代代相传的文化创造的作为和精神，从观念、态度、行为方式和价值取向上，孕育、形成和发展了渊源有自的浙江地域文化传统和与时俱进的浙江文化精神，她滋育着浙江的生命力、催生着浙江的凝聚力、激发着浙江的创造力、培植着浙江的竞争力，激励着浙江人民永不自满、永不停息，在各个不同的历史时期不断地超越自我、创业奋进。

悠久深厚、意韵丰富的浙江文化传统，是历史赐予我们的宝贵财富，也是我们开拓未来的丰富资源和不竭动力。党的“十六大”以来推进浙江新发展的实践，使我们越来越深刻地认识到，与国家实施改革开放大政方针相伴随的浙江经济社会持续快速健康发展的深层原因，就在于浙江深厚的文化底蕴和文化传统与当今时代精神的有机结合，就在于发展先进生产力与发展先进文化的有机结合。今后一个时期，浙江能否在全面建设小康社会、加快社会主义现代化建设进程中继续走在前列，很大程度上取决于我们对文化力量的深刻认识、对发展先进文化的高度自觉和对加快建设文化大省的工作力度。我们应该看到，文化的力量最终可以转化为物质的力量，文化的软实力最终可以转化为经济的硬实力。文化要素是综合竞争力的核心要素，文化资源是经济社会发展的重要资源，文化素质是领导者和劳动者的首要素质。因此，研究浙江文化的历史与现状，增强文化软实力，为浙江的现代化建设服务，是浙江人民的共同事业，也是浙江各级党委、政府的重要使命和责任。

2005 年 7 月召开的中共浙江省委十一届八次全会，作出《关于加快建设文化大省的决定》，提出要从增强先进文化凝聚力、解放和发展生产力、增强社会公共服务能力入手，大力实施文明素质工程、文化精品工程、文化研究工程、文化保护工程、文化产业促进工程、文化阵地工程、文化传播工程、文化人才工程等“八项工程”，实施科教兴国和人才强国战略，加快建设教育、科技、卫生、体育等“四个强省”。作为文化建设“八项工程”之一的文化研究工程，其任务就是系统研究浙江文化的历史成就和当代发展，深入挖掘浙江文化底蕴、研究浙江现象、总结浙江经验、指导浙江未来的发展。

浙江文化研究工程将重点研究“今、古、人、文”四个方面，即围绕浙江当代发展问题研究、浙江历史文化专题研究、浙江名人研究、浙江历史文献整理四大板块，开展系统研究，出版系列丛书。在研究内容上，深入挖掘浙江文化底蕴，系统梳理和分析浙江历史文化的内部结构、变化规律和地域特色，坚持和发展浙江精神；研究浙江文化与其他地域文化的异同，厘清浙江文化在中国文化中的地位和相互影响的关系；围绕浙江生动的当代实践，深入解读浙江现象，总结浙江经验，指导浙江发展。在研究力量上，通过课题组织、出版资助、重点研究基地建设、加强省内外大院名校合作、整合各地各部门力量等途径，形成上下联动、学界互动的整体合力。在成果运用上，注重研究成果的学术价值和应用价值，充分发挥其认识世界、传承文明、创新理论、咨政育人、服务社会的重要作用。

我们希望通过实施浙江文化研究工程，努力用浙江历史教育浙江人民、用浙江文化熏陶浙江人民、用浙江精神鼓舞浙江人民、用浙江经验引领浙江人民，进一步激发浙江人民的无穷智慧和伟大创造能力，推动浙江实现又快又好发展。

今天，我们踏着来自历史的河流，受着一方百姓的期许，理应负起使命，至诚奉献，让我们的文化绵延不绝，让我们的创造生生不息。

2006年5月30日于杭州

浙江文化研究工程成果文库总序（二）

赵洪祝

浙江是中国古代文明的发祥地之一，历史悠久、人文荟萃，素称“文物之邦”，从史前文化到古代文明，从近代变革到当代发展，都为中华民族留下了众多弥足珍贵的文化遗产。勤劳智慧的浙江人民历经千百年的传承与创新，在保留自身文化特质的基础上，兼收并蓄外来文化的精华，形成了具有鲜明浙江特色、深厚历史底蕴、丰富思想内涵的地域文化，这是浙江人民共同创造的物质财富和精神财富的结晶，是中华文化中的一朵奇葩。如何更好地使这一文化瑰宝为我们所用、为时代服务，既是历史传承给我们的一项艰巨任务，也是时代赋予我们的一项神圣使命。深入挖掘、整理、探究，不断丰富、发展、创新浙江地域文化，对于进一步充实浙江文化的内涵和拓展浙江文化的外延，进一步增强浙江文化的创新能力、整体实力、综合竞争力，进一步发挥文化在促进浙江经济、政治和社会建设中的作用，具有重要的现实意义和深远的历史意义。

改革开放以来，历届浙江省委始终高度重视社会主义文化建设。早在 1999 年，浙江省委就提出了建设文化大省的目标；2000 年，制定了《浙江省建设文化大省纲要》；2005 年，作出了《关于加快建设文化大省的决定》，经过全省上下的共同努力，浙江文化大省建设取得了显著成效。

浙江文化研究工程是浙江文化建设“八项工程”的重要内容之一，也是迄今为止国内最大的地方文化研究项目之一。该工程旨在以浙江人文社会科学优势学科为基础，以浙江改革开放与现代化建设中的重大理论、现实课题和浙江历史文化为研究重点，着重从“今、古、人、文”四个方面，梳理浙江文明的传承脉络，挖掘浙江文化的深厚底蕴，丰富与时俱进的浙江精神，推出一批在研究浙江和宣传浙江方面具有重大学术影响和良好社会效益的学术成果，培养一支拥有高水平学科带头人的学术梯队，建设一批具有浙江特色的“当代浙江学术”品牌，进一步繁荣和发展哲学社会科学，提升浙江的文化软实力，为浙江全面建设惠及全省人民的小康社会和实现社会主义现代化，提供强大的精神动力、正确的价值导向和有力的智力支持，为提升浙江文化影响力、丰富中华文化宝库作出贡献。

浙江文化研究工程开展三年来，专家学者们潜心研究，善于思考，勇于创新，在浙江当代发展问题研究、浙江历史文化专题研究、浙江名人研究、浙江历史文献整理等诸多研究领域都取得了重要成果，已设立10余个系列400余项研究课题，完成230项课题研究，出版200余部学术专著，发表大量的学术论文，产生了广泛而深远的社会影响。这些阶段性成果，对于加快建设文化大省提供了新的支撑力和推动力。

党的“十七大”突出强调了加强文化建设、提高国家文化软实力的极端重要性，并对兴起社会主义文化建设新高潮、推动社会主义文化大发展大繁荣作出了全面部署。为深入贯彻落实党的“十七大”精神，浙江省第十二次党代会提出“创业富民、创新强省”总战略，并坚持把建设先进文化作为推进创业创新的重要支撑。2008年6月，省委召开工作会议，对兴起文化大省建设新高潮、推动浙江社会主义文化大发展大繁荣进行专题部署，制定实施了《浙江省推动文化大发展大繁荣纲要（2008～2012）》，明确提出：今后一个时期我省兴起文化大省建设新高潮、推动文化大发展大繁荣的主要任务是，在加快建设教育强省、科技强省、卫生强省、体育强省的同时，继续深入实施文明素质工程、文化精品工程、文化研究工程、文化保护工程、文化产业促进工程、文化阵地工程、文化传播工程、文化人才工程等文化建设“八项工程”，着力建设社会主义核心价值体系、公共文化服务体系、文化产业发展体系等“三大体系”，努力使我省文化发展水平与经济社会发展水平相适应，在文化建设方面继续走在前列。

当前，浙江文化建设正站在一个新的历史起点上，既面临千载难逢的机遇，也面对十分严峻的挑战。如何抓住机遇，迎接挑战，始终保持浙江文化旺盛的生命力，更好地发挥文化软实力的重要作用，是需要我们认真研究、不断探索的重大新课题。我们要按照科学发展观的要求，全面实施“创业富民、创新强省”总战略，以更深刻的认识、更开阔的思路、更得力的措施，大力推进浙江文化研究工程，努力回答浙江经济、政治、文化、社会建设和党的建设遇到的各种新问题，努力回答干部群众普遍关心的热点问题，努力形成一批有较高学术价值和社会效益的研究成果。

继续推进浙江文化研究工程，是一件功在当代、利在千秋的事业。我们热切地期待有更多的优秀成果问世，以展示浙江文化的实力，增强浙江文化的竞争力，扩大浙江文化的影响力。

2008年9月10日于杭州

目　录

第一章　导　　论

第一节　本书的研究背景与意义

一、农村公共物品

农村可以有多种定义。其中，较正式的一种是这样的：农村主要是指某一地域以农业生产为主，由多种社会关系和社会群体组成，从事各种社会活动所构成的社会实体。农村是社会的基层部分。它不仅包括分布于这一地域之内的国民经济各部门，而且是一个极其复杂的特大系统，包括生态、经济、社会等方面，在每一方面又包括各种不同的层次和诸多因素①。但在一般的观念中，农村是一个与城市相对应的概念，是农民居住和生活的区域。农村集镇，是城市到乡村的一种中间形态，一般是一个乡或一定农业地域内的经济文化中心，大多数还是镇、乡政府所在地，它的主要功能是为农业生产和农民生活服务，集中反映了农村中商品经济和科学文化发展的水平。因此，集镇建设也是农村建设的重要环节。

农村公共物品是指区别于满足农民个别需要的私人产品，局限在农村社区范围内，用于满足农村社会的公共需要，具有一定的非排他性和（或）非竞争性的社会产品。按照农村公共物品的不同功能，可以将其分为生产性农村公共物品与消费性农村公共物品两大类。

生产性农村公共物品即农业公共物品，是指与农业生产密切关联的公共物品和公共服务。从社会再生产的四个环节即生产、流通、分配、消费看，农业公共物品属于农业生产的环节。农业公共物品在农业经济发展中有着不可替代的作用，如果这类产品提供不足，就会降低农业的边际收益。农业经济越发展，农民对农业公共物品的依赖性就越明显，农业科学技术、农产品市场信息等具有公共性的产品日渐成为农民发家致富的重要途径，受到农民的重视，甚至成为农民的

---

① 周广生，渠丽萍．2003．农村区域规划与设计．北京：中国农业出版社

基本需求。

农业公共物品作为农业生产的前提条件和投入要素，其内容广泛，而且随着农业生产的发展和私人供应能力的变化，范围也在不断变动。目前，基本的农业公共物品包括：①水利。包括水利工程和设施的建设和管理、水资源的分配和管理以及水情的预测、预报和水患的防治等。②农业科学研究和技术推广。包括种子、种苗、种畜改良、病虫害防治、农业机械化、农产品加工和保鲜技术的研究和推广等。③农业区划。包括农业区域规划以及农田、森林、草原、湖泊、河流、海洋等资源的保护、改良、开发和利用。④气象。严格地说，气象属于一般公共物品，但在我国，基于气象对农业的重要意义，习惯上将其划归农业公共物品。⑤农村道路和电力。道路建设对于农业尤其是市场经济条件下的农业的发展作用非常明显。没有道路，农产品就运不出、卖不掉，农业机械也无法下地。但农村道路建设要有钱投入，这不是一家一户的农民能做到的，需要政府或社区来组织，为农业生产创造条件。同理，随着农业机械化的发展，电力供应也成为农业生产的基本要素之一，是一种农业公共物品。⑥农产品市场信息。农产品价格蛛网现象的存在使得农产品出现长期的市场失灵，这需要政府来干预，为农民提供当期市场信息和未来市场预测，减少农产品市场的动态不均衡。

消费性农村公共物品是指用于满足农村居民消费需要的公共物品，主要有：①生活用基础设施。主要包括道路、交通、电力、路灯、垃圾收集与处理等。从经济学的意义讲，基础设施建设有规模经济优势，即基础设施的单位生产成本随着产出的增加而大幅度下降，这就很容易导致生产的自然垄断，使得单一或个别生产者有可能成为“最有效的”经营者。因具有非营利性和高投资能力，政府是生活用基础设施建设最合适的运营主体。②社会服务。主要有基础教育（如九年义务教育）、医疗卫生、社会保障与社会福利、消防、公园等。这一类型的公共物品具有较为明显的社会公益性和半社会公益性。在许多社会服务的提供过程中，可以通过定价的方式收取一定的费用。因而，政府有可能采取准公共物品供给模式来加以提供。③社会管理。这类公共服务主要由地方政府中的各种行政管理机构、公共秩序和公共安全机构来提供。此外，无形的社会管理还包括政府的政策及规章。在各类农村公共物品当中，与社会管理有关的公共物品更具有供给上的非排他性和消费上的非竞争性，更能够体现政府的职能和行为，因而也就属于应由地方政府提供的农村纯公共物品。

我国的农村公共物品供给具有以下特性：

（1）农村公共物品具有地域性的特征。农村公共物品是面向农村、致力于农业、服务农民的区域性公共物品。目前，我国的城乡边界十分清晰，城市和农村在经济发展水平、产业结构、人文环境等方面存在着很大的不同，公共物品的城乡非同质性表现非常突出。因此，农村公共物品的地域性非常明显。农村公共物品区别于城市公共物品的重要特征在于：一是包含了大量为农业生产服务的生产性公共物品，如科技服务、农田水利设施建设、农产品流通信息提供等；二是由于农村居民收入水平较低，农村消费性公共物品处于较低和基本的需求层次。

（2）农村公共物品具有不统一性。由于我国农村人口众多，幅员辽阔，各地自然条件与经济人文发展水平差异很大，这决定了我国农村公共物品供给必然具有不统一性。这种不统一性与市场经济发展中市场的统一性之间存在着一定矛盾。例如，基础教育水平不统一影响了农村劳动力的地区间转移，环境保护不力阻碍了国民经济的整体发展，等等。同时，由于我国农村地区经济发展的不平衡和地域差异，农村公共物品供给的不统一性是一个必然的、长期的问题。

（3）农村公共物品具有多层次性。截至2006年，我国有34 685个乡镇，居住着73 742万乡村人口，占全国总人口数的56.1%；我国农业产值的97%以上是通过乡镇来提供的；我国农业劳动力的就业和转移80%左右是在乡镇范围内进行的。因此，我国农村公共物品的供给主要通过乡镇地方性公共物品的供给表现出来。乡镇处于我国行政区划的最底层，由乡镇以上各级政府提供的全国性或地方性的公共物品都有覆盖到乡镇的可能，有些乡镇政府提供的公共物品也是对上级政府供给的公共物品的配套和延伸。因此，农村公共物品具有多层次性的特点，即在乡镇范围内的公共物品，有些体现了乡镇社区内部的共同需要，而另有一些则体现了本乡镇与其他地区的共同需要。因此，对农村公共物品多层次性的分析既有局部意义，也有全局意义。

二、我国农村公共物品供给研究概述

总体而言，我国农村的公共物品供给不能完全适应农民的实际需求，存在着量少、质低以及地区性、结构性失衡等方面的问题，对需求的动态适应性不强，供给过剩和部分短缺现象并存，阻碍了农村全面建设小康社会的进程。对供给现状的研究有以下共识：

（1）农村公共物品的投入是不足的。多年来，政府对农村公共物品供应系统投入太少，投入和管理的体制十分落后。李燕凌利用回归模型得出交通运输及通信、文化教育娱乐、医疗卫生保健三项公共物品消费的收入弹性系数远大于其

他商品，这反映出当前农村公共物品供给严重不足的现实①。学者们都用农业支出占国家财政支出的比重和农业投入比重的下降来说明问题，主要表现为：农业基础设施投入不足；义务教育投入不足；农村社会保障制度不健全；农民就业缺乏培训；城乡税制差别；现有科技水平对农业支持不够；乡镇机关服务意识不高，效率低下②。

（2）公共物品供给结构不合理。公共物品供给的结构性失衡主要表现在：硬件多，“软件”少；准公共物品多，纯公共物品少③；重视短期公共物品生产，轻视长期公共物品生产；重“数量”，轻“质量”；重视新建，维护、维修已有的公共物品时成效不明显，供给意愿不强烈；农民急需的公共物品供给不足，农民不需要的或者需求较少的公共物品却大量过剩；生产需求多，而生活需求少。公共物品供应中的结构性失衡问题加剧了公共物品的供求矛盾④。这是由农村公共物品供给的“供给主导型”而不是“需求主导型”决定的。

（3）公共物品供给的不公平性。表现为城乡不平衡和地区不平衡。农村公共物品供给与我国城市公共物品供给制度有很大的差别⑤。成本基本上是由农民自己负担，成本分担中存在着严重的非累进机制⑥，导致低收入者往往承担了更多的成本（农民不仅要分摊乡村两级所提供的公共物品成本，还要分摊全国性、地区性的公共物品成本）；比较利益越高的产业实际负担率越低；集体经济薄弱地区实际负担率要高于经济发达地区，完全与市场经济的公共财政理论相背离。还有，由于各农村地区公共管理主体的能力存在差异，所提供公共物品在量与质方面存在很大差异，这种差异即使在相邻的乡镇或村之间也比较明显。

大部分学者认为，农村公共物品供给不足的主要原因在于优先发展重工业的非均衡发展模式、城乡分割的二元经济结构及其派生的制度安排。农民由于“身份”的制约，没有真正享受到国家应当为他们提供的基本公共物品⑦。从根本上讲，主要是“市场失灵”和“政府失灵”双重作用的结果。我国财政非农偏好

---

① 李燕凌．2004．我国农村公共品供求均衡路径分析及实证研究．数量经济技术经济研究，(7)

② 胡兴禹．2004．对我国农村公共产品非均衡与农民收入增长问题的探讨．山东省农业管理干部学院学报，(3)

③ 汪前元．2004．从公共产品需求角度看农村公共产品供给制度的走向．湖北经济学院学报，(6)

④ 陈杰等．2003．农村公共产品供给体制（机制）创新．华东经济管理，(10)

⑤ 岳军．2004．农村公共产品供给与农民收入增长．山东社会科学，(1)

⑥ 叶兴庆．1997．论农村公共产品供给体制的改革．经济研究，(6)

⑦ 马晓河．2003．解决三农问题的战略思路与政策措施．农业经济问题，(2)

的特征和财力有限的状况[①]造成农村经济基础条件差，经济发展缓慢，投资收益率低。近年来，乡镇企业效益低下也造成农村公共物品供给普遍不足；原有的公共财政制度崩溃，地方财政收入的萎缩，农户投入激励不足，这造成地方公共物品供给水平下降的困境。县乡“吃饭财政”没有能力提供公共物品，分税制使得财权中央化，事权地方化，造成县乡财政困难，无力为农民提供足够的公共物品[②]。农村税费改革进一步恶化了县乡财政，加之地方政府行政体制改革滞后，制约着农村公共物品的供给。“一事一议”的农村公共物品机制存在着不合理因素和操作上的困难[③]。农民本身存在的文化特质也是农村公共物品供给效率低下的一个原因[④]；独立、分散的众多农民对公共物品的需求也呈现出多样性和供给渠道单一的矛盾。

对于为农村提供公共物品的意义，学者们从各方面进行了论证。

（1）农村公共物品是农村生产力的重要组成部分，也是农民增收的重要条件。农村公共物品是私人农户有效投入的先行条件。20 世纪 80 年代中期，农业生产非增长格局的一个主要因素就在于农业公共物品的恶化大大降低了农业的生产力[⑤]。农村公共物品投资具有较高的乘数效应[⑥]。钱克明在研究政府对农业科技、农业教育和农村基础设施等方面的投资对农户投资的边际替代率后得出结论，政府每增加 1 元农业科技投入，可以减少农户 9.35 元的投资，农户获得的回报为 11.87 元[⑦]。生产性农村公共物品对农业总产值的产出系数为 0.64，即生产性公共物品供给每增加 1 元人民币，农业产值就增加 0.64 元[⑧]。李锐用同样的方法得出，公共物品对农户收入的贡献率更高，是 0.645[⑨]。在农村税费改革后，虽然农民不再交纳“三提五统”，但长期以来形成的农村公共物品短缺影响了农村私人产品的产出效率，已成为严重制约农村经济发展和农民收入快速增长的重要因素[⑩]。欠发达农村地区因其自然、社会、经济、历史等多种原因造成财力不

① 周立新等 . 2002. 农村公共产品的供求矛盾与对策选择基点 . 南京经济学院学报，(5)
② 张军，何寒熙 . 1996. 中国农村的公共品供给：改革后的变迁 . 改革，(5)
③ 刘鸿渊 . 2003. 农村税费改革对农村公共产品供给的影响及体制创新 . 改革纵横，(9)
④ 朱迎春 . 2004. 中国农村公共产品供给分析与改革的思考 . 云南财贸学院学报，(3)
⑤ 张军，蒋维 . 1998. 改革后农村公共产品的供给：理论与经验研究 . 社会科学战线，(1)
⑥ 赵丙奇 . 2002. 农民负担与农村公共产品供给 . 经济问题探索，(11)
⑦ 钱克明 . 2005. 2004 年“一号文件”执行效果调查分析 . 农业经济问题，(2)
⑧ 罗光强 . 2002. 农村公共物品供给的双效应分析 . 数量经济与技术经济研究，(8)
⑨ 李锐 . 2003. 农村公共基础设施投资效益分析 . 经济研究参考，(39)
⑩ 葛云伦 . 2005. 农村公共产品供给制度与增加农民收入 . 天府新论，(2)

足，决定着其农村公共物品供给严重不足，严重地制约了农民收入的增加[①]。公共物品同时是一种中间投入品，或者说是一种生产要素，对公共物品的消费是可以减少生产成本的。公共物品作为一种中间投入品，其供给上的差异必然影响到公共物品消费者的生产成本和收入水平[②]。

（2）为农村提供公共物品是减轻农民负担的客观要求。农民负担过重的根本原因在于没有建立相适应的农村公共物品供给机制[③]。在农村，乱摊派、乱收费、乱集资之风愈演愈烈，致使农民负担有不断加重的趋势，根本原因在于农村公共分配关系不顺，乡镇财政制度不健全。当前我国农村的农民负担问题，本质上是公共物品的供给体制问题。因此，只有对我国农村公共物品供给体制进行系统的制度分析，才能正确理解当前我国农民负担问题的实质，从而找到解决问题的正确途径[④]。真正减轻农民的负担，必须要从根本上改变非均衡的城乡公共物品供给制度，调整政府公共支出政策，加大对农村和农业的资本和政策投入力度[⑤]。农民减负的关键在于农村公共物品供给机制创新。建立城乡一体化的公共物品供给机制和自下而上的农村公共物品供给决策机制，合理划分中央政府和地方政府支出责任，实行农村公共物品投资主体多元化。

（3）为农村提供公共物品是拉动农村消费的需要。启动市场，扩大内需，离不开9.3亿农民。内需不足的原因之一在于农民的消费能力太弱。消费能力与公共物品之间有密切的关系，为农民提供公共物品有利于带动农村市场消费，拉动整个经济的增长[⑥]。荣昭等利用国家统计局农调总队资料进行回归研究的结论表明：农村公共物品，如电力、自来水、电视信号等方面的国家投资可以增加农村对耐用品的需求[⑦]。李燕凌、李立清就对中国农村公共物品供求状况的不同认识，在理论上分析农村公共物品供给对农民消费规模及结构的影响，并提出了以农民消费结构分析为基础评价公共物品供给水平的分析模型。公共支出对农民消费支出的影响，东部地区比较明显，中、西部地区影响作用不显著；支援农业生产和农村事业费财政支出与不同地区农民的其他享受性消费支出都有明显的相关

① 郭锦墉．2004. 欠发达地区农村公共产品供给体制创新与农民增收．乡镇经济，(8)

② 岳军．2004. 农村公共产品供给与农民收入增长．山东社会科学，(1)

③ 蔡纯一．2003. 转型时期农村公共产品供给的政策设计———对减轻农民负担的思考．商业研究，(11)

④ 雷原．1999. 农民负担与我国农村公共产品供给体制的重建．财经问题研究，(6)

⑤ 陶勇．2005. 农村公共产品供给与农民负担．上海：上海财经大学出版社

⑥ 林毅夫．2003. “三农”问题与我国农村的未来发展．农业经济问题，(1)

⑦ 荣昭，盛来运，姚洋．2002. 中国农村耐用消费品需求研究．经济学（季刊），(2)

性；政府在农村基本建设方面的财政支出与农民家庭储蓄、农村文化娱乐消费有较强的相关性①。

（4）为农村提供公共物品是缩小地区差距、扶贫的需要。地区财政规模的不平衡造成了各地公共服务程度悬殊，公共物品的数量、质量存在差别。公共物品提供的不均衡性是拉大地区差距的一个主要因素，公共投资是政府消除地区差距的一个重要政策工具。2000 年世界发展报告指出：公共物品提供的体制和政策是消除贫困所必不可少的，因为它们能增强贫困人口的能力，增加发展、保护自己的机会。公共物品在贫困地区具有显著的效率和公平含义。樊胜根、张林秀等利用分省和分县数据对农村公共物品投资对促进经济增长和消除贫困等方面的作用和程度进行的研究表明，公共物品投资增长率的差异已成为导致地区增长差异的主要因素，并且也是影响农民生产性投资行为的一个重要因素②。李秉龙等运用定量分析的方法，通过分品种、分地区、分赤字程度，研究中国贫困地区县乡财政赤字对农村公共物品供给水平和规模的影响。研究表明，农村基础教育是农村公共物品中财政赤字风险最大的承担者③。

（5）为农村提供公共物品是巩固税费改革成果、深化税费改革的需要。在农村税费改革后，一些地方农民负担出现了反弹，原因是多方面的。其中，农村社会公共物品和社会公益事业资金短缺是一个很现实的原因④。税费改革只是治标之策，关键是要厘清各级政府之间、政府与市场之间的公共物品供给责任。另外，学者们还从促进城乡协调发展、开发农村人力资源、提高农业国际竞争力和农村农业可持续发展等角度进行了探讨。

我国农村公共物品供给体制包括以下两种机制：第一，农村公共物品的制度外筹资机制；第二，公共物品供给自上而下的供给决策机制。公共物品的制度外供给是我国农村公共供给的重要形式之一，它包括非预算融资和非政府融资。前者包括乡镇企业上缴利润、管理费、乡镇统筹、各种集资、罚没收入等，后者主要指民间捐款、集资、摊派等。樊纲对非规范收入做了较深入的探讨，他认为非规范公共收入是旧的财政体制已经不再适应新的经济条件和经济形势的情况下，乡镇政府解决公共物品供给不足问题的一种过渡性体制创新，乡镇制度外财政在

① 李燕凌，李立清．2005．农村公共品供给对农民消费支出的影响．四川大学学报（哲学社会科学版），(5)

② 樊胜根，张林秀．2003．WTO 和中国农村公共投资．北京：中国农业出版社

③ 李秉龙等．2003．中国农村贫困、公共财政与公共物品．北京：中国农业出版社

④ 刘鸿渊．2003．农村税费改革对农村公共产品供给的影响及体制创新．改革纵横，(9)

提供农村公共物品方面发挥了重要作用，但由于极为不规范，因此需要进行相应的财政体制改革，使之纳入“新的规范”①。不管是在公社财政还是在乡镇政府一级财政下，我国的基层政府一直处于公共财政缺位状态之中。在制度内财政不足的情况下，大多数乡镇政府甚至无力完成一般性的社会公共事务管理，不能为社会及时提供足够数量和质量的公共物品，从而极大地影响了地方社会经济的健康发展和国家机器的正常运转。所以，乡镇政府不得不寻求公共物品的制度外供给，其结果必然导致乡镇政府和社会运行中一系列问题的产生②。现行的农村公共物品具有制度外供给、自上而下的决策、分摊机制上的累退效应等特点，改革应统筹考虑制度内外的成本分摊，更新农村公共物品供求的衔接机制，建立统一的、规范化的农村公共物品资源筹集制度③。这两种体制造成了我国农村公共物品供给的效率低下和地区间的不公平，这种不公平性主要表现在：我国城市与农村公共物品供给的不公平性，农村各地区间公共物品供给的不公平性，农村公共物品负担成本的不公平性④。

林万龙通过案例分析证明，家庭承包制实施以后，至少在部分农村地区已经发生了农村公共物品供给制度的诱致性变迁，变迁的基本特征是相似的，即公共物品的供给主体不再限于政府，而是出现了民间供给主体，主要由他们承担变迁成本，并享有变迁收益⑤。他还通过构建一个诱致性制度变迁成本——收益模型，分析了决定和影响制度变迁的诸多因素⑥。徐小青也从制度变迁的角度系统研究了我国农村公共服务问题，认为：家庭联产承包责任制实施以来，农村公共服务供给主体发生了变化，制度本身的典型变化是从原来人民公社时期的强制性制度安排发展到现在的强制性制度安排与诱致性制度变迁同时存在，其基本特征是供给主体不再局限于农村基层政府，而呈多元化发展趋势，龙头企业、农村合作经济组织等也扮演着重要角色⑦。在全面建设小康社会的形势下，对农村公共物品供给体制的改革和创新显得尤为迫切和重要。在农村税费体制向城乡统一税

① 樊纲.1995. 论公共支出的新规范——我国乡镇“非规范收入”若干个案的研究与思考. 经济研究，(6)

② 李彬.2003. 乡镇公共产品制度外供给分析. 北京：中国社会科学出版社

③ 叶兴庆.1997. 论农村公共产品供给体制的改革. 经济研究，(6)

④ 熊巍.2002. 我国农村公共产品供给分析与模式选择. 中国农村经济，(7)

⑤ 林万龙.2000. 公共产品最优供给理论与农村民主理财. 中国农业会计，(11)

⑥ 林万龙.2001. 家庭承包制后中国农村公共产品供给制度诱致性变迁模式及影响因素研究. 农业技术经济，(4)

⑦ 徐小青.2002. 中国农村公共服务. 北京：中国发展出版社

制变迁的同时，上级政府特别是中央政府应对农村公共物品供给责任进行调整，更多承担义务教育和基础设施的供给责任，统筹城乡公共物品供给。在上级政府对农村公共物品财力支持增加的同时，应推动农村公共物品供给体制的创新，形成多元化的有效供给格局①。

学者们普遍认为我国现行农村公共物品供给不仅存在效率较低的问题，在某些方面也有失公平，显然已经不能适应新变化。对农村供给制度进行改革和创新，构建一个符合我国国情的农村公共物品供给模式，具有必要性和紧迫性。在农村公共物品的投入上，应该扩大公共财政覆盖农村的范围，调整国民收入分配格局和国家建设资金的投向和结构，增加“三农”投入，建立财政支农资金稳定增长机制。必须改革现行财政体制，建立公共财政体制，解决资金问题。根据农村公共物品的不同属性和层次，应该形成多元化供给主体以及不同主体间相互合作的供给体系。投资主体单一化导致了农村公共物品供给缺乏保障。按照“谁引进，谁收费；谁投资，谁受益”的原则，大力开展农村公共物品的建设，形成政府主导、多元投入的局面，并完善国家农业投入法律法规体系，硬化农业投入约束机制。其次，还应改变目前财政支农投入渠道多、资金分散、使用效率低的现状，探索资金整合使用的有效途径②。实施多元化战略，在供给主体、资金来源和供给方式上实现多主体（政府、社区和私人）、多渠道（政府的财政资金，农村社区的集体资金，私人、企业和银行的资金）和多方式共存（政府或农村社区的直接供给方式，政府委托私人的供给方式，政府补贴私人或企业的供给）的供给模式③。积极推动农村公共物品供给主体多元化改革，建立财政、第三部门和农户三位一体的农村公共物品供给模式④。必须从根本上改变非均衡的城乡公共物品供给制度，由依靠农民自身解决向以国家为主的政策目标过渡，让农民能享受到最基本的国民待遇。加大对农村公共物品的提供力度，要调整政府公共支出政策，从根本上调整国民收入分配格局，建立起工业反哺农业、城市反哺农村的新机制。要转变政府职能，明确中央与地方政府提供农村产品的职责，实行财政分权制。在明确划定各级财政支出范围的基础上，科学确定分税范围和共享税分成比例，并适当扩大地方政府的税权，使中央和地方的税种划分更趋合理；

① 叶文辉. 2004. 农村公共产品供给制度的比较分析. 天府新论，(3)

② 韩俊. 2006. 建设新农村钱从哪里来. 瞭望，(1)

③ 刘保平，秦国民. 2003. 试论农村公共产品供给体制：现状、问题与改革. 甘肃社会科学，(2)

④ 李秉龙等. 2003. 中国农村贫困、公共财政与公共物品. 北京：中国农业出版社

国家应调整财政和国债投入结构[①]，增加对农村基础设施建设的投资数量和比重。此外，为了加快农村公共物品的供给速度，政府还可以通过财政补助、税收、价格等政策，引导农民或民间企业搞基础设施建设。改进财政支农方式，进一步调整财政支农结构，为广大农民提供充足的农村公共物品。加大向农村的财政转移支付力度，在提供公共物品上要重点向农村倾斜[②]。加快乡镇财政体制的改革。在税费改革的同时要规范中央、省、市、县转移支付制度，加大对乡镇财政转移支付力度；要减少对提供农村基本公共物品和服务的转移支付所实行的均等化，对非基本的农村公共物品和服务的提供则要体现资源配置作用，即更多地偏向于贫困地区；改革农村公共物品决策机制，要构建以需求为主导的农村公共物品供给机制。加快农村政治体制创新，加快农村基层民主制度建设，充分实行村民自治，提高农民组织化程度，实现农村公共物品供给决策程序由“自上而下”向“自下而上”转变，建立农民公共需求决定公共物品供给的机制。加强对公共资源使用的监督、检查，坚决杜绝权力腐败行为。对公共物品供给主体、决策程序、生产与管理、适用范围加以规范化、制度化。

公共物品的最优供给问题，是指公共物品的供给量和供给价格应确定在何种水平上，才能满足消费者的需求，使消费者效用最大化，达到公共物品的供求均衡[③,④]。要达到公共物品的最优供给，就必须考虑消费者对公共物品的需求状况。供给者必须以消费者的需求为出发点提供公共物品，而无视消费者的需求和支付能力，就无法达到公共物品供求均衡，无法实现公共物品最优供给。在我国农村，农民对公共物品偏好的显示是非全面的，农民是非理性的，尚不完全具备运用公共物品最优供给模型的假设前提[⑤]，运用公共物品供给次优论模型来指导比较符合国情。既然我国农民缺乏公共物品最优供给模型所要求的显示偏好及理性经济人的假设前提，在进行农村公共物品供应决策时，就只能退而求其次，选择一种符合我国农民文化特征的公共物品供给模式，即在我国现有条件的约束下，兼顾效率与公平的公共物品次优供给模式。借助公共物品最优供给模型，建立民主表达机制，供应部分地方性公共物品；由中央政府供给全国性公共物品并按照公平性原则对地方性公共物品给予资助；公共物品供给与需求结构的调整应

---

① 马晓河．2003．解决三农问题的战略思路与政策措施．农业经济问题，(2)

② 王磊，钟景志．2004．对取消农业税后农村公共产品供给的思考．新疆农垦经济，(4)

③ 熊巍．2002．我国农村公共产品供给分析与模式选择．中国农村经济，(7)

④ 林万龙．2003．中国农村社区公共产品供给制度变迁研究．北京：中国财政经济出版社

⑤ 张曙光．2002-10-21．农村问题根源：个人产品和公共产品关系混淆．国研网

当成为我国公共政策的重要内容。所以要根据需求结构动态变化，对供给结构进行调整，实现供给结构升级及最优组合；可以通过人口的流动改变和促进公共物品供给的相对均衡，还要通过引导投资，更灵活地调整公共物品供给的空间布局和结构，从而提高公共物品供给的宏观效率水平。在我国要考虑“以脚投票”来选择需求偏好的迁移成本和小城镇建设进程。

总之，中国农村公共物品和服务的供给现状总体来说是供给不足，提高供给水平的出路就在于供给体制的创新。当前的研究关于农村公共物品供给筹资问题提出的对策比较笼统，不具有很强的操作性。对如何建立农村公共物品供给的决策机制，也没有形成具体的模式建议。农村公共物品供给体制改革的方向和总体思路还缺乏详细规划和论证，有待进一步的系统研究。

三、我国农村建设的历史回顾

我国的农村，在世代繁衍的过程中，时有兴衰。13 世纪，曾有一波斯人说过，中国的“大都小邑，富厚莫加，无一国可与中国相比拟”。但是，自鸦片战争以来，由于封建势力的长期统治、帝国主义的侵入、兵连祸结，农村经济多次遭到严重破坏。许多地方村舍被焚，大批农民背井离乡，田园荒废，茫茫千里，鸡犬不闻。由于农村经济的崩溃，村庄和集镇也随之衰落下来。

面临农村的破产，一批文人、学子等爱国民主人士发起振兴农村的运动。倡导最早的是河北省定县的米迪刚、米鉴三。1904 年，米鉴三留日回国后，在他的家乡——定县翟城村成立了“爱国宣讲会”，劝用国货，激发人们的爱国热情；办了阅报所、图书馆，以“灌输村人知识，养成优美乡风”；1905 年，成立了“改良风俗会”，提倡男不满 20 不娶，女不满 16 不嫁，禁止丧事念经、妇女裹足；还成立了“睦邻会”，以联络村人感情，吉凶相向，悲难相助；办了“勤俭储蓄会”，以养成村民耐劳淳朴之风；并提倡大力凿井，平整道路，开发农业。1924 年，晏阳初在保定道的 22 个县推行平民教育，并于 1926～1936 年在定县创办了平民教育试验室。他针对中国农村存在“贫、愚、弱、私”的四大毛病，试行文艺、生计、生产和卫生四大教育，以增进农民的“知识力、生产力、健康力和团结力”。1927 年，陶行知的“中华教育改进社”在南京创设乡村建设学村。以学校为中心，附设有联村卫生会、商店、医院、救火会、武术会、石印厂、民众学校。其方针是：寓教于生活，实行“教、学、做合一”。1932 年，陶行知又组织了乡村改造社，提出：“以大众的工作，养活大众的生活，以大众的团结力量，保护大众的性命。”他组织乡间农民接受生产、科学、识字、民教、生育、军事六大训练，试图通过组织训练民众，改造乡村。1931年6月，梁漱溟在山东成立乡村建设研究院，任院长，并以邹平县为试验区，欲以乡农学校为中心，组织乡村社会。他提出："中国为乡村国家，应以乡村为基础，以乡村为主体，以乡村为本，以农业引发工业，而繁荣都市。"并提出："作农人是我们的口号，下农村是我们的呐喊"。这些爱国民主人士的主张和议论，虽有一定道理和进步意义，但在当时内忧外患重叠、民族危亡之际农村经济处于严重破产的情况下，都是无法实现的。喧闹一时的乡村建设运动，到1937年也就无声无息了。

新中国建立，我国农村由经济凋敝、农民饥饿破产转入全面恢复和发展的时期。全国农村开展了轰轰烈烈的土地改革运动，全国约有7亿亩土地分给了农民。广大无地、少地的农民获得了土地、房屋、农具、牲畜，土改中获得经济利益的农民约占农业人口的60%~70%，广大农民的生活也得到了显著的改善。乡村的文化教育事业也有了恢复和发展，1953年下半年，全国农村的小学生数达到4900万人，占学龄儿童总数的65%；县文化馆达2436个，几乎每县有一个；区乡文化站6000多个，农村俱乐部、图书室达2万余个。广大农村小集镇也恢复了生机，县城及集镇上的乡村手工业也获得了较快的恢复和发展。1954年全国农民兼营商品性手工业的从业人员约1000万人，产值22亿元，加上农民自给性手工业和农产品初加工产值90亿元在内，产值达112亿元，占当年全国工农业总产值的11%。大力兴修水利，除大型水利工程外，至1952年全国共整修渠道、涵闸、塘坝1663处，打井45.5万口，扩大农田灌溉面积2290万亩。中央人民政府政务院于1952年8月14日公布了《关于受灾农户农业税减免办法》，建立了灾民救济、重建帮扶制度。结合爱国卫生运动，改善农村环境。1955年7月31日，毛泽东同志做了《关于农业合作化问题》的报告后，农业合作化运动迅速开展。同时，农村中出现了大批专业和兼营的手工业者，办起了一些作坊和加工厂。随着农村经济的活跃，农村的各项事业开始进入了有组织、有规划发展的阶段。农村居民点的建设有了新的发展，农村环境卫生得到了新的改善。许许多多的农村在发展生产的同时，规划了村庄的建设，建了一批新房，大幅度地改善了农民的居住条件。在农业合作化运动的推动下，农村的文化事业也蓬蓬勃勃地开展起来。据1957年统计，全国乡镇文化站发展到2417个，电影队发展到6692个，许多地方办起了业余剧团、俱乐部。农村文化生活的活跃，反映了解放后农民新的精神面貌。

1958年，伴随着"大跃进"风潮，中央发动了农村"人民公社化"运动。在中共中央1958年关于在农村建立人民公社问题的决议中，要求全国大办公共食堂、幼儿园、托儿所、幸福院等公共福利设施，于是各地农村也建起了不少这一类建筑。但由于这些公共福利设施大多只是形势的需要，并不适应农村经济社会发展条件和农民需求，基本上都在短期内停办、消失了。总体来看，在“人民公社”体制和“农业学大寨”模式的引导下，农村建设普遍存在以下主要问题：

（1）推行大寨“先治坡、后治窝”的经验，使一些生产有了发展、经济条件有一定基础的地方，也不敢让社员建新房。很多地区农村的居住紧张状况长期得不到解决，在住房建设上欠了账。

（2）片面强调集体建房，住宅产权归集体所有，限制和挫伤了广大农民群众自力更生改善居住条件的积极性。除了一小部分经济实力雄厚、公共积累较多的大队（或生产队）或者被省、市、自治区选做“试点”及上级部门有各种不同形式资助的大队（或生产队）能为社员建造新住宅外，全国大多数农民群众的居住条件在这十多年间没有多少改善。

（3）片面强调集体建房，助长了农民群众等待集体为自己建造住宅的依赖思想。平时对所住的集体所有的房屋，不大注意爱护和维修；即使自己有旧房旧料（如旧檀条、旧门窗、旧砖瓦）也不愿意用来扩建或改建现有的住房。这样，就加重了集体在建房方面的经济负担。

（4）机械地推行大寨新村的规划格局，全国农村到处出现了兵营式的“排排房”。我国幅员广大，各地的气候和地理条件千差万别，各地的新村规划本来应该因地制宜灵活布置，以建设具有当地乡土特色的新村镇。但是，由于机械推行大寨式的“排排房”，在这一期间建成的村镇中，建筑物大都形式单调、千篇一律，缺乏生动活泼的宜人景色。

党的十一届三中全会后，随着农村以家庭联产承包责任制为主体的各项改革的逐步深入，农民收入稳步提高，以农民居住为主的村庄和集镇建设迅猛发展。1979 年，全国农民新建房屋面积由 1 亿米^2 提高到 4 亿米^2，比 1978 年猛增了 3 倍。随后几年，农村建设投资持续增长，农民住房建设量始终维持在每年 6 亿米^2 以上。大量的建设迅速改变了农民的住房与生产生活条件，同时也带来了一些新问题，其最突出的问题就是农房建设占用耕地的大幅度增加。针对农村建设中出现的新问题，1979 年 12 月原国家建委、国家农委等部门在青岛联合召开了建国以来第一次全国农村房屋建设工作会议。这次会议确定了全国农房建设的方针、政策，并决定在国家建委设立农村房屋建设办公室，负责指导和协调全国农房建设工作。1981 年 4 月，国务院发出了《关于制止农村建房侵占耕地的紧急通知》。1981 年 12 月，经国务院批准，原国家建委、国家农委在北京召开了第二次全国农村房屋建设工作会议，万里副总理到会做了重要讲话。国务院批转了第二次全国农村房屋建设工作会议纪要，提出了“全面规划、正确引导、依靠群众、自力更生、因地制宜、逐步建设”的方针，明确要求各地用两三年时间，分期分批把村镇规划搞出来。随后，国务院颁发了《村镇建房用地管理条例》。1982 年 5 月，新组建的城乡建设环境保护部设立了乡村建设管理局，自此村镇规划正式列入了国家经济社会发展计划。为指导各地编好村镇规划，原国家建委、国家农委颁发了《村镇规划原则》，对村镇规划的任务、程序做出了原则性规定。考虑到村镇建设来势过猛，基层缺乏规划力量和经验，原国家建委及时提出了“先粗后细”的工作方法。1982～1987 年，中央财政拨专款 1.3 亿元，地方财政拨专款 12 383 万元支持村镇规划的编制工作。到 1986 年年底，全国有 90% 的集镇（约 3.3 万个）和 70% 的村庄（约 280 万个）编制了初步规划。通过编制和实施村镇规划，结束了农村建设的自发状态，初步建立了一支热心于农村建设管理的专业队伍，迅速遏止了农房建设乱占耕地的现象，较好地指导了当时的农村建设。

通过编制和实施村镇的初步规划，农房建设行为得到了一定程度的规范，基本解决了村镇规划的有无问题。但是，由于编制规划的时间紧、任务重，缺乏专业技术力量和必要的资料积累，村镇初步规划的质量和水平都不高。随着农村改革的不断深入和乡镇企业的异军突起，农村经济社会迅速发展，村镇初步规划已难以适应形势发展需要。对此，原城乡建设环境保护部于 1987 年 5 月做出了以集镇建设为重点、分期分批调整完善村镇规划的工作部署。到 1995 年底，全国约 78.9% 的建制镇、59% 的集镇、18.4% 的村庄对初步规划进行了修编或调整完善。为适应农村经济特别是乡镇企业快速发展的需要，农村建设管理调整了工作思想，从单纯抓农房建设逐步转向在农村规划建设和管理法规等方面加大工作力度，将“抓好试点，分类指导，提高村镇建设总体水平”作为工作重点。在这个阶段，建设部加强了农村建设管理队伍建设以及与有关部门的协调，促成了一系列政策措施的制定和出台。1989 年，建设部与中国科协联合下发了《村镇建设技术人员职称评定和晋升试行通则》，与财政部、国家物价局下发了《关于整顿村镇规划建设管理收费的通知》。1990 年，与劳动部联合下发了《关于招收县以上大集体合同制工人解决村镇建设基层管理问题的通知》，与国家土地管理局联合下发了《关于协作搞好当前调整完善村镇规划与划定基本农田保护区工作的通知》。1991 年，国务院批转了《建设部、农业部、国家土地管理局关于进一步加强村镇建设工作的请示》（国发［1991］15 号）。

1993年，建设部在江苏省苏州市召开全国村镇建设工作会议。根据当时农村经济社会发展的形势特别是城镇化发展的需要，会议提出了“以小城镇建设为重点，带动村镇建设全面发展”的工作思路。1996年、2000年分别在广东省中山市、四川省成都市召开全国村镇建设工作会议，继续贯彻这个思路，并分别提出了“坚持以小城镇建设为重点带动整个村镇建设的方针，以提高村镇建设总体水平为中心，重点突破，典型引路，稳步推进，为农村两个文明建设创造良好的条件”和“以促进国民经济社会发展为目标，以提高村镇建设的总体水平和效益为中心，因地制宜，突出重点，以点带面，积极稳妥地推进小城镇建设，带动村镇建设全面发展”的农村建设思路。这个阶段的前五年即1993～1998年，是我国农村建设发展的一个相对繁荣期，各项工作步入正轨，农村建设的相关政策措施和法律法规得到逐步完善。1994年，经国务院同意，建设部等六部委制定了《关于加强小城镇建设的若干意见》。1994～1997年，中国农业银行向小城镇建设发放专项贷款35亿元。1997年，国务院批转公安部制定的《小城镇户籍管理制度改革试点方案》，建设部实施的“625”工程部分试点列入了户籍制度改革试点范围。1998年，党的十五届三中全会提出了“小城镇、大战略”的发展要求。《村庄和集镇规划建设管理条例》、《建制镇规划建设管理办法》、《村镇建筑工匠从业资格管理办法》和《村镇规划标准》（GB50188-93）先后出台，同时全国大部分省（区、市）也制定了相应的地方性法规和标准。1993年，中央机构编制委员会在《关于地方各级党政机构设置的意见》（中编［1993］4号）中明确规定，“一类乡镇可设置乡村建设办公室；二、三类乡镇可设置乡村建设助理员”，解决了乡镇级村镇建设管理机构和人员问题。到1996年年底，全国所有的省（区、市）、98%的地（市、县）和67%的乡镇都建立了村镇建设管理机构，基本形成了村镇建设管理网络。1995年10月，建设部和财政部在北京共同主办了《全国小城镇和村庄建设成就展》，对这个阶段的农村建设成就进行了充分展示，引起了社会各界的广泛关注。

随着农村建设实践的发展，农村建设的主要政策和管理制度也逐步发展。为适应农村发展的需要，农村建设的内涵、主要政策和相关政策进入了一个不断演化、完善和丰富的过程。改革开放初期，农村建设的内容比较单纯，以农村房屋建设为主。从政府的角度看，主要是解决农村建房乱占耕地的问题；从农民的角度看，主要是解决和改善居住条件问题。只要农民按规划、按宅基地指标建房，以满足农民居住需要为主的农村建设就基本达到了有序发展要求。20世纪80年代中后期，农业生产效率提高和乡镇企业异军突起，对农村建设提出了新的需求，农村非农产业发展为农村建设赋予了新内容，需要建设大量厂房和相应的配套设施。农村建设扩大到了居住和生产两个领域，政策与管理目标扩展到了节约用地、发展生产和环境保护等多个方面。20 世纪 90 年代中期，特别是十五届三中全会提出“小城镇、大战略”以来，农村建设逐步被赋予了为工业化、城镇化发展服务，为解决“三农”问题服务的重要任务。

两次全国农村房屋建设工作会议后，各级政府加大了对农村房屋建设的指导与规范力度。各地从实践中逐步认识到，农村住房属于社员的生活资料，房屋产权理应归社员所有，打破集体化观念势在必行。改变传统的“集体投资、集体建房、集体分配、集体所有”思路，肯定农民的产权要求，无疑是调动社员自建房屋积极性的重要因素。农村建房的实践推动了农村房屋自建自有认识格局的形式，虽然目前仍没有法律对这个认识给予明确认定，但是这个传统共识延续至今，得到了政府、农民和社会各界的广泛认可。正是以此为基础，农民的建房积极性得到了持续发展、八九亿农民依靠自身的努力和投入，较好地解决了住房问题。1978 ~2004 年，全国农民人均住房使用面积从 11. 2 米^2 增加到 20. 5 米^2，房屋质量由土坯房、茅草房占 58. 8% 提高到了楼房占 33. 3% 。

农村房屋建设中，制止过多占用耕地是农村建设长期以来的一项重要政策和管理目标，这是基于我国人口众多、可耕地面积少这一国情的现实选择。为实现这个目标，各级政府制定和实施了一系列政策措施，如规划控制、宅基地指标、基本农田保护、耕地总量动态平衡、农民建房用地审批、一户一宅等。随着农村形势的变化，上述政策出现了一些分化，用地指标和占地类型审批逐步占据了主导地位，空间布局控制和用地监督检查越来越弱化，建新不拆旧、一户多宅、建房面积大、村内未利用地增多等现象越来越普遍，政策目标与相应的管理手段之间明显错位。即使在乡村人口有所下降的情况下，农村建设用地总量仍呈现持续上升的势头，各方普遍期待的农村建设用地总量和人均用地水平随着城镇化发展而下降的趋势尚未出现。

改革开放初期，各级政府根据当时农村建设的具体情况，逐步建立起了以控制乱占耕地为主要目标、以严格的宅基地审批和控制建材供应为主要手段的农房建设管理模式。农村建设管理机构和人员逐步配备，省级有农房处（或村镇处），地、县级有相应的科、股，乡镇有建设管理机构或专兼职的建设助理员，初步形成了农村建设工作层层有人抓、事事有人管的局面。随着社会主义市场经济体制的建立和深化，20 年来传统的农房建设管理模式除控制建材供应手段逐步自动丧失之外，总体上未进行过实质性改变，一直延续至今。这套管理模式对于制止农房建设乱占耕地问题曾经发挥了极其重要的作用。但是，近些年来，受乡镇机构改革和经费不足的影响，农村建设管理机构和人员出现了大量流失，管理工作逐步松弛，已对新形势下农村建设中出现的布局混乱、设施不配套、环境脏乱差等新情况显得无能为力。

农村房屋自建自有共识，起源于农民住宅建设领域，但很快就波及整个农村建设领域，如基础设施、厂房、公共建筑的建设等。当然，这也是人民公社体制废除、村集体经济弱化、一家一户生产方式等因素共同作用的结果。以自建自有为主要特征，农村建设已经形成了与城市建设体制完全不同的政策脉络，却是不争的事实。有人形象地称之为“农民村镇农民建”，包括房屋和其他公共设施。与城市建设由政府负责统筹或大包大揽相比，政府对农村建设的主要责任是引导和规范，由基层组织和农民自行筹资与组织建设。农村建设与城市建设的政策存在巨大差别，农村建设主要由农村和农民自力更生、自给自足解决；而城市建设政策则更多地依靠计划体制，由政府统筹解决或大包大揽。

四、增加农村公共物品供给的时代背景

建设社会主义新农村，是党中央总揽全局、与时俱进做出的一项重大战略决策。我们党和政府早在20世纪50年代就提出过建设社会主义新农村，之后又多次强调建设社会主义新农村。十六届五中全会提出建设社会主义新农村的重大历史任务，与以往相比有一些不同的特点，这次新农村建设是在统筹城乡发展的背景下推进的，新农村建设的要求更具时代性，新农村建设的内涵更具全面性，新农村建设的影响更具全局性。推动城乡统筹发展，建设社会主义新农村，是我国经济社会发展面临的重大战略任务。这不仅事关农村经济社会的发展，而且事关全面建设小康社会和现代化建设的全局。农村建设不仅在内容上进一步拓展到了整个农村人居环境领域，而且在国家政策和战略定位上得到不断提升，成为全国建设小康社会、落实科学发展观、解决“三农”问题、构建和谐社会等重大战略部署的重要切入点。

党的“十六”大以来，以胡锦涛同志为总书记的党中央，用科学发展观统领经济社会发展全局，按照构建社会主义和谐社会的要求，提出了一系列指导“三农”工作的新理念：一是提出了“重中之重”的基本要求，二是明确了“统筹城乡发展”的基本方略，三是做出了我国总体上已到了“以工促农、以城带乡”发展阶段的基本判断，四是制定了“多予少取放活”和“工业反哺农业，城市支持农村”的基本方针，五是规划了“建设社会主义新农村”的基本任务。

这五个理念是紧密联系在一起的，构成中央领导集体“三农”工作的总体思路和大政方针。

统筹城乡发展是新阶段“三农”工作新理念的重要拓展和升华，建设社会主义新农村是新阶段“三农”工作新理念的归纳集成和最新发展。而且，统筹城乡发展与建设新农村是相互依存、相互补充的关系，建设新农村是统筹城乡发展的集中要求和体现，统筹城乡发展是新农村建设的宏观环境和条件。只有在推进新农村建设的丰富实践中，统筹城乡发展基本方略才能得以真正实现；只有在统筹城乡发展的宏观环境中，新农村建设基本任务才能顺利推进。

统筹城乡发展居于“五个统筹”之首，具有极其重要的地位。统筹城乡发展基本方略的实质，就是促进城乡的协调发展和良性互动。多年来，我国在城乡居民收入、城乡基础设施、城乡社会事业、城乡固定资产投资、城乡财政支出和城乡信贷投放等方面的差距继续扩大，农村发展严重滞后已经成为经济社会发展中最突出的矛盾和问题。在这种情况下，实施统筹城乡发展方略，主要是统筹考虑和安排城乡基础设施建设、社会事业发展、劳动力就业、商品和要素市场体系建设，着力加大对“三农”的支持力度，国家财政资金重点向农村倾斜，加快农村经济社会发展，缩小城乡之间的过大差距，促进城乡经济社会协调发展。

“十六大”以来，中央根据我国经济社会发展的客观要求，及时地做出了“统筹城乡发展”的重要判断。在这一判断的基础上，把解决“三农”问题列为政府经济工作的“重中之重”，进一步提出我国总体上已经到了“以工促农，以城带乡”发展阶段的基本论断，制定了“多予、少取、放活”和“工业反哺农业，城市支持农村”的基本政策。以全国免除农业税、建设新农村为标志，我国农村的改革发展处在新的历史起点上。

统筹城乡发展，就是要把农业和农村经济放到整个国民经济发展全局中统筹部署；就是要把农村社会事业放到全面建设小康社会进程中统筹安排，充分发挥城市对农村的带动作用，使城乡居民共享改革发展的成果；就是要打破以二元结构为基本特征的城乡分治格局，大力推进城乡一体化进程，最终建立起城市和农村互补互促、共同进步、平等和谐的经济社会发展新格局。

统筹城乡发展的关键是打破城乡二元结构。在市场经济条件下统筹城乡发展，客观上要求城乡居民具有平等的社会权利，并在城乡之间采取统一的经济社会政策，使包括劳动力在内的各种生产要素可以在城乡之间自由流动。但从我国的实际情况看，建国初期，为实现农村支持城市和工业的发展，采取了城乡二元分治的政策。改革开放后，虽然农村劳动力可以进城打工，但仍难以改变农民的身份，难以享受到城市居民的各种福利待遇。在原来城乡行政主导的二元结构还远没有打破之前，城乡居民又必须面对同一个大市场，在不同的起跑线上进行竞争和安排各自的生活，即形成新的市场主导的二元结构。这两种二元结构的叠加进一步加剧了城乡差距和城乡割裂，阻碍了农村劳动力向城市转移，也阻碍了城市人才到农村创业。因此，“十一五”时期，既需要尽快地打破城乡二元的户籍制度，赋予农民同等的自下而上权和发展权，确保城乡居民竞争中的起点公平，还需要根据市场主导的二元结构的基本特征，加强再分配力度，缩小城乡居民的收入分配差距。

把为统筹城乡发展提供制度保障作为新时期农村综合改革的基本目标。全面取消农业税后，以推进乡镇机构、农村义务教育和县乡财政体制改革为重点的农村综合配套改革相当迫切。在改革新阶段，农村综合改革的实质在于调整农村生产关系和上层建筑不适应生产力发展的某些环节和方面，逐步消除影响城乡互通的政策障碍，逐步建立精简高效的农村行政管理体制和运行机制、覆盖城乡的公共财政制度以及农民增收减负的长效机制，为统筹城乡发展提供有力的制度保障。未来几年，农村综合改革应当从农村最突出的矛盾出发，主要解决农民土地使用权的制度保障，建立农村公共服务体制和改善乡村公共治理。以此为起点，逐步形成城乡统一的经济社会制度安排。

改革开放以来，中国农业发展特别是粮食生产取得了举世瞩目的成就，大部分地区农村面貌有所改善，农民收入不断增长。但是，长期以来由于城乡分割体制的存在以及各种历史和现实的复杂原因，农业生产大部分还处在小农阶段，城乡收入差距不断扩大，农村的生产生活条件远不如城市，农村的社会事业和精神文明建设严重滞后。

农业发展的基础不牢固，现代化水平较低，农村经济、社会、文化发展总体水平远落后于城市。农户小规模生产不适应农业集约经营，农业劳动生产率较低，仅相当于发达国家的1%左右，相当于国内第二产业劳动生产率的1/8和第三产业的1/4左右。农业科技创新和转化能力较弱，农业生产技术含量较低。农业增长方式没有根本转变，粮食稳定增产的长效机制尚未建立，半自给自足的小农经济状况依然存在，传统耕作仍是农业生产的主要形式，靠天吃饭在一些地方显得尤其突出，农业劳动生产率水平的状况没有根本改变。农业的人力资本缺乏，有文化、懂技术、会经营的新型农民较少。农业产业结构、农产品品种结构与市场需求还存在着较大差距，加上市场信息化程度较低和交通运输条件落后，大部分农产品商品化程度较低。农业生产还没有走上现代农业的轨道。城市发展、城市化与农村发展没有形成良性循环。一是由于发展不平衡。一方面，城市不断发展，城市化水平不断提高；另一方面，农村发展越来越滞后，出现了城市越来越好、农村越来越差的“马太效应”。城镇居民在接受教育、参军、收入分配、就业、医疗保障、社会保障、公共交通等方面享受国家的公共财政投入和各种优惠政策，农村居民在这些方面不仅不能享受国家的公共财政投入和各种优惠政策，而且还受到各种歧视性待遇。二是由于人口和要素流动不平衡。随着经济社会发展，农村的人口、土地、资金等生产要素不断流出农村，城乡居民收入和消费差距还在扩大。对农村建设和发展的投入比较少，农村道路、水电、厕所等生产生活基础设施普遍比较差。特别是学校、医院、邮局、商店、文化场所等配套设施非常不健全，农村生产生活条件仍然比较落后。农村饮水安全问题不容乐观。农村道路问题还没有得到很好解决。农民生活燃料结构不合理，在农村生活燃料消费结构中，秸秆占30%，薪柴占25%，两者合计比例高达55%，沼气、太阳能等清洁能源的比重还非常低。相当数量的农村人口还用不上电。农村中小学办学条件差、卫生基础设施落后、公共文化设施不足。农村公共服务设施资源占有率低，农村居民公平享有上学、就医的机会大大低于城市居民，有的农村地区普及和巩固九年制义务教育的困难大，因病致贫、因病返贫的比例高，文化生活贫乏，保持低生育水平的工作难度较大。农村乡风和社会秩序较为落后。由于农村的各种社会矛盾，农村中社会治安综合治理难度较大，“黄赌毒”等社会丑恶现象败坏农村社会风气。农村养老覆盖率仅为10.8%。农村消费不安全，假冒伪劣现象严重；消费不方便，消费品流通网络不健全。农民的土地权益、进城务工权益以及村民民主管理的权益没有得到应有的保障。

城乡统筹发展背景下的新农村建设，是中国现代化进程中的重大历史任务，是解决以上问题的系统工程。

（一）新农村建设是现代化建设的重要内容

实现农村的现代化是中国现代化建设的重点、难点。一方面，中国农业和农村发展滞后于工业化、城镇化的进程，大量人口聚集在落后的农村。2004年和2005年，中国非农产业占国内生产总值的比重分别为86.9%、87%，而城市化率只有41.8%、43.6%，城镇化滞后于工业化；农业增加值占国内生产总值的比重分别下降到15.2%、13.1%，而2005年农业从业人员占社会从业人员的比重高达46.9%，产业结构和就业结构偏差很大。另一方面，城市和非农产业的现代化离不开农村和农业的现代化，而且必须以农村和农业的现代化为基础。农业和农村的不发达，关键是长期以来受城乡分割的二元经济结构的制约，导致了工业化、城镇化对农村劳动力的吸纳能力不足，大量农村劳动力难以向非农产业转移，影响了非农产业的发展。目前，中国农业劳动生产率不仅大大低于发达国家，而且仅为中国第二产业的1/8，第三产业的1/4。据测算，中国农村富余劳动力高达1.5亿左右，今后每年还将新增劳动力600多万，农村就业的压力越来越大。打破城乡分割的二元经济结构，加强农业农村基础设施建设，加快农村社会事业发展，缩小城乡居民收入差距，加快农村劳动力转移，推进新农村建设，是现代化建设的重要内容。不实现农村现代化，就不能实现全国的现代化；没有农村的现代化，就不可能有全国的现代化。

（二）新农村建设是全面建设小康社会的必然要求

建设社会主义新农村，事关全面建设小康社会的全局。改革开放后，实行家庭承包责任制，调动了农民的积极性，解放和发展了农村生产力，解决了农民的温饱问题；新世纪新阶段，我党提出了全面建设小康社会的宏伟蓝图，顺应了农民群众进一步改善自己生产生活条件的强烈意愿。目前，据国家统计局测算，2004年全国农村全面小康实现程度仅为21.6%。其中，农村经济发展的实现程度为12.1%，农村社会发展的实现程度为33.1%，农村民主法制的实现程度为69%，农村人口素质的实现程度为15%，农民生活质量的实现程度为28.7%，农村资源环境的实现程度为-22.4%。实现全面建设小康社会目标，最艰巨最繁重的任务在农村。全面推进新农村建设，采取综合措施，改变农村的落后面貌，是建成惠及十几亿人口更高水平的小康社会的必然要求。只有通过新农村建设，加快农村全面建设小康社会的进程，才能为全面建设小康社会奠定坚实的基础。

（三）新农村建设是构建社会主义和谐社会的重要方面

构建社会主义和谐社会，使中国现代化建设总体布局由发展社会主义市场经济、社会主义民主政治和社会主义先进文化三位一体，扩展为包括社会主义和谐社会的内容，实现了四位一体的飞跃。目前，中国正处在体制转轨和社会转型时期，面临城乡居民收入差距拉大的突出问题，构建社会主义和谐社会十分重要。构建和谐社会，重点是平衡利益关系和调整收入分配结构，关键是缩小城乡居民收入差距。改革开放以来，农民收入有了很大提高，生活水平有了很大改善，但与城市居民相比，还有很大差距。2005年城乡居民收入绝对额相差7328元。由于农民收入基数低、增速慢，与城市居民的收入差距呈扩大趋势。如不采取有力的调整措施，加快农民收入增长，按目前城乡居民收入增长水平分析，今后城乡居民收入还将进一步扩大，这是影响今后社会和谐稳定的重大隐患。必须大力推进新农村建设，保障农村的和谐稳定。没有农村的和谐稳定，就不可能实现全社会的和谐稳定。

（四）新农村建设是扩大内需、促进经济发展的重要手段

投资、消费是促进经济发展的两个重要手段。新农村建设既可以直接刺激国内消费需求，又可以通过提高农民收入，缩小城乡差距，改变农民消费观念和农村消费结构，来扩大国内消费需求。改革开放以来，中国国民经济快速增长，但农民收入的增长相对滞后。近两年来，许多进入城市的农民工回流到农村，出现了农民工短缺现象，农民收入增长出现停止徘徊局面；同时，生产能力过剩，商品供过于求，不少乡镇企业破产，农村负债累累，农民增收艰难。走出当前生产能力普遍过剩、内需不足、市场疲软、通货紧缩困境的突破口，仍然在广大的农村。因此，一要坚持“多予少取放活”的方针，重点在“多予”上下工夫。“财政支农资金增量要高于上年，国债和预算内资金用于农村建设的比重要高于上年，其中直接用于改善农村生产生活条件的资金要高于上年，并逐步形成新农村建设稳定的资金来源。二要积极调整国民收入分配格局，国家财政支出、预算内固定资产投资和信贷投放，要按照存量适度调整、增量重点倾斜的原则，不断增加对农业和农村的投入。三要提高耕地占用税税率，新增税收应主要用于“三农”等。四要提高农民消费需求潜力。从2004年全国农村每百户彩色电视机、洗衣机、电冰箱拥有量75台、37.3台、17.8台来看，农村的购买能力还有较大的发展潜力。五要增加农村基础设施投资需求。主要是加大对农村水、电、路等基础设施的投入，为农业机械、交通工具、家用电器、电信等产品进入农村市场创造良好的条件，提高农民生活质量，推动相关产业的发展。通过新农村建设，一方面有利于刺激和扩大中国数量最多、潜力最大的农村消费群体的消费需求，为经济增长提供持久动力；另一方面，有助于创造对水泥、钢铁等原材料的大量需求，解决这些行业产能过剩的问题，更好地支撑国民经济平稳较快发展。

（五）新农村建设是贯彻科学发展观的基本要求

贯彻落实科学发展观：一方面，就是要求新农村建设必须增加农民的物质利益，改善农民的生产生活条件，符合科学发展观坚持以人为本的内在要求。在中国，农民是最大的社会阶层，截至2006年底，中国有7.37亿农村人口，占总人

口的56.1%。根据中国社会科学院的课题研究报告，当代中国社会分成十大阶层，农业劳动者占42.9%，这个阶层所拥有的经济资源是少得可怜的耕地，拥有的组织资源几乎为零，拥有的文化资源也极其有限，是一个最大的弱势群体。农民收入增长缓慢是一个影响全局的大问题。改革开放以来，农民收入由快速升温到慢慢降温，由高速增长到低速徘徊，目前已经到了一个新的拐点。2004年结束了7年的低谷期，实现了6.8%的增长，这个速度是1997年以来最高的，但低于1979～2004年平均增长水平。1979～1983年，农民收入连续5年以超过10%的速度增长，其中有两年超过19%。然而，从1986年开始，农民增收就显现出后劲不足。除了1996年由于粮食大丰收和粮价上涨，农民收入增长9%以外，其他17个年份都低于2004年的增长水平，增长率最低的年份是1989年（-1.6%）。2005年又在较高起点上实现6.2%的增长，农民收入多年低速徘徊的局面得以改变。但是，在这样一个新的平台上，农民增收的难度会越来越大。因此，新农村建设如果脱离了农民群众的愿望，忽视了农民群众的利益和农民的发展，就不能真正体现科学发展观以人为本的内在要求。另一方面，就是要求推进新农村建设，缩小城乡差距，推进城乡一体化，这符合科学发展观中统筹城乡发展的要求。国际经流社会发展的历史经验表明，一国进入工业化中期阶段之后，能否正确处理城乡关系和工农关系，成为国家兴衰和现代化事业成败的关键因素之一。统筹城乡发展，努力缩小城乡差距和工农差距，是世界各国在推进国家现代化过程中遵循的普遍规律。如果违背这一规律，最终必将导致社会经济结构严重失衡，影响经济社会发展，甚至带来严重后果。农业农村发展滞后，城乡差距拉大，势必影响国民经济协调发展与和谐社会的建设。农业基础地位不牢固，就难以维护国家经济安全，难以支撑经济社会平稳运行；农民购买力不增强，就难以拉动消费和扩大内需，难以保持国民经济持续增长；城乡差距不缩小，就难以如期实现全面建设小康社会目标。加快农业农村发展，保证农产品有效供给，增加农民收入，安排农村劳动力就业，难度和压力都在不断加大。反过来，如果遵循这一规律，坚持统筹城乡发展，经济社会就会获得持续发展动力，社会就会更加和谐稳定。解决这些问题，必须实施统筹城乡发展方略，实行“工业反哺农业、城市支持农村”的方针，推进新农村建设，这是历史发展的内在要求。

近年来，随着我国改革开放的不断深入，我国的经济、政治、文化及社会等方面取得了飞速的发展，综合国力不断增强。“十六大”以来我国经济持续平稳快速增长，总量在世界的位次由第六位跃居第四位，人均国民总收入步入了中等收入国家行列，经济实现了连续4年10%以上的增长速度。2003～2006年年均增长10.4%，不仅比同期世界年均增长4.9%高出5.5个百分点，而且比改革开放以来年均增长9.7%高出0.7个百分点。经济增速不仅快，年度之间波幅也比较小。人均国民总收入翻了近一番。但是，我国的经济实力进一步增强的同时，长期以来形成的城乡二元经济社会结构却导致城乡差距不断拉大，农民收入增长缓慢，农村的各项社会事业严重滞后，“三农”问题也已经上升为“关系到现代化建设全局的根本性问题”。

2005年10月，党的十六届五中全会通过的《中共中央关于制定国民经济和社会发展第十一个五年规划的建议》中指出，“建设社会主义新农村是我国现代化进程中的重大历史任务”。要按照“生产发展、生活宽裕、乡风文明、村容整洁、管理民主”的要求，坚持从各地实际出发，尊重农民意愿，扎实稳步推进新农村建设。建设社会主义新农村，是在全面建设小康社会的关键时期、我国总体上经济发展已进入以工促农以城带乡的新阶段、以人为本与构建和谐社会理念深入人心的新形势下，中央做出的又一个重大决策，是统筹城乡发展，实行“工业反哺农业、城市支持农村”方针的具体化。建设社会主义新农村，是我国现代化进程中的重大历史任务，其目的是建立城乡统筹的长效机制，通过工业“反哺”农业，城市支持农村，实现农村的经济发展，提高农民的生活质量，改善农民的生活环境。社会主义新农村建设的提出，是我国在长期以来的不断摸索中形成的一套解决“三农”问题的完整思路，也是农村发展的一个新的机遇。

推进新农村建设，不仅对促进农村长期持续发展是必要的，而且根据我国现实状况来说是适时的，从当前我国各方面情况综合来看也是能够做到的。中国总体上已经到了工业反哺农业、城市带动农村的发展阶段，具备了以工促农、以城带乡的能力和条件。目前，推进新农村建设面临许多有利的条件和难得的机遇，整体外部环境已经具备。

1. 我国总体上进入以工促农、以城带乡的发展阶段

中国的经济结构悄然变化，非农产业已成为推动中国经济增长的主体力量，以重化工和信息为代表的第二、三产业已经取代了传统农业，成为经济发展的支柱。第一产业增加值占国内生产总值的比重由1978年的28.2%下降到2005年的12.5%，2006年下降到11.7%，第二产业和第三产业增加值占国内生产总值的比重分别由1978年的47.9%、23.9%上升到2005年的47.5%、40%，2006年分别为48.9%、39.4%。第二、三产业合计已占国内生产总值的88.3%，人口

城镇化率达到43%，近几年平均每年增加1.4个百分点。大中城市建设成果突出，不少城市现代化水平已经接近或达到发达国家水平。工业化、城镇化快速推进，工业发展水平显著提高，城市面貌发生巨大变化，初步具备了反哺农业和支持农村的能力。

非农产业已经取代农业成为中国劳动力就业的主体。2006年，第一产业从业人员占全社会从业人员的比重为42.6%，比1978年的70.5%下降了27.9个百分比点。第二产业和第三产业从业人员占全社会从业人员的比重分别为25.2%和32.2%，比1978年的17.3%和12.2%提高了7.9个百分点和20个百分点。

2. 我国经济实力和综合国力明显增强

2006年，全国国内生产总值20.94万亿元，已居世界第4位；人均国内生产总值16 084美元，在今后若干年内仍将保持较快增长趋势；国家财政收入总量3.88万亿元，比2005年增加7110.9亿元，"十五"期间增长1.36倍，平均每年增加3647亿元。各方面特别是经济上回旋余地的增大，为推进新农村建设构筑了坚实基础和可靠保障。一是工业反哺农业、城市支持农村的能力明显增强。经过50多年尤其是改革开放20多年的发展，中国的工业反哺农业和城市支持农村能力明显增强。近27年来，中国财政收入增长很快，1978年中国财政收入只有1132.26亿元，1990年达到2937.1亿元。尤其是近些年来，国民经济持续快速增长，企业效益大幅提高，全国财政收入不断迈上新台阶。2003年突破2万亿元大关，达到21 715亿元，比上年增收2812亿元。2004年在解决1288亿元出口退税陈欠后，财政收入又突破2.5万亿元的门槛，达到26 396亿元，比2003年增收4681亿元，人均财政收入达到2030元，分别是1978年的23倍和17倍。财政实力的不断增强，表明我们具备了以工促农、以城带乡的能力。我们完全有条件通过调整国民收入分配格局，进一步加大对农业和农村发展的支持力度。二是中国公共财政支农能力进一步增强。长期以来，中国公共财政投入农业的比例过低，2004年财政支农资金占农业产值的比重仅为12.6%。如果扣除农村税费改革专业支付、粮棉储备支出等，财政支农支出占农业产值的比重还不到10%。发达国家国内农业支持已经占到农业产值的30%～70%，2005年中央财政支农资金达到2975亿元，2006年中央财政支农资金达到3397亿元，比2005年增加422亿元。

3. 农村经济社会发展取得重要进展

部分地区农村非农产业得到长足发展，粮食产量连续两年较大幅度增产，农民收入连续两年较大幅度增长，农村经济在结构调整向纵深推进中得到全面发展，农村改革在农业税减免征进程加快中取得重要进展，农村社会事业在公共财政覆盖范围扩大推动下迈出重大步伐，农村尤其是周边城镇的交通等基础设施大为改善。

改革开放以来，中国粮食综合生产能力不断提高，基本满足了经济发展和人民生活水平不断提高的需要。1979～1998 年的 20 年间虽然出现了几次波动，但总体上保持了迅速增长的态势，全国粮食产量先后登上 7000 亿斤①、8000 亿斤、9000 亿斤和 10 000 亿斤四个台阶，人均占有量达到 800 斤，从根本上扭转了中国粮食长期短缺局面，实现了粮食供求基本平衡、丰年有余的历史性转变。这一阶段粮食综合生产能力达到 10 000 亿斤左右。1999～2003 年，由于粮食供大于求，粮价下跌，农民种粮积极性受到挫伤，各地开发区热大量占用耕地，粮食播种面积大幅调减，加上严重自然灾害影响，粮食连续减产。1998 年稻谷、小麦、玉米三种粮食综合平均价为 1328 元/吨，2002 年下降为 1058 元/吨，下降了 20.3%。1999 年粮食播种面积为 16.97 亿亩，2003 年下降到 14.91 亿亩，结果 2003 年粮食总产量只有 8614 亿斤，下降到 20 世纪 90 年代初期水平，粮食供求关系再度趋紧。

针对粮食安全面临的严峻形势，2003 年下半年特别是 2004 年以来，党中央、国务院出台了一系列恢复和发展粮食生产的政策措施，实行“两减免、三补贴、四保障”，即减免农业税，取消特产税；发放种粮直接补贴、良种补贴、农机补贴；实行粮食最低收购价，严格保护耕地，严控农资价格，加大农业投入。这些政策出台后取得了明显效果，加上市场旺、天帮忙等综合因素共同作用，2004 年粮食生产出现重要转机，粮食总产量达 9389 亿斤，比 2003 年增产 775 亿斤；平均亩产 616 斤，增长 19.2%，总产增量和单产水平均创历史最高纪录。2005 年在 2004 年超常增长的基础上，粮食生产继续发展，全年粮食总产量达 9680 亿斤，比 2004 年增产 291 亿斤。2004 年和 2005 年两年增产粮食 1000 亿斤。2006 年粮食总产量达 9949.6 亿斤。同时，粮食品种结构继续改善，市场短缺的水稻、小麦增产幅度大，这对避免粮价上涨、消除通货膨胀隐患起到了重要作用。总地来看，中国粮食生产和供给已经为推进新农村建设打下了牢固的基础。

农村基础设施与广大农民生产生活息息相关，党中央、国务院历来高度重视农村基础设施建设。进入新世纪以来的历次中央农村工作会议都明确要求调整固

---

① 1 斤=500 克

定资产投资结构，加强农业和农村基础设施建设，重点向可以改善农民生产生活条件的“六小工程”等农村中小型基础设施建设倾斜。“十五”时期，国家在继续搞好大江大河治理和开展规模空前的生态建设的同时，中央预算内投资和国债投资始终把加强农村基础设施建设作为重点。2001～2005年，在中央预算内投资和国债投资中，安排农业和农村建设方面的投资达3140亿元，约占同期投资总规模的39%，是新中国成立以来农业和农村投入最多、比重最高的时期。这一时期，尽管中央政府投资总额逐年减少，但用于农业和农村建设的投资比重不仅没有减少，而且有所提高。2003～2005年，国家投资500亿元，建成农村水泥路、柏油路17.6万公里，超过了1949～2002年间的总长，全国99.6%的乡镇、92%的村已通了公路。随着中央和地方政府不断加大农村公路、电力、通信、广播电视等基础设施建设和教育卫生等方面的投入，城市发展对农村的支持带动作用逐步牢固，农村周边城镇的交通等基础设施和公共设施状况大为改善。部分地区积极推进污水、垃圾处理设施共建共享，城市供水、公交等基础设施和公共服务向郊区延伸，城乡联系更为紧密。

4. 城乡分割体制已有较明显的松动

长期以来，城乡分割体制将城市和农村、工业和农业、农民与市民分离开来，形成了独特的二元经济社会结构。随着工业化、城镇化、现代化和国际化的迅速发展，借鉴国际上发达国家的成功经验和一些国家失败的教训，中国政府开始在农村税费、户籍、就业、教育和社会保障等方面，进行一系列改革和探索，城乡分割体制已经有了明显的松动。

（1）城乡二元税制开始打破。农村税费改革先是以“规范、减轻、稳定”为基本原则进行改革试点。到2003年，试点在所有省份推开。2004年，在黑龙江和吉林两省先行免征农业税，其余省份降低农业税税率，当年共减轻农民负担302亿元。2005年，只剩下河北、山东、云南三省的部分地区还保留10多亿元的农业税，其余省份全部免征，年底又宣布2006年开始全面取消农业税，原定五年完成的目标提前两年实现。农村税费改革不仅取消了原先336亿元的农业税赋，而且取消了700多亿元的“三提五统”和农村教育集资，还取消了各种不合理收费，农民得到很大实惠。2006年全部取消农业税后，与农村税费改革前的1999年相比，农民每年减负总额约1250亿元，人均减负约140元。据财政部门统计，2000～2005年仅中央财政累计安排农村税费改革转移支付资金就有1830亿元。农村税费改革具有划时代意义，表明实行了长达2600年的这个古老税种从此将彻底退出中国历史舞台，打破了长期以来城乡分割的二元税制，加速了城乡统一税制的实现。

（2）城乡二元户籍制度改革开始受到高度重视。改革开放以来，农村劳动力不断转移，农村阶层分化重组，部分农民融入别的阶层，产生了一些新的称谓，如“农民企业家”、“农民工”等，进城务工农民已经成为城市产业工人的重要组成部分。虽然没有完全摆脱“农民”的影子，但是农民的地位和形象毕竟有了很大的提升，迫切要求还农民真正国民待遇的呼声越来越强烈。这在一定程度上动摇了现存的二元户籍制度。

（3）城乡二元就业制度逐步被打破。近年来，各地对进城务工人员的待遇和政策问题陆续改善，给进城务工农民完全的国民待遇和真正的市民待遇，从观念上消除对农民工的歧视很重要。不把农民工看成“二等公民”，不让他们的心灵受到伤害，已经成为全社会的共同愿望。2006 年的中央“一号文件”已经明确要求进一步清理和取消各种针对务工农民流动和进城就业的歧视性规定和不合理限制，国务院出台了《国务院关于解决农民工问题的若干意见》，制定了一系列政策措施。例如，建立农民工工资支付保障制度，合理确定和提高农民工工资水平，严格执行劳动合同制度，依法保障农民工职业安全卫生权益，切实保护女工和未成年工权益，严格禁止使用童工；逐步实行城乡平等的就业制度，进一步做好农民转移就业服务工作，加强农民工职业技能培训，落实农民工培训责任，大力发展面向农村的职业教育；高度重视农民工社会保障工作，依法将农民工纳入工伤保险范围，抓紧解决农民工大病医疗保障问题；把农民工纳入城市公共服务体系，健全维护农民工权益的保障机制等。

（4）城乡二元教育体制改革初现端倪。2006 年中央“一号文件”要求着力普及和巩固农村九年制义务教育。对西部地区农村义务教育阶段学生全部免除学杂费，对其中的贫困家庭学生免费提供课本和补助寄宿生活费，决定 2007 年在全国农村全部免除农村义务教育阶段学生的学杂费。

（5）城乡二元保障体制改革开始推进。国家开始投入资金健全农村社会保障制度，逐步加大公共财政对农村社会保障制度建设的投入。进一步完善农村“五保户”供养、特困户生活救助、灾民补助等社会救助体系。探索与农村经济发展水平相适应、与其他保障措施相配套的农村社会养老保险制度等。

（6）全社会关心和支持“三农”已经形成共识。各地区、各部门对解决“三农”问题的理解不断加深，认识趋于一致。一个关心农业、关注农村、关爱农村的社会氛围已经开始形成。

中国是一个发展中的农业大国，人多地少是基本国情，解决好“三农”问题对国家的发展具有重大战略意义。近年来，党和国家高度重视解决“三农”问题，做出了“三农”工作进入新的发展阶段的重大判断，把“三农”工作作为全党和政府全部工作的重中之重，提出“统筹城乡发展”方略和“两个趋向”重要论断，实行工业反哺农业、城市支持农村和多予少取放活方针。特别是2005年10月，党的十六届五中全会提出了建设社会主义新农村的历史任务，通过了《中共中央关于制定国民经济和社会发展第十一个五年规划的建议》，第一次把“三农”工作融入建设社会主义新农村整体中，提出了建设社会主义新农村就是中国现代化进程中的重大历史任务。推进新农村建设的实质和核心就是要解决“三农”问题，推进城乡统筹发展，推进现代农业建设，全面深化农村改革，大力发展农村公共事业，千方百计增加农民收入。2005年12月底，中央召开了中央农村工作会议，出台了《中共中央国务院关于推进社会主义新农村建设的若干意见》即“一号文件”，这是继1982年中央“一号文件”后的第八个中央“一号文件”，稳定、完善、强化了对“三农”工作的一系列政策措施，是加强“三农”工作、扎实推进建设社会主义新农村的纲领性文件。2006年2月中旬，中央举办省部级主要领导干部建设社会主义新农村专题研讨班，把思想统一到了中央关于建设社会主义新农村的重大决策和部署上来。这两次会议和研讨班以及出台的《建议》和《意见》，再一次把加强“三农”工作摆在了全党工作的重中之重，置于重大的战略高度。

来自财政部的统计显示，2006年中央财政用于“三农”支出3397亿元，比2005年增加422亿元。在全国范围内取消了农业税和农业特产税，终结了延续2600多年农民种田交税的历史。继续增加对种粮农民直接补贴、良种补贴和农机具购置补贴，实施农业生产资料综合补贴政策，继续对重点地区的重点粮食品种实行最低收购价政策，增加对财政困难县乡和产粮大县的转移支付。2007年中央财政预算用于“三农”的资金3917亿元，比2006年增加520亿元，增长15.3%，增量和增幅也均高于去年。在加大对农村建设的财政支持的同时，中央还将在各项政策和服务方面进一步向农村倾斜。为了响应中央建设社会主义新农村的要求，很多省市和地方也开始部署新农村建设的计划和工作，不少启动较早的地方已经采取了一系列建设新农村的举措。与此同时，新农村建设还成为学术界和媒体关注的焦点，专家学者从不同的学科领域和不同的角度探讨和回答了为什么要建设社会主义新农村、怎样建设新农村的问题，电视和报刊等媒体也把各地新农村建设的“典型”和“模范”作为重点报道的内容。

建设社会主义新农村，增加农村公共物品供给是一项核心的任务。当前城乡发展的差距和城乡居民生活水平的差距集中体现在城乡居民在享受基础设施和公共服务上的不平等。从整体看，目前我国农村公共物品普遍短缺，供给严重匮乏，与城市相比总体上仍然十分落后。农村居民急需的生产性公共服务供给严重缺乏，大型水利灌溉设施、大型农用固定资产以及良种的培育等服务不能满足农业发展的需要，市场供求信息不足。农村人居环境仍然普遍较差，村庄基础设施数量严重不足，质量低下，道路、供水、垃圾、污水处理等设施欠账严重。农民自建房屋、村庄公共设施因陋就简，缺乏规划引导和政策支持，加上管理缺位，新老问题不断叠加。居住点分布散乱，建设用地浪费较大，建筑风格缺乏本土乡村特色；农民住宅与畜禽圈舍混杂，路面硬化率低；近一半行政村没有通自来水，农村人口喝不上符合标准的饮用水，甚至还有近2亿人的饮用水有害物质含量超标；随着人口的增加和生产强度的加剧，生产生活污水和废弃物大量增加，每年有超过25万吨的生活污水直排，约1.2亿吨的生活垃圾露天堆放，造成河流、水塘污染，超出农村生态环境自我平衡能力，生态环境恶化，严重威胁农民的身体健康；农村文化教育供给不足，不能满足农村经济和社会事业的持续发展需要；农村居民缺乏公共卫生和基本医疗服务，看病难、看病贵、医疗保障程度低。

建设社会主义新农村的目标，概括起来就是：生产发展、生活宽裕、乡风文明、村容整洁、管理民主。看起来似乎非常简单的20字实际上内容十分丰富、含义极为深刻，涉及农村经济建设、政治建设、文化建设、社会建设和党的建设等各个方面，全面体现了新形势下新农村建设的要求。

从总体上说，推动城乡统筹发展，建设社会主义新农村，就是要以邓小平理论和“三个代表”重要思想为指导，牢固树立和全面落实科学发展观，坚持把解决好“三农”问题作为全党工作的重中之重，建立以工促农、以城带乡的长效机制，实行“多予少取放活”和“工业反哺农业，城市支持农村”的方针，下决心调整国民收入分配格局，把支持“三农”放在各级政府预算的优先位置予以安排落实，切实提高国家财政支出和基本建设投资用于农村的比重，扩大公共财政覆盖农村的范围，强化政府对农村的公共服务。通过各方面坚持不懈的努力，尤其是广大农民的努力和国家的政策扶持，使农村生产生活条件和整体面貌得到明显改善。

第一，发展农村经济。推进新农村建设，必须把发展这个执政兴国的第一要务放在首位。提高农村生产力水平，繁荣农村经济，是新农村建设的首要内容，也是新农村建设的重要基础。首先要推进现代农业建设，着力推进农业增长方式转变，用现代发展理念指导农业，用现代物质条件装备农业，用现代科学技术改造农业，用现代经营形式发展农业。着重抓好5个方面：一是改善农业生产条件，提高农业机械化水平，加强农田水利建设，加强草原保护和建设，提高农业综合生产能力；二是推动农业科技进步，加快农业标准化，健全农业技术推广、农产品质量安全和动物疫病防治体系，提高农业在国内外市场上的竞争力；三是继续调整农业结构，优化农业生产布局，发展农业产业化经营，推进农产品转化加工增值，扩大畜牧、水产、园艺等劳动密集型产品和绿色食品的生产；四是转变农业增长方式，搞好土地整理，推行节水灌溉，科学使用肥料、农药，促进农业可持续发展；五是稳步发展粮食生产，建设大型商品粮基地，实施优质粮食产业工程，提高粮食综合生产能力，确保国家粮食安全。在建设现代农业的同时，要加快农村经济全面发展，大力扩展农村非农产业，推进乡镇企业结构调整、技术改造和体制创新，加强县城和重点建制镇建设，提高经济集聚效应，不断壮大县域经济。通过农村经济持续快速健康发展，大幅度增加经济总量和经济效益，为农民增收和农村全面发展奠定牢固基础。

第二，提高农民收入水平。实现农民持续较快增收是推进新农村建设的核心任务。要采取综合配套措施，广辟农民增收渠道。保持粮食和农产品价格基本稳定，控制生产资料价格过快上涨，努力使种粮农民能够获得相应收益。充分挖掘农业内部增收潜力，发展高产、优质、高效、生态、安全农业，努力开拓农产品市场，建立现代流通体系。在稳定和完善农村现有农业补贴政策的基础上，逐步完善健全符合国情的农业支持保护制度。加强农村劳动力技能培训，增强农村劳动力转移就业能力，提高科学种植养殖水平。加快发展农村第二、三产业，支持、鼓励和引导非公有制经济发展，增加农村劳动力就近转移就业机会。支持和引导农村富余劳动力外出务工经商，依法保障进城农民的合法权益，改进面向农民工的各项服务。加大扶贫开发力度，继续实行整村推进、龙头企业带动等重点工作措施，提高贫困地区的人口素质，改善生产生活条件，开辟增收途径。通过持续较快地增加农民收入，不断提高农民的生活水平，使城乡居民之间收入差距的扩大得到缓解并逐步趋于缩小。

第三，建设农村基础设施。抓好农村基础设施建设，直接关系到农村生产生活条件和整体面貌的改善，要作为一件大事摆上工作日程。应注重搞好乡村建设规划，统筹城乡土地管理，节约和集约使用土地，切实做到减少占用土地，高效利用土地。改善农村公共设施状况，加快乡村道路建设，继续完善农村电网，解决农村饮水安全问题。结合农村改厨、改厕、改圈，大力推广普及沼气，积极发展适合农村特点的风能、太阳能等清洁能源，推进农村生活垃圾和工业垃圾的无害化处理，搞好农村环境保护，改变村容村貌，健全公共设施，改善人居环境，提高农民生活质量。需要指出，村庄建设是新农村建设的重要组成部分，但不能把新农村建设简单地理解成就是村庄建设。村庄建设必须建立在经济社会发展的基础上，重点是整治村庄环境、完善配套设施、节约使用资源、改善公共服务、方便生产生活。通过持续若干年的公共基础设施建设，使农村落后面貌明显改变，使广大农民群众能够真正享受现代化成果。

第四，推进农村社会事业。新农村建设的一项重要内容，是尽快改变农村社会事业发展严重滞后的状况。要大力加强农村教育事业，全面普及九年制义务教育，积极发展职业教育，不断提高教育水平。加快农村公共卫生服务体系建设，基本普及新型农村合作医疗制度。继续实施农村计划生育奖励制度和“少生快富”工程。加强农村文化设施建设，积极推进广播电视“村村通”和农村电影放映工程。沿海地区和大中城市郊区等有条件的地方，应逐步建立农村社会保障制度。通过推进农村社会事业的全面发展，促进人的全面发展，培养有文化、懂技术、会经营的新型农民。

第五，深化农村体制改革。推进新农村建设，要有相应的体制和机制作保障。必须坚持社会主义市场经济的改革方向，积极推进农村各项改革。要坚持稳定和完善家庭承包经营为基础、统分结合的双层经营体制，健全土地流转机制，促进土地依法、自源、有偿流转，发展多种形式的适度规模经营。从2006年起，在全国范围内全面取消农业税，这标志着在我国延续2600年的古老税种从此退出历史舞台，具有划时代的重大意义。但是，农民负担问题并没有也不会自然消失，农民负担反弹的可能性依然存在，必须全面推进农村综合改革，巩固和发展税费改革成果。农村综合改革的重点，是推进乡镇机构、农村义务教育管理和县乡财政管理体制改革，逐步建立精干高效的基层行政管理体制和覆盖城乡的公共财政制度。同时，切实抓好农村金融体制、征地制度、粮食流通体制、农垦管理体制和兽医管理体制等项改革，进一步健全农产品市场体系和城乡统一的要素市场体系，全面改善农村经济社会发展的政策环境。适应新阶段农村形势的变化，增强村级集体经济的服务功能，鼓励和引导农民发展各类专业合作经济组织。通过深化农村改革，明显增强农村发展内在的动力与活力，从而加快农村经济社会发展。

第六，树立农村文明新风。农村现代文明是新农村建设中不可缺少的重要内容。在抓好物质文明建设的同时，要切实加强农村精神文明建设和政治文明建设。农村精神文明建设，主要是满足农民多样化的文化需求，丰富农村文化生活，形成邻里和睦团结、干群关系融洽的良好风尚，使农村社会更加和谐。农村政治文明建设，重点是发展农村基层民主，加强农村党组织和基层组织建设，健全村党组织领导的充满活力的村民自治机制。中央有关部门安排17.5亿元专项资金，支持全国村级组织活动场所建设，这是新中国成立以来的第一次。通过协调推进农村物质文明、政治文明、精神文明与和谐社会的建设，能够提高农村经济社会发展的整体素质，使之与社会主义市场经济体制和全面小康社会的要求相适应。

但是，当前农业基础脆弱、农村社会事业发展滞后的状况还没有完全改变，农民持续稳定增收的机制尚未形成，城乡居民收入差距扩大的矛盾依然突出，制约“三农”发展的深层次矛盾尚未得到根本解决，统筹城乡发展的体制机制还有待进一步完善。地区间发展还是很不平衡的，全面建设小康社会、推进现代化建设，最艰巨、最繁重的任务仍然在农村。

目前，浙江农村还没有形成规范的公共物品供给机制，对公共物品的供给主要还是自上而下的机制，民间资本参与的积极性不高，各级财政的责任和能力不明确，财政资金的投入效率还需要考证，对农民公共物品的需求状况还需要进一步研究。总之，浙江农村公共物品的供给机制还远未形成。因此，研究浙江省农村公共物品供给的现状及其机制，总结一些经验，对于实现浙江省新农村建设目标和建立农村长效发展机制是十分必要的。

第二节　研究内容与方法

本书的主要内容是2006年浙江省社科规划重大招标课题的研究成果。本研究从公共经济学和社会发展的视角出发，以实证研究和规范研究相结合的方法论为指导，以社区（农村中的行政村）调查为基础，并从农村基层干部、农民等多个视角入手对农村公共物品供给和需求的制度、现状和未来发展趋势进行研究。研究选取了浙江省10个地市的45个村作为调查地点展开了大样本的问卷调查，同时辅以小组访谈、半结构式访谈、典型案例调查等经济学和社会学研究方法，获得了大量的第一手资料。在已有调查资料的基础上，通过定性和定量相结合的研究分析方法，对浙江省农村的发展现状、农村公共物品的供给数量与质量及广大农民对公共物品需求的特征与要求等进行了深入的分析，对当前浙江省农村公共物品供给存在的主要制约因素以及如何进一步加快农村公共物品供给的增加提出了相应的对策。

本课题由中共浙江省委党校主持，课题组成员包括本校的多位教师、硕士研究生。该研究还得到了“科学发展观与浙江发展”研究基地的支持，参加调查工作的包括来自浙江大学、浙江工商大学、中国计量学院等高校的研究生和本科生，在调查过程中得到了地方干部和农民的大力配合和协助。

本研究的目标是对浙江省不同区域的10个地市的不同类型的农村在新农村建设中农村公共物品供给的现状和农民需求进行深入、细致的研究，综合了解不同地区、不同类型农民对新农村建设的理解及需求差异，了解农民与基层干部之间对农村公共物品供给认识的差异，最终了解我国农民在新农村建设方面的实际需求状况，为我国当前新农村建设中的农村公共物品供给提供理论支持和实践指导。

要解决农村公共物品供给严重不足的局面，必须建立农村公共物品供给的长效机制，其关键在于尽快构筑公共财政框架下的农村公共物品供给新体制。这一体制包括：第一，农村公共物品供给主体安排及供给方式选择机制；第二，农村公共物品需求表达机制；第三，农村公共物品供给融资机制；第四，农村公共物品供给决策机制。立足这一研究主题和研究目标，本研究的基本内容主要是：新农村建设中政府提供农村公共物品的重点及最低保障，当前农村社会公共物品供给的情况及主要问题，扩大农村公共物品供给的条件、机制、政策，不同地区、不同类型农民对新农村建设和农村公共物品供给的认识与看法以及农民在新农村建设“生产发展、生活宽裕、乡风文明、村容整洁、管理民主”5个方面的现状、需求及需求的程度。也设计了针对新农村建设中主导者——县、乡、村3个层级的基层干部对新农村建设的认识、需求及行动措施等方面的内容。

调查目的是对与农村居民日常生活关系密切的社区公共物品的供给情况进行多方面了解，主要包括农村社区道路、饮用水、垃圾处理、污水排放、医疗卫生及文化体育等公共设施和服务的情况，并调查了近年来村级社区公共项目的建设情况，包括主要的项目内容、资金的来源以及村民对这些项目的评价等。根据本研究的需要和现实条件，调查地点的选取一共分为省、市、县、乡、村5个层次，对前4个层次主要采取的是访谈法，第5个层次在全省一共随机选取了45个村。

（1）本研究的调查地点具体如表1-1所示。

表 1-1 调查样本社区分布状况

编号	村名	所在区域
1	仲乐村	海宁市斜桥镇
2	岩南村	义乌市后宅街道
3	林岩村	文成县玉壶镇
4	燎原村	德清县莫干山镇
5	宏坚村	慈溪市浒山街道
6	柘前村	新昌县回山镇
7	横门村	温岭市松门镇
8	赵宅村	上虞市章镇镇
9	澄源村	建德市寿昌镇
10	柱峰村	诸暨市大唐镇
11	前岸村	黄岩院桥镇
12	前后俞村	金华市金东区
13	新欣村	新昌县小将镇
14	东坂村	慈溪市横河镇
15	东衡村	德清县洛舍镇
16	轻纺村	慈溪市浒山街道
17	新市场村	新昌县双彩乡
18	棠村	新昌县澄潭镇
19	吕家村	临安市马啸乡
20	范二村	嵊州市崇仁镇
21	孙家村	奉化市尚田镇
22	孙方村	慈溪市坎墩街道
23	畏岭村	淳安县安阳乡
24	阳山坂村	桐庐县横村镇
25	塘公村	柯城区石梁镇
26	古渊头村	东阳市巍山镇
27	张家村	富阳市东洲街道
28	鉴湖村	绍兴市东蒲镇
29	水车村	宁海县跃龙街道
30	赤岩村	松阳县新处乡
31	彭坑洋村	泰顺县洋溪乡

续表

编号	村名	所在区域
32	山头村	常山县清石镇
33	淳进村	龙游县溪口镇
34	金星村	海宁市海昌街道
35	西坑村	新昌县镜岭镇
36	庄河村	松阳县四都乡
37	岗头村	平阳县郑楼镇
38	小剡村	富阳市常安镇
39	下闸村	温岭市东蒲管理区
40	将山村	温岭市坞根镇
41	河泊所村	奉化市莼湖镇
42	妙渚村	绍兴市王坛镇
43	对河口村	德清县武康镇
44	苕溪村	余杭区仓前镇
45	建明村	天台县城关镇

（2）调查对象地域分布情况如表1-2所示。

表1-2　调查对象地域分布情况表

地市	数量	百分比/%
杭州	7	15.6
湖州	3	6.7
嘉兴	2	4.4
金华	3	6.7
丽水	2	4.4
宁波	7	15.6
衢州	3	6.7
绍兴	10	22.2
台州	5	11.1
温州	3	6.7
合计	45	100.1①

①　合计值100.1%大于100%，这是计算值四舍五入形成的误差，并非计算错误，特此说明。本书还有多个数据表存在这种现象

（3）调查对象的自然环境特征如图 1-1 所示。

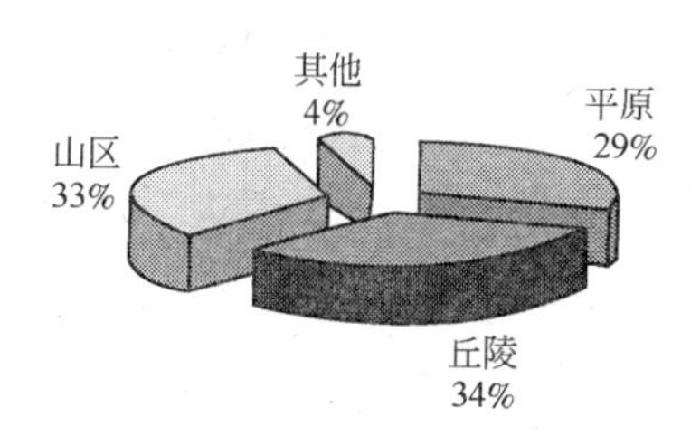

图 1-1　调查对象的自然环境特征

（4）调查对象的基本情况如表 1-3 所示。

表 1-3　调查对象的基本情况表

数据	行政村总面积/亩	村民小组数/个	总人口/人	人均收入/元	人均耕地/亩
均值	5 247.32	12.27	1 575.71	6 146.84	0.91
极小值	193	3	290	500	0.05
极大值	44 228	37	4 896	12 000	13.00
标准差	7 364.32	8.854	1 127.95	2 891.50	1.99

从以上统计数据看，本次调查对象分布地域较广，在浙江省 10 个内陆地市都有分布。这些行政村落的地形各有特色，平原、丘陵和山区各占 1/3 左右。村的基本情况如面积、总人口、人均收入、人均耕地等指标上也体现了较大的差异性，使这次大规模调查活动的数据有了更广泛的代表性。

本文所依据的资料，主要是在完成浙江省社科规划课题“新农村建设与农村公共物品供给”过程中，对浙江省 10 个地市 45 个村开展实地调查所获得的资料。这次较大规模的调查对象为一般农村居民及县、乡和村干部，调查方式采用实地观察、访谈和问卷结合，以大规模问卷为主的方式。本课题组的调查分两个阶段进行，第一个阶段主要是访谈和实地观察，目的在于定性研究，理清研究问题的主要内容，为第二阶段的问卷设计提供初步的思路。第二阶段为问卷调查阶段，在第一阶段的基础上，设计了针对村干部和一般村民的问卷，征集了一批大学生调查志愿者，深入乡村，面对面地与乡村干部和一般村民进行访谈并填写相关问卷。调查时间从 1 月下旬至 3 月上旬，尤其是利用了春节前后大多数村民在家过春节的时间。本次调查共抽样了 50 个村，最终完成调查的有 45 个村，回收了 45 份乡村情况及村干部的调查问卷，928 份村民调查问卷。本次问卷调查采用的是由大学生志愿者根据调查问卷内容与调查对象面对面访谈并填写调查问卷的方式。大学生志愿者由以浙江大学为主的在杭重点高校本科及硕士生构成，他们基本都来自于被调查区域，对被调查区域和对象熟悉并有一定的社会关系。调查实施前进行了调查内容及方法的辅导，较好地保证了此次调查的问卷质量。

在农民调查对象的选取中，原则上社区中所有的普通农民（指户口在农村）都是我们的调查对象，但在实际的调查中我们排除了农村中的以下几个特殊群体：一是在校就读的18岁以下少年儿童。少年儿童本身虽然是农村社区的一个重要群体，但由于年龄所限，他们对社区的政治、经济、文化和环境等方面了解相对较少。二是社区中年龄较大且反映相对迟缓的老人以及残障人群，由于在沟通与交流方面存在很大障碍，无法保证调查的质量和调查的顺利进行，他们也被排除在调查范围之外。

相比之下，县、乡、村干部调查对象选取较为简单和容易。自中央提出新农村建设的任务以来，全国绝大多数地区的地方政府都设置了新农村建设办公室，挂帅者一般均为当地政府的一把手或者农办等主抓农村工作的一把手，他们都被列为本研究的重点调查对象。

本研究主要采用文献查阅、问卷调查、半结构访谈、小组访谈、主要知情人访谈、研讨会等经济学、社会学领域的研究方法来收集资料。

（1）文献查阅。贯穿于整个研究过程。在研究开始之前，课题组查阅了我国目前关于新农村建设及农村公共物品供给的大量文献，了解当前的研究进展，并借鉴已有的研究经验及研究成果，确定本研究的研究框架。调查过程中的文献查阅加深了课题组对调查地点基本状况的了解，论文撰写过程中的文献查阅也为本研究奠定了一定的理论基础。

（2）问卷调查。在实地调查中进行。本研究采用的问卷分为两个部分：普通农民问卷和村干部问卷。在问卷的设计过程中，需要对新农村建设每个方面包含的内容进行深入了解和细化，方能设计合理的内容来了解关于新农村建设和农村公共物品供给中各方面的现状及需求。因此，在问卷设计之前，课题组查阅了大量的政策资料和有关新农村建设每个方面包含内容的研究资料，根据现有文献把有关新农村建设的各个方面细化成了多个指标，尽可能全面而综合地反映出新农村建设每方面所涉及的内容。在此还需说明的是，本研究中所有问卷都是由研究者入户对被调查者进行当面访谈，并由研究者本人按照被调查者的回答填写完成，每份问卷调查时间为1～2小时。与发放问卷给农民自己填答的调查方式相比，本研究所采用的问卷调查方式更深入、更具有可靠性。

（3）半结构访谈。在实地调查过程中进行。主要用于收集县、乡干部关于新农村建设的理解与需求方面的资料。

（4）小组访谈。在实地调查过程中进行。

（5）主要知情人访谈。在调查过程中进行。主要收集有关社区概况方面的资料。

（6）观察法。在实地调查过程中进行。主要用于了解各地正在开展的新农村建设情况及农村公共物品供给情况以及社区在经济、资源、文化、环境等方面的现状。

（7）研讨会。贯穿于整个研究过程中的始终。在调查开始之前，课题组通过研讨会确定了研究课题和研究设计；调查过程中的小组讨论能够及时发现研究设计中存在的问题，随时进行修改或调查，并总结调查过程中的收获；调查结束后的研讨会主要用于总结调查过程中的感受及发现，为论文撰写做铺垫。

在实地调研结束之后，课题组运用 SPSS、Excel 等数据统计和分析软件及常规的定性资料分析方法，对现有的所有文献资料、实地调查资料和观察记录等进行了系统的整理和分析。

需要解释的是：在本书后文的一些统计表中，由于数值修约的原因，导致统计结果略微偏离实际数值。

表 1-4 为研究小组成员在充分交流和讨论的基础上，设计出的每个调查地点需要完成的研究活动计划及提交的研究成果清单。该清单对调查起到了非常重要的作用，它是每一步调查行动的指南。

表 1-4　研究活动和调查成果

研究活动	对　象	数　量	抽样方法	提交成果
了解农村社区概况	主要村干部	每村 1 份	主观选择	问卷
问卷调查	村干部、村民	村民每村 20 份，村干部每村 1 份	偶遇、判断	问卷
乡镇干部访谈	主要乡镇干部	若干乡	主观选择	访谈内容
县级干部访谈	县一级主管新农村建设的干部	若干县	主观选择	访谈内容
调查报告	调查组成员	每村 1 份	实地调查体会与发现	报告
影像记录	调研活动，社区各方面状况	每村 1 份	主观选择	照片等影像资料

本研究的研究过程可分为前期准备、试调查、实地调查、资料分析与报告撰

写4个阶段。

1. 前期准备阶段

时间：2006年9月至2007年1月。

研究的前期准备包括文献查阅、研究课题的确定以及研究方案的设计。在研究开始阶段，课题组相关成员对新农村建设的相关文献资料进行了细致的检索和搜集，其中不仅包括学者的著作和报刊文章等相关研究性质的资料，也包括报纸、电视、网络等各种媒体做过的政策宣传与报道。在参考相关文献并结合国内新农村建设现状的基础上，最终确定了本研究的研究目标和研究内容。此后，课题组成员再次对新农村建设和农村公共物品的相关文献进行更深入的查阅和分析并进行研究方案的设计。最终以数次研讨会的形式，就农民问卷、村干部问卷以及县、乡干部访谈提纲的设计进行了深入的讨论和分析，设计出了调查问卷与访谈提纲初稿。之后，为了保证调查完成的质量，课题组还对所有成员进行了统一的调查培训。

2. 试调查阶段

时间：2007年1月。

在完成研究的初步设计之后，课题组成员选择了湖州市一个行政村作为试调查地点，对研究设计加以完善。在试调查期间，课题组成员进行了入户的农民问卷调查以及县、乡、村干部的问卷调查与访谈，还组织了成员内部的研讨会，讨论调查过程中的收获、感受及研究设计中存在的问题。经过不断的调查、分析和讨论，课题组及时对研究设计进行了修改和完善，并最终确定了正式的调查问卷及访谈提纲。

3. 实地调查阶段

时间：2007年1～3月。

试调查结束之后，课题组成员根据计划，通过多种方式招聘了近50位在杭高校就读的大学生志愿者。这些志愿者都是来自于浙江各地农村，对乡村情况有一定了解，并且有一定的人际关系，能够对主要村干部进行访问并了解到村内的一些实际情况。随后，课题组成员对他们进行了统一的培训，主要是让他们了解这次调查活动的意义，掌握问卷调查的方法、理解问卷中各个数据的含义及相应的要求。这些志愿者在寒假中，利用春节大多数村民都在家中的机会进行了实地调查。最后，大部分的志愿者按照要求完成了调查，只有少数未能完成。有45位同学在开学后及时提交了调查问卷、调查报告和部分的影像资料。

4. 资料的整理与分析及论文撰写阶段

时间：2007年4~12月。

在完成了实地调查之后，课题组组织了全体成员的研讨会，对实地调查的感受及发现进行了分组讨论和总结。研究者对问卷进行了分组编码和录入，对访谈记录等文字材料进行了整理，然后将所有小组的调查资料进行汇总，并借助一系列电脑分析软件和工具，对所有获得的数据、文字材料进行归纳、分析和总结，最终完成论文的撰写。

本研究的特色主要体现在以下几个方面：

首先，本研究是以农村行政村为基础的、微观的应用性研究。研究者在调查期间深入农村社区和农民的生活世界，通过入户的问卷调查、半结构访谈等社会学和发展经济学的研究工具，对新农村建设中不同类型农民的理解和需求进行了大样本的调查研究。这种以社区为基础的调查研究与当前普通从宏观层次上对新农村建设的理论研究相比，更具有政策借鉴和实践指导意义。

其次，从农民的视角来分析农村公共物品供给的现状及他们的需求，是本研究的最大特色，也是目前国内相关研究的一个创新。目前，国内研究和讨论一般都是站在学者及政府的立场对新农村建设的思路进行探讨，却忽略了农民在新农村建设中“话语表达”的重要性。农民是新农村建设的主体，也是新农村建设的最终受益者，了解并在今后实践中尊重农民对新农村建设的需求和意愿，有助于增强农民对新农村建设的福利感受和参与积极性，也能使公共资源的配置与农民的迫切需求得到更好的结合，从而提高新农村建设的目标瞄准率和行动有效性。

再次，在“因地制宜”、“以人为本”的理念指导下，本研究在关注新农村建设中农民的认识与需求的同时，还从不同地区、不同类型农民以及不同社会角色等多个维度进行了分析和探讨，进行了地区之间、不同类型农民和不同社会角色（县、乡、村干部和农民）之间横向及纵向的对比，通过对比，总结出了新农村建设中农村公共物品供给和需求的现实规律。

最后，本研究另一个创新是，不仅关注不同类型农民、不同社会角色对新农村建设各方面的理解和需求，还对这些需求的迫切程度和解决优先序进行了考察，从而了解了农民“生产生活中最迫切的实际问题”，这可以作为当前各地新农村建设实践的一个参考。

第二章　公共物品与农村公共物品供给现状

第一节　公共物品的概念及其分类

一、公共物品及其特征

为社会提供物品是社会组织的基本功能，不同的社会组织为不同社会群体提供不同性质的物品。一般而言，物品可以分为公共物品和私人物品两类。

公共物品的概念最早是由休谟提出，并由萨缪尔森加以规范的。自萨缪尔森描述了公共物品的一般理论之后，经济学对政府和市场的经济决策有了很大促进，人们在不断地发展公共物品的概念，并不断研究如何确定政府、市场的界限。

公共物品（public goods）是与私人物品（private goods ）相对立的概念。根据阿特金森和斯蒂格里茨的定义，公共物品指的是“在对该物品的总支出不变的情况下，某个人消费的增加并不会使他人的消费以同量减少”①这样一种物品，也就是说公共物品具有消费的非竞争性和非排他性。非竞争性是指消费者对公共物品的任何消费均不会影响其他消费者的消费，即公共物品的边际生产成本为零和边际拥挤成本为零，每个人对该产品的消费不会造成其他人消费的减少。非排他性是指在某一物品的消费过程中，物品的提供者无法有意将某些消费者（如不支付费用的消费者）排除在外；或者，将不付费者排除在外的做法虽然在技术上可行，但在经济上明显地得不偿失。

在图 2-1 中，横坐标表示物品的排他性程度由弱到强，纵坐标表示物品的使用边际成本由低到高（代表非竞争性消费的程度）。由此，根据人类需要物品的经济特征，我们可以将物品分为 4 种类型。第一种是纯公共物品，指非竞争性和非排他性物品。像国防、生态环境、基本公共卫生体系、基础教育体系、基础研究等，就属于这种类型。第二种是纯私人物品，是指具有竞争性和排他性的物

---

① 安东尼·B 阿特金森 . 1996. 公共经济学 . 蔡江南译 . 上海：上海三联书店，上海人民出版社

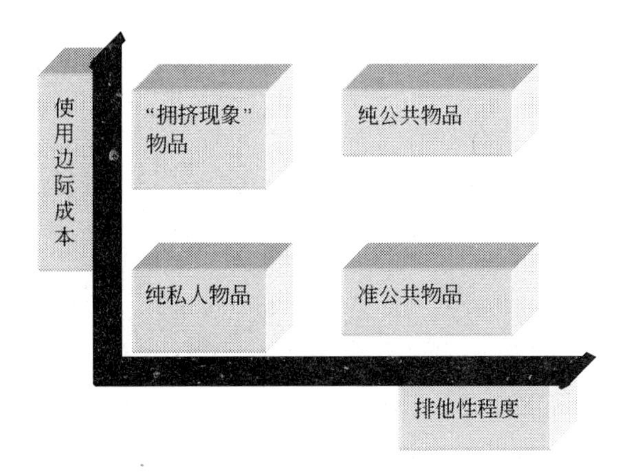

图 2-1　公共物品与私人物品

品，如各类商品、私人保健等。这些物品数量巨大，应该由市场来提供。第三种是排他性比较小但使用边际成本比较高的混合型物品，我们称之为“拥挤现象”物品，有“拥挤现象”就要收费，就有一个使用者付费的原则。第四种是使用边际成本比较低但排他性较强的物品，即准公共物品，如防疫、防灾，需要由政府提供。

除上述经济物品之外，人类还要使用一些免费的、自由可取用的物品，如水、阳光、空气等，被称为免费物品（free goods）。如果自然物品也具备非竞争性和非排他性的特点，则也可以被视作公共物品的一部分。这些物品不可能在有效率的私人市场上找到。

从供给的角度看，由于私人物品具备效用的可分性和消费的排他性，私人物品的总量等于每一个消费者所拥有或消费的该物品的总和，即私人物品是能够在消费者之间进行分割的物品，物品的所有者可以完全占有或独自享受该物品的效用，未经所有者的同意，其他人不能分享。在比较充分的市场条件下，营利性组织在利润最大化的经济理性指导下可以有效地为社会提供私人物品。政府组织和非营利性组织虽然也可以为社会提供私人物品，但是不富于效率，计划体制下生活消费品的普遍匮乏就是政府组织提供私人物品效率低下的表现。

公共物品的性质恰好与私人物品相反，它不具备效用的可分性和消费的排他性。公共物品的个人消费量与集体消费量相等，即任何个人对某种物品的消费都不会造成其他人对该物品消费的减少。因此，公共物品的性质决定了它不可能由理性的营利性组织来提供，需要由市场以外的集体选择机制来进行。政府组织和非营利性组织就是用集体选择的形式，它们通过取代私人之间的市场交易来解决公共物品消费当中的无人付费问题，同时也解决了该物品若由市场提供可能带来的社会公平问题。因此，政府组织和非营利性组织提供公共物品就成为必然的选择。政府组织和非营利性组织为了能够做到这一点，就需要从不同的途径获得资源：营利性组织从销售收入中获得主要资源，政府则凭借强制性税收，而非营利性组织则靠自愿捐赠、政府拨款等。也就是说，政府组织和非营利性组织为提供公共物品而需要的资源本身就是“公共性”程度较高的资源。

作为纯公共物品来说，它具有非竞争性和非排他性，如国防等，因免费搭车的存在，此类物品供给应由公共部门通过公共预算来提供。但市场经济中，纯公共物品相当稀少，存在大量具有外溢性公共物品特性的混合产品，也可称为准公共物品，这些物品的提供大多与纯私人物品不同，有政府介入才能达到社会福利最大化或帕累托改善。于是，政府职能扩大到更多广义公共物品供给上。

二、政府与市场的边界

不同时代，政府参与经济活动的程度有所不同，18～19世纪自由主义经济学家亚当·斯密倡导“守夜人”政府，到20世纪世界性大萧条发生后，按凯恩斯主义实行政府干预经济，政府的经济职能发生了巨大变化。现代市场经济运转对政府职能提出了更复杂、更高层次的要求。福利经济学基本定理指出可通过完全竞争市场来达到帕累托效率状态，但是，市场有效运行所需假设条件不存在或不能完全满足时可能导致市场失灵，市场失灵的根源在于交易成本这一因素，具体原因有如下几点：①外部性的存在；②不完全竞争；③不完全信息；④不确定性。因市场失灵的存在，政府在“守夜人”之外增加了新的角色，即干预市场的配置功能。另一方面，听任市场运转将带来收入和福利分配的公平问题，即两极分化问题，这是“市场失灵”的另一层含义，这也要求由理想上认为是追求社会福利最大化的政府介入，行使政府的收入再分配职能。

区分开公共物品和私人物品，也就相应区分开了政府和市场的边界。在市场经济国家，政府应当提供的是公共物品和公共服务。公共物品概念最主要的公共政策含义是，政府应当在提供这类物品上发挥主要作用，否则就会出现供给不足的问题，提供公共物品的社会利益超过了私人利益。除非政府利用税收、补贴以及其他形式的干预手段去鼓励私人投资，否则，公共物品的供应将少于社会需要的数量。

公共物品应该由公共部门来提供。但是，除了众所周知的政府组织（governmental organization，GO）外，还有“通过志愿提供公益”的非政府组织（nongovernmental organization，NGO），也称非营利组织（non-profitable organization，NPO）。由于政府组织能够动员并使用大量社会资源，所以在公共物品提供上，负有主导责任。而非政府组织则有信息、经验、监督以及灵活性等优势，在公共物品提供的实践上有更大优势。

不过，如同政府组织可以提供私人物品一样，市场也可以提供准公共物品。在这种情况下，准公共物品就转化成私人物品或准私人物品，这可以从公共选择理论那里得到解释。在市场经济条件下，强制性税收是政府提供的公共物品的影子价格，是纳税人为消费政府提供的公共物品所付出的代价；自愿捐赠则是非营利性组织提供的公共物品的影子价格，在某种程度上也可以视为捐赠者与非营利性组织之间的自愿交易；至于政府拨款，也是从税收中划拨来的。因此，政府组织和非营利性组织提供公共物品也是一种形式的等价交换。当准公共物品转化成私人物品或准私人物品来提供的时候，等价交换的原则依然得到遵循。但是，就公共物品本身的性质而言，市场的介入是有限的，而且应该受到政府的严格监督。

随着社会从产品经济、货币经济向信息经济的演变，公共物品涉及的规模、涵盖的范围及其反馈效应都达到了前所未有的高度。公共资源以及在此基础上的公共物品，不再仅仅局限于满足社会的公共经济需要，更重要的是，公共物品成了公共部门（政府）与私人部门（企业和家庭）之间信息沟通的桥梁，成了一个社会民主价值的集中体现。从这个意义上说，一个社会的进步程度与该社会配置公共物品的模式有着密切的联系。

三、公共物品的分类

为了明确公共物品的供给范围，寻求有效率的公共物品供给制度，需要按照不同的标准对公共物品进行科学的分类。

（一）纯公共物品与准公共物品

从消费的角度看，公共物品可分为纯公共物品和准公共物品两类。布坎南认为，公共物品是一个外延广阔的范畴，不仅包括纯公共物品，也包括“公共性”程度从0到100%的其他一些商品或服务。纯公共物品是指具有完全的非竞争性与非排他性特征的公共物品，是指一定社会的消费者数量无论怎样增加，其边际成本始终为零的公共物品，如国防系统、司法管理、道路照明、环境美化等。这类公共物品的消费人数很多，但偏好差异较小——不同消费者的消费意愿相差不大，受益比较均匀，而且人们不用付费就可以享受。而准公共物品则是当消费者数量达到一定数量时其边际成本开始上升，随规模的继续扩大其边际成本甚至达到无穷大的公共物品，它们是不同时或不完全具有非竞争性和非排他性的公共物品，如公共图书馆、公共道路、公共运动场等。从消费和生产的角度看，纯公共物品由全体成员共同使用，使用权归群体或集体所有，具有绝对的“非排他性”、“非独占性”和“非竞争性”特点，提供公共物品带来的收益不为投资者独享，极易由公众共享。每增加一个消费和使用者，其边际成本都为零。因此，纯公共物品不能通过市场实行交换供给，一般由政府或社区提供。准公共物品在供给方面具有“公共”性质，但在消费方面却具有“私人”性质。因此一部分准公共物品既可以由政府提供，也可以由私人或市场提供。

（二）有形公共物品与无形公共物品

按照公共物品的存在形态，可将全部的公共物品分为有形公共物品与无形公共物品。前者包括城市基础设施（如公共道路、公共医疗卫生、供水和排水系统、垃圾收集和处理设施以及其他环保设施）、学校、公共图书馆、展览馆和其他公益性设施等，这些公共物品是看得见的有形物品。对于发展经济来讲，基础性的有形公共物品是必不可少的。后者包括法律法规、社会保障、社会治安、行政管理、区域发展战略等。无形的制度性的公共物品对于经济的增长和社会的发展甚至具有更大的作用。例如，经济学家斯蒂格利茨就认为：“最重要的一种公共物品是政府管理。我们都能从一个好的、有效率的、反应灵敏的政府那里得到好处。……如果政府能够变得更有效率，而且在不降低服务水平前提下能减少税收，那么我们可以取得更多的利益。”① 从经济发展过程看，经济发展早期或落后地区由于经济不发达，往往只能提供最基本的公共物品，如道路、通信、水利、垃圾处理以及最基本的政府管理（如维护社会秩序）等，当经济发展达到一定水平后，政府将致力于提供更多的无形公共物品。

（三）消费性公共物品与生产性公共物品

按照公共物品的最终用途，可将全部的公共物品分为消费性公共物品与生产性公共物品。前者是指由生产者或提供者生产或提供后，作为有形或无形的公共消费品直接进入消费领域，由辖区内特定的群体共同消费或使用的物品；后者又

① 约瑟夫·E. 斯蒂格里茨. 1998. 政府为什么干预经济——政府在市场经济中的角色. 北京：中国物资出版社

称中间性公共物品，是指由辖区内的一组厂商共同使用的生产要素，如天气预报、新发明、公共信息、生产用道路、桥梁以及人力资源的开发和培训等。生产性公共物品具有中间投入品的性质，例如，天气预报不仅可以提醒人们注意天气变化，天寒加衣，下雨带伞，提高生活质量，而且对于从事商业生产的农民来讲，又是一个重要的生产要素。从动态经济学的角度看，生产性公共物品的消费，可以减少私人生产成本，提高私人品的产出水平。

（四）地方性公共物品与全国性公共物品

按公共物品的受益范围，可将全部的公共物品区分为地方性公共物品与全国性公共物品。前者是指仅限于一个特定行政辖区内的居民所共同消费的公共物品，效益不存在辖区间的溢入、溢出问题；后者则是指那些效益会溢出一个特定的行政辖区的公共物品，溢出效益越大，越应当由上级地方政府直至中央政府来承担其供给职责，或者由上级政府给予下级政府更多的转移支付。地方性与全国性公共物品的存在，在一定程度上解释了政府间公共物品供给权责划分以及转移支付制度等问题的经济原因。

（五）垄断性公共物品和非垄断性公共物品

从供给者数量的角度看，公共物品又可以分为垄断性公共物品和非垄断性公共物品。如果某种公共物品的供给主体只能有一个，那么这种公共物品就是垄断性公共物品，如国防、立法等，反之就是非垄断性公共物品，如公路、公园等。一般而言，纯公共物品与垄断性公共物品相对应，而准公共物品与非垄断性公共物品相对应。

四、公共物品的供给理论

研究社会公共物品供给的经济学科称为公共经济学。公共经济学或政府经济学是近几十年才发展起来的一门交叉性学科，它涉及政治学、经济学、财政学、心理学等领域，主要是从较为成熟的财政学演变而来，之所以公共经济学这一名称取代财政学，有以下几点基本原因：

（1）财政学与公共经济学依据的经济理论发生变化，财政学产生于亚当·斯密的古典经济学，其理论基础自然是“自由放任”经济学的基本观点[①]。随着

① 亚当·斯密．1972．国民财富的性质和原因的研究．郭大力，王亚南译．北京：商务印书馆

经济发展，市场体制日趋复杂，政府的经济作用日趋加强，通过政府干预实现社会福利最大化成为重要研究课题。

（2）财政学与公共经济学研究的范围和内容发生变化。公共经济学所研究而财政学所不包含的内容有公共物品的最适提供、外部性矫正、公共（企业）定价、成本—效益分析、社会保障制度、宏观经济稳定等。

（3）两者研究方法发生变化。公共经济学全面采用现代经济分析方法，即实证分析与规范分析方法，还利用数理经济学和计量经济学的分析技术进行定性分析与定量分析，使分析结果更加准确。

随着政府活动范围扩大，干预经济社会的深度、广度提高，各发达市场经济国家都出现公共支出相对于国民收入的增长趋势。公共支出宏观模型（瓦格纳法则，皮科克和怀斯曼的分析）等宏观理论无法解释公共支出过程的细节，必须考察公共支出结构产生过程，即公共支出的微观基础。公共支出微观模型从公共物品产出水平的决定、服务环境、人口变化等对公共支出的影响，公共供应产品的质量、公共部门要素价格、转移支付等方面来研究引起公共支出相对规模上升的因素。

庇古在对公共物品与私人物品之间资源有效配置的分析中，认为每个人都从公共物品消费中受益，同时又为公共物品提供承担税负，当公共物品的边际效用等于赋税的边际负效用时，公共物品的供应便是有效的。应用一般均衡的边际分析原理，可以使个人预算中所有的私人物品和公共物品达到最佳配置状态①。因公共物品提供上存在着免费搭车等外部性，公共物品供给存在明显不足。各种文献对个人不愿流露自己对公共物品的真实偏好及效用满足度的情况下，做出了公共物品虚拟需求曲线及有效供给均衡分析。威克塞尔－林达尔模型探讨了民主国家供应公共物品和决定税率时面临的许多分析性问题②。

“公共选择学派”是经济学中研究政治制度的一个分支流派，公共选择理论用经济学的工具，揭示公共物品的供应和分配的政治决策过程。公共选择理论认为现实中政治人（政治学假设政治人在追求公共利益的活动舞台上以公共利益最大化为目标）和经济人（经济学对人的假设，认为人是自私自利的，时刻在追求个人私利的最大化）二者重合，在政治活动的非市场决策中政治人也有自私自利、追求自身利益最大化的一面。政治决策中各利益主体相互交易、角逐，由此出现了公共选择中投票悖论（阿罗不可能定理）和中位选民定理。在公共预算

① 庇古．2006．福利经济学．朱泱，张胜纪，关良健译．北京：商务印书馆

② 加雷斯·D迈尔斯．2001．公共经济学．匡小平译．北京：中国人民大学出版社

中对公共物品供给数量、质量上因各利益集团、官僚部门角逐，由此出现政治经济周期。

国外不少文献探讨了地方政府存在的依据、分权的理论与政府职能分配、财政联邦主义原则、地方政府收入来源。为什么要采用地方政府制度而不采用单一的集权制？为什么要实行财政分权？怎样的分权方式才是最理想的？联邦主义或分权制的经济学依据是基于对公共物品收益只能在有限的地理范围内分配来考虑的，如果一律采用集权制，决策成本较高，而通过分权来限制权力的过分集中，意味着政府结构的分权化和多样化。实际生活中，公共物品更多的是地方公共物品，其收益只覆盖于有限地理区域，因此可将地方政府看作按空间划分的服务部，对于随人口规模扩大变得拥挤的地方公共物品可看作俱乐部产品。

在联邦制度中，政府结构设计的一个问题是如何划分各级政府的职能，蒂博特—马斯格雷夫的公共部门分层蛋糕模型强调分权，并把公共物品的供应限制在很容易内在化的地区，这种方法具有强烈的理论性前提，即认为州和地方政府的资金应该用收益赋税来筹集①。现实中，州和地方税收都不能被描述为纯粹的地区性收益赋税。此外，州和地方税只能弥补州一级以下政府支出的一部分，其缺口通过联邦政府对州和地方政府的拨款来弥补，财产税是地方政府最常用的主要税种。而上述补助有不同种类，其对地方政府支出产生决定性的影响，影响地方公共物品供给，美国不少学者进行了许多实证性研究判断这种拨款的影响。这些研究的结论就是公共部门的稳定和分配职能必须由中央财政来执行，州和地方政府主要从事配置活动。他们认为低一级财政有着效率更高的配置资源的能力，因为他们提供的是最能反映个人偏好的产品组合。

地方政府实施收入再分配政策的能力也是很有限的。马斯格雷夫和奥茨提出的最基本依据是要素流动性，认为在自由移民、劳动力自由流动的条件下，如果某一地区力图执行较有力的再分配政策，则会激励低收入者（穷人）蜂拥而至，而高收入者（富人）则将不断外迁。但对此不少经济学者支持地方政府也应该（至少部分地）执行再分配职能，其中有较大影响的是波利的观点，其思想源于地方性公共物品应分散化配置的观点，把再分配制度视为一种地方性公共物品。

地方公共物品理论可以用来部分地解释全国人口在不同财政管辖区（不同地方政府）的分布情况。为此，假设人们都选择能最好地满足其个人偏好的社区居住。公共物品的非排他性决定了人们可以不付成本享受公共物品的好处，所以每

① 理查德·A马斯格雷夫，佩吉·B马斯格雷夫 . 2003. 财政理论与实践 . 邓子基，邓力平译 . 北京：中国财政经济出版社

个人都更愿意成为免费搭车者，也就是不流露他的偏好。国外文献研究了混合产品及非纯公共物品供给及俱乐部产品供给，用博弈论探讨了人们对公共物品的偏好表露及支付成本。

针对这一问题，蒂博特曾经设想，如果有足够多的社区可供选择，在公共物品的提供确实存在地理差异的情况下，人们就会（至少在一定程度上）通过选择居住地点来表示他们对公共物品的偏好①。蒂博特模型的理论内容主要有两个：一是边际成本为零推动了各地方政府在地方公共物品供应上的相互竞争，二是以自由限期为前提的“用脚投票”。市场经济是一国公民在国内自由迁徙的保障，在蒂博特的原文中，他假定人们生存依靠的是非劳动收入，这样人们就不会因为工作需要而被固定在某个地方，人们就有可能表现出他们对地方提供物品的偏好。只要存在足够的可供选择的社区，消费者们便像选择私人产品一样，通过投票的行动来选择地方政府，让地方政府按自己的偏好来提供一定水平的公共物品，使地方政府所提供的公共物品水平和其所征收的税收水平达到一致。这样，从偏好出发的地理选择就形成各社区间公共物品的最优供应。

蒂博特“用脚投票”原理提出后，麦圭尔对居民迁徙的原因和停止迁徙的条件做了更为详细的分析。麦圭尔认为停止迁徙的条件是公共物品与税收达到最佳组合状态。按个人效用最大化原则，成本高（税收高）社区的居民会不断流向成本低的社区，直到社区内人们分担的公共物品成本与新迁来者所引起的边际成本相等为止。此时，迁移者的迁移成本也就和迁移收益趋于相等，人们就会在一个社区稳定下来。

布坎南认为一个地方政体是一种俱乐部的形式，他使用个人对公共物品和私人物品具有相同趣味的模型，探讨了自愿形成俱乐部的效率性。布坎南对地方政府的最佳规模研究是从一个游泳俱乐部开始的。他假定游泳池的总成本固定，而且俱乐部成员的收入和偏好也是一样的，要解决的问题是俱乐部成员的多少问题。在排斥是可能的的情况下，一个新成员的增加会降低所有其他成员的成本，也就是存在着规模经济。随着成员的增加，每个成员所负担的成本不断下降，但是同时也应该注意到因成员增加带来的拥挤程度的上升，这就是增加的成员带来的边际成本。起初拥挤成本可能很低甚至是负值，但是随着人数的增加，拥挤成本不断上升，最终可能由于拥挤不堪而使俱乐部解散。俱乐部的边际收益曲线和边际成本曲线会交于一点，在这一点上，因人员增加带来的分摊成本下降的收益

① 中国社会科学院财政与贸易经济研究所．2005．走向共赢的中国多级财政．北京：中国财政经济出版社

与因成员增加带来的拥挤程度的成本正好抵消。布坎南指出，按照一般均衡原则，此时的俱乐部人数是最优规模。经济学家麦圭尔在布坎南研究的基础上，进一步具体论证了最优地方政府的规模问题。每一个地方政府都应该遵循公共物品供应原则，使人均分担的公共物品成本正好等于新加入成员所引起的边际成本。

斯蒂格里茨认为由不同地区竞争性供应的地方物品与通常的私人物品竞争均衡模型之间存在着类似性。只有在社区和个人恰好以适当的比例存在且每个人采取非短见的行动时，地方物品的均衡才是帕累托最优的。但是在更现实的情况下，一些情况时的均衡并不存在，即使存在，可能也不具备帕累托最优。地方公共物品的某些特征会使帕累托状态无效。其中，最重要的一个特征就是与向个人提供这种物品相联系的基本非凸性。在有地方公共物品的场合，非凸性的原因是因为向一个新加入者提供一定数量公共物品的成本是零。其次，当存在数目有限的社区时，这些社区可能会使自己更富有吸引力，这种情况类似于只有几个垄断竞争厂商的市场。一方面，这种情况创造了确保公共服务供给效率的动机；另一方面，这种情况供应的公共物品的组合和水平可能不具有帕累托最优。最后，不是所有帕累托有效配置都可以通过一种地方公共物品的均衡来获得。

缪勒认为用脚投票理论通过将个人归类于各种具有同质趣味的政体的方式而达到了帕累托最优。布坎南的俱乐部理论在缪勒眼里有着类似用脚投票理论的结论。俱乐部的自愿形成比用脚投票在现实中个人对公共物品的偏好上更有效，因为它并不要求俱乐部成员在地理位置上接近。缪勒着重讨论了当存在联合供给时用脚投票的问题①。在规模经济存在的条件下，个人的流动性甚至更不可能满足实现帕累托最优状态的要求，这是因为，当该社区的规模超过了最优状态时，一个新进入者的进入会产生“拥挤”成本，即负的外部性。而个人在社区间的移动是不会考虑别人的边际效应的，所以用脚投票在公共物品和外部性存在的情况下一般来说不会存在帕累托最优状态。当个人能够从社区之外获得部分收入时，蒂博特模型更有可能失灵。这一部分与个人所在社区无关的收入可以叫做租金收入。如果社区的规模正好使分摊到每一个成员头上的公共物品的边际成本等于该物品带来的边际收益，那么增加一个只有工资的成员会使社区的情况变坏，但是如果他有一项比较高的租金收入，则该租金收入融资形成的公共物品供给的扩大会超过这个成员带来的拥挤成本。这样，一个有着较高租金收入成员的加入会使整个社区的情况变好。以上的解释可以说明为什么现实中人们往往不是根据个人

① 丹尼斯·C缪勒. 1999. 公共选择理论. 杨春学等译. 北京：中国社会科学出版社

偏好选择社区，而是根据个人收入形成富人区和穷人区。布坎南和斯蒂格里格茨认为帕累托效率能够以非集中化的办法来实现。如果社区 A 从移入中得到的外部性是正数，它便给新来者一项津贴，并对移出征收等量的税。如果社区 B 也这么做，那么所有个人将会被迫把他们的移动所必需的外部成本内在化，从而实现帕累托效率。布坎南在开始俱乐部研究时就做出相等收入和偏好的假定，在缪勒看来是相当可行的。但同时缪勒指出，地方政府通过征税来挑选迁入者的权利和人口自由流动的假设是直接冲突的。

但同时我们也能看到，正如随后的经济学家评论的那样，蒂博特模型和俱乐部理论在很多方面有着严格的假定和限制，这众多的限制使该模型和俱乐部理论充满了争议，也正是这些争议引发了地方公共物品理论的进一步发展。地方公共物品理论是对非纯公共物品如何供给的一种尝试性解释，它引发了很多的问题和争议，这在客观上刺激了政府在公共部门的政策，如税收、贷款及补助金方面的措施。在很多情况下，地方政府代替中央政府提供公共物品。毫无疑问，地方公共物品理论已经逐渐成为理论经济学和应用经济学的热点问题。

第二节　农村公共物品供给现状

一、农村公共物品供给现状

（一）农村义务教育

农村义务教育是一个意义深远的重大问题。促进农村地区的全面发展，必须保证农村义务教育的发展，提高农村劳动力的人力资源素质。

长期以来，我国农村义务教育主要由县、乡政府以及村负责，基础教育的管理权限下放得过低，乡镇财政难以支撑，严重影响了农村义务教育的发展，也造成农民的教育负担过重。从 2001 年起，我国实行了“以县为主”的农村义务教育管理体制，义务教育的财政分担主体重心有所上移，但依然没有从根本上改革农村义务教育分散供给的局面，农村义务教育的供给仍然处于一种责、权不对称的状态。今后，除了要逐步上收农村义务教育职责外，还应充实和优化农村义务教育资源。一是要加大财政对农村义务教育的投入力度，改变过去农村义务教育农民自己掏钱办的格局，使政府成为农村义务教育的投资主体。二是要优化义务教育资源配置。现在农村义务教育发展滞后，很多地方学校布局不合理，非在编人员过多。因此必须精简和优化教师队伍，合理配置教育资源。建议一方面要采取措施精简和优化教师队伍。改革用人机制，按照教职工与学生人数或教职工与班级比例严格核定编制和岗位，清退临时工勤人员和代课教师，压缩非教学人员，依法辞退不合格教师，提高教师素质和教学质量。另一方面要合理调整教学布局。由于农村人口的减少和交通条件的改善，至2000年，我国农村中，村距最近小学距离2千米以下的高达84.16%。很多地方的中小学生源减少，这为农村适当集中办学创造了条件。可以考虑合理调整农村中小学学校布局，适当撤并教育资源利用不充分的农村中小学。三是改革农村初中办学模式，以就业为导向，走“普教与职教结合，文化与技术并进”的农村初中办学路子，使部分学生在接受义务教育的同时，经过一定的职业技术教育，提高其就业能力。

（二）农村社会保障制度

社会保障是一个制度体系，包含社会救济、社会保险、社会福利三个层次。多年来，我国农村社会风险由农民通过农地进行缓冲，今后应逐步用公共财政进行消除。但是农村社会保障制度的建立和发展不能一步到位，我国农村社会保障的水平和内容，需要考虑我国农村社会保障历史、农村社会保障发展的阶段性和我国农村社会保障的人文特点（例如，农村养老以家庭为主），逐步推进。近期农村社会保障主要应该在以下两项内容上有所突破。

（1）完善农村社会救济制度。社会救济是农村公共物品的基本内容之一，是维护农民作为公民应当享有的生存权利的最起码要求。我国农村的贫困人口中相当一部分是无劳动能力的人群，依靠扶贫开发无法脱贫，只能纳入社会救济系统，实行最低生活保障。

我国农村社会救济制度的基本框架是在计划经济时期形成的，许多传统的救济手段一直沿用至今。从1997年开始，我国在有条件的农村地区逐步建立最低生活保障制度，到2002年5月底，全国得到最低生活保障的农村人口为338万人，约占农村贫困人口的1/10，享受的对象大部分是无劳动能力的五保户、残疾人等。从制度建设的角度来看，当前的社会救济制度仍然存在许多不足：一是救济标准偏低，无法满足基本的生活需要；二是救济款项不能按时发放；三是界定救济对象很困难，新的优抚对象很难进入救济范围。针对上述缺陷，我们应当大力改革旧的救济方式，建立新的与市场经济相适应的规范化的农村社会救济制度，搭建农村社会救济制度的平台，满足农村贫困群体的基本生活需要。

就我国目前的情况来看，农村社会救济的重点主要有两个方面。第一，对遭受自然灾害后的农村灾民的生活救济。同城镇相比，我国农村的防灾、抗灾和救灾能力脆弱，因各种灾害而陷入困境的农民数量较大。因此，灾民的生活救济应当成为农村社会救济的重点。第二，对农村贫困人口的生活救济。我国农村目前尚有数以千万计的贫困人口，这些农村贫困人口连基本的温饱都难以维持，急需政府和社会给予必要的生活救济，并将之纳入法制化轨道。

(2) 医疗卫生保险制度化，降低农民健康风险。公共卫生是人生存和发展的基本要求，也是现代公民应当享有的最基本的公共物品之一。我国农村公共卫生保障系统十分脆弱。20 世纪 80 年代以来，农村合作医疗体制基本解体，绝大多数农民成为自费医疗群体。由于农民收入增长速度跟不上医疗费用的上涨速度，为数较多的农民看不起病的问题比较突出。"小病吃药，大病干靠，实在不行才去医院"，是我国很多农民生病就医时的真实写照。20 世纪 90 年代以来，政府为改善日趋薄弱的农村卫生服务体系，出台了一系列政策，如开展农村初级卫生保健、促进和恢复合作医疗、实施乡村卫生组织一体化管理等。但是，目前农村医疗卫生仍面临着投入不足、效率低下、保障缺乏、基础薄弱等主要问题。因病致贫、因病返贫已在一定程度上制约了农村社会经济的发展和农民生活水平的提高，成为影响农村社会稳定的重要因素之一。因此，当前必须加大对农村公共卫生的投入，统筹城乡公共卫生保健事业的发展，并加快建立和完善与农村实际相适应的以大病、重病统筹为主的农村合作医疗制度，对流动人口（如农民工）应纳入城镇公共卫生医疗保障体系。

（三）农村基础设施

我国在农村基础设施建设方面的欠账很多，目前普遍存在着农业基础设施老化和农村基础设施建设滞后的问题。为推动农业的持续稳定发展，提高农民生活水平，政府应逐步加大对农村基础设施的投资力度，将对农村道路、供电、供水等乡村公益性基础设施的投入列入各级政府的预算支出范围，改变原来乡村公益性基础设施建设主要依靠向农民收费和集资来解决的状况。

（四）维持公共秩序

政府维持公共秩序包括维持农村社会秩序和经济秩序两个方面。近些年，由于市场经济的负面影响，自由主义、拜金主义、实用主义侵入农村，一些地方黄、毒、赌、拐泛滥，偷盗、抢劫等现象时有发生；封建迷信复活，宗族控制抬头；个别黑恶势力操纵村级组织，农民的人身权益和经济权益难以得到有效保障。维持安定的社会秩序是政府存在的基本所在之一。因此，政府要加强社会治理，保障广大农民的人身安全和财产安全。在经济领域，由于农民的弱势地位，农民在市场交易中常常处于不利地位，出现经济纠纷时非常被动（如下面的种子纠纷问题）。因此，政府应维持农村经济的有序运转，做好经济运行过程中的"裁判员"。

（五）农业科技研究

科学技术研究是一种高投入、高风险的活动，农业科技研究也不例外。技术创新风险是指创新主体在技术创新的过程中，由于技术本身和市场环境的不确定性，创新项目本身的难度以及企业自身能力的制约，致使技术创新不能取得预期的成果或失败而造成各种损失的可能性。同时，由于技术创新又是一个由以下阶段组成的过程，即产生创意构思、提出实现创意构思的设计原型、开发实验模型、工艺试验和新产品试生产、初次商业化生产、大规模生产、创新技术扩散，其中只要有一个阶段出现严重障碍，就会导致整个技术创新过程的失败。同时，由于科技创新成果具有使用的非排他性，创新投入主体很难对成果实现独占，所以具有准公共物品的性质，具有较强的正外部性。由于科技创新成果其所具有的正外部性，虽然会给社会带来益处，但是对于以利益实体存在的各类企业，却都不愿意为此支付更多的费用，这就为政府对创新活动的干预提供了必要性。因此，对以技术创新为主要内容，具有高风险、高投入特征的高技术创新，更需要政府给予恰当的资助和支持，以避免市场主体投入的不足。

此外，我国农民多是一家一户的分散经营，资金力量比较薄弱，科学文化素质比较低，即使他们认识到科技进步不只是一种付出，更具有获取超额利润的巨大前景和可能，也没有能力进行技术创新。而且很多农业技术创新的前期投入比较大、资金风险高，技术成果出来以后，并不需要专业技术和设备就容易掌握，技术的外部性很大，个人没有动力进行技术创新。所以，技术创新和技术推广的责任需要政府承担。然而长期以来，我国政府一直把工作重心放在高、精、尖先进技术上，对农村中技术含量不是很高、简便易行的实用技术重视不够。这种传统的创新体制不适应农村技术进步的发展要求，使技术创新的动力不足，阻碍了农业科技进步和技术普及。今后，农村基层政府应提供相应的农业科技研究，为农村经济增长模式的转型奠定基础。

（六）区域规划和农业生产信息指导

当前，我国的农业生产以家庭经营为主，农民的生产决策以个人利益为导向。但是，个人的理性有时会导致宏观上的非理性（如山东省农田“营养过剩造成河湖水体污染”一例），需要政府加以宏观规划和引导。另外，分散化的家庭经营易于导致农产品买方市场的出现和农产品供给的无序波动，政府应提供农产品生产和经营方面的规划和信息。

农村政府职能的转变意味着农村公共物品供给水平的提高和供给结构的优化，但是从我国的实际情况看，受政府财力（尤其是地方政府财力）的制约和城乡发展不均衡的限制，农村公共物品在不同阶段、不同地区供给具有不同的优先排序。改善农村公共物品的供给，要承认农村经济发展水平的客观现实和农村公共物品的需求差异，分阶段、分地区量力逐步推进，不能强求农村公共物品供给水平的整齐划一，应该按照经济社会发展需要的轻重缓急和政府财力确定农村公共物品供给的优先顺序。按照农村发展的不同阶段和农民需求的层次性，农村公共物品供给的分阶段排序原则是：先保障农村社会稳定和农民的基本生活需要，后创造条件促进农村发展；先保证纯公共物品，后提供准公共物品，即先对农村居民基本的社会需要进行统筹安排，如公共医疗和基础教育的良好供给，保证农民起码的社会权利，然后在此基础上加大基础设施的建设，改善农民生产和生活条件，推动农村社会，经济发展。

我国农村地区的经济发展不均衡现象十分严重，不同的经济发展水平要求不同的公共物品供给水平和供给结构。所以同属农村地区，各地区农村公共物品的供给排序也存在差异。东部地区的政府应加大发展性公共物品的供给投入，例如：逐步建立强制性的农村社会保障制度并不断提高保障水平；加强农村义务教育，提高农村中小学设备配置水平；促进农村文化事业的发展，提高农村居民的文化素质；加大科技投入，提高科技成果的转化率，促进高科技农业、特色农业的形成。对于经济发展水平相对落后的中西部地区和贫困地区，农村公共物品的供给则主要限定在保障农村和农民基本需要的范围之内。主要是：确保编制内的人员工资支出和公用经费支出，维护基层政权机构的正常运转；保证农村义务教育政策的全面贯彻落实，对农村中小学危房改造、必要教学设备的配置、教学公用经费的补助和师资队伍的培训提供基本财力支持；支持乡村道路和清洁饮水等主要公共设施建设，满足基本生活需要；初步建立农村社会保障制度，重点解决农村公共卫生、最低生活保障和农村扶贫开发等问题。

现行农村公共物品供给制度是为了适应我国经济体制改革而产生的，它在我国经济转轨时期的作用是不可抹杀的。首先，在基础设施提供方面，现行农村公共物品供给体制功不可没。例如，我国现有乡村道路建设的绝大部分资金来源于现行的农村公共物品供给制度。其次，在经济建设特别是乡镇企业的发展方面，其资金支持也同样来源于现行的农村公共物品供给体制。最后，现行制度主要是面向农村的文教卫生、社会治安、计划生育和社会保障工作。如果没有现行农村公共物品供给制度的支持，我国农村的发展是不可想象的。

二、增加农村公共物品供给的意义

（一）有利于增加农民收入，促进农民财富积累

加强农村公共物品供给可以为农民增收创造条件；可以在农村地区创造出许多就业机会，直接增加农民收入；可以把农民从自我供给状态中解脱出来，大大减少农民负担，使农民把更多的资源用于提高自身收入上来；可以降低生产成本，从而间接地提高农民收入；可以促进农民财富积累；同时，也有利于为进城务工农民返乡创业创造条件，增强农村发展活力。

（二）有利于启动农村消费市场，拉动经济增长

农村非生产性公共物品供给滞后，社区环境及配套基础设施不完善，既严重制约农户消费需求增长和由低级向高级的升级，又影响农村居民综合生活质量的提高。对农村公共物品的有效供给有利于进一步减轻农民负担，减少农民消费障碍，降低农民消费成本，提高农民边际消费倾向，刺激农村消费，扩大内需，拉动经济增长。提供如农村道路、农村电网、农村有线电视网、农田水利设施、农村洁净饮水设施、农村基本医疗、基础教育等公共物品所产生的收入效应、消费效应和就业效应，对刺激农村消费、扩大内需和拉动经济增长具有明显的带动作用。

（三）有利于促进传统农业向现代农业转换

农村公共物品供给条件的改善可降低包括生产成本、运输成本、销售成本、风险成本和决策成本在内的农业经营成本，从而提高农业效率；也可降低农业的自然风险和经济风险，提高农业的抗风险能力；会促进农业生产的专业化、规模化、商品化、产业化、市场化和可持续发展，间接或直接地促进社会分工的发展，进而有利于提高整个社会的劳动生产率；农村公共物品的有效供给是建立统一市场的前提和基础。

（四）有利于实现农村现代化，缩小城乡差距

解决温饱问题后的广大农村同城市发展最明显的差距表现在基本公共物品的严

重短缺。行路难、吃水难、就医难、上学难、用电难等在广大农村地区仍普遍存在。因此，政府适时地提供农村地区急需的公共物品，是城市文明向农村延伸的桥梁，也能为广大农村居民参与经济发展过程、分享经济发展成果创造必要的条件，必将有效化解城乡之间发展的严重不平衡，并从根本上改变农村的贫穷落后面貌。

三、农村公共物品供给存在的主要问题

（一）农村公共物品供给总量严重不足

按照公共财政的基本理论，公共物品的提供主体主要应该是政府。我国城市中的公共物品也是由政府生产和供给的，城市居民免费消费纯公共物品，支持以较低的费用消费准公共物品。但是在现行财政体制下，国家财政资金向城市投资多而对农村投资偏少，农村公共物品主要由农村政府（乡、镇或村集体）来生产和提供。由于大多数农村基层政府和经济组织的财力非常有限，导致农村公共物品供给严重不足。

以义务教育为例，全国接受义务教育总人数约为1.9亿人，有70%在农村，县乡两级政府要负担近70%的义务教育开支，许多乡镇教师工资支出占其财政总支出的比重高达60%以上。与此同时县乡两级政府财政供养人员占到了全国的71%，但其财政收入却只有全国财政总收入的21%，财政供养压力巨大，农村基层财政成了“吃饭财政”和“教育财政”。农村问题专家、中国社科院研究员陆学艺近年来跟踪调查全国14个省、区乡镇政府的负债情况，调查结果显示：全国近3000个县（市），平均每个县（市）的债务按2亿~3亿计算的话，债务总额约为6000亿~9000亿元①。也就是说，9亿农民年人均要负债667~1000元。这样的财政状况，除了维持最基本的基层政府运转即“吃饭”财政外，根本无力为农民生产和提供公共物品。最终的结果只能是，广大农村地区的公共物品严重短缺，多数农民几乎享受不到诸如供水、供气、公共下水道、路灯、公共卫生防疫、污水处理、美化环境等公共物品的消费。据统计，我国农村自来水普及率仅达到41%，农村卫生资源仅占卫生资源总量的20%；2002年全国农村还有184个乡镇、5.4万多个行政村和大量的自然村不通公路；2001年农村普通中学校舍面积、普教室、实验室、图书室、微机室、语音室只相当于全国的33.73%、37.95%、30.15%、28.66%、27.52%、22.62%，而与此相对的是，

① 汝信等.2005.2005年中国社会形势分析与预测.北京：社会科学文献出版社

农村普通中学学生在校人数却相当于全国的40%左右①。

（二）农村公共物品供给结构失衡

当前，我国农村公共物品实行自上而下的决策模式，农村公共物品的供给主要不是由乡、村社区居民的内部需求决定，而是由社区外部的指令决定，如乡及乡以上政府和部门下达的各种收费任务、布置的各项达标、升级活动等，即农村公共物品供给是以外部供给驱动（supply-driven）为主，由此导致公共物品供给结构失衡。

（1）生产性公共物品供给不足，农业生产的持续、稳定发展受到影响。改革以后，中央财政的事权向地方财政转移，大量过去由中央政府包下来的事情现在要由县、乡政府承担。但是，由于基层政府制度内财政资金不足，而制度外资金缺乏投资于生产性公共物品的政绩激励，国家投资的减少②，并没有为基层政府投资所弥补，导致农村生产性公共物品供给不足。另外，改革后农村基层政府动员农村劳动力的能力较以前已大为降低，加之财力弱、投资激励小，农业基础设施建设的投资更为不足。农村生产性公共物品供给不足不仅表现为新的生产性公共物品供给不足，而且原有的基础设施也遭到了相当程度的破坏，水利设施淤塞，农田道路失修，导致农业抗灾能力薄弱，影响了农业的技术进步及稳定发展。

（2）非生产性公共物品供给膨胀，超过了农民的负担能力。与大型生产性公共物品供给不同，基层政府一般对非生产性公共物品的供给有着较强的偏好。这些产品主要为：①关系农民生产生活的各项服务，如为县属职能部门和事业单位在乡镇的诸多派出机构，即所谓的“七站八所”等企、事业单位提供的各项服务、咨询。②上级政府所要求的各项达标升级活动。如仅1993年国务院授权农业部宣布取消的农村达标升级活动就有43项。由于这些达标升级活动关乎乡镇领导的政绩，因此尽管与农民的生产、生活关系不大，仍然是基层政府必须保证的支出项目。③以筹集资金为目的向农民提供的各项低质量甚至是虚假的公共物品，如巧立名目搭车收费、只收费不服务等。

---

① 上海财经大学公共政策研究中心．2004．2004中国财政发展报告——中国农业、农村、农民政策研究．上海：上海财经大学出版社

② 1978～1988年，国家财政用于农业基本建设支出的金额分别为51.14、62.41、48.59、24.15、28.81、34.25、33.63、37.73、43.87、46.81、39.67亿元，自1989年开始逐年上升

（三）农村公共物品的供给效率和产品质量有待提高

由于改革的滞后和管理的因素，农村公共物品供给效率低下，表现为农村公共资金使用效率低下，存在资金浪费和挪用现象；农村公共物品供给项目缺乏科学的论证，项目预算和审计流于形式；部门间缺乏配合，相互扯皮和推诿责任时有发生；公共物品供给的具体内容和制度建设滞后，与农民需求脱节，等等。效率的低下导致我国农村社区中的一些公共物品质量堪忧，进一步降低了农民对公共物品的效用评价。例如，由于我国农村教育升学率偏低（2001 年农村初中升学率仅为 7.9%），这就意味着大部分学生在接受基本教育后无法进行深造而成为后继农民，但前期的教育是在统一教学课程、统一教学大纲、统一教材的授课方式下进行的，学生很难学以致用，对提高农业生产能力意义不大，造成基础教育在农村失去了吸引力；又如，由于农民的弱势地位，加之我国当前保险市场运作不规范，"缴费容易索赔难"等现象时有发生，农民缺乏参保积极性；再如，农业新技术使用、农作物新品种栽培过程中，一些涉农部门出于个人私利，假借兴农、利农之名，行坑农、害农之实，不利于农民的科技创新和农业科技推广。

（四）农村公共物品供给水平地区间差异较大

我国是一个地域辽阔的发展中大国，区域之间农村公共物品供求差异客观存在。形成农村公共物品供给内部差异的最主要原因是农村内部经济发展和收入差距的不断扩大。自 1978 年改革开放至 1998 年 20 年间，农村居民内部收入差距对地区收入差距的贡献率稳中有升，目前已达 1/4 强。农村内部差距的扩大直接影响农村基层政府的财政收支能力，从而影响农村公共物品的供求。例如，财政部农业司 2003 年实地调查显示，当浙江省上虞市的农民开始考虑农业现代化和农村城市化时，中西部的西平县、三台县和大荔县的农民还在为吃水用水发愁；当上虞市农民开始追求高品位的精神生活时，西平县、三台县和大荔县的农民还在脸朝黄土背朝天，从土里刨食；当上虞市农民家用电器升级换代，轿车、洋楼进入百姓家时，西平县、三台县和大荔县的农民可能连电都用不上或用不起[①]。

进一步考察某一地区公共物品的政府供给，农村公共物品的供给内容和水平也容易受到地区经济发展水平和财政收支缺口的影响。在不同地区和不同财政赤字水平下，贫困的农村地区公共物品供给具有以下特征：①不同地区间农村公共

① 财政部农业司公共财政覆盖农村问题研究课题组．2004．公共财政覆盖农村问题研究报告．农业经济问题，（7）

物品供给内容具有不确定性，东部地区农林水气事业费波动较大，而中西部地区教育事业支出波动性较大。②当面临财政收支缺口时，农村公共物品供给的各项具体内容所受冲击也不尽相同，财政收支缺口大的地区，教育事业费波动较大；而财政收支缺口比较小的地区，行政管理费所受影响较大。③不同的公共物品承担财政赤字风险的顺序不同，东部地区以农林水气事业费为先，而中西部地区则是教育事业费首当其冲；财政赤字水平较高时，教育事业费为先，财政赤字水平较低时，行政管理费为先。所以农村公共物品在不同的地区、不同的经济发展水平、不同的财政状况下具有不同的供给水平。

四、农村公共物品供给是推进新农村建设的重点

我国农村面临全面快速增长的公共物品需求与公共物品供给匮乏的突出矛盾，这成为制约农村经济社会发展的重要根源。当前，我国农村社会正由温饱型向发展型转变。农村恩格尔系数从 1978 年的 0.677 大幅度下降到 2005 年的 0.455，这表明农村居民对食物的支出下降很快，而对个人发展的支出呈快速上升趋势。在消费结构转型当中，随着农村潜在公共需求的逐步释放、农村居民日益成为公共需求的主体。但是由于农村公共物品供给不足，农民在义务教育、公共医疗、社会保障等多方面的公共需求远远得不到满足。我国农村人口占全国人口的 70%，但是国家 80% 的公共卫生资源投放在城市；义务教育人口的 60% 在农村，却只有不到 25% 的资源用在农村。从短期来看，这使得农民“因病返贫”，因教育落后返贫的问题比较普遍。从长期看，公共服务供给的匮乏制约了农民素质的提高，不仅会影响农民未来收入的提高，还会形成许多经济社会问题。

增加农村公共物品供给在缩小城乡差距中起着至关重要的作用。目前，城乡之间的差距不仅表现在经济发展水平和居民收入上，更反映在政府提供的公共医疗、义务教育、最低生活保障等基本的公共物品上。2004 年，我国名义城乡收入差距为 3.2∶1，若把义务教育、基本医疗等社会保障因素考虑在内，有学者估计我国城乡实际收入差距已达 5 ~6 倍。按照这个分析，公共服务因素在城乡实际收入差距中的比例大概在 30% ~40% 左右。这个比例已接近拉美国家。不久前，联合国一项对智利的研究结果表明，在减少贫困的因素中，40% 来源于社会政策。面对这种名义与实际的城乡差距，应当充分估计并高度重视农村公共服务对缓解和缩小城乡差距的重要作用。由此看来，缩小城乡差距，不是缩小城乡经济总量的差距，重要的是逐步缩小城乡居民享有的公共服务和生活水平的过大差

距，逐步实现公共服务的均等化。

关注民生，最直接、最现实的方法在于为农民提供基本而有保障的公共物品。近年来，我国基础设施的投资过于庞大，有的地区基础设施建设已超出经济社会发展的实际需求，造成资源配置的不合理。我国农村的基础设施建设比较落后，适度加快农村的基础设施建设是必要的。在统筹城乡发展的大背景下，应当看到，农村基本公共物品直接关系到农民的生存权和发展权，关系到农村社会的长治久安。因此，“十一五”时期要在为农村提供基础设施的同时，把财政支农的重点放在为农民提供基本公共服务上。今后，要做到新增教育、卫生、文化等事业经费主要用于农村，国家基本建设资金增量主要用于农村，政府征用土地出让收益主要用于农村。这样可以有效缓解不断扩大的城乡差距，并由此探索市场经济条件下城乡均衡发展的新途径。

从党和国家的政策来看，“十一五”时期，将努力在建立城乡统一的公共服务体制上有所突破。从现实来看，城乡公共服务的严重失衡、农村公共服务制度的严重缺失已成为阻碍城乡统筹发展的突出问题，并成为城乡分治的焦点所在。农民工的身份歧视以及户籍制度改革难以突破等，加剧了城乡二元制度的格局，并由此引发和激化了许多新的社会矛盾。作为城乡二元制度的一个直接后果，农民工没有被纳入城市政府公共服务的范围，他们在社会保障、劳动就业、义务教育、公共卫生等方面的基本需求被城市漠视。

（1）建立城乡统一的义务教育体制。我国已经计划从2006年至2010年，逐步把农村义务教育全面纳入公共财政的保障范围。在此基础上，需要进一步探索一个长效机制，从制度上根本解决农村的义务教育问题，包括农民工子女在城市的义务教育问题。还需要在经费投入、办学条件、师资力量上逐步统一城乡标准。

（2）加快建立新型农村合作医疗制度。我国绝大多数的省份都于2003年开始进行建立新型合作医疗的试点。“十一五”时期，应当继续推广好的经验并使其制度化。最重要的是建立可持续的筹资机制，将各级政府的补助经费列入财政预算，在若干年内将中央和地方所有财政新增加的卫生投入全部用于农村。建立农民连续“参合”的奖励机制，调动农民“参合”的积极性。

（3）在全国范围内初步建立农村最低生活保障制度。根据亚洲开发银行的估计，如果建立农村最低生活保障制度，我国用财政支出的0.12%就可以全面解决近3000万农村贫困人口的温饱问题。对五保户、残疾人员、需要搬迁的移民、患有长期慢性疾病等缺乏正常劳动能力或基本生活条件的人口，继续沿用原来的开发性扶贫方式不仅成本高，而且也很难根本解决问题。“十一五”时期，我国应尽快建立覆盖全国的农村低保管理和执行制度。可由民政系统专项负责，以县级政府管理为主，对低保所需资金实行专项转移支付，以保证资金来源的稳定性。中央财政可按统一标准向各地支付发放低保资金，而各地可以根据当地生活水准调整本地农村低保标准。

（4）探索建立符合农村特点的养老保障制度。目前，我国60岁以上人口已达到1.34亿，超过总人口的10%；全国70%以上的老龄人口分布在农村，农村老龄化问题尤为突出。“十一五”时期，可以按照“低水平、广覆盖、适度保障”探索现阶段的农民社会化养老保险制度。

为达到这一目标，应主要从以下几个方面着力于创新农村公共物品供给体制：

（1）建立中央、地方的公共服务分工体制。我国自1993年实行分税制以来，中央与地方的经济关系基本没有变动。财权的上移和事权的下移，各级政府在公共服务方面的分工不明确、不合理是农村公共服务供给匮乏的重要原因。“十一五”时期，要从建立公共服务体制的需求出发，重新界定中央与地方的职权范围。同时，启动和规范中央政府对地方政府和政府部门的公共服务问责制。根据我国实际情况，要把农村各种纯公共物品，如义务教育、社会保障等由县乡两级政府提供为主转为中央和省级政府提供为主，地市级政府适当配套。地方和社区性的准公共物品，可以采取多方融资的方式解决。

（2）按照建立农村公共服务体制的要求，推进行政体制改革和事业机构改革。建立农村公共服务体制需要城乡各级行政体制的调整。一是以扩大公共服务职能为重点推进行政体制改革，“十一五”时期全国大部分地方实行“省管县”的条件将成熟，在全国范围内应当逐步减少行政层级；二是乡镇政府改革要与建设农村公共服务体制结合起来，要以形成有利于农村公共服务和社会事业发展的体制、机制为重点，加快进行乡镇政府机构改革；三是以扩大公共财政覆盖农村范围为重点，加快县乡财政体制改革；四是将乡镇事业机构纳入公共服务体制统筹规划和改革。按照公共服务体系建设的要求，统筹考虑和设计乡镇事业机构改革方案。

（3）逐步建立“政府主导、社会参与、运行透明、监管有力”的现代农村公共服务供给体制。一是要建立农村公共物品供给决策机制，实现决策程序由“自上而下”向“自下而上”转变。使农村公共物品供给能够反映农民的意愿，对农民负责。二是建立以政府为主导的公共物品资金筹措机制。政府是农村基本公共物品供给的主体，要确保财政主要运用于农村公共物品的支出上。要以公共财政为平台，采取多种优惠政策，吸引企业和民间组织多种形式筹资。三是实现公共物品供给透明化，加强群众监督，避免暗箱操作和权力寻租。

随着我国市场化改革的深化，广大农民广泛地参与各类市场经营活动，农户已经成为独立的微观经济主体。在这个大背景下，利益多元化已经成为我国农村社会关系变化的基本趋势。从当前农村的利益结构看，数量较多的农民处于相对弱势的地位，往往缺乏能力和渠道来表达他们的利益诉求。利益关系的失衡使得乡村社会出现了较多的利益冲突和利益纠纷，由此乡村社会群体上访和群体事件逐渐增多。从有效地化解农村社会矛盾、维护农村社会稳定出发，完善乡村公共治理已经成为新农村建设面临的迫切任务。因此，在建立农村公共物品供给体制中，要积极构建现代乡村公共治理结构，维护广大农民的权益。

（1）要把维护农民权益作为完善乡村公共治理的主要目标。现代乡村公共治理有多重目标，但是最基础、最现实的目标是能够有效地维护农民权益。“十一五”时期，要着力解决乡村社会的最突出问题：第一，使农村公共治理能够正确处理政府与农民之间的关系，着力解决乡村干部的腐败问题，改善基层政府形象；第二，农村公共治理要着力保护征地过程中农民的土地权益，使土地纠纷不再继续扩大，应当赋予农民永久性具有物权性质的土地使用权，使农村土地可流转、可抵押、可入股；第三，随着农民公共需求的快速增长，农村公共治理必须能够确保农村公共服务供给的有效性；第四，随着大量农村劳动力的进城，城乡公共治理必须能够确保农民工的基本权益不受侵犯。

（2）按照现代公共治理的要求，优化地方政府职能。实现地方政府的善治是建立现代乡村公共治理的前提条件。从我国的实际情况看，我国县乡政府与乡村治理密切相关。在新农村建设中，县乡政府不能用集权手段包办新农村建设，不能用层层下达行政任务的手段来实现农村发展，尤其要防止新农村建设变成地方政府的政绩工程和形象工程。韩国的新村运动经验表明，在新农村建设的初期，政府的直接推动至关重要，包括中央政府的政策推动和资金支持、地方政府的规划和干预，都是新农村建设的“催化剂”。但是随着新农村建设进程的加快，县乡政府的角色要逐步淡出，把主要的职能放在社会管理和公共服务上，使农民逐步成为新农村建设的主体。

（3）充分发挥村民自治在乡村治理中的作用。实践证明，加强村民自治是建立现代乡村治理的重要环节。村民自治可以让乡村内部的自主性力量在公共服务供给、社会秩序维系、冲突矛盾化解等多领域充分发挥基础性作用。在我国目前的村民自治试点中，某些乡镇领导对农村选举的干预较多，村干部对对乡镇领导负责还是对村民负责面临两难选择。“十一五”时期，我国可以在试点的基础上寻求村委会选举的技术改进，解决选举过程中的程序公正问题。

（4）积极引导和鼓励发展农村新型合作经济组织。当前，农村新型合作经济组织作为分散的农户面对大市场、获取各种社会化服务的重要载体，在乡村治理中扮演越来越重要的角色。积极引导和鼓励发展农村新型合作经济组织不仅有利于农村产业结构调整，实现规模经营，还可以为下一步转变县乡政府职能创造良好的条件。改革开放以来，各地在发展农村新型合作经济组织方面进行了一些探索。但是这些组织普遍存在规模不大、发展速度不快、稳定性较差等问题，难以满足农村经济社会发展的要求。我国应当尽快改善农村新型合作经济组织的法律和宏观政策环境，为专门的合作社立法。在法律上明确其财产关系和责任形式，明确其与政府的关系，明确政府对农村专业合作经济组织的扶持政策。在其发展初期，应当对农村新型合作经济组织免征所得税和营业税；对农村新型合作经济组织的生产性基础设施建设、技术引进、人员培训、农产品促销等，由财政给予一定补贴；还应当建立对农村新型合作经济的贴息贷款机制。

农村税费改革后，乡镇政府改革的任务相当紧迫，但要稳妥推进。在税费改革之前，乡镇政府改革主要是着眼于减轻农民负担。而税费改革之后，农村形势出现重大变化。适应这种变化，乡镇政府要实现职能的实质性转变，成为国家扶持农业、服务农民的基层政权。“十一五”时期，应当把乡镇政府改革列为农村综合改革的重点，系统规划设计，稳妥推进。

（1）乡镇政府改革要在试点的基础上全面铺开。我国是一个发展不平衡的大国，不同地区的乡镇经济社会发展差异性相当大，不同地区的农村对乡镇政府的要求有很大的不同。乡镇政府改革应根据乡镇所处地域的经济状况、农民组织化程度、宗教信仰、民族习惯等实际情况，因地制宜，分类进行。乡镇政府改革不能搞“一刀切”和“整齐划一”，允许各地方根据实际情况确立不同的基层政府体制，赋予省级政府在基层政府体制设置上一定的自主权。

从各地乡镇政府改革的实践看，乡镇政府改革可以根据各地实际情况采取以下几种模式：一是县城驻地及部分城郊结合部乡镇或工商业基础比较好、群众自组织化程度比较高的地方。可以考虑撤销乡镇政府，改为县级政府的派出机构。二是有一定工商业基础但农业仍是乡镇经济中重要组成部分的地方。可维持现行乡镇建制不变，重点放在理顺职能、精简机构编制、明晰事权和财权上，通过改革建立精干高效的行政管理体制和运行机制。随着乡镇经济的发展和农民自组织化程度的提高，可逐步将其改为县级政府派出机构。三是以农业为主要产业的地方，这类乡镇一般地处偏僻，可利用的资源贫乏，乡镇政府负债严重，农民负担重，农民组织化程度低，农村中的矛盾和问题突出。对这类可采取进行有效归并、升级，实行“扩乡、精县”的办法。四是少数民族地区的乡镇。这些乡镇一般地广人稀，民族风俗、语言习惯与其他地区不同，经济上一般比较落后，为此要加强乡镇政府的经济社会职能。

（2）要基本完成乡镇政府职能转变。从目前的实际情况看，“十一五”时期全部完成乡镇政府改革难度相当大。但是可以先完成最重要的乡镇政府职能转变目标。按照乡镇职能的基本定位，应强化社会管理和公共服务职能，削弱、淡化、转移、合并那些与农村经济社会发展不相适应的职能。在职能界定清楚的情况下，可以将原乡镇政府履行的如保障宪法、法律的执行，保护环境等职能移交给县级政权机关，由县级政权机关或职能部门履行。将原乡镇政府履行的经济管理、经济服务职能，转移给社会中介组织和农民组织。属于为农民提供公共服务的公益性事业单位（所、站），列入县级公共财政，属于经营性单位（所、站），从政府序列划出，实行企业化管理，实现政企分开。

（3）逐步探索把村民自治延伸到乡镇自治。根据中国（海南）改革发展研究院农民入户问卷调查，80.07%的农民赞成乡镇领导实行竞争性选举，70.12%的农民赞成实行乡镇自治[①]。“十一五”时期，一些地方实行乡镇自治的时机将逐步成熟。对工商业基础比较好、群众自组织化程度比较高的乡镇如江浙、广东沿海一带的乡镇可有选择地开展进一步扩大乡镇自主权的试点工作。改革乡镇主要领导产生方式，扩大群众参与选举乡镇干部的范围和渠道，积极探索由村民直接选举乡、镇长，形成符合各地实际情况的乡镇自治模式。如深圳市的大鹏镇“两推一选”镇长的探索、山西省临猗县卓里镇的“两票”选任乡镇主要领导干部探索、四川省遂宁市市中区步云乡进行的直选乡长的探索、湖北省京山县杨集镇“海推直选”镇党委书记和镇长的探索等，都有很重要的借鉴意义。

（4）乡镇政府改革要上下联动，注重综合配套改革。乡镇政府改革不仅仅是乡镇政府自身的问题，还涉及县及县以上政府的改革，涉及乡村基层自治组织的改革。因此，必须上下结合，上要有县乃至省、市行政体制改革的跟进，下要着力推进与乡镇对接部门的职能转变和机构调整。我国宪法规定，乡镇的建制权由省级人民政府行使，可以采取“分步走”的改革战略，统一制定规划，由各省按照规划结合实际，扎实有序地推进乡镇体制改革。

---

① 中国（海南）改革发展研究院．2006．新农村建设：乡村治理与乡镇政府改革．北京：中国经济出版社

第三章　农村公共物品供给机制

第一节　改革开放前人民公社时期的农村公共物品供给

一、人民公社时期的农村经济制度

人民公社是现代中国计划经济体制下农村社会组织的基本形式。1958年，在中共中央的号召下，全国各地农村以乡为单位普遍成立了人民公社；1978年以后，随着中国农村改革的全面展开，人民公社制度逐步解体。因此，我们通常把1958～1978年称作是中国农村的“人民公社时期”。

建国初期，我国颁布了《中华人民共和国土地改革法》，进行了轰轰烈烈的土地改革，将“所有征收或没收得来的土地和其他生产资料，除本法规定收归国家所有外”，均“统一地、公平合理地分配给无地少地及缺乏其他生产资料的贫苦农民所有。地主也分给同样的一份，使地主也能依靠自己的劳动维持生活，并在劳动中改造自己”。土地改革结束了我国两千多年的封建地主土地所有制，使农民获得了比较完整和清晰的排他性产权，形成了较为典型的农民个体经济。农民产权的取得，尤其是收益权的相对完整，极大地激发了农民的生产经营积极性，土地的产出水平有了明显的提高。但是，由于这种产权结构根本不在我国占支配地位的意识形态所界定的制度选择集合之内，土地改革后形成的农村私有制与党的社会主义公有制目标相悖，土地改革只能是党的宏伟目标中的一环。当土地改革后农民私有财产增加，孤立的、分散的个体经济所固有的排斥生产力发展的弱点（规模经济的要求导致雇工经营的出现）及两极分化与公平原则的背离等问题出现时，党中央认为必须对农村私有制进行社会主义改造，即推行集体化。这就决定了这种产权结构及财产关系在我国当时的条件下只能是短暂的。1953年12月，中共中央颁布了《关于发展农业生产合作社的决议》，标志着这种产权结构和财务关系开始走向消亡，1955年7月，中共中央又通过了《关于农业合作社问题的决议》，标志着我国农村社会主义改造的第二步——建立初级社运动的开始。1955夏，农业生产合作社发展到55万个，入社人口约占全国农户的14%。此时，农户作为独立的生产单位开始逐步消失，由非家庭成员结成的“团队生产”，标志着我国社会主义集体农作制度的诞生。

其后，随着合作社公有程度的提高，分配给农户的土地报酬和劳动报酬比例逐步变化，即土地报酬逐步降低。这一分配关系的变化，实质上是在逐渐淡化私有产权的经济利益，使私有产权的经济意义越来越低，从而为条件成熟时取消土地报酬进而过渡到社会主义性质的高级社创造条件。1956年6月，第一届全国人民代表大会第三次会议通过的《高级农业生产合作社示范章程》（简称示范章程），以法规的形式规定了农村财务关系及其处理规范。而这一财务关系及其处理规范的改变，是对私有产权的无偿剥夺，是靠国家政权的力量进行的强制性制度变迁。高级社时期，国家、集体和社员个人之间的财务分配关系及处理规范发生了许多根本性的变化。其中，最为重要的就是土地等生产资料实行合作社集体所有，取消了农民可以从合作社获得土地报酬的权利。高级社以生产资料公有、集中统一经营为特征，社员除保留自留地（一般占土地的5%）的使用权外，土地及其他生产资料都实现了集体化。1958年8月，我国又在“生产大跃进”的同时，进行了人民公社化的“制度跃进”，即人民公社化运动。人民公社是一种土地等资产公有化程度更高、组织规模更大的产权组织形式。在这种组织形式下，土地等资产的私有痕迹不见了，集生产资料所有权、使用权、收益权、处置权于一体的公有产权实现了。1962年9月，中共第八届中央委员会第十次会议通过《农村人民公社工作条例修正案》，对农村人民公社制度的产权结构和组织形式进行了调整，确立了“三级所有、队为基础”的体制。

作为中国农村的一种社会组织形式，人民公社的特征突出表现在以下几个方面。第一，实行“政社合一”的组织体制。公社首先是一个基层政权组织。公社成立之后，原乡政府的各种政治、经济和社会管理机构被改组成为公社的行政部门。同时，公社又是一个集体经济组织。它根据“生产资料归公社、生产大队和生产队三级所有，经济核算以队为基础”的原则，对辖区内所有经济活动进行统一规划和安排。第二，实行高度集中的经济管理方式。公社可以无偿平调其下属单位的人员、资金和物资，禁止社员从事任何个体经营性活动，只给社员保留少量“自留地”用以调节生活资料的生产和供应。第三，实行供给制与工分制相结合的分配制度。生活资料的70%按人口平均分配，其余30%按社员的劳动量即工分分配。

在人民公社制度下，农民的劳动成果归集体所有，根据马克思的“六项扣除”原理进行分配。在扣除补偿生产资料的水泵部分之后，形成社队的总收入，即通常所说的可分配收入。在总收入中，要扣除下列几个部分：①交给国家的农业税和支付给国家的贷款利息；②公积金和公益金；③支付社队管理费用。其余部分以劳动报酬和土地报酬的形式全部分给社员。根据上述分配顺序，不难看出，农民首先要以集体的形式向国家缴纳农业税，按税收条例的要求优先处理好集体与国家之间的分配关系。另一个重要变化是农民与国家的这种分配关系，从土地改革时期和互助组时期由农户和国家直接发生联系演变为人民公社与国家直接发生联系。当然，由于税收政策的相对稳定，农民与国家的这种财务关系并没有因纳税主体的变化而受到实质性的影响。但是，人民公社为了满足自身扩大再生产和发展公共福利事业的需要，从社队收入中提取一定的公积金、公益金，并且提取的比例不断提高，从原来的5%和1%分别提高到10%和3%。公积金和公益金的优先提取使社队成为农村公共物品提供的重要主体。

二、人民公社时期的农村公共物品供给

（一）以基本的生产和消费性公共物品为主要供给内容

人民公社时期，农村公共物品的供给通过国家财政和公社集体经济两大渠道完成，由国家预算支出、地方预算外支出和公社社有资金支出等项构成。公社财政的国家预算支出，是国家财政分配给公社用于各项行政事业的开支费用，包括支援农业支出、文教科学卫生事业费、抚恤和社会救济费、城镇人口下乡经费、行政管理费等。地方预算外支出，由公社财政预算外收入负担，如有的地方规定用于农村广播、道路维修补助及其他公益福利事业的支出。公社社有资金支出，由公社集体经济的内部积累负担，主要用于公社农业生产建设、社办企业扩大再生产、文教科卫支出、社会福利事业补助以及公社行政管理支出。从公共物品的构成和层次上看，人民公社制度下的农村公共物品主要用于支持和促进农业生产发展，满足农民基本的生产、生活需要。

（二）以社区为农村公共物品的主要供给主体

1953年，我党正式提出过渡时期的总路线：从中华人民共和国成立起，用3个“五年计划”时间完成国家工业化和对农业、手工业及资本主义工商业的社会主义改造，并确定以工补农、优先发展重工业的发展战略。但是，农村公共物品的需求并不是可以任意压缩的，也就是说农村社区必需的公共物品需求并不会随着国家经济建设战略的制定而减少。特定的历史背景决定特定的农村公共物品

供给制度，问题的解决放在非政府主体之上，通过社区供给，即通过集体经济供给。首先，公社财政资金的使用管理坚持“社队自力更生为主，国家支援为辅”，对社、队农业生产建设和文教科卫事业发展除国家给予一定的补助外，主要依靠公社力量安排资金。其次，在人民公社制度下，无论是生产队、生产大队还是公社本级，既是一个政权实体，又是一个经济组织，可以通过提取公积金和公益金的途径弥补公共物品的物质成本，通过增加总工分数，降低工分值的方式弥补人力成本。农村公共物品物质成本主要通过管理费、公益金和公积金的一部分加以补偿，税收在其中所占的比重较低。工分制以及工分总量膨胀的无约束，是公社时期提供公共物品动用劳动力的制度基础（表3-1）。

表3-1　公社时期农村公共物品的筹资渠道

公共物品项目	筹资渠道
农田水利工程	凡是社队自己有力量全部负担的，应自筹解决，国家不予补助；社队资金有困难的，根据困难大小给予补助
植树造林	国家重点扶持造林任务重，投资数量大，依靠自有力量确有困难的社队。对一般单位造林和社员个人植树造林不予补助
农、林、水、气象事业费	国家预算和社有资金共同负担
中小学经费	教育部门举办的农村中小学经费以国家预算拨款为主，杂费、勤工俭学以及地方财政安排的自筹资金作为补充；社队集体办学以公社社有资金、杂费收入和勤工俭学收入为主，国家给予一定的补助
卫生事业	社办卫生院实行“社办公助”，主要依靠公社集体力量来办，国家对卫生院给予必要的补助；农村合作医疗由大队统筹全体农民的医疗费用，基本医疗服务费主要由社区集体承担；国家财政安排合作医疗补助费，用于培训医务人员的经费开支和支持穷队举办合作医疗；大队卫生所几乎全部依靠集体经济投资和维持
文化事业	实行“社办公助”，以公社社有资金为主，国家预算内支出给予适量补助
抚恤和社会救济	除国家预算安排的抚恤和社会救济费外，公社应自行安排一部分社会救济和社办敬老院等福利事业的经费支出

资料来源：人民公社财政与财务管理编写组．1981．人民公社财政与财务管理．杭州：浙江人民出版社

（三）以政府为农村公共物品供给的主要决策主体

自新中国成立以来，我国农民经历了从无产到有产的巨大变化，他们怀着对党的高度信任和良好期望，参加了社会主义建设。正是在这种意识形态和思

想基础的激励下，人民公社时期，农民由政府以行政命令的方式动员并组织起来，采取以劳动力替代资本的办法，大搞土壤改良、水利建设、道路修建等劳动密集型公共项目。另外，虽然社有资金支出在公社财政占据了主要地位，但是由于实行政社合一的管理体制，农村社有资金和国家财政资金一样实行了政治顺从型的决策机制。因此，从总体上讲，人民公社时期实行的农村公共物品供给制度是一种以集体利益高于农民个体利益，忽视农民私有产权，强加于农民的财力约束型供给制度。这一供给机制的政治背景是广大农民具有高涨的革命热情、积极性和凝聚力，制度运行的组织基础是政社合一的政治制度。农村公共物品供给决策中社员偏好让位于上级命令，以政府计划安排和上级决策为主。

在中国经济发展的初级阶段，这种农村公共物品供给制度为促进农村经济发展积累了大量的先行资本，为经济发展奠定了硬件基础。其中，最引人注目的是农村基本农田水利设施得以长足发展，水利条件得以改善。同时，广大农村普遍实行“合作医疗”和“赤脚医生”制度，农民群众有了一定的医疗保健；社会保障、社会救济和“五保户”社区福利制度；普及农村教育，尤其是中小学基础教育，并推行农业干部、农业科研人员等的正规或非正规的培训教育制度，农村人力资本的素质得以提高。人民公社时期的农村公共物品供给制度的优越性主要表现为：人民公社的集体力量大，政治动员能力强，能够集中力量、在较短的时期内提供各种公共物品，如各种等级的公路、大中型的农田水利设施。据调查，在山东和河北两省 3 县 6 乡 12 村中，目前使用的大型水利设施仍然是人民公社时期建设的，如扬水站、水库、部分深水机井等。

总结起来，人民公社时期农村公共服务供给制度的特征有：①人民公社时期的农村公共服务的供给既有财政渠道，又有集体经济组织（制度外财政）渠道。并且后者占有极为重要的位置。②人民公社时期的农村公共服务供给主体是农村基层政府（包括公社、生产大队及生产队），而且供给的决策方式是自上而下的。由于农户具有很高的同质性，需求的差异性很小，使得农村公共服务由农村基层政府自上而下、统一供给这一方式更为顺畅。③以工分进行分配的分配体制，使得集体可以在认为需要时，决定提取公积金和公益金的比例，用于村社公共事业的建设，这种资金筹措方式非常高效，并且对农民造成的负担是隐性的和间接的。

第二节 家庭联产承包制与农村公共物品供给

一、家庭联产承包制下的农村经济制度

20世纪70年代末，我国从农村开始进行经济体制改革，普遍推行了家庭联产承包责任制。承包制改变了农村财产所有制这一基本经济制度，同时随着改革的深化，农村政权制度、农村财政制度以及财务关系都发生了一系列变化。

（一）家庭联产承包制下的基本经济制度

农村家庭联产承包制改变了“三级所有、队为基础”下的财产占有方式，即由原来集体是唯一的财产占有主体，变为集体与农户个人共同占有的方式。土地所有权虽然保留了集体所有的形式，但土地使用权与所有权发生了分离，收益权和处置权进行了分割，土地的所有权仍归集体，但农户有了比较完整的使用权。村集体合作经济组织或村民委员会、村民小组作为社区的代表，仍承担着土地的某些统一经营或管理职能，如在承包合同中由集体承担义务的履行和集体权益的维护，农业公共设施的建造、管理和服务的供给，土地使用权的分配、监督和调整等。

从集产权于一身的集体经营到产权分离的包产到户，产权制度的变迁引发了财务分配关系的变化。土地承包制使农民获得了土地使用权和收益剩余所有权，同时农民可以拥有除土地以外的其他资产的个人所有权。农户获得了相对独立的经济主体地位，成为最基本的农业生产经营单位。农民个人财产权利的独立化，大大地克服了像“平调”之类来自于外部的产权侵害和生产队内部的“搭便车”行为，产权的“激励”和“积累”功能得以释放。

（二）家庭联产承包制下的农村财政和财务制度

“交够国家的，留足集体的，剩下的全是自己的”是对家庭联产承包制下分配关系的一种形象描述。由于农民使用的是集体的土地，因而上缴国家农业税的任务便随着土地使用权的转移而转移给了农民，同时农民因使用集体的土地还要承担提留款的缴纳义务。此外，在人民公社时期由集体承担的以工农产品价格剪刀差形式向国家所缴纳的“暗税”，也随着土地使用权的转移而转由农户直接承担。据测算，1979～1994年的16年间，国家通过工农产品“剪刀差”，从农民

那里占有了大约15 000亿元。

国家与农民之间的分配关系不仅表现在农业税负、提留款及“剪刀差”上。人民公社解体以后，成立了乡级政府和村民委员会，相应设立了乡级财政。按《宪法》的规定，乡级政权的职能是“领导本乡的经济、文化和各项社会建设，做好公安、民政、司法、文教卫生、计划生育等工作”，政府职责范围非常宽广，使得制度外筹资方式成为处理国家与农民财政分配关系的另一甚至是更为重要的形式。例如，用于乡镇范围内办学、计划生育、优抚、民兵训练和道路建设的“五项”乡统筹每年约300亿元，而这些本应纳入国家公共财政收支范围。此外，还有“两工”或以资代劳及行政事业性收费、集资、罚款、摊派等其他各种社会负担。

二、家庭联产承包制下农村公共物品的供给模式

1978年底，中共十一届三中全会以后，当代中国农村改革事业正式启动。随着改革的不断深入，中国农村的经济结构和社会结构都发生了深刻的变化：①延续20余年的人民公社制度逐步解体，农户取代原生产队成为农业生产经营的主体；②高度集中的计划经济体制被逐渐打破，农村经济向着商品化和市场化的方向不断推进，农业生产资料的供应逐步放开，主要农产品市场也陆续放开；③土地承包制度的长期稳定，使农户获得了充分的生产经营自主权，农业的产前、产中、产后等环节不再受国家计划的严格控制。家庭承包制下农村公共物品是在公共财政制度缺位下供给的，具体表现为以下几个方面。

（一）城乡分治背景下，农村公共物品供给责任转向农民

20世纪50年代，我国在苏联模式的影响下建立起了高度集中的计划经济体制，确立了优先发展工业的工业化模式。为了确保这一体制的有效运转和目标的实现，国家人为地实施了一系列城乡分治、工农分离的隔离政策，形成了我国特有的二元社会结构，与此相适应，财政制度在城乡也是分立的，并一直延续至今，甚至在家庭承包制后更为突出和显性。与城市（包括县城）不同，农村公共物品是由农民自己（多数通过集资、收费和摊派）提供，也就是说，我们目前通常所说的财政其实就是城镇财政，公共财政在农村实际上呈缺位状态。例如，在教育制度上，城市中小学教育由国家投资，资金需要通过国家财政预算满足，农村中小学教育则以统筹、集资、摊派等方式由农民自己掏腰包解决，义务教育由国家的责任转为农民的义务；在基础设施建设上，城市基础设施建设由国

家财政负担，而农村基础设施建设则由农民通过乡镇政府统筹、农民“两工”和摊派、集资等方式自行解决；在社会保障制度方面，城市居民下岗失业时由国家组织就业和培训、发放失业救济，生老病死时在国家构建的社会保障网络内享受救助，对农民来讲，境况却大相径庭，就业时自谋生路，失业时无人问津，生老病死只能在家庭范围内自行承担，不仅如此，农民还要缴纳乡优抚费和村公益金，为政府分担补助救济农村五保户和烈军属的责任；在国家安全和社会安定方面，虽然城乡居民共同享受国家财政提供的国防和安全服务，但农民还要额外缴纳民兵训练方面的统筹费用和治安联防费；除此之外，在计划生育、文化娱乐、环保绿化等方面农民都承担了相应责任，形成了城市公益事业政府花钱办、农村公益事业农民出钱办的城乡二元制财政格局。由于农村不在当前的公共财政体系之内，公共财政没有平等地为农村提供公共物品，而让农村通过三提五统、集资摊派自行解决。可见，城市居民和农村居民虽然同属我国国民，但待遇却大不相同，政府的很多财政职责转移到贫困的农民身上，使其以微薄的收入承担较重的税费负担，以此换取数量不多、质量不高的公共物品和公共服务。

（二）中央政府采取“拆分解法”释放财政压力，公共物品供给责任过分下移

提供公共物品是各级政府的主要职责。根据财政分权理论，中央政府主要负责全国性公共物品的提供，地方政府则负责地方性公共物品的提供。但是长期以来，我国中央政府与地方政府的职责划分不尽合理，中央政府把公共物品供给责任过分下放从而释放本级政府的财政压力，将农村公共物品供给职责交由地方政府，尤其是县、乡基层政府承担，如基础教育、计划生育都是国家的基本国策，都是为了全国人民的共同利益，是全国性的公共物品，但这些事权主要由乡镇政府负责；又如民兵训练属于国防事业的组成部分，是典型的公共物品，是中央政府之事、中央财政之事，却下放给乡镇政府。诸如此类，导致乡镇政府承担了许多本应由上级政府承担的支出，事权严重大于财权。对于乡镇政府而言，在压力型政府体制下，解决这一矛盾的出路是要么减少农村社区公共物品的供给，要么通过集资、摊派、收费等制度外收入形式解决收支缺口，可能的结果只能是农村公共物品供给不足或农民负担加重。

甚至，村级组织也承担了农村公共物品的供给职责。按照我国村民委员会组织法规定，村级组织不是一级政权。但是在农村税费改革之前，村级组织可以对农民收取三项“提留”，即公积金、公益金和管理费。公积金用于农田水利基本

建设、植树造林、购置生产性固定资产和兴办集体企业等；公益金用于“五保户”供养、特困户补助、合作医疗保健以及其他集体福利事业支出；管理费用于村干部报酬和管理开支。村提留既是集体统一经营的经济基础，又是村级公益事业的物质基础，从政策规定的用途来看，村级组织也承担了诸如社会救济和基础设施建设等本应由政府承担的公共物品供给职责。

（三）通过自上而下的公共决策程序确定农村公共物品的供给内容

现行农村公共资源的配置政策，很多不是根据农村社区的真正需求来决定的，而是根据地方各级政府部门决策者的“政绩”和“利益”的需要而做出的，因此可以说，此类农村公共资源配置的决策程序是自上而下的。由于脱离了农村社区的真正需求，农村公共资源配置结构不合理问题十分突出，集中表现为地方政府部门大都热衷于投资一些见效快、易出政绩的短期投资项目和公共设施，而不愿提供一些见效慢、期限长但具有战略性的纯公共物品；热衷于投资新建项目，而不愿意投资维修已有的设施；热衷于提供看得见、摸得着的“硬”公共物品，而不愿提供农业科技推广、农业发展综合规划和信息服务等“软”公共物品；甚至热衷于集中资源提供某些私人产品，而不愿意提供农民真正需要的公共物品，财政产品替代了公共物品。农民被排斥在公共项目决策、运作和监督之外，很难表达其对公共资源配置的价值偏好。由来自于社区外部、与农民不具有同等切身利益的官员进行公共资源的配置决策，就很难和农民进行同等精细的计算以保证公共资源使用的有效性，这种非民主的、自上而下的强制性的公共资源配置决策机制不能反映农村和农民对公共物品的需求状况，导致农村公共资源配置效率低下。

（四）通过制度外以“一事一收费”的方式弥补公共物品的成本

改革后的乡镇政府作为一级行政机构，拥有相应的财权，承担着社区内公共物品供给的责任。按我国《宪法》的规定，乡级政权的职能是“领导本乡的经济、文化和各项社会建设，做好公安、民政、司法、文教卫生和计划生育等工作”，其职责范围几乎涵盖了农村社会生活的各个方面，巨额的财政支出需要成为农村基层政府首要解决的问题。对此，在建立乡镇财政初期，国家拨给乡镇政府的财力十分有限，不得不采取变通措施，向行政事业部门提供特殊的“制度”供给替代资金的供给，即允许基层政府采取“一事一收费”（包括收费、摊派、集资等多种形式）的方式获取收入。农村公共收入通过财政制度外筹集，成为解决地方财政支出需要的一种体制上的“创新”。这种筹资方式由于不纳入预算管理，对农民税费负担膨胀具有很强的刺激作用：一方面，从资金需求角度看，“一事一收费”具有推动开征新收费项目的比照作用。可以设想，既然农村教育是为农民举办的公益事业，可用“农村教育费附加”解决，那么同属公益事业的农村文化事业自然也可以收费；再如道路建设通过“修建乡村道路费”筹资，那么修建水利工程也应该收费。这种比照示范效应为新项目筹资创造了制度空间。另一方面，从资金使用角度看，通过“一事一收费”方式筹集的资金具有很强的目的性，在实际使用中采取了专款专用的分配办法。因此，收入与特定支出项目一一对应，但随着社会经济的发展，行政事业扩展和建设需要不断增加，基层政府职能日益复杂、多样，非制度化的、随机性的筹集公共资源，成为地方政府弥补公共收入短缺的一种体制上的普遍做法。并且，由于农业税收的调节机制进一步弱化、农村财政力量大为衰减、分税制体制下地方税制体系不完善等原因，基层财政困难日渐普遍，新的收费、集资、摊派项目更是层出不穷。

人民公社解体之后，建立起了乡镇一级政府，并相应建立了乡镇一级财政。特别是农村公共服务机构由“条条”管理为主改为以“块块”管理为主后，乡镇财政预算成为基层农村公共服务经费来源的主要渠道。家庭承包制实施后，由于农户实际支配了农村中的大部分资产，并占有了生产经营活动的剩余索取权，因此，对农村基层政府来说，为了维持农村社会公共服务制度外供给，其筹资对象就自然地必须由集体转向农户，农户因而成为费用的直接承担者。农村公共服务制度外筹资的承担对象由集体为主转向以农户为主。家庭承包制的实施促进了农村财富和农村非农产业的增长，从而为农村公共服务制度外筹资奠定了财富基础，筹资的产业对象不再主要限于农业。乡镇集体企业的发展，使农村基层政府在削弱了对农户的控制力之后，却拥有了更多的企业财富。特别是发达地区，乡镇企业成为农村财政的主体财源，也成为农村公共服务制度外筹资的重要渠道。而在乡镇企业不够发达的农村地区，制度外筹资中农户承担的分量则要重些。筹资对象发生变化的同时，农村公共服务制度外筹资的方式也因家庭承包制的实施而发生了相应的变化。公社时期农村公共服务的制度外筹资方式是与集体经济组织的收益分配制度相关的，公共服务所需的物质成本在农户分配之前直接从各个基本核算单位扣除，单个农民并不清楚自己分摊公共物品物质成本为多少，公共物品所需的人力成本的分摊办法是增加工分总数、降低工分值，单个农民同样不清楚自己的负担份额。在家庭承包制实施之后，这种筹资方式不再适用，这是因为农户已经成为经营主体和剩余索取者，农户成了基本核算单位，农户也获取了自身的劳动支配权。这样，乡村政府为了完成社区公共服务的制度外筹资，就必须直接向农户收取费用，这种费用是对农户生产剩余的一种直接夺取，而不再是集体收益的一种分配方式了。过去的隐性剥夺被公开化了，它所体现的正是家庭承包制后农村公共服务制度外筹资方式的变化。因此，在公共财政制度缺位情况下，农村公共物品供给制度并没有实质性的变化，仍由农民自己提供，只是负担显性化了。

第三节　完善农村公共物品供给机制的设想

一、农村公共物品供给中政府与市场的职责分工

根据公共财政学的理论，可以将农村社会产品按照消费的竞争性、收益的排他性以及外部性划分为3类，即纯公共物品、准公共物品以及私人产品。政府与市场在社会产品提供方面具有不同职责，因此，从原则上来看，可做以下安排。

（1）农村纯公共物品和外部性极强的准公共物品由政府进行公共提供。此类农村公共物品主要包括三类：公共安全类产品，包括国防、公共治安、公共卫生、防洪抗灾、环境治理等；公共发展类产品，如义务教育、人口控制、扶贫与社会保障、优生优育、气象服务等。农村纯公共物品由于典型的非竞争性和非排他性，适合由政府公共提供。但政府提供并不是说这些产品一定要由政府部门生产。正如萨缪尔森指出的那样："一种公共物品并不一定要由公共部门来提供，也可由私人部门来提供。政府可以通过合同的形式引进私人投资或直接交由私人生产，然后再由政府购买。那些外部性极强的准公共物品可以视同纯公共物品由政府提供，由受益的全体公民共同负担公共物品的供给成本。

（2）一般性的农村准公共物品应由政府和农民私人混合提供。准公共物品通常既有社会受益，又有生产者个人受益，可以在政府补贴的基础上，按照"谁受益，谁负担"和"量力而行"的原则，由农民按照受益程度的大小进行集资生产，也可以先由政府公共提供，然后按照受益大小，向使用者收取相应的使用费。此类公共物品主要包括：具有规模效益的生活服务类产品，如电子、通信、邮政、医疗、生活用水等；公共服务类产品，包括公共工程建设、科技推广、市场信息等。政府与市场在此类农村准公共物品提供中的主辅地位受三个因素的影响：准公共物品的非竞争性和非排他性、公共物品效益的外部性、民间投资能力。

（3）小范围的俱乐部产品由私人自愿联合提供。此类产品外溢较小，且受益群体相对固定，政府提供显然是不合理的，但是对农民个人来说，由于外部性和规模经济的存在，私人提供也容易造成效率损失，因而理想的方式是由个人利益联合体实行联合提供，按照个人的收益分摊成本，将外部收益内部化，提高供给效率。

（4）纯粹的私人产品则适合于农户个人提供。农业耕作、种植养殖、施肥、收获、销售等是纯粹的私人产品，应当由农民自主进行，避免政府的直接行政干预，但政府可以给予适当的指导。

农村公共物品供给是公共物品供给的一个特例或内容之一，因此，农村公共物品的供给是公共物品供给机制在农村领域的具体运作，可以包括以下三种机制：

（一）农村公共物品的政府供给机制

政府供给公共物品是公共物品供给的主要常见形式。农村公共物品的政府供给机制是指政府通过财政制度运作（征收税收或收取费用等手段筹集资金，安排财政支出）以供给纯公共物品和准公共物品的机制。

市场经济条件下，政府提供公共物品是在市场进行资源配置的基础上进行的，逻辑上属于“第二层次”的机制。有效的政府行为应是政府对市场机制的弥补和纠正，需要在一定的范围和制度安排下进行。农村公共物品的政府供给机制主要包括以下内容：

（1）决策机制。它一般应由农村社区居民或者居民代表按照民主集中原则实行公共选择（全国性公共物品的决定层次更高），自主决定农村公共物品的种类、供给规模、供给结构，并决定成本补偿的原则和标准。

（2）使用机制。农村政府职能和财政供给范围限定在公共领域，如社会秩序、基础设施、科教文卫、环境保护、社会保障等。公共化的财政支出一方面要求政府职能要到位，属于政府所尽的职责财政要予以保证；另一方面要求政府职责不可越位，直接参与市场竞争、干涉农民生产的行为要杜绝。

（3）筹资（公共物品成本补偿）机制。无论是以农为主的传统农村社区，还是城镇化后的农村区域，政府提供公共物品的财力基础必须是公共化的财政收入——以强制、规范、无偿的税收收入为主，以使用者收费为辅。公共收入来源于社区内外：社区内的收入包括覆盖全体社会成员的税收制度和面向特殊群体的规费收入以及按行政区域所属的企业运营收益；社区外的收入就是分级财政体制下的政府间转移支付。公共化的财政收入属于全体社会公众，通过公共预算收支弥补公共物品供给成本。

（4）激励约束机制。在这种机制中，公民、公民代表和政府之间是一种委托代理关系，政府内部以及公民与公民代表、公民代表与政府之间同时存在监督制约问题。农民的支持度、同级政府之间的竞争以及上级政府的满意度都会转化成激励因素。

（二）农村公共物品的市场供给机制

农村公共物品的市场供给机制是公民个人或营利组织根据需求，自愿联合或以营利为目的的供给农村公共物品，以交（收）费补偿公共物品供给成本的机制。按照林达尔均衡的基本条件：受益者能真实地显示各自对公共物品的需求偏好、集体内部不存在“寄生”行为、出资额（价格）必须等于公共物品的生产成本、一致同意原则、公共物品消费可以实现排他性。公共物品在一系列的约束下可以实现市场供给均衡。市场机制不论是私人品供给还是公共物品供给，都是资源配置的“第一层次”机制。

农村公共物品的市场供给包括以下内容：

（1）奖惩机制。供给主体（包括受益者集合体和营利组织）独立决策，是否提供公共物品、供给公共物品的项目、规模和具体方式完全取决于供给主体的自由选择。

（2）使用机制。农村公共物品的市场供给主要是具有消费的排他性，并且是收益与成本相配比的准公共物品，如小型的农业基础设施、农业科技培训和服务、高效农业等。

（3）筹资机制。农村公共物品的市场提供以收、交费为收入来源，农民之间的自愿联合提供需要受益农民以交费出资的形式负担公共物品的供给成本，营利组织通过市场供给公共物品由政府授权经营，对使用者收费（公共物品价格）补偿其投资以保证其正常运营。

（4）激励约束机制。在农村公共物品的市场提供过程中，应设法控制公共物品的成本费用水平，监督费用的收取和使用状况以及公共物品的质量。政府降低农村公共物品的供给门槛、实行税收优惠政策、优化的投资环境，将有效地激励农村公共物品的市场供给。

（三）农村公共物品的自愿供给机制

农村公共物品的自愿供给是指公民个人、单位以自愿为基础，以非本人受益为目标，通过自愿捐款（包括具有部分营利目的的彩票等形式）筹集资金，向农村社区范围内的社会公众提供农村公共物品。它是在市场、政府机制发挥作用的基础上继续进行的资源配置，因而被称为“第三层次”的供给机制。从公共物品自愿供给的动因看，它是自利与利他动因相互融合的公共物品供给方式。

公共物品自愿供给机制的特点在于：

（1）决策机制。它是以公民或单位的独立、分散、自愿决策为基础的，较充分的尊重个人选择，由其自由确定公共物品供给的受益对象和受益项目。

（2）使用机制。自愿供给的农村公共物品主要是基础教育、社会救助、公共福利等公益事业。据统计，希望工程实施以来，80%的希望小学和受助学生分布在中西部贫困农村。按照目前我国农村小学总量计算，每100所农村小学中，就有2.5所是用民间资金援建起来的希望小学；中国儿童少年基金会春蕾计划实施十五年来，已筹集资金累计6亿多元，覆盖全国30个省区市，捐建“春蕾学校”300余所，共救助农村失学女童近150万人次。

（3）筹资机制。公共物品自愿供给的资金来源主要是无偿或部分无偿的捐赠收入，所以，农村公共物品的自愿供给要求具备一定的经济基础，即城乡居民收入水平的大幅度提高。城乡居民收入水平的提高对农村公共物品的自愿供给产生以下两个方面的影响：一是城乡之间经济发展水平差距拉大，城市居民（包括社会公众和单位）具备了提供农村公共物品的动力和能力；二是农村社区内一部分先富裕起来的农民具备了自愿提供公共物品的能力，如捐资助学、修路修桥、扶助贫困等，成为“致富不忘乡亲”的先进典型。

（4）激励约束机制。农村公共物品的自愿供给包括捐资人的直接提供和通过国家机关或中介机构的间接提供。所以，农村公共物品的自愿供给要求对捐资的使用状况进行严格地监督，并确保相关信息的透明度。此外，政府对捐助的税收优惠政策会对自愿供给农村公共物品产生激励作用。在我国，由于农村特有的历史、人文气息，农民社区中对利他行为具有更加浓重的情结。农村部分高收入人群，出于经济利益、社会责任和个人荣誉等原因，加入到农村公共物品自愿供给的大军中，政府应对此进行精神或物质的褒奖，提高农村公共物品自愿供给的积极性（表3-2）。

在农村公共物品的供给过程中，往往是三种供给机制共同发挥作用。但三种供给机制的作用范围和运作方式有所差别，而且在不同的历史时期、不同的公共物品项目、不同的地区，三种供给机制的作用领域和地位又会有所不同。例如，社会秩序和安全是典型的纯公共物品，应以政府供给为主，但是近年来也出现了村级组织共同出资提供安全保障，甚至还有富裕的农村居民和一些大族，也提供这方面的保障。再如，社会救济，当前我国政府正大力进行农村社会保障制度构建，对农村社会救济和扶贫事业投入了大量的资金财力，而农村也是非营利组织和个人捐赠的主要受助区域。另外，从动态上看，农村公共物品的供给机制也不是一成不变的，同一公共物品在不同的时期，因技术条件、需求状况和供给能力的发展变化，会改变公共物品的自然特性，从而影响公共物品的供给方式。但是，从整体上看，政府在农村公共物品的多元供给机制中占主导地位。首先，公共物品具有一定程度的非排他性或非竞争性，这与市场供给的盈利要求相悖；其次，多数公共物品具有投资规模的限制和规模经济的要求，私人投资能力有限；再次，市场供给的收费机制排斥收入群体，违背了公共物品的公平、普遍消费的目标；最后，受个人收入所限和利他动机不足的影响，农村公共物品的自愿供给规模有限。所以，农村公共物品供给存在多元化供给的倾向和现实，但政府在农村公共物品供给中占主导地位。本书的研究重点也是农村公共物品的政府供给，但同时关注多元化供给机制和政府对农村公共物品非政府供给的激励作用。

表 3-2　农村公共物品供给机制的比较

供给机制	政府供给	市场供给	自愿供给
供给主体	政府	自愿联合供给或营利组织供给	自愿捐助的公民个人或单位
决策机制	集体选择	自主决策	分散决策、个人选择
使用机制	安排政府支出，用于农村纯公共物品或准公共物品	安排收取费用的使用提供具有消费的排他性的农村准公共物品	直接捐助或通过中介机构间接捐助，提供农村公共物品
筹资机制	强制、规范、无偿的税收收入为主，使用者收费为辅	受益者交费	自愿、无偿或部分无偿的捐赠收入
监督约束机制	政府内部以及公民与公民代表、公民代表与政府之间同时存在监督制约问题。农民的支持度、同级政府间的竞争以及上级政府的满意度都会转化成激励因素	应设法控制公共物品的成本费用水平，监督费用的收取和使用状况以及公共物品的质量。降低农村公共物品供给门槛、实行优惠的税收政策、优化投资环境将有效地激励农村公共物品的市场供给	政府应对捐资的使用状况进行严格的监督，并确保相关信息的透明度。此外，政府对捐助的税收优惠政策和精神以及物质褒奖会对自愿供给农村公共物品产生激励作用

二、我国现行城乡分割的公共物品供给的现状

总体上看，新中国成立以来，我国在工业化初级阶段，城乡发展体现了明显的“二元”特征，即在城市和农村实现差别化的各项政策措施。影响城市农村建设的相关政策十分广泛。其中，关系比较密切的主要有宏观经济政策、财政与融资政策、土地与社会保障政策、城镇化与人口管理政策等。

从城乡建设资金来源上看，新中国成立以后，为加快重工业发展，政府利用工农产品价格“剪刀差”政策，从农村抽走了巨额农业利润。据统计，1950~1994年，政府从农村抽取了20 000亿元。改革开放以来，政府先后推行的财政、投资、金融等改革，又进一步加速了农村资金的流出。从20世纪80年代中期开始，财政资金从农村的净流出额逐年扩大。农业各税和乡镇企业税金是财政部门从农村筹集资金的主要方式，国家财政用于农业的支出是财政部门向农村注入资金的主要渠道。1978~2001年，农业各税和乡镇企业税金由54亿元增加到2594亿元，年均增长20.3%；国家财政用于农业的支出由151亿元增加到1516亿元，年均增长10.5%；国家全部财政支出中农业支出的比重逐步下降，由1978年的13.4%下降到2001年的8%，其间只有个别年份略有上升。1984年以前，财政资金向农村净流入，但流入量逐年减少；1985年以后，财政资金从农村净流出，且流出数量快速增加。虽然国家财政农业支出的绝对量不断增加，但总体上是从农村拿走的多、给予农村的少，仅2001年农村资金通过财政渠道就净流出1078亿元。农村信贷资金净流出额增加，金融支农力度减弱。金融部门从农村筹集的资金主要是农户储蓄存款和农业存款，向农村注入的资金主要是农业贷款和乡镇企业贷款，两项之差就是农村信贷资金流出或流入的总体情况。1979~1994年的16年间，有11个年度农村信贷资金为净流出，累计流出资金约882亿元。1996~2001年，农村地区通过信贷渠道流出的资金由1912亿元增加到4780亿元，累计流出资金约2868亿元，平均每年流出资金约574亿元。近年来，商业银行特别是国有商业银行根据自身发展需要，精简了一部分基层营业机构后，贷款流向更加集中于大中城市和大型企业，对县域经济和中小企业的支持进一步削弱。有些银行对分支行的流动资金贷款权上收，对分支机构主动营销贷款缺乏激励和约束机制，使其不能主动培育和选择客户，一些应该发放的贷款难以落实，加剧了农村的资金短缺。

从公共物品供给角度看，农村建设中除农民住房和生产设施之外，大都属于公共物品的范畴。长期以来，我国在公共物品供给上实行两套政策，一套政策是

城市所需要的水、电、路、通信、学校、医院、图书馆等公共基础设施由国家来提供；另一套政策是农村的公共基础设施主要靠农民自身解决，国家仅给予适当补助。基于这种政策，农村就出现了各种各样的由农民掏钱搞公共基础设施建设的现象。同城镇居民相比，农民的年均纯收入仅相当于他们的1/3，让低收入人群自筹资金进行基础设施建设，进一步降低了他们的收入水平和发展能力。事实上，农村的公共基础设施从属性上同城市的基础设施一样都是公共物品，同一属性的公共物品应该在供给上采取相同的政策。政府为农村提供公共物品是一种责任。农民和市民一样有更好的发展和生存权利。目前，我国已经取消了农业税，大大减轻了农民负担，增强了农民的再投资和消费能力，也为加快农村建设与发展提供了更强的经济基础。但这只是农村建设健康发展的一部分基础，公共财政与融资渠道对农村和城市实行相同待遇才是根本，公共物品必须有相应的公共经济为支撑才可能得到改善和持续发展。

长期以来，我国城乡实行的是两套完全不同、互相独立的社会保障体系。在城镇，计划经济时代居民的社会保障完全由政府包揽；20世纪90年代以来，政府对城镇社会保障制度进行了一系列改革，初步形成了以养老保险、医疗保险、失业保险和城市居民最低生活保障制度为主要内容的城镇社会保障体系。在农村，农民的社会保障一直以土地保障和家庭保障为主，其间也曾实行过合作医疗制度，但核心是土地保障。与此相适应，城乡实行了两种不同的土地制度，城市土地属国家所有，农村土地属于农民集体所有。以承包地的形式解决了农民的最低生活和部分养老问题，以宅基地的形式在一定程度上解决了农民的居住问题。由于承载了不同程度的社会保障功能，农村土地的政策具有一定的计划特征，农村建设相对封闭，只存在规模较小的内部市场。《土地管理法》第43条规定，任何单位和个人进行建设需要使用土地的，必须依法申请国有土地；但是，举办乡镇企业和村民建设住宅依法批准使用本集体经济组织、农民集体所有的土地的，或者乡（镇）村公共设施和公益事业建设经依法批准使用农民集体所有的土地除外。《土地管理法》第63条规定，农民集体所有的土地的使用权不得出让、转让或者出租用于企业建设；但是，符合土地利用总体规划并依法取得建设用地的企业，因破产、兼并等情形致使土地使用权依法发生转移的除外。这些规定，事实上禁止了一般情况下的集体土地与房屋交易。

为了维持城乡差别化政策，20世纪50年代开始，我国政府出于优先发展重工业的需要，对农村人口转移实行严格的计划管制，人为地割裂了经济发展与人口集聚的内在联系。在随后的近三十年间，政府用各种政策和制度在城乡之间筑起了不可逾越的屏障，对农村和城镇实行不同的管理方式，不断强化和固化城乡差别。直到20世纪80年代中期，国家严格限制农村人口转移的政策才有所松动。从1984年起，国家先后实施的“自理口粮”、“暂住证”、“农转非”、“蓝印户口”等政策，打破了对农村人口的长期隔离与禁锢，农村人口开始大规模向城镇转移。在随后的四年间，全国城镇化水平提高了3.7个百分点，相当于之前20年的总和。随着其他相关改革的深化，附加在城镇户口（非农户口）上的“含金量”被逐渐剥离，农业户口与非农业户口之间的差别不断缩小，非农户口失去了昔日的光环，对农村人口的吸引力迅速回落。1988~1991年的4年间，全国城镇化水平仅提高了1.1个百分点。随着社会主义市场经济逐步建立与完善，农村人拥有了自主决定转移的权利，农村人口转移的决策主体从一元变成了多元：农村人拥有了是否向城镇转移的决策权，即自主选择进城或者不进城的权利；政府放弃了指令农村人进入城镇的权力，但仍在一定程度上保留着是否允许农村人进入城镇的权力，即允许或者不允许农村人口转移到城镇落户定居的权力。经济条件、就业状况重新成为影响转移决策的支配性因素之后，农村人进城落户定居的热情下降，农村人口转移进入了理性发展阶段，大部分进城农村劳动力选择“亦城亦乡”的特殊生活方式，并最终导致农村人口转移到城镇落户定居的速度稳定在了较低水平上。实际上，如果将农村人口转移看做一种市场选择行为的话，那么从20世纪90年代初开始，市场格局已由卖方市场向买方市场转化，“让不让农村人口进城”问题已由“如何吸引农村人口进城”问题所取代。因此，制定新的引导农村人口进城落户定居的政策，除了清除现行的阻碍性政策之外，更重要的是要出台鼓励性政策，使进城农村人口能够获得比不进城更多的利益。

（一）非均衡农村公共物品供给制度

一是我国城市与农村公共物品供给不平等。虽然同为我国公民，但城市居民与农村村民的待遇却大不相同。城市居民享受着优越的市场设施条件、发达的交通、整洁的环境、低廉的基础教育，而国家对于农村的基础设施建设、教育、医疗卫生等方面的供给却大大低于城市，全国大多数农民几乎享受不到诸如供水、供气、公共下水道、路灯、公共汽车、公共卫生防疫、污水处理、美化环境等公共物品的消费。而且，即便是这样的供给水平，其成本还主要是由包括乡镇政府在内的农村基层政府承担，在很多情况下，只能是举债供应。二是农村各地区之间公共物品供给的非均衡性。经济繁荣、市场发达、地方财源丰裕或乡镇集体企业效益较好的一些地区（主要是东部经济较发达地区），地方政府或村集体组织有财力提供较多的公共物品；而其他资源条件落后、交通不便、底子较差的地区，公共物品的供给则呈现明显短缺的态势。目前西部的大部分地区，地方政府负债累累，拖欠教师工资的情况很多，更谈不上提供其他公共物品了。三是制度外供给占主要地位。我国在自上而下的分税制改革中，各级政府并未及时地进行分权式改革，导致财税资源自下而上逐级向上集中，各种任务、指标却自上而下地逐级分解。处在最基层的乡镇政府境遇最糟，他们在完成上级的财税征缴任务之后，乡镇财政的制度内收入已所剩无几，迫使乡镇政府不得不在制度外“另辟财源”、自谋财路。具体地讲，一方面，我国目前的分税制具有对乡镇财政过度汲取的制度缺陷，农户缴纳的农业税收和乡镇企业所得税的一部分成为乡镇财政的主要来源。另一方面，省级以下的转移支付缺少监督。为保证中心城市建设而层层截留乡镇政府的财源已成为普遍现象，乡镇政府取得的转移支付数额很少。公共财政预算内低收入导致制度内公共物品供给不足，许多贫困地区的乡镇财政甚至无法支付政府工作人员和教师的工资。为了满足地方公共物品供给的需要，又不致给国家造成财政压力，只能在制度外另辟财源。由于可以把制度外收入作为偿债的一部分来源，致使乡镇政府的举债行为更加有恃无恐。

（二）自上而下制度外公共物品供给的决策机制

在现行公共物品供给体制下，公共资源的筹集采用一事一收费的形式，每项收费都有特定的专门用途，这相当于在实践中默许了基层政府为一项新的公共物品供给农民取得费用的合理性。由于基层政府所追求的目标与农民的要求并不总是完全一致，为了达到基层政府的目标，农村社区制度外公共物品的供给就不是主要由该社区内部的需求决定，而是由社区外部的指令决定，并由行政组织以文件或政策的形式下达，既带有很大的强制性，又带有很大的主观性，而由此产生的供给成本除了向农民收取集资、摊派外，大量来自于乡镇政府和村自治组织的举债。公共物品制度外供给的最大特征在于它的不规范性和决策机制的自上而下性，为发展地方经济，大量公共资源甚至被用来生产私人产品，其中失败的投资，成为基层政府的债务。造成这种现象的原因在于：①在政绩考核和经济利益驱动下，农村基层政府和权力部门成为既垄断权力又追求利益的行为主体，其行为目标和农民追求目标之间的冲突，不可避免地带来农村公共资源筹集和使用的失衡，进而无法遏制其债务的产生。②现行体制下，村民委员会既要办理村务，又要执行政务，扮演着双重角色。“政务”执行的强制性造成了对“村务”的冲击，致使村民委员会过度组织化，村民自治组织成了具有行政权力的“准政府”，难以准确表达农民的意愿，这也是大量的村级债务产生的原因。③乡村组织内部没有建立起让农民自己充分表达对公共物品需求的合理机制，也没有让农民自己充分表达对公共物品需求的合理的制度安排。农民投票选择受到限制，退出又有户籍制度的障碍。由于缺乏有效的供给谈判制度，农民无法在公共物品供给的决策中体现自己的意志，明明知道乡镇政府和村自治组织提供的某些公共物品并非他们的实际需求，甚至是有害的公共物品，也无法加以制止，由此产生的债务，农民也无能为力。

（三）农村公共物品供需结构失调

现阶段农村公共物品供给，并不完全根据农村社区的真正需求决定，而是在相当大的程度上由地方政府部门的“政绩”和“利益”动机决定，由此导致公共物品供给结构严重失衡。主要表现在：①热衷于投资一些见效快的短期公共项目，如各类达标升级活动、小康工程等，而不愿意投资一些见效慢、期限长但具有长远效益的纯公共物品。②热衷于投资看得见、摸得着的“硬”公共项目，而不愿意提供如农业科技推广、农业发展综合规划及信息系统建设等“软”公共物品。③热衷于投资新建公共项目，而不愿投资维修存量公共项目。西部大部分地区，农业水利设施老化失修，农村电网老旧、电压不稳，农村道路尘土飞扬的现象比较严重，而各种图名摆阔、造声势的项目却不少见。④农村公共物品的供给不足和相对过剩并存。供给不足主要表现在：农民急需的公共物品供给严重不足，如大型水利浇灌设施、大型农用固定资产以及良种的培育、政府给农民提供全国性的市场供求信息等服务；农村义务教育、医疗卫生、环境保护等对提高农民素质和农村可持续发展具有重大意义的公共物品严重短缺，与此同时，一些农民并不真正需要或需要较少的公共物品则出现供给过剩。例如，不仅发达地区而且一些欠发达地区都在大力修建楼堂馆所、歌舞剧院及各种标志性建筑，浪费了大量的资金和资源。⑤部分公共物品的提供损害了农民利益。例如，政府的决策出现偏差，影响资源的有效配置；政府官员中的个别人为了牟取私利，导致了“豆腐渣”工程等，大大加重了农村基层政府的财政压力，也由此形成了大量的债务。

（四）对提供农村公共物品的农村公共资源使用过程的监督不够

由于预算的不完整和预算执行过程的随意性等种种原因，对农村公共资源使用过程缺乏切实有效的监督，造成公共资源管理混乱和经常挪作他用。同时，由于预算外资金大都分散在各行政单位，在信息不对称情况下，作为监督者的审计和农民负担管理部门，对各单位预算外资金的收支只掌握非常有限的信息，使监督的成本很高。预算外资金的收支也不向同级人民代表大会报告，缺乏社会监督。如果由社会单个成员监督，同样存在着信息不对称的问题，监督的成本很高，而监督的效益却被本社区成员共享，多数成员因激励不足而不去监督。另外，由于政府提供和管理公共物品的环节较多，公共资金经常被层层过滤，公共物品层层加价。在缺乏有效监督的情况下，必然是非正常资金需求挤兑正常资金需求，导致公共物品供给短缺，成本上升，效益却下降。表现在：一是部分公共资源被用于提供公共物品机构的运转，很多用于人员的开支。农民交钱没有买来应该得到的公共物品。二是很多公共资源被消费、贪污和用做与农民无关或并非农民独享的事项，如购置高级办公用品、给公职人员发放奖金等。一方面，大量农民需要的公共物品供给缺乏必要的资金来源，只得举债；另一方面，这部分宝贵的资金因为缺乏必要的监督而没有取得应有的效益，人为地加大了乡镇政府举债、偿债的成本。

三、建立城乡一体化的公共物品供给体制

就我国农村经济发展现实而言，新中国成立后，由于国家长期实行城乡差异化发展战略，大量的农村资源通过国家行政的力量流入城市，由此造成了城乡经济发展的不平衡，突出表现在农村公共物品供给的匮乏。在全面建设小康社会的今天，依靠政府的力量，加快对农村公共物品的补偿性供给，促进农村经济发展，缩小日益扩大的城乡差距，意义非常重大。

所谓城乡一体化发展，就是要在党的“十六大”提出的统筹城乡经济社会发展的总体思路下，改变计划经济体制下形成的分隔的发展思路，建立起地位平等、开放互通、互补互促、共同进步的城乡经济社会发展新格局。要破除计划经济体制遗留下来的二元社会结构，切实纠正“城市偏向”和“财政偏向”的政策体制，推进城乡互相致力、城乡交融的城市化进程，建立与现代市场经济体制相适应的城乡一体化的经济社会新体制。农村公共物品供给体制创新的根本是统筹城乡发展，建立城乡一体化的农村公共物品供给体制。

（一）改变城乡分割的公共物品供给体制，向城乡提供均衡的公共物品

长期以来，政府重工轻农政策的体制形成了今天城乡分割的二元结构，同时

也造成了城乡相对独立的公共物品供给体系。城市实行的是以政府为主导的公共物品供给制度，公共物品供给无论从数量上还是质量上都优于农村公共物品。相对于城市而言，农村很大程度上实行的是以基层政府和农民为主的“自给自足”型公共物品供给制度。农民生产、生活所需的大多公共物品或者以基层政府举债的方式或者以农民上缴税费方式承担，公共物品数量短缺、质量不高是其基本特点。要加快农村经济和社会发展，缩小城乡差距，就必须从根本上改变这种非均衡的城乡公共物品供给制度，按照公共财政的要求调整政府的公共支出政策，加大对农村公共物品的投资力度，改变我国农村公共物品长期短缺的状况，促进农村经济社会的可持续发展。

（二）根据农村公共物品构成的层次性，划分各级政府的责任和权力

由于公共物品供应呈现出分层次的特点，受益范围遍及全国的公共物品，由中央提供；受益范围主要是地方的公共物品，由相应层次的地方政府提供；具有外溢性的地方性公共物品由中央政府及各个受益的地方政府共同提供；一些跨地区的公共项目和工程可由地方政府承担为主，中央政府在一定程度上给予支持和协调。地方政府之间的责任划分也要遵循相同的原则，即根据收益范围和管辖范围确定责任范围。根据我国农村的实际情况以及事权和财权相统一的原则，农村地区纯公共物品的供给应主要由省以上财政提供，地市级财政适当配套，县乡财政暂时不予考虑。要根据不同的供给责任主体赋予相应的财政权力，以保障城乡公共物品均衡供给。这就要求中央和各级地方政府要尽快地从过去几十年来形成的“建设财政”的思维惯性中解脱出来，逐步确立“服务财政”的理念，把公共服务精神作为各级政府开展工作的行为准则。唯有如此，一个完善的、以公共财政为主体、多渠道融资的农村公共物品供给体制才能最终确立起来。

（三）改革农村公共物品供给的决策体制

公共物品的供给，总体上应采取自下而上的需求表达过程和主体选择过程相结合的决策体制。改革农村公共物品供给决策程序的目的，是最终建立由内部需求决定公共物品的供给机制。为此，首先要建立公共物品的需求表达机制，使一个社区范围内多数人的需求意愿能得以体现。可通过正常的民主渠道，增加公共资源分配和使用的透明度，使农民的意见能得到充分反映。其次，要改革社区负责人的产生办法，即通过选举约束，使他们真正能对本地选民负责，把增进本地选民利益放在首位。只有这样，社区负责人才敢于抵制来自外部的各种达标、升

级活动，抵制各部门、各系统出台的收费规定，在决策科学化和民主化的基础上，为本社区提供具有真实需求的公共物品。

（四）改革农村公共物品的筹资制度，实行投资主体多元化

考虑到我国地域辽阔，不可能由中央政府负担全国农村所有公共物品的供给；同时，又考虑到农村基层政府财力有限，也难以提供广大农民所需的公共物品。我们认为，可以根据公共物品的分类，由中央政府、省级政府、县级政府和乡镇政府分别生产和供给农村不同层次的公共物品；同时，吸收各种形式的资本生产和提供某些排他性成本不高的准公共物品。根据公共物品的分类与性质，纯公共物品由于具有较大的外部性，私人提供往往缺乏效率，应该主要由政府提供。为此，农村地区的纯公共物品应主要由中央政府和省级政府提供。农村的准公共物品中，那些排他性成本高的准公共物品，私人资本不愿生产，必须由政府来提供，如供水、公立医院、文化设施等。这些准公共物品县乡政府可以视其自身的财政状况向所在社区提供，上级政府给予适当补助。还有些准公共物品是可以进行排他性消费的，且排他性成本不高，可以通过向消费者收取较低的费用来弥补排他性的成本，这类准公共物品有公共汽车、非义务教育阶段的教育及部分农村职业教育等。除基层政府投资外，可以制定优惠政策，吸收和鼓励多种形式的资本生产者提供这类准公共物品。在明确产权的前提下，各级引进民间资金和外资，按照“谁引进、谁收费、谁投资、谁受益”的原则，提供尽可能多的农村准公共物品。因此，建立以公共财政为主体、动员社会各方面的资金和力量共同参与的农村公共物品投融资体制，是我们最终解决农村公共物品短缺问题的必由之路。

（五）完善政府之间的转移支付制度，实行公共物品供给均等化

要通过改革和完善政府之间的转移支付制度，平衡各地区的财力差异，以保证地方政府特别是贫困地区的地方政府向本社区提供基本公共物品的能力。由于地区间的自然资源条件、地理环境、经济发展水平、产业结构等多方面的差别，我国地方政府的财力差异是相当大的。现行以“基数法”为操作依据的转移支付方式，不仅没有消除这种差异，反而使其差异更加扩大。因此，要改传统的“基数法”为“因素法”，即通过计算该地区的一般因素、社会发展因素、经济发展因素、自然条件因素等得出该地区的财政支出标准，对照估算出各地区的财政能力，以此决定各地区应获得转移支付的数量和种类。通过公平的转移支付，

促进各地区公共物品供给均等化。

（六）加强对公共资源使用的监督、检查，坚决杜绝权力腐败行为

要加强对公共资源使用过程包括资金的筹集、管理和运行的全方位监督，主要内容有：实行政务公开，定期向群众公布收支情况，增加公共资源使用的透明度；积极发挥各级人民代表大会的监督、检查作用，确保公共资源的合理使用；建立农村公共资源使用绩效的评价指标体系和考核机制，发挥内部审计、会计的职能作用，实行重点抽查、财务自查和财政、审计相结合的办法；要积极引入社会监督机制，及时查处各项违规、违纪行为。通过对公共资源使用的严格监督，有效地杜绝权力腐败行为，最大限度地提高公共资源的使用效益，切实消除基层政府不良债务的产生。

第四章　农村公共物品供给的筹资机制

第一节　公共物品供给的筹资机制

一、公共物品供给模式

作为公共物品，消费中的非竞争（non-rival）和技术上的非排他（non-exclusion）决定了市场中理性的营利性组织不会主动提供这类产品，需要由市场以外的集体选择机制来进行。政府组织和非营利性组织就是集体选择的形式，它们通过取代私人之间的市场交易来解决公共物品消费中的无人付费问题，同时也解决了该物品若由市场提供可能带来的社会公平问题。因此，政府组织和非营利性组织提供公共物品就成为必然选择。

可以说，在传统意义上，向社会公众提供公共服务一直是公共组织的“专利”，但20世纪80年代以来，随着新自由主义的兴起，市场价值的重新发现和利用，改变了这种观念，人们不断探索公共物品供给方式的变革。于是，现在政府不再是公共服务的唯一提供者，私营部门、非营利性组织完全可以承担这方面的职责。这样，公共服务由一元供给走向多元供给，就成为当代西方公共服务改革的基本趋势。

当市场机制被引入到公共服务领域后，公共服务供给方式必然发生重大变化，先前处于独家垄断地位的单一供给主体政府不得不面对私人部门和非营利组织的挑战，一元供给模式被多元供给模式取代。

第一种模式：政府组织同时承担了提供者和生产者的角色。政府既是公共服务的决策者和付费者，同时又承担了直接向社会提供服务的功能。这种模式分为两种情况：一是政府服务，即政府为主体的公共部门安排、支付并向消费者提供某种服务。一般意义上，纯公共物品都应当采取这种供给方式。二是公共部门之间的协议，即由两个公营部门分别承担服务的提供和生产职能。通过契约联结两个公共部门，一方是实际的购买者，另一方提供公共服务产品，购买者直接负责向社会提供公共服务。公共部门间协议通常在复合型体制下，特别是实行地方自治的国家比较盛行，如美国就应用得相当多。

第二种模式：民营。意味着政府在事实上退出某一服务领域，将其全部交给民营机构或其他组织去经营。这种通过出售方式的完全让渡行为反映了这样一种观念：民营机构总是比公营机构有效率。英国是这方面的典型。20 世纪 70 年代末到 1992 年，2/3 的英国国有企业被转移到民营部门。此后，新西兰、澳大利亚、日本等国家都纷纷加入了这一进程，后来进一步拓展到 100 多个国家。

第三种模式：是指由政府机构做出决策并承担费用，由私营部门来组织生产的模式。其中又包含多种具体形式：①合同。又称合同出租。合同出租一般是由政府或公共部门作为顾客和委托人，同代理人签订合同。政府或公共部门的职责是确定需要内容、签订合同并监督合同签约方执行绩效的情况。这样，政府就不直接提供公共物品或公共服务，成为真正的公共事务管理者。合同出租在西方被普遍采用，从一般的废物垃圾处理、街道清扫、房屋修理到政策制定、信息收集等专业领域，应用范围越来越广。②特许。特许是指政府不直接生产某种服务，而将服务的生产授予具有一定资格的企业或非营利组织，由后者在许可的范围内生产特定的服务，同时政府对服务的价格实行管制。如自来水供给、出租车行业等就是如此。特许与合同出租不同，虽然都是由政府担当服务产品的提供者，但合同出租是政府付费，而特许则是使用者付费，即对公共服务接受方收取一定费用的办法，实质上是将价格机制引入到公共服务中。③补助。在这种模式中，政府不直接生产物品或服务，而是通过向某企业或非营利组织提供一定的补贴，并由后者来生产物品和服务。补助的形式有资金、免税、低息贷款和贷款担保等。美国在克林顿执政时期为了推动社区发展，采取了社区扶助计划，由联邦政府将补助金直接拨给社区组织，使社区自治组织能够有充足的财力为社区居民提供有效的服务。④代用券。为了使对顾客和绩效后果承担的责任最大化，西方国家推行向顾客发放凭单，即代金券或背面写有政府补偿金额的信用卡，以用来购买物品或服务。美国在食品补助和学校教育中较早推行凭单制度，并取得了很好的成果。凭单制度将选择权还给消费者，有利于服务提供方提高服务质量和水平，有利于政府将顾客和结果战略有机地结合起来。

第四种模式：公共服务的提供者和生产者都是非政府的私营部门和非营利组织。有三种基本形式：①自由市场。在这种模式下，公共服务的需求与供给完全由市场机制、供求关系决定，生产什么，生产多少，是企业等根据市场的要求自主做出决策的行为，消费者根据实际需要和偏好，决定买什么和不购买什么，消费者自由选择并直接向生产者支付费用。②志愿服务。由非营利组织根据对某些消费者需求的预测来决定和生产某种物品和服务，消费者以无偿或直接支付方式来获得这些服务。③自我服务。这种形式的特征是消费者自己决定和生产某种物品和服务。这是非常传统的一种服务方式，即使在现代社会仍然很普遍。

如果按照政府或市场在其中发挥作用的程度划分，可以进一步将公共服务概括为政府主导性、市场主导型、混合型。①政府主导型。政府主导型指政府是公共服务生产和提供的主体，其他社会组织起补充或者辅助作用。政府主导型强调公共服务的属性和政府的基本伦理责任。纯公共物品或者部分准公共物品通常采取这种模式。导致政府主导型相当重要的原因是市场无法提供或者即使市场能够提供但负面作用过大，可能严重危害公共利益和公共安全。②市场主导型。是指私营企业或者非营利性组织成为公共服务的供给者和生产者。市场主导型的产品通常是混合公共物品或者部分准公共物品，如果由公营部门来提供不是效率低下，就是成本过高。市场主导型强调价值规律的作用，重视自由竞争给公共服务带来的积极效应。③混合型。即公营部门和私营部门发挥的作用相差无几，不存在谁起主导作用的问题。混合类公共物品通常采取这种方式。混合型可以发挥政府和市场这两种资源配置方式的效力。在上述三种供给类型中，市场主导型与混合型无疑已经成为改革的目标指向，二者将会在公共服务供给中占有越来越高的比例，因为它符合西方公共服务市场化改革的基本宗旨和要求。

二、公共物品供给的筹资模式

在公共物品的政府供给模式中，政府向社会提供公共物品，但并不直接从公共物品供给中获得收入来补偿公共物品供给成本，而是以税收的方式来组织财政收入，从而实现政府的公共物品供给职能和其他的职能。因此，财政收入的多少在很大程度上决定了政府公共物品提供的能力。

公共物品的非政府供给不仅可以适当缓解地方财政压力和农村公共物品供给不足的问题，而且可以满足农村居民不同的公共物品需求意愿，同时有利于资源的有效配置和公共物品供给效率的提高。因此，政府对公共物品的非政府供给不应放手不管，而是应对公共物品的非政府供给实施有效的政策激励，扩大公共物品的非政府供给，实现公共物品供给主体的多元化。

（一）公共物品市场供给的政府激励

1. 公共物品市场供给的政府激励机制

市场参与公共物品供给的范围多集中于准公共物品，由于此类公共物品具有一定的外部性，加之较大的投资规模和较长的回收周期，市场获得水平较低。私营经济如果基于自身利润最大化考虑，投资公共物品供给的动力较小。但是如果政府给予私营经济优惠的税收、信贷、特许权等条件，借此提高公共物品供给的市场收益，或降低投资成本，则可以有效地促使私营经济介入公共物品的提供。因此，各级地方政府可以考虑出台一些政策措施，扩大公共物品的市场供给规模。

2. 公共物品市场供给的政府激励政策

公共物品的市场供给是一个私人投资和经营过程，所以政府可以围绕公共物品生产的全过程设计激励政策，可以考虑的财政政策主要有：①政府对公用事业经营企业和项目给予财政补贴，提高公共物品供给收益；②对建设项目投资给予财政贴息，“撬动”民间资本，发挥财政资金“四两拨千斤”的导向作用；③对社区公益性经营给予直接的低税率优惠，或者提高公益事业投资的税前扣除比例，提高经营收益，减少投资风险。

（二）公共物品自愿供给的政府激励

公共物品的自愿供给因素是多元的，在社会主义市场经济条件下，我们不仅可以通过道德宣传、文化熏陶、党的建设等工作强化农村公共物品供给中的利他因素，也可以通过对纳税人捐赠支出的税收优惠和对非营利组织本身的税收优惠政策扩大公共物品自愿供给的利己收益，提高公共物品自愿供给的动机。

1. 完善捐赠税收优惠政策，扩大公共物品自愿供给的资金来源

为有效规范和激励企业的公益捐赠行为，我国在《中华人民共和国外商投资企业和外国企业所得税法实施细则》中规定，在计算应纳税所得额时可以列为成本、费用和损失的会计项目中，包括“用于中国境内公益、救济性质的捐赠”。《中华人民共和国企业所得税暂行条例》中规定“纳税人用于公益、救济性的捐赠，在年度应纳税所得额3%以内的部分，准予扣除”。《中华人民共和国个人所

得税法》规定，个人将其所得通过中国境内的社会团体、国家机关向教育和社会公益事业以及遭受严重自然灾害地区、贫困地区捐赠，捐赠额未超过纳税义务人申报的应纳税所得额30%的部分，可以从其应纳税所得额中扣除。随着公益捐赠事业的发展，在1999年6月召开的第九届全国人民代表大会常务委员会第十次会议上通过了《中华人民共和国公益事业捐赠法》，进一步明确公益事业捐赠可以获得税收优惠。《中华人民共和国公益事业捐赠法》在第24、35、26条规定，公司和其他企业、自然人和个体工商户捐赠财产用于公益事业可以享有税收优惠。但是，现行的税收优惠政策对公益事业的激励还存在缺陷，有待于进一步完善。

一是拓宽享受税收优惠的捐赠途径。目前，捐赠主体可以采取赞助社会公益组织、直接赞助公益活动或公益项目、直接兴建公益设施、选择项目经由社会公益组织实施等多种途径。但根据财政部1994年2月4日发布的《中华人民共和国企业所得税暂行条件实施细则》规定："公益、救济性的捐赠，是指纳税人通过中国境内非营利的社会团体、国家机关向教育、民政等公益事业和遭受自然灾害地区、贫困地区的捐赠。纳税人直接向受赠人的捐赠不允许扣除。"由于受到法规的制约，捐赠途径不同必然会产生能否享受税收优惠的不同结果，直接捐赠项目的比重越大，税收优惠政策的作用效果越小。因此，应拓展享受税收优惠的范围，使捐助人有更多的选择。

二是鼓励多种形式的捐赠。虽然我国也提倡捐赠物资，但是我国目前的法律中还没有关于企业捐赠物资用于公益事业在所得税优惠方面的具体规定。也就是说，企业如果向慈善机构捐赠物资，在现行的法律下不享受任何税收优惠待遇。因此，应在完善企业捐赠实物评估机制的基础上，对实物捐赠给予一定的税收优惠。

三是增加具有特殊资格（接受捐赠后对方可享受税收优惠）的团体。按照《中华人民共和国公益事业捐赠法》规定，并非只要是捐赠支出就可以从应税所得额中扣除，必须是公益、救济性的捐赠，捐赠的对象必须是我国税法规定可以接受捐赠的社会团体，才允许在法律规定的限额内扣除。目前，我国有资格接受税收减免捐赠的社会团体只有20多家，这个数字相对于全国几十万家公益性、救济性社会机构而言相去甚远。由此引发的问题是，民政部自2001年倡导经常性社会捐赠活动以来，日常发生的大批量、小金额、社区性的企业捐赠难以获得税收优惠，从而对个人、中小企业和社会性公益机构的捐赠和募捐行为产生了一定的制约。

四是提高捐赠优惠比例。企业所得税法规定，除向红十字会事业、福利性、非营利性老年服务机构、农村义务教育、公益性青少年活动场所的捐款外，纳税人用于公益、救济性的捐赠，在年度应纳税所得额3%（金融保险业1.5%）以内的部分准予扣除。这一免税额度相对于国际上许多国家准予税前扣除的部分显得太低。为鼓励捐款，美国国会通过一项法案，“个人捐赠的款物可以在个人年度应纳税所得额中扣除，但最高不超过应纳税所得额的50%。”我国可以参照其他国家的做法，适当提高免税的比例。例如，可以将企业所得税扣除比例从3%提高到10%、个人所得税从30%提高到50%，以激励企业公益捐赠的积极性。

2. 实施税收优惠政策，促进非营利组织的发展

改革开放以来，我国的非营利组织获得了前所未有的发展，也制定了一些对非营利组织的税收优惠政策。例如，企业所得税规定，社会团体取得的各级政府资助、社会团体按照省级以上民政、财政部门规定收取的会费、社会各界的捐赠收入可以享受免税政策。另外，对于非营利性的科研机构，税法还规定：非营利性科研机构从事技术开发、技术转让业务和与之相关的技术咨询、技术服务所得的收入，按有关规定免征企业所得税。对于公益事业基金会，税法规定，对这些基金会在金融机构的基金存款取得的利息收入，不作为企业所得税应税收入。但是我国非营利组织的税收优惠政策过散过乱，优惠幅度较低，不利于充分实现国家的照顾和激励目标。当前，许多非营利组织不但要缴纳所得税、营业税，还要缴纳房产税、城建税、车船税等，而一些营利性的业务，如托儿所、幼儿园、养老院、残疾人福利机构提供的养育服务、婚姻介绍、殡葬服务却能享受免征营业税的优惠，两者相比具有不公平性。

为了促进非营利组织的发展，建议进一步完善税收优惠政策：

（1）明确非营利组织的税收优惠享有资格，由税务部门根据税法界定非营利组织的免税资格，未取得免税资格的一切非营利组织，必须就其经营活动照章纳税；

（2）严格区分非营利组织的营利性收入和非营利性收入，对非营利收入给予税收优惠，同时关注非营利组织的支出方向，对非营利组织的非公益性支出实施补税；

（3）对符合税收优惠条件、运行规范的非营利组织，给予免征所得税、营业税与增值税的全面税收优惠，并给予车船使用税、房产税、城镇土地使用税的减税优惠。

第二节　我国农村公共物品供给的筹资机制

我国农村的公共物品供给投入严重不足，不能适应农民、农村发展的实际需求，存在着量少、质低以及地区性、结构性失衡等方面的问题，阻碍了农村全面建设小康社会的进程。目前农村基础设施投资来源主要有以下三个方面：一是各级财政的扶持资金，近年来投资规模有所扩大；二是村级"一事一议"的政策，但筹资数额不大且存在"事难议、议难决、决难行"现象，加上农村青壮年外出打工，使得筹资难度加大；三是部门的资金补助，如水利部门的农田水利基本建设资金、交通部门的农村公路建设补助、卫生部门的农村改厕改水经费等。但总体上看，上述资金难以满足农村基础设施建设的资金需求。

多年来政府对农村公共物品供应系统投入太少，李燕凌①利用对数模型，得出交通运输及通信、文化教育娱乐、医疗卫生保健三项公共物品的消费的收入弹性系数远大于其他商品，反映出当前农村公共物品供给严重不足的现实。其他学者都用农业支出占国家财政支出的比重和农业投入比重下降来说明这一问题。投入不足的主要表现为：农业基础设施投入不足；义务教育投入不足；农村社会保障制度不健全；农民就业缺乏培训；现有的科技水平对农业支持不够；乡镇机关服务意识不高，效率低下②。调查结果也显示，在公共物品提供方面，村一级自己负担了公共物品提供中的很大一部分。从区域分布看，在富裕的江苏省，完全由村自筹资金的项目数比例（23.8%）远远高于贫困的甘肃省的比例（6.2%）。流向村一级的投资在不同样本村存在巨大的差异。上级政府的公共物品投资，更多的是资助西部不发达地区，相比较而言，富裕地区农村的公共物品投资更多地是由自己来解决③。

从这次调查结果来看，近年来，各被调查村绝大多数都进行了村内公共设施的建设。从近年的工程数量上来看，45 个村平均每村有工程项目 2.78 项，进行工程项目最多的达到了 7 项，大多数都有 2～3 项，只有一个村未进行公共工程的建设。具体分布情况如表 4-1 所示。

---

① 李燕凌，李立清. 2005. 农村公共物品供给对农民消费支出的影响. 四川大学学报（哲学社会科学版），(5)

② 胡兴禹. 2004. 对我国农村公共物品非均衡与农民收入增长问题的探讨. 山东省农业管理干部学院学报，(3)

③ 张林秀，李强，罗仁福等. 2005. 中国农村公共物品投资情况及区域分布. 中国农村经济，(11)，18～25

表 4-1　公共工程数量分布表

工程项目数量	频率	百分比/%
0	1	2.22
1	6	13.33
2	15	33.33
3	12	26.67
4	6	13.33
5	2	4.44
6	2	4.44
7	1	2.22
合计	45	100.00

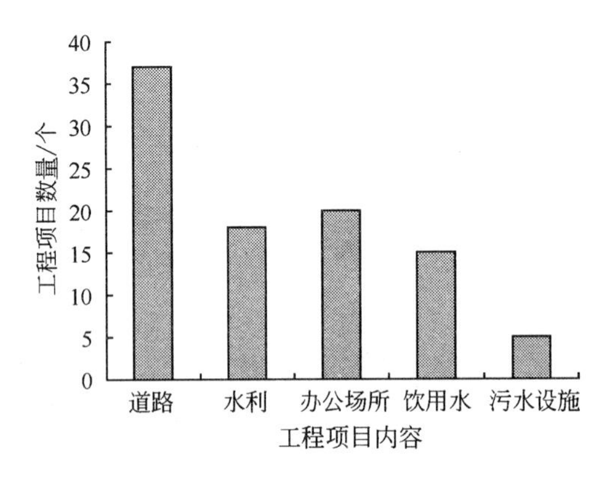

图 4-1　工程项目内容及数量

在这些工程项目中，第一位是道路，为 37 项；第二位是办公场所，为 20 项；第三位是水利工程，主要是村内河流渠道的整治；第四位是饮用水工程（图 4-1）。

从农村公共设施的资金投入情况来看，42 个行政村总投入达 1292.58 万元，平均每村投入 30.78 万元，分布上也是极不均衡的，最少的只有数千元，最多的达到了 172.00 万元，标准差达 43.22 万元，低于 10 万元的村达到了 52.4%（表 4-2）。

表 4-2　农村公共工程投入资金数量

项目	极小值	极大值	平均值	标准差
村公共设施建设资金投入数量/万元	0.10	172.00	30.78	43.22

注：有效数据为 42 个

这些工程项目的主要资金来源有 4 种：①村集体的自有资金，有 30 个村使用了集体资金兴建公共项目。②上级政府的补助，有 33 个村在兴建公共项目时获得了上级政府的补助。③以“一事一议”的方式向村民收取，只有 7 个村采用向村民集资的方式筹集公共项目所需要的资金。④来自于企业和个人的捐助，大约有 6 个村在公共建设项目中获得过企业和个人的捐助。这个结果只是反映了被调查村资金来源的情况，并不反映各种渠道资金数量的差异（表 4-3）。

表 4-3　农村公共工程资金来源渠道统计

选项	频率	百分比/%
村集体资金	30	66. 67
上级政府补助	33	73. 33
向村民收取	7	15. 56
企业及个人捐助	6	13. 33
其他	2	4. 44

表 4-4 列出了各行政村 2006 年所获得的各种资金的情况，尽管这些资金在使用上各个行政村不尽相同，支出结构有很大差异，并不是全部用于村公共设施的建设，但基本可以反映出农村公共设施和服务的主要资金构成。村集体资金和上级补助资金占极大的比重，其余两种渠道提供的资金比重非常小。以从村民处筹集到的资金来看，只有 9 个村进行了这种资金的筹集，平均筹集到的资金为 8. 40 万元。但是，从这 9 个村来看，有两个村因村民较富裕且对村集体较为支持，筹集的资金分别达到了 40 万元和 15 万元，其他 7 个村，筹集的资金都很少，基本在几千元到 2 万元不等。可见，尽管农村公共项目资金来源有所扩大，但这种变化对增加农村公共项目建设资金的作用还不明显。

表 4-4　农村集体资金收入公共工程支出（单位：万元）

调查项目	极小值	极大值	平均值	标准差
村公共设施建设投入①	0. 10	172. 00	30. 78	43. 22
2006 年村集体收入②	0. 30	232. 00	39. 81	61. 37
上级政府的直接拨款③	0. 20	170. 08	20. 15	36. 01
村民筹集资金④	0. 50	40. 00	8. 40	12. 69

①有效数据为 42 个

②有效数据为 40 个

③有效数据为 29 个

④有效数据为 9 个

由于村集体自有资金在农村社区公共物品供给中占有重要的地位，一个行政村集体收入的多少在很大程度上决定了农村社区公共物品供给水平。而且，在调查中我们也了解到，上级政府的拨款现在大多采取项目补贴的方式，即行政村要获得这些资金，必须以自有资金启动项目，才有可能得到这些拨款，这种方式提高了村一级行政组织增加集体收入的积极性，减少了对上级政府资金的单纯依赖，也体现了财政资金的带动作用。但同时，也可以说财政资金是自有资金的引致资金，这样，村集体自有资金的数量在公共建设资金的筹集上起着基础和决定的作用。而统计结果反映，45 个村 2006 年平均收入达到了 39.81 万元，而且这一数字从 2004 年以来都显示了增长的态势。但是从其分布来看，集体收入最高的村，年收入可以达到 200 多万元，而最少的只有几千元，2006 年统计数据的标准差达到了 61.37 万元，都说明农村集体收入差距极为明显，分布十分不均衡（表 4-5）。

表 4-5　农村集体收入变化及分布特征

集体收入	最小值/万元	最大值/万元	平均值/万元	标准差/万元	变异系数
2004 年	0.1	292	28.99	54.30	1.87
2005 年	0.1	212	30.59	48.56	1.58
2006 年	0.3	232	39.81	61.37	1.54

图 4-2 是 45 个行政村 2006 年集体收入的分布图，大部分行政村的集体收入低于平均值。其中，年收入低于 10 万元的村占全部被调查村的 50%。

当被问及目前新农村建设难点时，有 11 个村认为由于乡村的基础条件较差，短时内难以改变，有 13 个村认为经济基础差、村民贫困，不易改变。有 32 个村认为村集体经济力量弱，无力建设是最大的困难，占到了全部的 71.11%。也有 13 个村认为村民素质也是当前新农村建设的主要难点。可见，村级行政组织对加强村集体经济力量在新农村建设中的作用有较为普遍的共识和迫切的需求（表 4-6）。

表 4-6　农村公共建设主要困难

选项	频率	百分比/%
乡村条件差，一时难改变	11	24.44
经济基础差，村民较贫困	13	28.89
村集体经济力量弱，无力建设	32	71.11
村民素质不高，难决策、难执行	13	28.89

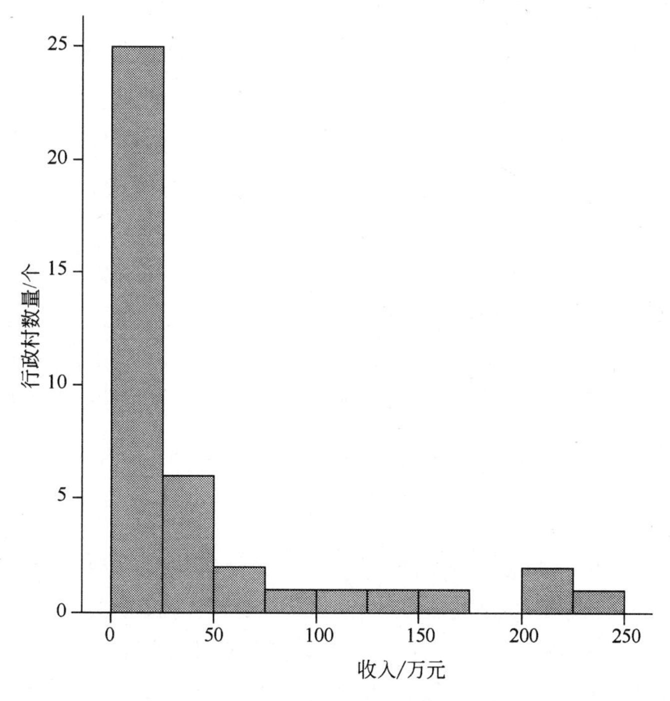

图 4-2　2006 年农村集体收入分布情况

以集资的方式进行村内公共设施的兴建，有 25 位村干部认为有可能但很困难，还有 8 位认为根本不可能，只有二成多一点的干部认为可行。这一数据基本反映当前“一事一议”筹资的情况（表 4-7）。

表 4-7　公共工程向农民筹资的可能性

选项	频率	百分比/%
未回答	2	4.44
可行	10	22.22
有可能，但很困难	25	55.56
根本不可能	8	17.78
合计	45	100.00

导致集资修建的困难很多，而且各种原因都有所影响，村民比较贫困、贫富差距大、钉子户等因素稍显突出，村民不团结、难以达成共识、村民不信任也都有影响。总体来看，村干部在集资修建公共设施时，顾虑比较多(表 4-8)。

表 4-8 向农民筹资困难的原因

选项	频率	百分比/%
村民贫困，无能力负担	14	31.11
村民不愿意进行公共建设	7	15.56
贫富差距大	17	37.78
村民不团结，难达成共识	11	24.44
会有钉子户	14	31.11
村民不信任	10	22.22

由问卷调查结果和访谈所获得的信息，我们认为，在当前农村公共物品供给资金筹集与使用政策中主要存在以下问题。

1. 资金投入少

长期以来，我国实行城市偏向的政策，各级财政用于农村基础设施建设的资金严重不足，城乡人均基础设施投入差距达数十倍。2005 年，中央安排用于“三农”的支出超过 3000 亿元。其中，用于农村基础设施近 287 亿元，仅占不到 10%。农村基础设施资金投入不足，导致农村基础设施薄弱，农村水利设施老化严重、乡村道路建设滞后、环境卫生基础设施建设刚刚在发达地区开始起步，农民行路难、喝水难、环境差的问题比较突出。

2. 合力未形成

建设资金投入不足导致我国农村基础设施滞后，同时资金分散在各个部门的现象也很突出。有的地方领导形象地形容这种体制“政府跟着部门转，部门跟着利益转”，造成资金使用效率达不到应有的效果。农业部农业经济研究中心的何广文在《新农村建设的金融投入困境及其政策选择》一文指出，我国农村建设性财政拨款投入有农业固定资产投资、扶贫以工代赈、农业综合开发、支援农业生产、农村小型公益设施建设、土地整理等资金，还有一些业务主管部门安排的专项建设资金。财政支农资金除由各级财政部门拨付外，县以上各级农、林、水等主管部门也层层下拨给县级对口部门，形成资金来源渠道多、投资分散的状况，时常出现同一项目多个部门管理，不仅投入重复，使用分散，而且造成资金管理成本高。

3. 技术标准不明确

由于农村技术力量薄弱，原来对农村基础设施建设的技术研究不够，没有形成规范的技术体系，导致农村建设的技术指导不到位，编制的村庄建设规划不切实际，沿用城市居住区的理念规划村庄，导致村庄文化缺失、形象重复呆板，不少村庄内部道路路幅过度、绿化品种选择不当、排水设施失效、供水设施低水平反复改造难以正常运营、污水处理工艺选择困难，盲目地推进建设，浪费大量的宝贵资金。

造成农村公共物品投入不足的原因是多样的，主要有以下几个方面：

第一，城乡差别化公共物品供给体制导致农村公共物品供给投入不足。大部分学者认为，投入不足的原因在于优先发展重工业的非均衡发展模式、城乡分割的二元经济结构和其派生的公共物品供给制度安排。农民由于“身份”的制约，没有真正享受到国家应当为他们提供的基本公共物品。从根本上讲，主要是“市场失灵”和“政府失灵”双重作用的结果。造成农村公共物品供给问题的根本原因是，农村公共管理体制的不健全、不合理。在我国过去的二元化发展模式和体制下，实行的是以农补工、重城轻农，优先发展城市的倾斜型发展战略和政策，因而，形成了城乡不均衡的国民收入和社会利益分配格局和制度以及与此相适应的城乡有别的差别化公共物品供给体制。在这一体制下，城市公共物品基本由政府生产和供给，居民免费消费纯公共物品、支付较低的费用享受准公共物品。而在我国广大的农村地区，公共物品主要由农村基层来负责生产和提供，由于大多数农村基层单位和组织财力极为有限，导致公共物品在广大农村供给严重不足。改革开放后，这一体制也没有得到根本改变，农村公共物品主要还是由农民自己解决，依靠各种费来弥补，这样农村公共物品的供应数量就受到了很大约束。

第二，政府承担公共物品的责任及其边界不明确致使农村公共物品供给投入不足。一般来说，满足全体国民需要的公共物品，应由中央政府提供；满足地方性需要的公共物品，根据效率原则应由地方政府提供。很长时间以来，我国没有遵循这一原则，中央与地方政府在农村公共物品供给上的责权划分不清或不尽合理，事权与财权不对应。财政的非农偏好和财力有限导致农村公共物品供给不足。分税制使得财权中央化、事权地方化，从而造成县乡财政困难，无力为农民提供足够的公共物品。

第三，农村税费改革后所面临的新情况新问题激化了农村公共物品供给矛盾。张军和何寒熙认为，是原有的公共财政制度崩溃、地方财政收入的萎缩造成了地方公共物品供给水平下降的困境。农村税费改革进一步恶化了县乡财政，农村公共物品应有的财政支出规模让位于吃饭财政，加之地方政府行政体制改革滞后，制约着农村公共物品的供给。县乡在财政收入捉襟见肘的情况下，也就无力建设和提供农村公共物品。乡镇政府是辖区范围内农村公共物品的主要供给者。税费改革前，乡镇政府主要依靠向农民收费、集资、摊派和罚款等形式来筹集公共资源，也是农村公共物品供给资金的重要来源。在这种供给体制下，往往形成过重的农民负担。税费改革后，制度外筹资的口子被堵住了，农民负担减轻了不少，但乡镇政府的可支配资源也大幅度减少。农业税的减免，使本来就不宽裕的乡镇财政更加捉襟见肘。乡镇政府根本无力提供农村公共物品，直接导致农村公共物品的供给陷入几乎停滞的局面，甚至那些存量公共物品也因为缺乏有效管理与维护而出现萎缩。

第四，农村经营体制本身存在制约农村公共物品供给的因素。农村村一级组织和农村居民负担着农村公共物品投资的很大一部分。1978 年，家庭联产承包责任制取代了政社合一的集体经济，这种自下而上的制度变迁极大地促进了农村经济的发展，农业产量在短短十几年内增长了 50%。但这种制度却没有为农村公共物品的有效供给起到推动作用。分散的家庭生产和经营使农民以个人利益为重，忽视集体经济的积累和建设，导致相当多的村级公共积累少得可怜，出现村经济空壳化趋势。村集体经济被削弱，自然也就很难组织起农民进行高投入的公共工程建设。农村经济基础条件差、经济发展缓慢、投资收益率低、企业效益低下也造成了农村公共物品供给普遍不足。

第三节　解决农村公共物品筹资难题的对策

一、当前解决农村公共物品筹资难题的主要对策

第一，切实转移国家建设资金的投放重点。推进新农村建设，政府起着主导作用，除了加强政策方面的指导外，还要切实增加资金投入。要下决心调整国民收入分配格局，特别是调整国家建设资金的投向和结构，切实把投资重点放在农村。要做到国家财政支农资金在国家财政资金中比重增加，国债和预算内资金用于农村建设的比重增加，其中直接用于改善农村生产生活条件的资金总量要增加。做到财政新增教育、卫生、文化等事业经费主要用于农村，国家基本建设资

金增量主要用于农村，国家征用土地转让收益主要用于农村。在现行的资金管理体制下，各地区、各部门都掌握了大量的建设资金，要按照存量适度调整、增量重点倾斜的原则，努力增加对新农村建设的投入。有条件的地方，步子要迈得更大一些，使财政性建设资金更多地投向农村。要加大支农资金协调整合力度，提高资金使用效率，切实解决资金分散、效率不高的问题。同时，各类金融机构也要适应新农村建设的要求，调整信贷投放，不断改善金融服务，加强对“三农”的支持。

第二，认真落实已经确定的各项政策。党的政策是农民利益的具体体现，也是新农村建设的根本保证。中央近年来出台了许多扶持“三农”的政策措施。特别是对种粮农民的补贴政策、对粮食主产区和财政困难县的扶持政策、对农村基础设施建设的政策、对农村义务教育和医疗卫生的支持政策以及对农民工合法权益的保护政策等，对于维护农民利益、促进农业农村经济发展、较快增加农民收入，已经产生并将继续产生巨大的积极作用。这些政策措施针对性强、含金量高、支持力度大，是建设新农村最直接、最管用的，也是农民最关心、最欢迎的，在推进新农村建设中必须进一步落实好、不断完善和强化、充分发挥政策的效力。

第三，充分发挥城市对农村的带动作用。我国实行市管县体制的初衷，就是为了发挥城市的带动效应，促进城乡协调发展。经过这些年的建设，城市经济实力和财力大为增强，基础设施建设有很大改善，城市面貌日新月异。从现在开始，就要更多地关注和支持农村，把基础设施建设重点转向农村。各个大中城市都要切实履行市带县、市帮县的责任，通盘制定城乡发展规划，加大市级财政性建设资金对郊区和县域的投入，加大基础设施和公共服务向农村的延伸，动员城市有条件的企事业单位对口帮扶，增强城市对农村的辐射和带动，形成城市与农村协调发展、共同繁荣的局面。

第四，充分发挥农民群众的主体作用。农民群众是新农村建设的主要参与者和直接受益者。要充分调动广大农民群众的积极性，引导他们发扬自力更生、艰苦奋斗的精神，通过自己的辛勤劳动改变农村面貌、建设美好家园、创造幸福生活。要组织和引导农民群众对直接受益的公共基础设施建设投工投劳，项目决策要经过农民民主讨论，实施过程和结果要接受农民监督。国家财政通过直接补助资金、补助原材料或“以奖代补”等方式，给予鼓励和支持。要教育干部和群众学会运用“一事一议”等民主决策机制，尤其是基层干部要学会与群众商量办事，按民主决策程序办事。

第五，充分发挥社会各界的帮扶作用。建设新农村是关系经济社会发展全局的大事，需要全社会各方面力量的参与和扶持。要加快建立全社会参与的激励机制，积极引导社会资金投向农村建设，支持龙头企业带动农户发展产业化经营，鼓励企业和社会团体兴办农村公共设施和社会事业，继续营造全社会关心、支持、参与农村基础设施建设的浓厚氛围。

历史经验表明，要保持新农村建设健康发展，必须严格遵循党的各项方针、政策和原则。我们要认真总结过去的经验教训，既要充分认识新农村建设的重要性和紧迫性，又要充分认识新农村建设的长期性和艰巨性，真正做到扎实稳步地向前推进，务求不走弯路。在推进新农村建设工作中，要注重实效，不搞形式主义；要量力而行，不盲目攀比；要民主商议，不强迫命令；要突出特色，不强求一律；要引导扶持，不包办代替。防止加重农民负担和增加乡村债务搞建设，防止盲目照抄照搬城镇小区建设模式，防止搞不切实际的大拆大建，防止搞劳民伤财的形象工程，防止违背群众意愿随意并村。尤其要强调尊重实际、尊重群众，一切从当地实际出发，让农民群众得到实惠，确保社会主义新农村建设真正造福亿万农民群众。

二、建立农村公共物品供给筹资机制的原则

提供公共物品、满足社会公共需要是现代政府的主要职责。在分税制财政体制和城乡二元财政制度下，不同地区之间经济发展水平和财力的差异，政府提供公共物品的能力（包括数量和质量两个方面）也各不相同。其中，城乡差异尤为突出。这种差异一方面源自于城乡居民不同的公共物品需求偏好；另一方面是由于分税制财政体制下政府的财力水平和私人供给公共物品的能力不同。为了保障公民的基本权利和促进地区的均衡发展，政府有必要采取一定的措施，促进城乡公共物品供给的均等化。

要解决农村公共物品供给严重不足的局面，必须建立农村公共物品供给的长效机制。这一机制的首要问题是农村公共物品供给的筹资机制。没有资金，就不可能增加农村公共物品供给。从长期来看，必须改革现行财政体制，建立公共财政体制。实施多元化战略，建立财政、第三部门和农户三位一体的农村公共物品供给模式。在供给主体、资金来源和供给方式上实现多主体（政府、社区和私人）、多渠道（政府的财政资金，农村社区的集体资金，私人、企业和银行的资金）和多方式共存（政府或农村社区的直接供给方式，政府委托私人的供给方式，政府补贴私人或企业的供给方式）的供给模式。

（一）改革现行财政体制，建立公共财政体制，要给予农民以完全国民待遇，重塑城乡一体化的公共物品供给机制

从根本上改变非均衡的城乡公共物品供给制度，增加财政对农村公共物品供给的投入比率。由依靠农民自身解决向以国家为主的政策目标过渡。在全面建设小康社会的新形势下，农民与城市居民在享受国家提供的公共物品时，应当具有同等的地位并享有同等的权利，即国民待遇。国家要加大对农村公共物品供给的补偿性供给力度，调整政府公共支出政策，从根本上调整国民收入分配格局，建立起工业反哺农业、城市反哺农村的新机制。当前，我国总体上进入了以工促农、以城带乡的发展阶段。建设新农村，必须坚持统筹城乡发展，实行工业反哺农业、城市支持农村，加大对农业和农村发展的支持力度。创新国家财政资金对农村公共物品的支持机制，将农村纯公共物品全部纳入国家预算支出范围，同时为农村公共物品发行国债。增加国债资金用于农业、农村的数量和比重。按照“工业支持农业，城市反哺农村”的方针，首先必须按照城乡统筹发展的理念，优先考虑城市基础设施向农村的延伸，在城镇体系规划的指导下，统筹考虑城镇和农村的基础设施和公共服务设施建设。考虑到基础设施的规模效应，在经济技术条件合理的情况下，应大力推进区域基础设施的共建共享，特别是城乡一体的供水、垃圾处理、公共交通等方面应先行一步。

（二）明确各级政府在农村公共物品供给中的主体责任

一般而言，全国性公共物品应由中央政府提供，地方性公共物品应由地方各级政府提供，应明确各级政府在公共物品供给的权责范围，完善农村公共物品供给分担机制。但是，这一理论上的供给主体的选择在我国当前的现实情况下难以实现。相对较为可行的是，由省以上财政作为农村地区各层次公共物品的供给主体，地市级财政适当配套，县乡财政暂不考虑。这样做是由于分税制后的省以上财政较为充裕，县乡仍以吃饭财政为主，普遍负债严重，根本没有足够的财力提供辖区内的农村公共物品，尤以中西部地区为甚；同时，过去几十年国家工业化过程中农民为建设国家已经付出太多，国家对农村公共物品欠账较多，现在该是国家来建设农村、回报农民了。

（三）形成以财政为主体，多渠道的农村公共物品供给融资机制

原则上公共物品的供给应由政府通过财政予以解决。但是，在这一框架内又

有以下一些方式：其一，完全在公共财政的制度框架内解决，这是首要的也是最重要的供给公共物品的方法；其二，由政府和私人通过谈判的方式联合供给公共物品，这种公共物品通常可以通过清晰界定产权，赋予私人部分收益权；其三，向私人提供政府补贴的方式；其四，完全由私人或非营利组织提供。因此，建立以公共财政为主体的、动员社会各方面力量共同参与的农村公共物品融资体制是最终解决我国农村公共物品短缺的必由之路。运用税收、补贴等多种经济杠杆鼓励和引导农村公共物品供给，构筑农村公共物品供给主体多元化的融投机制。充分发挥财政资金对农村公共物品供给的支持和诱导作用，诱导村、组、农户投资投劳，加快建设。可以通过明晰产权，采取股份制、股份合作制、私有化等多种形式，按谁投资谁受益的原则，鼓励农户和企业投资兴建生产生活中所需要的各种公共物品。这些制度安排给予农民和企业一定的分享利益激励，从而能有效地增加农村公共物品供给。可以因地制宜，根据各地农村发展的不同情况，成立农民合作经济组织或者通过农民合作的方式，在不过分增加农民负担的情况下，进行一些区域性的、中小型的公共基础设施建设。如中小型水利设施的建设和维护、乡村道路的建设和维护、卫星电视接收设备的安装、市场信息共享、农业技术推广等。这些投资少、见效快的农村公共基础设施通过农民社会合作的方式来完成，可以节省国家支农资金，进行大型公共基础设施的建设。

（四）建立供给方式选择机制，提高农村公共物品供给资金利用效率

公共物品的生产和提供方式是公共政策效率高低的直接保证。根据排他性和消费性可以将物品和服务分为四种纯粹形式：排他完全可行的纯个人消费品、排他完全可行的纯共同消费品、排他完全不可行的纯个人消费品和排他完全不可行的纯共同消费品，可分别称为个人物品、可收费物品、共用资源和集体物品。根据安排者、生产者和消费者之间的动态关系，可以将公共服务提供的方式分为四大类，即公共部门既是安排者又是生产者，包括政府服务和政府间协议等具体形式；公共部门是安排者，私人部门是生产者，包括合同承包、特许经营和补助等具体形式；私人部门是安排者，公共部门是生产者，包括政府出售等具体形式；私人部门是安排者，私人部门是生产者，包括自由市场、志愿服务、自我服务和凭单制等具体形式。可见，一些服务可能由多种方式来提供，这些提供方式还可以单独或联合运用以提供服务。

（五）制定技术政策

农村基础设施建设应因地制宜，加强对基层的技术指导，有效避免资源浪费，避免建设的工程不切实际。合理的技术标准不但可以有效改善农村基础设施条件，还可以节约使用建设资金。由于原来对农村的规划建设研究深度不够，必须尽快制定村庄建设规划的技术标准，指导基层在编制村庄建设规划的基础上进行农村基础设施建设。其次，加大对农村实用技术的研究、开发和推广，发动科技人员进村入户开展技术咨询和服务，尤其对农村环境影响较大的农村污水处理、秸秆气化、沼气、太阳能利用等实用技术，编印简明易懂的操作规程，指导农村搞好人居环境建设。再次，按照建设节能省地型住宅的要求，开发适合当地资源条件的建材生产技术，根据地方文化特色、生产生活习惯、地形地貌搞好农民建房设计，编印农民用得上、建得起的农民住房设计图集，指导农民建好自己的家园。

（六）理清投资政策方向、超前考虑农村基础设施的经营政策

按宏观经济学的解释，公共物品是那些无论个人是否愿意购买，都可以使整个国家或地区的大众收益的物品。农村基础设施的社会性、公益性、共享性显示其具有明显的公共物品的特征，应该主要由政府投资建设。对于公共物品特征极为明显的农村基础设施，如大型农田水利设施、乡村道路、饮水安全、垃圾粪便的无害化处理等，政府应成为投资主体。党的十六届五中全会提出了建设社会主义新农村是我国现代化进程中的重大历史任务，并要求坚持“多予少取放活”，加大各级政府对农业和农村投入的力度，扩大公共财政覆盖农村的范围，强化政府对农村的公共服务，建立以工促农、以城带乡的长效机制，通过农民辛勤劳动和国家政策扶持，明显改善广大农村的生产生活条件和整体面貌。从政策取向看，首先，要分清农村公益性基础设施和经营性基础设施的范围，政府投资集中到公益性基础设施建设，对于经营性基础设施，政府的主要任务是制定符合市场经济规律的规则，通过市场运作去解决。其次，要合理确定基础设施建设的时序，从农民需要最迫切、收益最直接的项目开始做起，可以借鉴国内部分地区建立村民理事会的形式，将村民理事会作为村民与村两委的桥梁，在村民同意后交给村两委实施，政府主要根据实际情况制定村庄建设和人居环境治理的指导性目录，具体实施项目因“村”制宜，由各个村的村民自主确定，这也是韩国新村运动顺利开展的重要经验。再次，增加财政投入，引导农村基础设施建设，今后

要提高预算内农业投入占财政支出的比重，使财政对农业的投入总量有较大幅度的提高；增加中央预算内投资用于农业基本建设的比重。在条件成熟时，按照不同经济发展水平，规定农村基础设施占有固定资产投资或 GDP 的比例，也可以规定农村人口的人均投资额。经过一段时间的投入后，农村必然有一大批道路、供水、污水垃圾处理、绿化等基础设施投入运营，而基础设施的运营管理是保证其正常运行的重要条件。我国农村改水滞后，不能从根本上解决农村安全饮水问题的一个重要原因就是设施建成后，维护管理跟不上，致使设施老化难以更新或损害加剧而无法运行。而基础设施的运行维护又需要支付运行成本，没有一定数量的经费保证，投入巨资建成的设施就不能稳定运行。因此，一是要及早考虑各类基础设施运行管理的体制，可以将村内的基础设施运行管理交给村负责，而将村外的设施纳入乡镇或县（市）的有关专业部门统一进行维护管理。二是探索建立基础设施日常运行的经费来源，有经济实力的村可以从集体经济中支付，对于没有收入来源的行政村，应该按照村民自治的原则，探索建立村民自费的办法，解决好基础设施运营管理。

三、解决农村公共物品供给筹资的主要途径

农村基础设施由于原有基础薄弱，需要完善的设施很多，加上现有自然村庄分散，又增加了配套基础设施的成本。按照满足农村生产生活最基本的条件和经验估算，农村基础设施投入户均需要 2 万 ~3 万元，全国 65 万个行政村、320 多万个自然村，对其道路、供排水、新能源、通信、广播电视、校舍、卫生所、厨房、厕所、圈舍等设施进行完善，投资十分巨大。照此推算，全国农村基础设施投入需要 6 万亿 ~10 万亿元，也有学者估计需要 4 万亿元①。浙江 3.8 万个村，自 2002 年 6 月开始，开展了 1.2 万个村的“千村示范万村整治”，投入了 350 亿元，平均每村投入近 300 万元。

农村基础设施的完善关系到农村经济的发展、农村消费市场的启动、农民的增收，是建设社会主义新农村的重要环节。同时，农村基础设施投资又十分巨大，加大政府公共财政投入的同时，需要激发农民建设家园的积极性，采取多种渠道筹集农村基础设施建设资金，改善农村生产生活条件，逐步缩小城乡差距。安徽、江西等地在村庄设施建设资金投入上，实行“政府补一点，农民拿一点，从村庄出去的人士捐一点，农民义务工出一点”的机制。根据各地在实践中探索

① 郑新立 . 2006. 关于建设社会主义新农村的几个问题 . 农业经济问题，(1)

采用的方法，农村基础设施建设资金应多渠道、多途径解决，主要包括政府财政投入、集体经济投入、城市基础设施城乡统筹供应、市场化运作、农民投资投劳、农村建设用地整理节约的土地运作等，最终形成政府引导、多元投入的格局。

（一）政府财政投入

各级财政投入基础设施的资金，应发挥杠杆和引导作用，带动其他资金投入的增长，投入的重点应该是纯公益性的基础设施和公共服务设施，具体可根据各地的实际情况确定，主要应该投入在农村道路、改水、排水沟渠、改厕、环境整治等方面。今后，要逐步建立农村基础设施和公共服务设施投入资金稳定的渠道，规定各级财政支出占财政预算或 GDP 的比例，并且随着经济发展同步增加对农村基础设施和公共服务设施的投入；为实施城市对农村的反哺，在土地出让收益中，划出一定比例反哺农村的基础设施。此外，要充分利用现有各部门支农资金的渠道，整合部门力量，提高资金使用效率，用村庄规划引导来调控好各类建设项目，避免重复建设。

（二）集体经济投入

经济发达地区，乡镇企业、村办企业比较发达，乡镇企业发展的起步阶段得到了当地农村、农民的支持，企业产生效益后应该反哺农村，一方面可以为农村基础设施的完善出力，另一方面又可以改善企业自身的生产条件。以江阴市华西村为例，该村 2005 年共实现销售收入超过 300 亿元，利税超过 20 亿元，2005 年，投资 1000 多万元，建成了日处理能力万吨以上的污水处理厂，为周边村修桥、筑路投入 1 亿多元。乡村投入农村基础设施在改革开放以来，成为农村基础设施投资的主渠道之一。当前乡镇企业普遍改制，各级政府应该继续引导企业参与农村基础设施建设，使其成为重视和支持农村建设的主要力量之一。

（三）城市基础设施支持农村

随着经济发展和市政公用设施规模化的需要，在人口稠密特别是城镇密集地区，推进基础设施城乡共建共享已经成为一个必然趋势。自 2000 年以来，江苏省为控制地下水超采，在苏锡常地区大力推进区域供水，到 2005 年底，全面完成苏锡常地区区域供水规划实施工作，2004 年乡镇全面通水，“进村入户”管网建设完成 88.3%，受益人口占规划区总人口 91.6%。在有条件的地区，统筹城乡供水、燃气、公交、污水和垃圾处理等市政公用基础设施，按照区域化服务、适度超前的要求，以“行政推动、市场运作、共建共享”为原则，加强城市间、城乡间、市域间市政公用基础设施建设整合与合作，重视基础资源和设施的集约利用，合理配置区域市政公用基础设施，促进城市市政公用基础设施建设和服务的区域化、规模化，建立城乡基础设施资源共享、布局合理的新格局。今后要创造条件，把城镇周边地区的农村生活污水接入城镇污水处理厂，农村生活垃圾要按照“组保洁、村收集、镇转运、县（市）集中处理”的模式，进行垃圾无害化处理。

（四）市场化运作

农村有经营收益的基础设施，要在完善价格形成机制的基础上，逐步创造条件，引入外资、民资进入基础设施建设和运行领域，特别要借鉴和吸取城市市政公用事业特许经营的模式，在乡村供水、生活垃圾处理、污水处理等方面，创造条件吸引外来资金加盟农村基础设施建设。政府要建立公平竞争的市场环境，加强对改制公用的农村市政公用设施运行的监管和服务质量、产品质量的监督，以促进农村基础设施市场化运作的健康发展。

（五）引导社会力量参与

韩国在新村运动后，又于2004年开始推行“一厂一村”运动，即城里的公司自愿与乡村建立合作交流关系，对其进行“一帮一”支援。目前，正在迅速扩展成为全社会参与的支农运动，“一厂一村”逐步由技术交流向资金物质援助转变，并计划将“一厂一村”逐步扩大为“一校一村”、“一小区一村”、“一店一村”、“一机关一村”，更大范围内加大反哺农村的力度。借鉴韩国新村运动的成功经验，发动和引导全社会参与新农村建设，尤其是动员有社会责任感的企业和高等院校为新农村建设提供资金和技术服务，制定鼓励企业为新农村建设出力的政策，是一条切实可行的途径。

（六）农民投工投劳

改善农村的基础设施条件，解决农民日常生活中最基本的需求，不仅是各级政府的责任，更是关系农民切身利益的大事，农民是建设社会主义新农村的主体。各级政府必须引导和激发农村参与建设家园、改善人居环境的热情，项目选择充分听取农民的意见，以保证让最广大的村民收益，同时在村民自愿的前提下，根据“一事一议”的政策，经村民会议或村民代表会议同意，向农民筹集基础设施建设资金，加快改变农村面貌。在农民没有资金的情况下，也可采取农民投劳的办法，降低基础设施建设的人工成本。在政府资金难以保证足量供给的情况下，农民的自愿投资投劳是新农村建设的根本力量。

（七）农村集体土地整理收益

在推进社会主义新农村建设中，根据镇村布局规划逐步将分散的自然村集聚起来，随着农民集中居住，推行农村宅基地的复垦，农村将会节约大量的集体建设用地。根据国务院《关于深化改革严格土地管理的决定》，完善实行农村建设用地的减少与城镇建设用地增加挂钩的制度，不少地方规定将农村建设用地复垦整理成为耕地后，将其置换成城镇建设用地年度用地指标，对于农村来说可以用资源换资金，对城镇可以用资金换发展空间。探索农村宅基地整理后将资源转换成村庄建设资金的途径，必然会成为今后农村基础设施建设稳定的资金渠道。在这方面深入研究，出台相应的政策将对社会主义新农村建设产生重大而深远的意义。筹集庞大的农村基础设施建设资金，是一项复杂的系统工程，各地经济发展水平不同，资金筹集的来源和政策取向均会有不同的方法。此外，发展农村金融事业，开发适合农村特点的小额信用贷款也是农村基础设施建设资金的重要途径，但最重要的是不能损害农民的利益，不能影响农村经济的发展。

四、积极引导民营企业加入农村建设

尽管近年来，财政支农资金增长迅速，但这一增长是建立在原来薄弱的基础上的。因此，资金总量距离现实需要还有较大的差距。积极引导民营企业加入农村建设是解决目前资金不足的一个有益尝试。从目前的情况看，民营企业加入农村建设主要有以下几种形式。

（一）经济顾问型

由工商联组织推荐，当地党委政府聘请民营企业家担任村里的经济顾问，发挥企业家在新农村建设中的独特作用。2006 年 3 月，宁波奉化市工商联在尚田镇进行试点，聘请了 20 位民营企业家担任农村经济顾问。宁波亿达钢化制品有限公司董事长李海波在担任下畈村顾问期间，帮助建立了一支得到群众信任、团结一心的村领导班子；同时，为村里引进了花木基地，使村里的农民每年增加 40 万元的土地租金收入，还安排了不少劳动力。企业每年出钱为村里办实事，帮扶困难户、失学儿童等。目前，奉化有280多位企业家担任农村经济顾问，投入帮扶资金2500万元。如今，农村“经济顾问”已经在全省推开。

（二）产业带动型

一批农业龙头企业，通过农业产业化，带动当地的农业发展和农民致富。浙江传化生物技术有限公司以高科技农业园为依托，按照“公司+基地+农户”、“公司+协会（专业性农技推广组织）+农户”、“公司+农村合作社+农户”等模式，为农户提供花卉蔬果种苗，带动农民就业约8万多人，辐射面积60万亩，带动产值近50亿元。浙江巨大实业有限公司利用当地柑橘产区的优势，投资柑橘深加工，2006年，仅收购柑橘一项，使当地橘农增收2000多万元。浙江丰岛实业集团通过“订单农业”，已直接、间接带动10万农户脱贫致富。浙江天蓬畜业有限公司发展规模养殖户700多户，小型养殖户3000多户。慈溪蔬菜公司发展慈溪长河镇32个村中的22个村成为蔬菜专业村，与全镇80%的农户签订产销合同，为提高农民收入提供了保障。

（三）合作开发型

民营企业与村里合作，共同开发，共同发展。杭州余杭的山沟沟景区，就是山沟沟村和杭州双溪漂流景区合作开发的旅游景区。杭州双溪漂流景区除了门票，其他的旅店、餐饮服务让给村民。短短两年多时间，景区的村民人均收入翻了一番，达到万元左右。浙江东立控股有限公司与明星村合作建立万羽种鹅养殖基地，还通过技术培训，使该村成为特种规模化养殖村，形成了企业发展、农民致富的良好局面。浙江辉煌集团有限公司在浙西山区开发厚朴产业和环保炭产业，开发基地近5万亩，惠及浙江、江西两省10多个县（市、区）山区近万户农民。温州民营企业开展“转移厂房到农村、分解车间到村居、搬迁机器到农户”活动。苍南县观美镇以村集体入股的形式与有关企业创办了5个加工基地。温州跨日鞋业、海螺集团、长力笔业等企业利用村里的办公楼、空校舍办了加工厂，使农民就近就业。

（四）直接参与型

不少民营企业家还兼任村干部，直接为村里服务。慈溪市有483名民营企业家担任村干部。其中，143名任村支书，57名任村主任。星月集团董事长胡济深担任永康市古山三村的支书，帮助改善村里的公共福利和生活环境，安排村民就业，使古山三村很快从农业村发展为工业化的小康村。浙江新成达投资有限公司与平湖市黄姑镇渡船桥村结对，需钱出钱、需人出人、需物资出物资，真心实意地为农村、农民办实事。浙江黑猫神集团与择坞村全方位共建，累计投入700多万元，使该村形象基本改观。浙江巨星集团董事长张国祥是绍兴越城区东浦镇炬星村村支书，近年来资助200万元给村里办起十多家企业，村集体年收益达到150万元。

（五）公益捐助型

这是民营企业参与面最广的一种形式，浙江省的绝大多数民营企业，或多或少参与过公益事业的捐助。据了解，浙江省各级慈善总会收到的捐赠款中，80%以上来自民营企业，名列全国前茅。正泰、德力西等民营企业发起成立了全国首家民营企业联合扶贫机构——乐清市民营企业扶贫济困总会。华立、富通、罗蒙、东港、飞跃、广厦、万向等企业与有关村结对，不但投资办厂、开发资源、安置劳动力，而且捐钱捐物，建造光彩学校，改造基础设施，长期扶助。此外，民营企业在济困、助残、助学、敬老等方面的投入更是难以计数。吉利集团董事长李书福除了造车外，另一个毕生努力实践的理想就是“让贫困家庭的孩子上得起学”。从2005年起，公司设立“吉利未来人才基金”资助贫困学子，向中国教育基金会捐助5000万元，资助1000名贫困学生完成大学学业。

（六）帮助自立型

民营企业通过招收农民工，提供技术培训，使农民成为产业工人或者技术农民。农民有一技之长，或自主创业，或在企业就业，能够自立。义乌浪莎袜业集团在2007年3月，投资100万元，联办“三农学院”，并计划用5年时间，出资500万元，培训1万名农村劳动力，公司以发工资的形式，鼓励偏远山区和城郊被征地农民学习技术。浙江新光集团一些员工在企业学到饰品加工的技术后，自己创业。如今，饰品加工已成为义乌的一大支柱产业。康奈集团坚持优先录用农民工，对农民工开展各类职业培训，80%的员工是农民。德力西集团有14 000多名员工，70%以上来自农村。

第五章　农村公共物品需求表达机制

第一节　农村公共物品需求表达机制的意义

农村公共物品，相对于农村私人产品而言，是满足农村公共需要，在消费过程中具有非竞争性和非排斥性的产品。由于中国农村生产组织的分散化、农业部门的特殊性、农产品市场的风险性以及广大农民弱势群体的地位，决定了广大农民对农村公共物品具有强烈的依赖性。农村公共物品供给的状况直接关系到农业生产的丰歉和农民的生活状况。随着我国农村社会经济的发展，广大农民对农村公共物品有着强烈的需求冲动，农村公共服务或产品具有巨大的需求空间。然而，在利益多元化的当今社会，农民始终处于弱势地位、农民的社会组织缺乏、缺少自己利益的代言人等，这些导致了农民表达自己需求和偏好的渠道不多，有时候还不通畅。农民对于自己这种强烈需求，又普遍缺乏表达。或者说，他们知道自己的需求，但他们不知道向谁表达和怎样表达，是一种近乎失语的状态。因此，建立一个能反映广大农民对农村公共物品或服务需求的表达机制，不仅有助于完善我国农村公共物品的供给体制，减轻农民负担，更是推动我国农村政治体制改革的重要一环。

当前，农村公共服务的供给主要体现的是基层政府及职能部门的需求偏好，而不是有效地反映农村对公共服务的需求。有效的农村公共服务供给决策应比较合理地反映农村公共服务的需求。按照管理学的概念，决策是理性（rational）人普遍从事的一种活动，也是极为重要的制胜手段。它的核心是，对未来活动的多个目标及途径做出合理选择，以寻求最满意的行动方案。决策具有以下特点：①面对新问题和新任务做出科学决定，属于创造性的管理活动；②必须对实际行为有直接的指导作用；③具有多因素、多目标、不确定性与方案的多样性以及决策影响的时效性和一次性。决策受四大因素的影响：一是决策主体；二是不可控因素，即自然状态；三是可控因素，即决策方案，它是有待人们进行选择的主观因素，其集合叫做决策空间；四是在外界环境某种状态发生时，决策方案实施后的损益值，反映了决策的目标。

因此，当前我国农村公共物品需求表达存在以下问题：

第一，农村公共服务的决策主体是基层政府及其职能部门，而不是农民。对于中国农村公共服务而言，大都是由各级政府和部门自上而下决策供给的，供给总量与结构多数是由县乡政府以文件和政策规定的形式下达，带有很强的行政指令性、主观性、统一性。这种决策方式的主体不是农民，或者说几乎没有农民参与，这就使农民的需求没有适当的途径得到有效的表达。这种格局导致决策的目标体现的是决策主体——基层政府及其职能部门的目标，而不是农民的真正需求函数。因此，公共服务的供给与需求脱节。

第二，决策方案的选择，缺乏民主机制。农村公共服务的决策方案，是为了实现某项目标，决策者在可利用的各种可行方案即多个备择方案中选择出一个最优或最满意的方案。如果这种决策方案的选择缺乏民主机制，则会出现“寻租”行为，使有限的用于公共服务的资源得不到合理的利用。

第三，决策目标偏离农民的需求，向政绩转移。受决策目标和资金的限制，政府提供的公共服务数量有限，质量不高，难以满足农民对公共服务多样性、高质量的需求，既影响了农村经济的发展，也造成了农民对政府的不满和抵触。在农户调查中，普遍反映出“教育达标”、“合作基金会”这样的现象，表明实际决策过程中，决策目标确实在向政绩转移。在现行体制下，决策目标偏向政绩，而不是农民真正的需求。

私人投资由于受政府政策和产权界定的影响，难以大规模进入农村公共服务供给领域，政府仍是单一的供给主体。

第四，农民组织化程度低，不能够有效表达自己的真实需求。农民组织化程度低，就形不成有效的表达机制，没有一个强有力的需求表达机制，就不能使农村公共服务的供给扭曲得到改善。当前，农户以家庭为单位进行农业经济活动，农民在多方面处于弱质群体的地位，力量薄弱，不能有效地保护自己的切身利益。

全面建设小康社会最艰巨、最繁重的任务在农村。党中央明确提出要继续把解决好“三农”问题作为全党工作的重中之重，实行工业反哺农业、城市支持农村的方针，努力改善农村生产生活条件，提高农民生活质量，促使农村整体面貌出现较大改观，逐步把农村建设成为生产发展、生活宽裕、乡风文明、村容整洁、管理民主的社会主义新农村。增加农村公共物品供给是新农村建设的关键。“三农”问题主要是农民没有享受最基本的公共物品。农村公共物品的供给，由依靠农民自身向以国家为主的政策目标过渡，让农民能享受到最基本的国民待遇，为农民提供基本而有保障的公共物品，是我国农业以至整个国民经济进入新阶段的客观要求。

公共物品需求的本质是具有支付能力的需要。一个地区、一个社会需要什么公共物品，需要多少公共物品，是受该地区生产力和经济发展水平决定的。从农民的需要出发，既要考虑当地生产力水平和经济发展的水平，还要考虑农民的实际承受力。无视农民需求，既浪费了国家财政，又满足不了农民生产生活对公共物品的需求，甚至破坏环境，损害农民利益，影响国家长治久安和经济快速、持续发展。历史形成的自上而下的强制性决策程序，引发农村公共物品供给效率低下。因此，需要建立农民对农村公共物品的“需求表达机制”。

第二节　村民自治与农村公共物品供给

一、村民自治的发展及其内容

扩大和发展农村基层民主，使农民在所在村庄真正当家做主，充分行使自己的民主权利，是中国民主政治建设的重大问题。经过多年的探索和实践，中国共产党领导亿万农民找到了一条适合中国国情的推进农村基层民主政治建设的途径，这就是实行村民自治。目前，全国各省、自治区、直辖市已经制定或修订了村民委员会组织法实施办法或村委会选举办法，使村民自治有了更加具体的法律法规保障。扩大农村基层民主，实行村民自治，大大激发了广大农民当家做主的积极性、创造性，掀开了中国农村民主政治建设的新篇章。

党的十一届三中全会之后，特别是“十六大”以来，在以村民自治为核心的农村基层民主政治建设中，随着《村委会组织法》的贯彻实施，初步理顺了国家与农民的利益关系、党支部与村委会之间的关系、村干部与村民之间的关系、村民与村民之间的关系。20 多年来中国村民自治的发展，主要成效表现在以下几个方面：

（1）推进了农村基层的社会主义民主建设，扩大了农民群众当家做主的权利，增强了他们的民主意识和自我管理、自我教育、自我服务的民主自治能力，给农村工作注入了新的生机和活力，极大地推动了农村物质文明、政治文明和精神文明的协调发展。

（2）在改革开放、实行社会主义市场经济、农村经济社会结构和管理体制发生深刻变化的背景下，有效地维护了农村社会稳定，化解了很多新出现的矛盾和不稳定因素。例如，村委会实行“村务公开”制度，村民依法行使民主选举、民主决策、民主管理、民主监督的权利，遏制了村干部发生以权谋私现象，密切了党群、干群关系。

（3）保证了广大农民群众能够面向市场，因地制宜地依法进行自主生产经营和致富奔小康，促进了农村经济的持续稳定和快速增长。

村民自治作为一项民主制度，其根本的意义在于提高村庄治理的水平，实现村民的公共利益最大化，提高村民的生活福利水平。《中华人民共和国村民组织法》第二条将村民委员会定义为村民自我管理、自我教育、自我服务的基层群众性自治组织，实行民主选举、民主决策、民主管理、民主监督。村民委员会办理本村的公共事务和公益事业，调解民间纠纷，协助维护社会治安，向人民政府反映村民的意见、要求和提出建议，并在第十九条中列出了涉及村民利益的一些公共事项，应由村民委员会提请村民会议讨论决定，方可办理：①乡统筹的收缴方法，村提留的收缴及使用；②本村享受误工补贴的人数及补贴标准；③村集体经济所得收益的使用；④村办学校、村建道路等村公益事业的经费筹集方案；⑤村集体经济项目的立项、承包方案及村公益事业的建设承包方案；⑥村民的承包经营方案；⑦宅基地的使用方案；⑧村民会议认为应当由村民会议讨论决定的涉及村民利益的其他事项。可以看出，村民委员会的重要职能就是按照村民的公共意愿，处理村内公共事务，决定公共资源的使用方式，为村民提供公共物品和公共服务。因此，村民自治对农村公共物品供给是非常有积极意义的。村民自治作为一种治理制度的确指向了村庄公共物品的供给。治理是公私各个主体就公共事务进行持续协调互动的一种过程。村民自治制度从法理上说，是很符合现代治理理论的各种要求的。农村公共物品的决策应当建立在农民自身积极参与的基础之上，其实现途径就是要积极推进农村基层民主制度建设，充分实现村民自治，使农民的需要得到充分的反映，由多数农民来对农村社区公共物品的供给进行表决。

二、农村公共物品需求表达机制的调查结果

在本次的问卷调查中，我们设计了针对村民参与村内事务的态度及他们对乡村公共物品需求方面的问题以及针对村干部对新农村建设认识的问题。以下就是本次调查中涉及这三方面的问题和统计结果。

（一）村民参与村内事务的情况

（1）你听说过《中华人民共和国村民委员会组织法》吗（表5-1）？

表 5-1 村民对《中华人民共和国村民委员会组织法》的了解

选项	频率	百分比/%
听说过	325	35.02
没有听说过	603	64.98
合计	928	100.00

（2）你认为本村的村委会主任应当如何产生（表 5-2）？

表 5-2 村民对村委会主任产生办法的看法

选项	频率	百分比/%
由上级任命	53	5.71
通过村民选举产生	779	83.94
无所谓	96	10.34
合计	928	100.00

（3）你认为现任村委会主任被选上的主要原因（可多选）是：

①因为会拉票；②因为他能干，会挣钱；③因为他人好，愿意为大家服务；④其他原因（表 5-3）。

表 5-3 现任村委会主任产生的原因

回答情况	频率	百分比/%
未回答	24	2.53
因为会拉票	175	18.42
因为他能干，会挣钱	165	17.37
因为他人好，愿意为大家服务	475	50.00
其他原因	111	11.68
合计	950	100.00

（4）你认为村子里的重大决策应该如何做出（表 5-4）？

表 5-4 村民对村内重大决策程序的看法

选项	频率	百分比/%
未回答	14	1.51
村里的领导人决定	79	8.51
村民代表决定	270	29.09
全体村民决定	178	19.18
全体村民讨论后由领导人决定	387	41.70
合计	928	100.00

（二）村民对村内公共事务的看法及其对公共物品的需求调查

（1）你认为目前村里存在的主要环境问题是什么（表5-5）？

表5-5　村民对村内环境的看法

选项	频率	百分比/%
垃圾问题	368	39.66
房子造得太乱	389	41.92
河流水太脏	461	49.68
周围企业排污	172	18.53
道路太差	264	28.45

（2）你希望村里增加哪些公共设施（可多选）（表5-6）？

表5-6　村民对公共设施的要求

选项	公园	养老院	图书馆	广场	篮球场
频率	530	359	311	308	149
百分比/%	57.11	38.69	33.51	33.19	16.06

（3）你最关心的事是什么（表5-7）？

表5-7　村民最关心的事

选项	频率	百分比/%
家庭收入	613	66.06
子女教育	340	36.64
生活开支	257	27.69
国家政策	231	24.89
健身保养	209	22.52
就业问题	180	19.40
税费负担	146	15.73
农资价格	143	15.41
医疗保障	132	14.22
社会稳定	122	13.15
养老问题	114	12.28

续表

选项	频率	百分比/%
住房问题	106	11.42
饮水问题	47	5.06
贪污腐败	47	5.06
周边环境	17	1.83
娱乐活动	11	1.19
优良品种	8	0.86

(4)你对本村生活条件最满意的是什么(表5-8)?

表5-8　村民最满意的公共物品

选项	频率	百分比/%
道路	523	56.36
通信	478	51.51
饮用水	460	49.57
治安	298	32.11
民风乡情	251	27.05
农田水利	172	18.53
环境卫生	140	15.09
教育	126	13.58
医疗条件	89	9.59
文化体育休闲	51	5.50

(5)你对本村生活条件最不满意的是什么(表5-9)?

表5-9　村民最不满意的公共物品

选项	频率	百分比/%
环境卫生	478	51.51
医疗条件	426	45.91
文化体育休闲	354	38.15
教育	322	34.70
道路	297	32.00
治安	268	28.88
饮用水	251	27.05
农田水利	171	18.43
民风乡情	90	9.70
通信	39	4.20

（三）村干部对新农村建设的认识

（1）你认为当前新农村建设的重点是什么（表5-10）？

表5-10　村干部对新农村建设重点的认识

选项	频率	百分比/%
增加农民收入	26	60.47
改善农村基础设施	23	53.49
改善生活环境	21	48.84
提高村民素质	14	32.56
增加农业产出	4	9.30

（2）村民们目前最需要的设施是什么（表5-11）？

表5-11　村干部对村民公共物品需求的认识

选项	频率	百分比/%
道路硬化	22	51.16
图书馆等文化设施	16	37.21
篮球场等体育设施	13	30.23
养老院	12	27.91
公园	11	25.58
广场	5	11.63

三、关于调查结果的思考

从第一部分的调查结果来看，尽管村民组织法的公布与实施已经有不短的时间了，与学者们所表现出来的极大热情不相称的是，作为这部法律主体的村民们对这部法律知道的不多，有约三分之二的村民表示未听说过这部法律。但值得欣慰的是，这部法律的实施仍然从根本上推动了村民的民主参与意识。八成以上的村民表示村主任应当由村民选举产生，近六成的村民认为重大事项应由全体村民讨论后通过。但在对选举结果的认同方面，还有较大的差异。在选举中，除候选人在村民心中的道德水平这一关键因素外，还受到拉票、金钱能力和其他一些因素的影响。这从总体上反映了“村民自治”这一“草根民主”当前的发展水平。

从第二部分的调查结果来看，村民们最关心的问题是“家庭收入”、“子女教育”和“生活开支”等，生活及家庭的发展是关注的焦点，如果不能够感受到公共事务与这些问题的关联，他们不会太关注公共事务。这一点与调查员的反馈是一致的。他们从村民那儿得到的信息是大多数村民觉得自己对村里的公共事务并没有什么影响力。村民们最满意的公共设施是道路、通信、饮用水和治安，最不满意的是环境卫生、医疗条件、文化体育休闲、教育和道路。道路出现在两个选项中，说明近年来在政府的大力推动下，乡村的道路已经有了很大的改善，但还有部分村未得到较大改变。在环境卫生问题中，村民反应最强烈的是垃圾和水污染的问题。村民们渴望能有公园等公共活动场所。

从第三部分的调查结果看，村干部将新农村建设的视点集中在增加农民收入、改善农村基础设施和改善生活质量上。由于浙江农民的收入中农业收入所占的比重相对较低，所以增加农业产出已经淡出干部的视野。他们对村民目前最需要的设施有清楚的认识，道路硬化仍是首选，其次是图书馆和篮球场等文化体育设施。

总体来说，我国的农村建设还处于一个初级的阶段，目前需要满足的农村公共物品需求大多集中在村民生存和发展的道路、饮水等基础设施上。这种基本的需求具有较强的同质性，同时，由选举产生的村干部产生于本乡本土，对当地情况也非常熟悉。因此，村民自治短期内在村民公共需求表达上的作用并不会很强。当前，制约农村公共物品供给水平的关键问题仍是资金问题。

从短期来看，村民自治的重点应是完善村委会选举制度，推举德才兼备的人带领村民解决基础设施建设的困难，尽快改善村民生活和发展的基本条件。长远来看，随着农村经济的发展，村民的物质文化生活需求日益增长并呈现多样化趋势时，村民自治条件下一个合理的公共需求表达机制就会发挥巨大的作用。

四、村民自治对农村公共物品供给的影响

治理就是创造条件以保证社会秩序和集体行动。善治就是使公共利益最大化的社会管理过程。同样道理，村庄治理就是村庄各类治理主体创造条件促使村庄公共利益逐步实现的过程。村庄作为一个生活共同体，需要有效地治理以提供村民生活所必需的公共物品和服务，可以说，村庄善治是村庄公共物品有效供给的前提，村庄公共物品的供给水平是村庄治理水平的一个重要指标。

村民自治作为一项民主制度，其根本意义在于提高村庄治理的水平，实现村民的公共利益最大化，提高村民的生活福利水平。村民委员会的重要职能就是按照村民的公共意愿，处理村内公共事务，决定公共资源的使用方式，为村民提供公共物品和公共服务。

首先，村民自治对农村公共物品及公共服务的需求表达产生了积极影响，村

民可以直接通过投票表决需要什么样的公共物品，尤其是由农村社区提供公共物品和服务时，这一形式比政府自上而下强制安排的农村公共物品更加准确地反映出了农民的真实需求，提高了公共物品供给的效率，产生了好的效果，对于由乡镇或更高级别政府提供公共物品时，这一自治组织也为公共意愿的传递提供了新的渠道。

其次，由村民们选举产生的村委会主任及其他成员，会更加关注村民们的公共需要。研究发现，尽管社会各界轰轰烈烈地关注村庄民主选举，但是村民和村干部更关注的还是村庄实际利益的实现，因此村民村干部都能意识到村民自治和村庄公益的关系，并且有意无意地用村庄公益的尺子衡量村干部的治理水平。对村庄治理满意的原因基本是因为村干部完成了哪项公益产品，而不满意的原因主要是村庄公益实现水平不高。但是，虽然村民自治能够使村民村干部意识到治理的对象主要是村庄公益，但实现的情况却并不理想，公共物品供给不良的主要原因是村庄缺乏治理的制度环境和文化。

但是，村民自治后向村民筹集农村公共物品建设资金有一定困难。村委会要供给公共物品，必须筹集资金，但村委会不是一级政府，它不可能有独立的公共财政权。筹集资金的主要途径有，一是直接向农民摊派，二是要求村办企业提供。农村税费改革后，农村公益事业实行“一事一议”，并设置上线。设置上线是为了防止农村“三乱”的再度发生，但这一政策也给村级公益事业的发展划了红线。

同时，村庄的自主治理能力较低，村民自治作为一种治理制度其应有的动员能力没有充分开发出来。村民自治制度的最初动因就是填补村庄治理的空缺，为村庄公共生活提供治理主体，但是村庄自主治理能力并不因制度的引进而自动形成。原始化的村民没有村庄治理的概念，民主权利可以用来维护小家庭的利益，可以抵制村干部可能有的贪污，就是不能用于促进村庄的公共利益。其他的村庄也一样，村民自治不能有效地动员农户的资金和劳力，甚至不能动员农户对村庄公益事业的关心和参与。村庄的自主治理能力体现在村民之间、干部群众之间的信任和合作，但是当前村民自治并没有有效地建立这种信任和合作，如何提高村庄的自主治理能力应该是今后村民自治实践的重大课题。

村庄缺乏可靠的经济资源进行村庄公益建设。无论是村庄基础设施还是集体福利，都需要有合法稳定的公共资金来源，这就需要探讨村庄的集体收入。我们把村庄集体收入的来源分为：村庄集体经济（经营）收入、村庄集体资源（租金）收入、村民集资、政府的各种资助、社会各界的资助五大类。村庄集体经济收入现在都很少，集体资源收入或多或少都有一些儿，主要是集体土地租金（外部企业交）、卖集体的树、卖水、村民承包集体土地的承包费等，收入规模在几千元到几十万元之间；村民集资只在个别的情况下发生，而且数额不大；政府资助方面，所有的村庄都能够获得行政费，一般一年一个村庄在1万～3万，还有干部工资，政府的其他资助主要是支持村庄建设和扶贫，名目繁多，情况差别巨大，数额差别也很大，出资部门也千差万别，给人的感觉就是政府有很大的资金潜力帮助村庄发展，但是资助渠道却是个谜；社会各界的资助部分村庄能够获得，主要是某些发展项目或者帮村企业给一些。在这五项资金来源中，比较可靠的就是村庄集体资源收入和政府资助，但是前者因为分田到户的原因集体资源很少，这块收入的比重下降，当前这有限的收入还部分补贴干部工资，有的村庄还能够用这有限的资金进行诸如清扫村庄街道等很小的公共物品上面；政府资助的力度长远看来会越来越大，但是对于大多数村庄来说还是遥不可及的事情；村庄集体经济（经营）收入无论从理论上还是实践上，都将逐渐消失，理论上，村庄和企业应该分离，企业即使给村庄交钱，也是租金或者股息，属于村庄资源收入范围，实践方面，我国已经开始乡镇企业的改制，不继续鼓励村办企业；村民集资可以成为村庄公益建设的重要源泉，但是前提条件就是村民有一定经济能力进行集资和村级治理让村民能够放心出资，而且单靠村民集资是不够的。所以，政府应该考虑配合村民自治进行直接到达村庄的资金扶持，这样既能提高国家转移支付资金的使用效率，又能提高村庄自主治理能力。

第三节　村民自治背景下完善农村公共物品供给的对策

一、村民自治背景下公共物品供给机制问题

给予农民以完全国民待遇，重塑城乡一体化的公共物品供给机制。新中国成立以来的相当一段时间里，由于我国实现城乡差异化发展战略，大量农村资源通过国家力量流入城市，导致城乡经济社会发展极端不平衡。在全面建设小康社会的新形势下，农民与城市居民在享受国家提供的公共物品时，应当具有同等地位并享有同等的权利，即国民待遇。国家应对农村实行适当倾斜的公共物品供给政策，可以通过采取回报农民、反哺农业、扶持农村的形式，加大对农村公共物品供给的补偿性供给力度。

村庄公共物品的有效和充足供给既是村庄善治的要求，也是提高农民生活质

量的要求，但是村民自治作为一种村庄治理制度，不会自动达到公共物品有效充足供给的治理效果，在村民自治和村庄公共物品有效供给之间需要研究多个变量之间的关系。这些变量从内部来看有村庄经济实力、村庄公共物品的现实供给水平和潜在供给水平、村庄治理特征和治理水平、村庄民主自治水平等，从外部来看还有国家的法律和制度供给、政策供给、资金供给和技能供给（培训宣传）、基层政府对村庄的行为方式等。

欲通过村级治理达到村庄公共物品的有效和充足供给，必须研究以下 4 个方面的机制。

（一）必须研究村民和村干部的投入积极性

当前村民和村干部的投入积极性不够高，他们都倾向于选择“不作为”，主要原因是什么呢？根据博弈理论，对预期收益的判断影响其参与决策，村民不愿意投入资金和劳动，因为他们担心自己的投入部分被村干部占有，村干部不愿意投入时间和努力，因为他们自己不能从中获得足够的报酬（物质的或声望的）。有时候，政府投入还会引起村民们的猜疑——干部贪污了多少？那么，如何让村干部和村民选择积极的行动方案呢？公共选择理论认为，选择积极行动方案的前提——有效的制度、惯例和文化。所以，我们必须从任何有效提高村庄公共物品供给水平的角度去研究村级治理和村民自治，村庄民主不是目标，而是手段。

（二）必须研究村庄自治组织（村委会）的治理机制

村委会作为一种自治组织，要在村庄范围进行治理，它必须拥有权威和资源，而且这种权威和资源是有法律依据的，只有拥有权威和资源的情况下，它才能动员资金和劳力进行公共物品的供给活动。传统权威和资源，如干部威望、村庄舆论等，当然还是村庄治理的重要资源，但这些已经不足以应付现代化大背景下的村庄治理了，如果不从法律方面确立村庄自治组织的治理资源问题，村庄民主自治就不会有实质进展。

（三）必须研究政府，尤其是基层政府，对村庄治理的参与机制

农民是弱势群体，村庄是弱势社区，没有政府的资金支持和政策帮扶，村庄公共物品的供给单靠自我服务很难有适当地发展。基层政府当前已经是村庄公共物品的主要提供者之一，今后还将加大扶持力度，那么如何使基层政府的行为有效地促进村庄的自主治理能力就成为一个迫切需要研究的问题。对村庄的需求和

能力最了解的还是基层的乡镇政府，因此从改善村庄公共物品供给状况的角度出发，乡镇政府改革不是削弱和取消，而是民主化和赋权。

（四）必须研究国家的宏观政策如何促进村庄自我服务微观机制的完善

村庄能够自我提供公共物品、自我服务应该成为国家宏观政策努力的目标之一，建立统一的村庄扶助政策，使普通的村庄都能够在谋求政府支持的同时可以尝试努力改善自己的治理能力，改变这种只有个别精英能够获得外部资源的情况。

二、村民自治背景下农村公共物品供给相关政策建议

村民自治今后发展的重点应该落在提高村庄自主治理能力方面，重点促进村庄自治组织的治理能力的提高。村民自治的根本目标还是村民自我治理，四大民主是实现村民自我治理的手段和路径，村民只要超越了贫困阶段，其生活质量的很多方面就依赖于村庄的社区质量，如果村民和村干部能够有效合作，共同治理，可以有效地提高村庄的社区质量，从而以一种更为经济的方式提升了村民的生活质量。但是当前，村民的治理参与积极性非常低，同时，村干部倾向于选择“不作为”，用博弈论和公共选择理论解释，就是村民对预期收益的判断很低，影响其参与决策。而预期收益之所以较低的原因之一就是村庄治理缺乏行之有效的制度、惯例等因素，因此交易成本过高。

（一）村庄自治组织的治理机制需要研究完善

当前的村庄自治组织缺乏足够的治理动机、权威、治理资源（奖惩）。表现为村级组织的动员能力不足，除了个别能人，一般的村级组织都很难动员足够的资金和劳动力进行村庄公共物品的供给。尤其是对内动员的权威缺乏，村级组织缺乏足够的法理权威，不能对付个别不合作的村民，而个别村干部的个人权威是靠不住的，因为个人的能力、威望是要求回报的，就是说，村干部的能力首先需要回报，村庄范围内的声望可能不足以调动干部的积极性。另外，如果不以村庄治理为目标，村民自治的权利可能为村民滥用，造成农户个体利益第一，村庄集体利益得不到保障的局面。如果不以村庄治理为目标，村庄民主治理的权利还可能为村委会干部用来为自己寻租，从而也不能有效保护村庄的公共利益。

（二）政府可以通过立法建立制度化的村庄建设扶助制度，帮助村民实现民主治理和提高治理能力

政府对村庄公共物品供给的作用，第一是政策投入（制度建设和对制度执行

的监督等)，第二是资金投入。政策和资金可以合二为一地促进村庄的自我投入。2004年的中央一号文件标志着中国进入“以工补农”阶段，当前村庄公共物品的供给现状也说明政府是主要的资金投入者，政府通过立法建立制度化的村庄建设扶助制度的时机已经成熟。政府可以为村庄公共物品供给提供详细的资金扶助政策，包括如何建立村庄公益金、村庄如何进行资金配套、各项村庄福利的资金获得途径等内容。资金申请条件与民主治理体制挂钩，一方面可以有效地促进村庄自主治理能力，另一方面也可以在广大村庄间公平地分配国家资源，从而减弱当前的能人治理状态，使普通村庄都可以在寻求政府优惠政策的过程中，充分开发村庄的各类资源，从而促进村庄治理水平的提高。

（三）改善政府的扶助渠道

基层政府对村庄的扶助是必须的，但是扶助渠道应该探讨。如果从民主的角度考察村民自治，那么基层政府退得越远越好；如果从村庄公益的角度考察村民自治，基层政府的作用是毋庸置疑的。没有政府强大的资源动员能力，光靠相对贫困的村民和相对不够完善的自治制度是不能满足村民对村庄公益的需求的。进入“以工补农”的时代，我们更要探索补农的方式、路径和原则。调研过程中，农民普遍反映，种粮的那点补贴（几元钱）微不足道，但是农民一般都说不好自己对政府的需求到底在哪里。据研究者的观察，帮助农民的较好路径是引导他们集体行动，用资金、专家服务引导农民进行集体行动，搞水利工程、村庄建设、村庄互帮互助式的集体福利等，这些集体行动可以有效地利用农村的富裕劳动力，还可以使农户一家一户不能完成的事业得以在政府的引导下完成，同时这种引导还可以促进村庄自我治理能力的增强。

责任政府、有限政府的理论开始深入人心，如何在基层实践责任政府和有限政府的理论需要大胆的改革探索，虽然理论界已经开始总结县乡政府的具体责任和权利界限，但是总结实践经验，呈现基层政府服务农村社会的成败经验，对于推进改革和提高村庄公共物品的供给水平是比较迫切的。

自我治理、民主治理对广大村民来说是个新课题，政府可以通过多种途径帮助村民提高自主治理能力。例如，提供免费的专家给村庄做治理顾问，直接为村庄公益建设提供服务；鼓励NGO进入村庄治理领域进行宣传培训等活动；鼓励社会各界进行村级治理的文化建设和宣传等。

三、加强农村民主政治建设

当然，以村民自治为核心的农村基层民主建设还不完善，目前还存在着不少需要继续探索有效办法、进一步加以解决的问题：一是乡镇政府与村委会之间的工作关系需要从法律上进一步予以明确，并使之具有可操作性。《村委会组织法》规定二者之间是指导与被指导的关系，但在实践中乡镇政府如何“指导”村委会工作还有待于进一步明确。二是部分村党支部与村委会关系不协调的现象仍然存在。例如，有的党支部成员把发挥党支部的领导核心作用理解为党支部包办一切，不注意发挥村委会的作用，有的村委会干部不尊重党支部的意见，不接受党支部的领导，把党支部抛在一边，等等。三是村民自治工作发展不平衡。包括村民自治在不同地区的发展不平衡，村民自治“四个民主”的发展也不平衡。例如，村委会的民主选举和“村务公开”做得较好，但民主决策和民主管理工作则存在不同程度的形式主义，对村委会和村干部的民主监督落实不到位，村民会议、村民代表会议流于形式的现象较为普遍。四是村民群众的民主法律素质仍有待提高。例如，有的村民群众不清楚自己有哪些民主权利，或不能认真和正确地行使好这些权利。有些村民只想要权利，而不愿履行应尽的义务，以自己没有参加或不赞成为理由，拒不执行村民会议或村民代表会议通过的决定等。五是欠发达地区村民自治工作有待进一步加强。贫困地区，由于面临诸多困难，村集体经济基础非常薄弱，有的村负债累累，这使许多人不愿当村干部，不愿积极参加村委会的选举和公共事务管理工作，部分村民对村民自治事务漠不关心，这极大地影响了村民自治水平的提高和农村经济社会的和谐发展。

相对于社会主义新农村建设的现实需要，继续发展社会主义民主政治，我们目前面临的任务还很艰巨。总体来看，发展社会主义农村民主政治，应该坚持以下的原则：

第一，必须按照总揽全局、协调各方的原则，不断增强农村基层党组织的战斗力、凝聚力和创造力，充分发挥农村基层党组织的领导核心作用，为建设社会主义新农村提供坚强的政治和组织保障。加强农村基层民主政治建设，干部是关键，群众是主体，既要注重规范干部行为，又要注重提高群众素质。为此，我们要着力加强基层组织建设，保证民主政治建设在党的统一领导下有步骤、有秩序地进行。一方面，充分发挥村级党组织的政治核心作用，引导村委会成员自觉接受村党组织的领导和村民的监督，依法开展工作；另一方面，指导协助村委会组织村民依法建制、以制治村、民主管理，调动群众参与民主监督的积极性。要结合先进性教育，加强农村基层干部的教育培训，牢固树立党的领导观念、民主法制观念，培育民主作风，培养依法自治的工作能力，提高他们的思想政治素质和依法办事的水平。同时，还要实施农民素质教育工程，加强对农民的民主法制教育，既提高依法参与管理的能力与质量，增强依法履行应尽义务的自觉性，又注意通过开展广泛深入的村民自治活动，在发动和组织群众参与民主选举、民主决策、民主管理和民主监督的过程中，逐渐培养广大农民群众的主人翁意识和民主法制意识。

第二，必须推进社会主义民主的制度化、规范化和程序化，保证人民当家做主，坚持建章立制，强化监督，为建设社会主义新农村提供可靠的制度和机制保障。推进农村基层民主政治建设，基础在建设，关键在制度。在实践中要关注群众关心的热点、难点和重点，建立健全村级党组织、村委会、村民代表会议等村级组织履行职责的制度体系，建立以民主选举、民主决策、民主管理、民主监督为主要内容的村级民主管理制度体系，加快农村基层民主政治建设向程序化、制度化、规范化方向发展。要从制度上规范村务工作行为，保障村事村民定。通过对村党组织、村委会、经联社的职能和工作原则做出明确的规定，使基本工作、财务管理、议事决策、民主监督以及责任追究等方面有章可循、有据可依。

第三，必须贯彻依法治国基本方略，提高村民自治水平，坚持创新载体，畅通渠道，为建设社会主义新农村营造良好环境。推进农村基层民主政治建设，让群众当家做主，要创新载体，畅通民意上达渠道，建立起快速反映民情民意的工作机制，使村民成为村务决策者、管理者和监督者，让群众能充分表达自己的利益诉求和愿望。我们在实践中探索了三条反映民情民意的渠道：一是推行村干部“双述双评”，即村干部述职述廉、村干部年度工作和报酬补贴民主评议，落实村民评议权，使村干部切实感受到压力，进一步增强责任意识和群众观念；二是建立村民信访接待室制度，落实村民咨询权，做到群众反映的问题小事不出组、一般的事不出村，及时处理，就地解决；三是推行民情座谈会制度，落实村民参与权，调动广大农民参政议政的积极性。基层民主政治建设的推进，可为农村和谐社会的建设创造重要的基础条件。

第四，必须推进决策的科学化、民主化，妥善处理各方面的利益关系，为建设社会主义新农村提供有效的政策支撑。坚持把最广大人民的根本利益作为制定政策、开展工作的出发点和落脚点，正确反映和兼顾不同方面群众的利益。完善重大问题决策的规则和程序，广泛集中民智，坚决制止拍脑袋决策、经验决策和“暗箱操作”。对同群众利益密切相关的重大事项，要通过公示制度，扩大人民群众的参与度，要广泛征询意见，坚决制止损害群众切身利益、劳民伤财的“形象工程”、“政绩工程”。要按照建立社会主义市场经济体制的要求，对全局工作总揽不包揽，协调不取代，以形成各方协调、上下联动、互相配合、增强活力的发展格局①。

近年来，各地在加强农村民主管理的实践中，积累了丰富的经验，取得了很大成效，民主选举、民主决策、民主管理、民主监督得到了加强，有效地促进了农村的稳定、改革和发展。但是，农村民主政治建设还存在不少问题亟待解决，主要是：

第一，干部的民主作风不强。集中表现为一些乡村干部不愿民主、不想民主，作风不民主。民主就必然公开，公开就会削弱干部谋私的权力。所以，一些村干部特别是集体较为富裕的地方的民主往往流于形式，形成了“墙上民主”、“文字民主”、“口头民主”，应付上级、敷衍群众。

第二，群众的民主素质不高。体现在：一是民主意识不足，一部分村民对集体不关心，对自己的民主权利不关注，参与民主的意识相对淡漠；二是参与能力不强，对行使民主权利不知、不懂、不会；三是自由化倾向，有的人参与民主管理往往站在个人利益或家族利益之上，要的是有利于自己的民主，甚至把民主变成自由化，我行我素。

第三，民主制度不够健全。随着农村形势的发展变化，“两议五公开”等制度内容随着税费及“两工”的免除已发生了变化，需要进一步完善。

第四，监督措施不到位。目前农村民主政治的推行在很大程度上依赖于上级的监督，这种监督由于自身的局限性，往往是看记录、听汇报，形式重于实际，易走过场。因此必须将监督置于群众的监督下，才能真正将监督措施落实到位。

针对以上问题，推进和加强农村民主政治建设，需切实做好以下几方面工作：

（一）加强教育，提高广大干部履行民主管理的自觉性

要围绕新农村建设，组织广大农村干部认真学习农村民主政治建设的理论、政策，要把思想统一到党的“十六大”、十六届五中全会精神上来，统一到“三个代表”上来，把推进农村民主政治建设作为一项政治任务予以认真对待，切实提高思想认识，端正民本思想，正确处理“主人”与“公仆”的关系，在思想观念上实现由“为民做主”到“让民做主”的根本转变。

（二）加强宣传，切实提高群众的民主意识和能力水平

推进农村民主政治建设，群众是主体。我们必须花大力气加强对群众的宣传

① 黄建明．2006. 加强基层民主政治建设构建社会主义和谐新农村．湖南社会科学，(4)

和教育，营造推进农村基层民主政治建设的氛围。要充分利用各种阵地和途径，如党员活动室、农民夜校、村民代表会、黑板报、宣传橱窗以及文体下乡寓教于乐等形式进行经常性教育，让群众了解并掌握依法享有权利和履行义务的知识；同时，在推进民主政治建设的具体实践中，让群众最大限度地参与，在实践中不断提高群众参与民主管理意识和水平。

（三）加强监督，着力提高制度的实效

必须切实加强对制度落实的监督力度。一是要发挥村务公开监督、村干部作风建设监督小组两个监督组织的监督作用，加强群众对村干部履行制度的监督。二是要强化上对下的监督，如采取统一公开内容，统一公开时间。三是改进村干部考核办法，实行党委考核、干部创业承诺与群众测评相结合，做到上下联动。当前，特别要强化群众评议工作，提高测评在考核中所占比重，实现村干部对上负责与对下尽责的有机统一。通过内外结合、上下结合，着力提高村干部履行制度的自觉性。

（四）拓展路子，夯实推进民主政治建设的物质基础

要抓住机遇，依托当地优势，大力发展农村经济，不断壮大集体经济实力；同时，要加强对现有村级集体资产的管理，进一步强化民主理财工作，为推进民主政治建设奠定物质基础。

（五）转变作风，重塑农村干部的良好形象

一要强化集体领导。村级两委班子要摆正关系，支部要支持村委工作，村委会要自觉接受党组织的领导。要通过定期召开两委联席会议等形式，加强沟通，集体讨论和民主决策村级重大事务。二要强化服务。要畅通联系反馈渠道，把群众的呼声作为工作的第一信号，不断改进服务的方式方法，对群众的要求要做到即知即办，一时难以解决的，要做好解释工作，争取群众的理解。要以为民服务的实际行动取信于民，增强村民履行民主权利的信心。三要廉洁自律，树立农村基层干部的良好形象。

（六）加强领导，做到乡村联动，整体推进

加强农村民主政治建设，必须切实加强乡镇党委的领导，并做到率先垂范。一要建立健全乡级有关民主决策、管理和监督制度，如政务公开制度、重大工程

招标制度以及乡领导班子和部门民主听证会等，增强工作的透明度。二要落实好联系群众、了解群众、服务群众的制度，如联村干部双向选择制度、乡领导干部“四联”（村、户、党员、群众）制度等，加强与群众的经常性联系和沟通，畅通民主渠道。三要注意协调解决群众反映较大，仅靠一村一地由于财力、职权等限制难以解决的，带有全局性的一些问题，保护群众参与民主管理的积极性，营造民主管理上下联动的良好氛围，扎实推动社会主义新农村建设的步伐①。

加快政府职能转变，全面推进规范化服务型政府建设，为社会主义新农村的民主政治建设助力。农村各级组织要适应新农村建设和基层民主发展的要求，切实转变政府管理方式，通过职能转变，为社会主义新农村建设提供强有力的基层组织保障，促进政策的合理调整和资金的优化配置，加快社会主义新农村建设的进程。农村各级干部要学会按民主决策的程序办事，善于运用法律手段管理基层的经济、政治、文化事业和社会事务，切实提高服务能力和工作水平。基本思路是把政府的管理方式从侧重审批转变到简化和规范审批，加强事前服务和事中、事后监管，进一步提高政府服务的效率和质量，最大限度地方便群众和投资者，形成行为规范、运转协调、公正透明、廉洁高效的行政管理体制。从建设服务型政府的角度看，基层政府在新农村建设中的职责范围包括三个层面：一是为新农村建设提供基本的公共管理服务，确保经济社会协调有序的发展；二是落实中央提出的扩大公共财政覆盖农村范围的目标，创建和谐有序的社会氛围，促进公共事业的发展；三是制定新农村建设规划和提供政策指导。总之，农村各级组织要从农民最关心的事情着眼，从农民最急迫的事情入手，从最能见成效的事情做起，充分考虑当地经济发展水平和群众的承受能力，不提脱离实际的口号，不定超越现实的目标，不搞劳民伤财的工程，集中力量解决农民最关心的热点、难点问题。把村务是否公开、决策是否民主、管理是否规范、监督是否有效作为检验基层民主建设效果的重要标准，把农民愿意不愿意、高兴不高兴作为衡量新农村建设成效的重要标准，确保新农村建设让农民受益②。

---

① 李贵峰．2007. 大力加强农村民主政治建设建立健全新农村的治理机制．前进，(5)

② 王凡．2007. 社会主义新农村建设与成都基层民主政治建设. 四川省委党校学报，(4)

第六章　浙江省增加农村公共物品供给的条件分析

第一节　浙江农村发展的宏观条件

一、浙江经济发展总体状况

浙江坚持科学发展观，经济实现平稳较快协调发展。2006 年，浙江生产总值为 15 649 亿元，比 2005 年增长 13.6%，人均生产总值达 31 684 元（按年平均汇率折算为 3975 美元），增长 11.6%。财政总收入和地方财政总收入分别为 2568 亿元和 1298 亿元。生产总值、人均生产总值和财政总收入均居全国前列。

目前，浙江第一、二、三产业比例为 5.9∶53.9∶40.2。全省产业结构以轻型工业为主，重化工产业开始成为工业经济增长的主导力量。轻纺、机械、电子、食品、皮革、纺织、工艺品、服装等行业，在国内甚至国外市场有较强的竞争优势。2006 年，浙江实现工业增加值为 7538 亿元。其中，规模以上工业增加值为 5655 亿元。工业产品产销率达 97.9%，为 1992 年以来的最高水平。浙江中小企业数量多，拥有各类中小企业 30 多万家，占总企业数的 99%。在全国 500 家最具成长型的中小企业中，浙江占 21%，成为拥有成长型中小企业最多的省份。全省还有一批产品市场覆盖率较高、竞争力较强、在全国同行业中处于领先的优势企业，如娃哈哈集团公司、万向集团公司、浙江纳爱斯化工股份有限公司等知名企业。

浙江以产权制度为突破口，国有资产总量和运行效率大幅度提高，国有经济控制力、影响力和带动力进一步提高。全省在电力、通信、自来水、煤气供应等行业，在化学、冶金等资本密集的基础原材料产业及在电子、医药等技术含量较高的新兴产业中，国有及国有控股工业占有较大比重，国有企业还通过产品、技术和设备的扩散，为个体私营经济发展创造了条件。浙江个体私营经济比较发达，截至 2006 年底，全省私营企业约 41 万家，总资产亿元以上的私营企业 1540 家。全国民营企业综合实力 500 强中，浙江入围 202 家。中国社会科学院公布的全国民营企业自主创新 50 强，浙江占 19 席。

浙江区域特色经济发达。全省区域性块状经济涉及制造、加工、建筑、运输、养殖、纺织、工贸、服务等十几个领域，100 多个工业行业和 30 多个农副产品加工业。区域特色经济工业总产值约占全省全部工业产值的 49%。乐清低压电器、海宁皮革服装、永康五金制品、诸暨珍珠和大唐袜业、浦江水晶工艺品等在全国享有盛誉。集聚化发展带动块状经济的提升，民营经济通过集聚发展，形成了一批在全国具有重要影响的块状经济，有效提高了浙江产品的市场占有率和竞争力。据调查，目前全省拥有工业总产值亿元以上的块状经济群 500 多个。其中，50 多个区块的产品国内市场占有率达 30% 以上。

浙江有“市场大省”之称。商品交易市场数量多、规模大、综合能力强、辐射范围广。商品交易范围基本覆盖生活、生产资料所有领域，形成以消费品市场为中心，专业市场为特色，生产资料市场为后续，其他要素市场相配套的商品交易网络。2006 年，全省共有商品交易市场 4064 个，全年商品市场成交额 8247 亿元，已连续 16 年居全国榜首。义乌中国小商品城、绍兴中国轻纺城是全国经营规模最大的专业市场，2006 年，成交额分别达 315 亿元、301.1 亿元，在同类市场中均居全国第一。浙江人还在全国各地兴办了一批“浙江商城”、“温州街”和其他市场，在境外也创办了一批市场。

二、农村经济发展迅速、农民收入水平较高

改革开放以来浙江经济社会迅速发展，浙江的农村也发生了巨大的变化。党的十六大提出了建设全面小康社会的宏伟目标。浙江作为沿海发达地区，省委省政府提出了到 2010 年基本实现全面小康社会，到 2020 年“率先全面建设小康社会、率先基本实现现代化”的奋斗目标。全面小康社会建设最艰巨、最繁重的任务在农村，农村全面小康社会的建设进程直接关联着全面小康社会目标的实现。改革开放以来，浙江经济社会快速发展，人民生活水平日益提高，浙江农村更是生机勃勃，创下了一个又一个发展奇迹，至 20 世纪 90 年代中期，已完成了从温饱到基本小康的跨越。进入 21 世纪，尤其是近 5 年以来，浙江在科学发展观的统领下，经济社会协调可持续的发展，新农村建设迅速推进。2005 年，浙江农村全面小康社会的实现程度达 64.0%，比全国快 35.8 个百分点。2006 年，浙江农村全面小康社会继续稳步发展，农村全面小康社会的实现程度达 68.1%，比 2005 年增长了 4.1 个百分点，连续 3 年居全国各省市区第四位，全国各省区第一位。位居浙江前面的上海市为 88.6%、北京市为 86.5%（2005 年）、天津市为 80.9%，位居 5～8 位的分别是江苏省为 60.8%、广东省为 58.3%、山东省为

57.2%、福建省为51.6%。

从农村居民的收入变化来看，改革开放前20年，浙江农村居民人均纯收入从1978年的165元增长到1998年的3815元，增长22倍多，年均增长183元，是新中国成立以后30年里年均增加量的46倍。2001~2005年，浙江农村居民人均纯收入又从4582元增长到6660元，年均增长近520元，人均可支配收入从4462元增加到5680元（2000年可比价，下同）。2005年的人均可支配收入离农村全面小康6000元的标准相差320元，全面小康实现程度为91.6%。2006年，浙江农村居民人均纯收入为7335元，人均可支配收入达6208元，连续22年保持全国省区第一，在经济发达地区，农民人均收入已达万元以上。

从反映农村居民收入分配差距的基尼系数看，浙江农村居民的收入差距由较小到逐步扩大和有所回落并保持在一定的合理区间范围。1990年为0.3007，2001年为0.3417，2005年为0.3678，2006年又回落到0.3607，处于较为合理的区间。

从农民的收入结构上看，20世纪80年代开始，浙江农民就率先洗脚上田，务工经商，向中心城市、城镇和块状特色经济产业区集聚，在全省迅速出现了“百万农民创业，千万农民就业”的局面，家庭作坊、私企和民营企业在浙江迅速崛起。目前，全省75%的农村劳动力转移到第二、三产业就业，在户口登记册上，浙江农业人口依旧有3000多万人，但其中不少人已有十多年没下过地，他们中过半者所从事的职业已经和农业没有直接关系，只是“户口农民”而不再是“职业农民”。

三、浙江农村产业结构不断优化

二十几年来，浙江农村通过大力调整产业结构，积极发展效益农业，推动农村第二、三产业发展，农村经济综合实力明显提高，全省农村市场繁荣、农民增收、社会稳定，总体上已基本实现小康并进入全面建设小康、加快基本实现农业农村现代化的新阶段。

浙江农业土地资源约束大，农业正在向高效生态农业转化。从浙江实际看，浙江现有耕地2384万亩。其中，水田1932万亩，旱地452万亩，人均占有耕地仅0.52亩，不到全国人均耕地的一半，是我国人均耕地资源最少的省份①。人多地少、山多田少的耕地资源约束，使浙江农村在小农经济发展中形成了精耕细作

① 浙江农业概况．浙江农业信息网．http：//www.zjagri.gov.cn/html/main/zjagroview/2007062587407.html

和多种经营的传统。新中国建立以来，受过度集中的计划经济和农产品统购统销制度以及“以粮为纲”的农业生产政策的严重影响，形成了人民公社集体统一经营的僵化的农业经营体制和以粮、棉、油、猪为主的自给半自给的农业产业结构，导致农业长期的低效率和低效益。改革开放后，随着家庭承包责任制的普遍推行和市场取向改革的不断深化，浙江农业生产力得到空前解放和发展。乡镇企业异军突起，小城镇蓬勃兴起，在农村工业化、城镇化浪潮的推动下，大量的农业劳动力转向第二、三产业，农业在GDP中的份额不断下降，兼业经营农户大量出现，相当一些地方农业出现“副业化”倾向。但是，由于受严格的粮食区域自给政策和粮食定购任务的制约，浙江农业生产结构尤其是耕地种植业结构调整迟迟迈不出步子，造成相当部分农民即使是低效益和亏本的情况下也只能种粮的尴尬境地。这种“户户粮棉油、家家小而全”的农业生产状况和僵化的粮食产销体制成为浙江传统农业向现代农业转变的严重障碍。1998年，浙江省委省政府以改革创新精神，做出了大力发展效益农业、推进农业结构战略性调整的战略决策，全面取消了粮食指令性定购任务，大胆放开了粮食购销，把农业生产经营自主权真正还给农民，从而促成了2001年在全国率先实行的粮食购销市场化改革。这些改革举措使浙江在农业市场化进程中走在全国前列，促进了浙江农业生产力的新发展。然而随着中国加入世界贸易组织和全国性农业结构调整、粮食购销市场化改革全面推开，农产品买方市场特征更加明显，农产品难卖和价格波动加剧，成本偏高、规模偏小的浙江大宗农产品生产经营，面临越来越激烈的国内国际市场竞争。同时，绿色消费浪潮兴起，生态环境意识、食品安全意识普遍增强，国内外市场对农产品质量安全提出了越来越高的要求，农业生态功能凸现，实现农业资源永续利用和农业可持续发展的呼声越来越高，进一步转变农业增长方式和发展模式，提升效益农业发展水平，实现从效益农业向高效生态农业的飞跃显得越来越迫切。

浙江在农村工业化的进程中形成了独特的集群经济的发展模式，即在相对集中的地域上，千家万户分工协作，生产经营某一个或某一类产品，“小户围绕中户转、中户围绕大户转”，正是产业集群经济的迅猛发展，导致浙江的农民绝大多数从事着非农产业，使得浙江农民的收入主要来自非农产业，这就是浙江农民收入长期保持第一的秘诀。工资性收入和家庭经营第二、三产业收入之和在人均收入中的比重为80%左右。2005年，浙江省城镇化率在55%，农村劳动力非农化水平在63%以上，农民收入中72.3%来自非农产业。

从浙江省农村居民第二、三产业收入情况看，2006年，浙江省农村居民人均纯收入7335元，比2005年增加675元，增长10.1%，扣除物价上涨因素，实际收入增长9.3%。2006年，农村居民来自家庭经营的农林牧渔业等第一产业收入人均1377元，增长10.3%，是自1995年以来第一产业收入增速最快的年份之一。2006年，农村居民来自外出打工的工资性收入为人均3645元，增长10%；家庭经营的第二、三产业收入人均1653元，增长8.9%。其中，家庭工业收入人均442元，增长8.7%，交通运输业收入增长16.5%，批发零售贸易、餐饮业收入增长4.8%。近年来，浙江省农村工业收入增长略显疲态，第三产业收入在绝对额上已超过第二产业，对收入增长的贡献也远远超过第二产业[①]（表6-1）。

表6-1　2006年农村居民收入结构（单位:%）

收入项目	2006年	2005年
1. 农业产业收入	18.8	18.7
2. 非农产业	72.2	72.3
（1）工资性收入	49.7	49.5
（2）家庭经营第二、三产业	22.5	22.8
3. 非经营性收入	9.0	9.0
合计	100	100

第一产业劳动力比重反映的是农村劳动力的就业和转移情况。浙江第一产业劳动力比重呈逐年下降趋势。2001年，浙江第一产业劳动力比重为35.2%，已接近农村全面小康35%的目标。2002年，第一产业劳动力比重下降到32.5%。2005年和2006年，浙江第一产业劳动力比重进一步下降到25.9%和23.1%，已远远低于全国大多数省区。与第一产业劳动力比重逐年下降相反，浙江小城镇人口比重呈逐年上升趋势。2001年，浙江小城镇人口比重为23.0%，2006年为31.1%。

四、农村社会发展稳步前进

农村居民文化素质不断提高，人口素质的实现程度有待加速推进。近年来，浙江非常重视文化教育事业的发展。2005年，浙江省委十一届八次全会做出了加快建设文化大省的决定，明确提出实施文化建设“八项工程”。2005年5月，浙江启动农村中小学教育“四项工程”。2006年，浙江在全国率先实

① 国家统计局浙江调查总队. 2007

行免收城乡义务教育阶段学杂费。种种政策措施有力地促进了浙江的文化教育事业发展。但由于农村居民平均受教育年限的基数较低，影响了人口素质的农村全面小康社会实现进程。2001 年，浙江农村居民平均受教育年限为 6.7 年，2006 年为 7.3 年。

人口平均预期寿命是衡量人口素质的又一重要指标。20 世纪 80 年代以来，浙江人口平均预期寿命以每年 0.3 年的速度增加。1990 年，第四次人口普查时的人口平均预期寿命为 72 年，大大高于世界平均水平；2000 年的第五次人口普查达到了 73.3 年。

生活质量进一步改善，农村居民物质精神生活同步提高。浙江农村居民收入水平的不断提高，推动了生活质量的全面改善。1978 ~ 2000 年，浙江农村居民人均生活消费支出由 157 元增加到 3231 元，增长近 20 倍。2001 ~ 2006 年，人均生活消费支出又大幅度提高，从 3479 元增长至 5762 元，从而使农村居民的消费结构和生活质量不断发生着质的变化。恩格尔系数是反映生活质量的综合指标。浙江农村居民的恩格尔系数，2001 年为 41.6%，2006 年下降到 37.2%。与此同时，浙江农村居民的文化精神生活日益丰富，农村居民人均文化娱乐消费支出比重不断提高（扣除学杂费），2001 年为 1.7%，2006 年提高到 5.1%。

文化娱乐消费品不断进入农村居民家庭，农村文化活动场所不断得到兴建。农村居民每百户彩色电视机、电话机和计算机拥有量分别从 2001 年的 93.4 台、107.8 部和 2.0 台增加至 2006 年的 136.9 台、229.7 部和 14.3 台。构成农村居民生活信息化程度的彩色电视机、固定电话或移动电话以及台式或手提式计算机的拥有量在较高的基数和一定的饱和度下，近年来仍然有较大幅度的增长。浙江农村道路建设和饮用水质量以及住房条件改善均相对较快。

改革开放以来，浙江高度重视民主法制建设，1996 年做出了依法治省决定，全面推进了依法治省工作。近年来，进一步健全村务公开和村民自治制度，加大打击犯罪力度，努力打造平安浙江。2006 年，围绕落实科学发展观和构建社会主义和谐社会的要求，中共浙江省第十一届委员会第十次全体会议又通过了中共浙江省委关于建设“法治浙江”的决定，全社会法治化进程不断加快。农村居民对村务公开的满意度和对社会安全的满意度逐年有所提高。据省农调查队对全省 8632 名农村居民的抽样调查，2006 年，浙江农村居民对村政务公开满意和基本满意人数比例达 94.0%，农村居民对村政务公开满意度达 75.9%。浙江农村居民对社会安全的满意和基本满意人数比例达 91.8%，农村居民社会安全满意度为 74.1%。浙江农村民主法制的农村全面小康实现程度为 63.0%，比 2001 年提高了39.7个百分点。

五、资源环境因素优劣共存

浙江地理环境优越，经济发展迅速。对土地资源造成了较大的压力。尽管浙江一直比较重视基本农田保护，努力保持耕地占补平衡，但全省耕地面积仍呈下降趋势。1978年以来，除1998年比1997年略有增加外，全省耕地面积出现持续的负增长。目前，浙江城市化发展尚落后于经济发展水平，随着城市化的发展以及经济社会的进一步发展，建设用地和保护耕地间的矛盾将更加突出。因此，要保持耕地面积的稳定，将面临艰巨的任务。2006年，全省耕地面积为2383.7万亩，比2005年减少6.6万亩，比2001年减少18.5万亩。

近年来对森林资源的大力保护，浙江森林资源优势比较明显。2001年，浙江的森林覆盖率就有51%，2006年为60.65%。

浙江的水资源具有相对的优势，农业用水节能降耗越来越被重视。农业GDP用水量，2001年为每万元1688米^3，2004年为每万元1419米^3，2005年和2006年分别为每万元1257米^{3}和1213米^3。

六、城乡和区域差距

浙江城乡居民间、地区间以及农村居民内部均存在一定的贫富差距，有的差距近几年甚至有扩大的趋势，这不利于推进农村全面小康社会实现进程及和谐社会建设。如城镇居民和农村居民的收入差距由2001年的1.28倍扩大到2006年的1.49倍；2006年11个设区市的农村全面小康社会实现进程，宁波、嘉兴、杭州、绍兴、湖州、台州、舟山、温州、金华、衢州和丽水的实现程度分别为83.2%、78.2%、78.0%、76.8%、76.7%、74.4%、70.1%、70.0%、68.1%、56.4%和50.4%；尽管差距有所缩小，但实现程度最高和最低市的差距还有32.8个百分点。近年来，浙江采取种种措施，如实施欠发达乡镇奔小康工程等，虽然取得了一定的成效，但由于相对低收入者绝对基数低，收入绝对水平与全省的差距仍然无法缩小，因此，为建设和谐社会，努力缩小各种收入分配差距和贫富差异是摆在我们面前不小的挑战。

总体来看，浙江经济的迅速发展、财政收入增长、农村产业的升级、农民收入提高等因素都为浙江新农村建设、增加农村公共物品供给创造了有利的环境和条件，但也面临着城乡、区域差距不断扩大，资源紧张的挑战。

第二节　浙江省农村公共物品供给的微观环境

为了了解浙江农村公共物品供给的基本状况，从农村基层干部、农民等多个视角入手对农村公共物品供给和需求的制度、现状和未来发展趋势的研究。研究选取了浙江省10个地市的45个村作为调查地点展开了大样本的问卷调查，同时辅以小组访谈、半结构式访谈、典型案例调查等经济学和社会学研究方法，获得了大量的第一手资料。这些来自于农村基层的数据，反映了当前浙江农民和基层干部对农村公共物品供给现状的认识、需求及增加农村公共物品供给的微观环境。

一、乡村基本情况

这次调查的调查对象，共45个行政村，分别分布于浙江省的10个地市，覆盖了除舟山外的浙江省全境。基本上，浙江省各区域不同的发展水平及特色的区域都有代表（表6-2）。

表6-2　样点区域分布

地市	数量	百分比/%
杭州	7	15.56
湖州	3	6.67
嘉兴	2	4.44
金华	3	6.67
丽水	2	4.44
宁波	7	15.56
衢州	3	6.67
绍兴	10	22.22
台州	5	11.11
温州	3	6.67
合计	45	100.00

这些行政村的地形各有特色，平原、丘陵和山区各占1/3左右，与浙江总体的地形特征也比较符合（表6-3）。

表 6-3　样本点地形特征

选项	频率	百分比/%
平原	12	26.67
丘陵	14	31.11
山区	17	37.78
其他	2	4.44
合计	45	100.00

这些行政村各方面的情况差异很大，总面积从最小的 193 亩到最大的 44 228亩，平均每个村面积约为 5247 亩。村民小组的数量也从 3 个到最多达 37 个，平均为 12.27 个。每个村平均总人口为 1575 人，最少的只有 300 人不到，最多的达到 4896 人。人均收入最少的村只有 500 元，最高的达到了 12 000元，平均为 6146.84 元。人均耕地平均为 0.91 亩，反映出了浙江人口稠密、土地资源较少的特点，人均耕地最少的村人均只有 0.05 亩，最大的为 13 亩（表 6-4）。

表 6-4　样本点基本情况

统计指标	行政村总面积①/亩	村民小组数②/个	总人口③/人	人均收入④/元	人均耕地⑤/亩
均值	5 247.32	12.27	1 575.71	6 146.84	0.91
标准差	7 364.32	8.85	1 127.95	2 891.50	1.99
极小值	193.00	3.00	290.00	500.00	0.05
极大值	44 228.00	37.00	4 896.00	12 000.00	13.00

注：①有效数据为 42 个
②有效数据为 44 个
③有效数据为 45 个
④有效数据为 45 个
⑤有效数据为 40 个

从这些村的区位特点来看，与乡政府所在地的平均距离为 5.03 千米，最远为 18.00 千米；与县治所在的县城距离平均为 23.45 千米，最远为 85.00 千米；与地级以上中心城市的距离平均为 61.92 千米，最远为 200.00 千米（表 6-5）。这一数据反映了浙江城镇化水平较高，城镇密度较大的特点。相对于中西部地区，尤其是地广人稀的西部地区而言，浙江省城镇辐射范围要小很多，这更有利于城市基础设施和公共物品供给向农村延伸。

表 6-5 样本点距城镇距离（单位：千米）

统计指标	与中心城市距离[①]	与县城距离[②]	与乡距离[③]
极小值	3.00	2.00	0.00
极大值	200.00	85.00	18.00
均值	61.92	23.45	5.03
标准差	52.37	19.04	4.14

注：①有效数据为 38 个
②有效数据为 41 个
③有效数据为 39 个

二、人口、收入与生活水平

样本点平均户数约为 514 户，最少 97 户，最多为 1276 户，平均每户人口为 3.47 人，人口最多的家庭为 9 人（表 6-6）。

表 6-6 样本点户数与家庭人口

项目	极小值	极大值	平均值	标准差
总户数[①]/户	97	1276	513.96	369.06
家庭人口[②]/人	1	9	3.47	1.12

注：①有效数据为 45 个
②有效数据为 928 个

绝大多数家庭的人数集中在 3～4 人，占全部家庭的 70% 以上，说明目前浙江农村社区家庭结构也与城市一样，以小型家庭结构为主，大多数的家庭中成年子女成家后都与父母分居（表 6-7）。

表 6-7 农村家庭人口数量分布

家庭人口数/人	频率	百分比/%
1	45	4.85
2	94	10.13
3	344	37.07
4	318	34.27
5	89	9.59
6	31	3.34
7	5	0.54
8	1	0.11
9	1	0.11
合计	928	100.00

从近几年的人口总量来看，大多数的村人口保持了相对的稳定，人口数量变动较小。据了解的情况看，当前浙江省城镇化进程更多的是依靠城市和城镇的扩张这一形式，而不是主要依赖于农村人口移居城市和乡镇的形式（表6-8）。

表6-8　近年农村人口变化趋势（单位：人）

统计指标	人口（2003年）①	人口（2004年）②	人口（2005年）③	人口（2006年）④
极小值	286.00	288.00	289.00	290.00
极大值	4860.00	4896.00	4875.00	4896.00
均值	1556.93	1561.60	1601.35	1575.71
标准差	1172.84	1176.92	1192.00	1127.95

注：①有效数据为42个

②有效数据为42个

③有效数据为43个

④有效数据为45个

另一个数据也印证了这一观点，在调查中，我们统计了这些村农业人口转居民户口人数平均只有15.41人，最多的一个村有108人（表6-9）。这个数字对整个农村人口的数量，比重是比较低的。

表6-9　农业人口转居民户口人数

项目	极小值	极大值	平均值	标准差
农转居人数/人	0	108	15.41	24.28

注：有效数据为37个

在对近年人口变化趋势进行预测时，有12个村认为人口会继续增加，有17个村选择了基本稳定，只有14个村预测人口会减少，因此，可以预见浙江农村人口在一定的时期内，还会保持相当的数量，也就是说，农村人口的数量可能不会迅速的减少（表6-10）。

表6-10　农村人口变化趋势预测

选项	频率	百分比/%
未回答	2	4.44
增加	12	26.67
减少	14	31.11
基本稳定	17	37.78
合计	45	100.00

外出工作、经商或居住人口，我们在调查中将他们定义为全年主要居住在外地、主要收入也在外地形成的人群。从统计结果看，这部分人大约占到了全部农村人口的5%，平均每个村有230多人，最多的可能达到上千人（表6-11）。

表6-11　农村外出人口统计

项目	极小值	极大值	平均值	标准差
外出人口/人	0	1500	234.84	280.44

注：有效数据为45个

对911户农村家庭总收入进行统计：2006年，每户的平均收入为40162.18元，但从收入分布来看，收入差距较大。86户的收入低于1万元，1万~2万元的有169户，2万~4万元（含2万）的有377户，4万~7万元（含4万）的有191户，7万~20万元（含7万）的有78户，20万元及以上的有10户。其中，有3户收入超百万元（表6-12）。

表6-12　农户家庭收入统计

项目	极小值	极大值	平均值	标准差
家庭收入/元	4 500	1 680 000	40 162.18	94 568.36

注：有效数据为911个

这些农村家庭平均承包耕地2亩2分，最多的达到25亩。承包地数量的多少主要取决于地域和家庭人口数量两个因素（表6-13）。

表6-13　农户承包土地数量统计

项目	极小值	极大值	平均值	标准差
承包土地/亩	0.00	25.00	2.22	2.14

注：有效数据为813个

其中，2006年实际耕种情况是约有498户自己耕种，有207户由他人耕种，回答无人耕种的有72户，部分自己耕种的有8户，还有120户未做出回答（表6-14）。

表 6-14　农户土地耕种病况

承包地耕种情况	频率	百分比/%
未回答	120	12.93
自家耕种	498	53.66
部分自家耕种	8	0.86
由他人耕种	207	22.31
无人耕种	72	7.76
其他	23	2.48
合计	928	100.00

这些农户的收入，农产品销售收入平均占全年总收入的26.46%（表6-15）。据了解，农业收入比重较高的村分为两种不同的情况：①有的村农业收入比重高，是因为当地的特色农业和农业产业化水平较高，其主要收入来源于茶叶、西瓜等经济作物；②第二、三产业不发达，农户的收入来源单一。

表 6-15　农户农业收入比重占全年收入比重

项目	极小值	极大值	平均值	标准差
占全年收入的比重/%	0.00	100.00	26.46	31.78

注：有效数据为463个

为了了解农户收入的构成情况又不使调查内容过细而难以进行，我们要求他们对收入构成按以下几项进行了排序。在数据处理时，我们以排序顺序的倒数为权数进行了加权计算，得出了以下的一个收入权重估计值。务农收入与上一调查项目的结果比较接近，约占到两成。务工、经商及投资等收益约占到总收入的七成（表6-16）。

表 6-16　农户收入加权分值结构

选项	分值	百分比/%
务农	343.37	22.74
务工	524.57	34.75
个体经营	315.25	20.88
储蓄投资	156.58	10.37
其他收入	169.90	11.25

在对村干部的调查中，我们也请他们估计了本村主要收入来源为非农业的户数占总户数的比例，平均值为49.23%，即半数左右的农户主要收入来源已经从农业转移了。这一数据在各村之间也是十分不平衡，在某些经济发达地区，这一数字接近100%（表6-17）。

表6-17　以非农业收入为主要收入来源的农户所占比重

项目	极小值	极大值	平均值	标准差
以非农业收入为主要收入来源的农户占全部农户的比重/%	0	99	49.23	32.17

注：有效数据为44个

根据村干部们提供的数据，务工经商收入占全村总收入的比例平均为56.22%，最少的约占2%，最多的可以达到98%（表6-18）。这一数值与我们前面的计算结果也是比较接近的。

表6-18　务工经商收入占全村收入比重

项目	极小值	极大值	平均值	标准差
务工经商收入占全村收入的比例/%	2	98	56.22	28.15

注：有效数据为42个

在对农户的支出结构进行处理时，我们也采取了与收入结构相同的处理方法，计算出了农户支出的一个加权估计值，从分值来看，农户支出依次为吃穿玩、人情往来、生产、医药费、住房、学费和其他（表6-19）。

表6-19　农户支出加权分值结构

选项	分值	百分比/%
吃穿玩	438.70	32.22
人情往来	230.44	16.93
生产	214.01	15.72
医药费	169.29	12.43
住房	153.10	11.25
学费	97.70	7.18
其他	58.16	4.27

从农村居民的生活水平来看，由于浙江农民收入水平普遍较高，各种家用电器的普及率较高。普及率居前几位的是电视机、手机和电话、电饭锅，普及率都超过了八成。摩托车取代自行车成为农村较为普及的交通工具，近半数的家庭都拥有，还有近一成的家庭拥有了汽车（表6-20）。

表6-20　农户拥有家用电器

选项	频率	百分比/%
电视机	912	98.28
手机	803	86.53
固定电话	793	85.45
电饭锅	788	84.91
VCD或DVD	645	69.50
电冰箱	534	57.54
洗衣机	521	56.14
摩托车	448	48.28
空调机	297	32.00
家用电脑	206	22.20
其他	94	10.13
汽车	84	9.05
农用拖拉机	52	5.60

在信息社会里，获取信息的渠道对生活生产有重要的意义。村民们主要的信息源是电视、听别人介绍和报纸刊物。电脑网络的使用在所有的信息渠道中所占比重还较小。这与农村家用电脑的普及率是互为因果的（表6-21）。

表6-21　农村居民主要信息来源

选项	频率	百分比/%
电视	873	94.07
报纸刊物	422	45.47
广播	250	26.94
听别人介绍	344	37.07
电脑网络	169	18.21
打电话	120	12.93
其他	73	7.87

在一般情况下，408位村民选择去乡镇卫生院看病，271位选择县级以上医院看病，只有237位选择在村里的诊所看病，这反映了当前随着生活水平的提高，村民对高质量医疗的需求也在增长（表6-22）。

表6-22　农村居民就医医疗机构选择

选项	频率	百分比/%
未回答	12	1.29
村里的诊所	237	25.54
乡镇卫生院	408	43.97
县级以上医院	271	29.20
合计	928	100.00

村民们主要的娱乐方式，看电视、喝茶聊天、打牌排在前三位，其他的娱乐方式都较少，反映了目前农村文化娱乐设施较少，文化生活相对比较单调（表6-23）。

表6-23　农村居民主要娱乐方式

选项	频率	百分比/%
看电视	842	90.73
喝茶、聊天	443	47.74
打牌	311	33.51
逛街	149	16.06
看电影	109	11.75
读书	96	10.34
听音乐	84	9.05
旅游	51	5.50
什么也不干	47	5.06
迪厅、游戏厅、卡拉OK	26	2.80
去公园	18	1.94

三、农村产业与集体经济情况

从村干部提供的数据统计来看，2006年，村民人均收入为6146.84元，最少的村为2000元，最高的为12 000元（表6-24）。

表 6-24　农村居民人均收入

项目	极小值/元	极大值/元	平均值/元	标准差/元
人均收入	2 000	12 000	6 146.84	2 891.50

注：有效数据为 44 个

这些行政村平均有企业约 35 家，每个村有企业员工平均为 409 人，其中本村村民 199 人，外地员工 210 人（表 6-25）。这一数字反映出了浙江农村第二、三产业和农村家庭工业的蓬勃发展，也显示了一个现象，就是在一些产业发达的农村，除本地农村居民外，还聚集了大量的外地工人。因此，农村基础设施和公共服务的供给除了需要考虑本村村民的需要外，可能还需要考虑外来员工数量对本地基础设施和公共服务的需要。

表 6-25　农村企业数量及企业员工构成

统计指标	村里企业数①/个	企业员工数②/人	其中本村村民③/人	外地员工④/人
极小值	0.00	0.00	0.00	0.00
极大值	500.00	3156.00	2863.00	1780.00
均值	35.41	409.18	199.03	210.15
标准差	93.53	752.13	502.24	479.30

注：①有效数据为 39 个
②有效数据为 39 个
③有效数据为 39 个
④有效数据为 39 个

近三年村民收入增长速度为年均 10.76%，最快的达 30%，而且总体来看，增长普遍较快，只有极少的村，收入增长缓慢（表 6-26）。

表 6-26　农村居民收入增长速度

项目	极小值	极大值	平均值	标准差
近三年村民收入年平均增长/%	1	30	10.76	6.50

注：有效数据为 43 个

大多数的行政村，村民们收入增长的主要来源是务工、经商和办企业。农业收入的增长只在 9 个村的收入增长扮演了一定的角色（表 6-27）。

表 6-27 农村居民收入增长主要来源

选项	频率	百分比/%
农业	9	20.00
打工	30	66.67
在家从事加工业	10	22.22
经商	14	31.11
办企业	11	24.44

从村集体收入的统计结果来看，近三年村集体全年收入不包括上级拨款的部分平均为：2004 年 29 万元，2005 年 30.59 万元，2006 年 39.81 万元，总体呈上升趋势。但从其分布来看，各个村差距较大。以 2006 年为例，最高的达 232.00 万元，但最低的只有 2700 元（表 6-28）。

表 6-28 农村集体收入总量（单位：万元）

统计指标	集体收入（2004）①	集体收入（2005）②	集体收入（2006）③
极小值	0.10	0.10	0.27
极大值	292.00	212.00	232.00
均值	29.00	30.59	39.81
标准差	54.30	48.56	61.38

注：①有效数据为 39 个

②有效数据为 39 个

③有效数据为 40 个

2006 年，村集体收入的主要来源分析，土地补偿 6.78 万元，集体资产收益 11.90 万元，土地等承包费 10.41 万元，其他收入 10.73 万元（表 6-29）。

表 6-29 农村集体收入主要来源（单位：万元）

统计指标	主要来源土地补偿①	集体资产收益②	土地等承包费③	其他④
极小值	0.00	0.00	0.00	0.00
极大值	130.00	150.00	210.00	155.00
均值	6.78	11.90	10.41	10.73
标准差	24.21	28.50	33.85	26.72

注：①有效数据为 40 个

②有效数据为 40 个

③有效数据为 40 个

④有效数据为 40 个

村集体资产集体土地是较为主要的资产形式，其次是集体房产，原有的集体企业在经历了多次的改制后，目前数量已经比较少了（表6-30）。

表6-30　集体资产主要形式

选项	频率	百分比/%
未回答	3	6.67
集体土地	26	57.78
集体企业	3	6.67
集体房产	15	33.33
其他	7	15.56

根据村干部提供的数据，村集体收入较为稳定的收入平均为15.24万元，不到全部收入的一半（表6-31）。

表6-31　集体稳定收入数量

项目	极小值	极大值	平均值	标准差
集体收入中较为稳定的收入/万元	0	76	15.24	20.96

注：有效数据为41个

2006年末，村集体负债31.06万元，其中政府债务3.96万元，银行债务8.93万元，企业债务0.09万元，其他25.11万元（表6-32）。

表6-32　村集体负债总数及其构成（单位：万元）

统计指标	村集体负债①	政府负债②	银行负债③	企业债务④	其他⑤
极小值	0.00	0.00	0.00	0.00	0.00
极大值	275.00	60.00	65.00	2.00	193.00
均值	31.06	3.96	8.93	0.09	25.11
标准差	71.89	12.65	20.72	0.43	53.20

注：①有效数据为28个

②有效数据为25个

③有效数据为19个

④有效数据为22个

⑤有效数据为28个

上级政府对本村的直接拨款平均为 18.26 万元，最多的为 170.08 万元，各村之间得到拨款的数量差异较大（表 6-33）。

表 6-33　上级拨款数量（单位：万元）

项目	极小值	极大值	平均值	标准差
上级政府的直接拨款	0	170.08	18.26	34.74

注：有效数据为 32 个

四、土地情况及村民对征地的态度

这些行政村现平均有耕地 1071.63 亩。其中，基本农田平均 693.56 亩，人均耕地 0.91 亩（表 6-34）。

表 6-34　行政村耕地情况（单位：亩）

统计指标	耕地数量①	基本农田②	人均耕地③
极小值	60.00	0.00	0.05
极大值	5400.00	3600.00	13.00
均值	1071.63	693.56	0.91
标准差	1211.74	732.51	1.99

注：①有效数据为 43 个

②有效数据为 41 个

③有效数据为 40 个

当被问及是否希望土地被征时，有 56.9% 的村民回答愿意，有 40.52% 的村民回答不愿意（表 6-35）。回答愿意的村民大多认为耕地数量少、从事农业收入低。征地后，可以从事其他的工作，还可以获得补偿，生活可能会更好，因此，如果补偿合理，希望能够征地。

表 6-35　农村居民对征地的态度

选项	频率	百分比/%
未回答	24	2.59
愿意	528	56.90
不愿意	376	40.52
合计	928	100.00

征地后，收入水平是否会下降的问题，只有327户农户认为收入会下降，约占全部样本的35%，有6成以上的人认为收入不会下降（表6-36）。

表6-36　征地后收入预期

选项	频率	百分比/%
未回答	42	4.53
会	327	35.24
不会	559	60.24
合计	928	100.00

对于征地后，将从事何种职业的问题，选择自己从事经营活动的农户达370户，外出工作和进本地企业打工的人分别占据了第二位和第三位，达197人和178人（表6-37）。

表6-37　征地后职业选择

选项	频率	百分比/%
未回答	40	4.31
进本地企业打工	178	19.18
自己从事经营活动	370	39.87
外出工作	197	21.23
不知道	143	15.41
合计	928	100.00

总体来看，浙江农民与土地的关系较为松散，由于大多数农户已经从事其他的事业，收入来源主要是第二、三产业，收入结构中农业收入比重较低，对土地大多已经不存在依赖关系，对征地普遍不反对，而且大多数认为征地后收入不会减少，对征地后的出路也有较好的信心。

五、农村基础设施和公共服务

在统筹城乡发展中，浙江加快了农村基础设施建设的发展步伐，近年来先后组织实施了“欠发达乡镇奔小康工程”、“千村示范，万村整治工程”、“乡村康庄工程”等。这些工程项目的实施，极大地改善了农村基础设施的水平，提高了农村居民的生活水平。

这次调查，我们针对与农村居民日常生活关系密切的社区公共物品的供给情况进行了多方面了解，主要包括农村社区道路、饮用水、垃圾处理、污水排放、医疗卫生及文化体育等公共设施和服务的情况。

被调查村的道路总长为449千米。其中，硬化道路322千米，硬化道路比率已经达到了71.7%。

从饮用水的情况来看，35个村的居民已经使用上了自来水，达到总数的77.8%，38个村的居民认为饮用水的获得不困难。但从村民饮用水的水源来看，使用经严格净化处理的饮用水源的只有16个行政村，占被调查行政村总量的35.6%（表6-38）。这一比例与城市相比，还有相当大的差距。

表6-38　农村居民饮用水源情况

选项	行政村数量	百分比/%
净化处理的饮用水	16	36.36
江河湖水	3	6.82
池塘水	1	2.27
浅井水	11	25.00
深井水	9	20.45
其他	4	9.19
合计	44	100.00

从村级医疗点的设置情况看，大部分的行政村都设置了村级医疗点，小部分村还有两个以上的医疗点。但是仍有9个村没有村级医疗点，占到了总样本的20%。

从电视信号情况来看，42个行政村的村民都看上了有线电视，只有2个行政村使用无线接收，还有一个村目前电视信号不好，基本收不到。

图书馆（室）的设置情况则比医疗点设置情况相距甚远，只有大约1/3的行政村设置了此类设施。表6-39还列出了其他一些公共设施的设置情况，除老年活动室的设置情况较好外，其他几项还差强人意。

表6-39　农村主要文化娱乐设施

设施名称	数量	百分比/%
篮球场等体育设施	16	35.56
养老院	3	6.67
公园	11	24.44
图书室	15	33.33
老年活动室	32	71.11

从对农户家庭参加新型合作医疗的统计情况来看（表 6-40），2006 年参保率为 87.5%，参保率普遍较高，据了解，参保率高的原因一方面是农民对医疗保险有实际的需求，而另一个重要的原因是交费率较低，大部分是由政府补贴，农户只需负担 20 ~ 30 元，在经济条件好的村，这笔钱一般也由集体负担。

表 6-40　农户参加新型合作医疗情况

选项	频率	百分比/%
未回答	18	1.94
参加	812	87.50
未参加	98	10.56
合计	928	100.00

农户们对新型合作医疗的评价（表 6-41），有 439 人认为很好，有 271 人认为作用不大，还有 134 人认为解决不了实际问题。这反映了当前农村医保保障程度不高的现实。

表 6-41　农户对新型合作医疗的评价

选项	频率	百分比/%
未回答	41	4.42
很好	439	47.31
作用不大	271	29.20
解决不了实际问题	134	14.44
其他	43	4.63
合计	928	100.00

浙江农村保障体系中对特殊人群的保障基本实现了全覆盖，“五保户”、优抚对象、贫困户等基本都能够享受应有的生活保障。

浙江农村养老保险尚处于建立过程中，在被调查样本中，有 24 个村还没有建立养老保险，有 18 个村建立了养老保险。有 13 个经济条件较好的村，会给全体村民发放一定数量的生活补贴。

在了解村民参加养老保险的意愿时，有七成以上的村民都表示希望参加，只有大约一成的村民明确表示不愿意（表 6-42）。

表 6-42 农户养老保险需求

选项	频率	百分比/%
未回答	12	1.29
希望参加	688	74.14
不希望参加	107	11.53
无所谓	121	13.04
合计	928	100.00

村民们对实用技能、法律知识、农业科技知识的需求排在了各种知识的前三位，反映出了村民们对获得增加收入的实用知识的强烈动机以及他们法制观念的提高（表 6-43）。

表 6-43 农户知识需求

选项	频率	百分比/%
与自己有关的政策	360	38.79
农业科技知识	398	42.89
法律知识	419	45.15
实用技能	576	62.07
处理人际关系的知识和方法	219	23.60
卫生保健与体育知识	258	27.80
文化娱乐方面的知识	81	8.73

与知识需求相关，村民们在选择学习方式或途径时，首先是参加各种技能培训班，其次是自学和通过到城市打工来学习（表 6-44）。

表 6-44 农村居民学习途径

选项	频率	百分比/%
自学	354	38.15
参加各种技能培训班	613	66.06
当学徒	197	21.23
重返校园	97	10.45
通过到城市打工来学习	219	23.60

村民们最希望村里增加的公共设施，排在第一位的是公园，其次是养老院和图书馆，说明当前农村居民对公共活动场所和养老需求在增长（表6-45）。

表6-45　农户公共设施需求

选项	公园	养老院	图书馆	广场	篮球场
频率	530	359	311	308	149
百分比/%	57.11	38.69	33.51	33.19	16.06

在了解村民对建房的看法时（表6-46），有六成的村民赞成自己建自己的，但村里要统一规划，还有部分村民赞成由村里统一建。这一结果基本反映了目前农村住宅建设的发展阶段，即基本以自建为主，但大部分村民们也表达了对能有一个相对统一协调的住宅环境的愿望。

表6-46　农村居民对建房方式的看法

选项	频率	百分比/%
未回答	6	0.65
自己建自己的，不用别人管	155	16.70
村里统一建	128	13.79
自己建自己的，但由村里统一规划	566	60.99
统一的公寓楼	73	7.87
合计	928	100.00

在了解农户对子女发展的考虑时（表6-47），“上大学”成为他们的首选，共有537位村民选择了这一选项。排在第二位和第三位的分别是经商创业和学一门技术。选择务农的只有3位。

表6-47　农户对子女就业的期望

选项	频率	百分比/%
上大学	537	57.87
进城务工	32	3.45
经商创业	229	24.68
在家种地	3	0.32
学一门技术	198	21.34
其他	15	1.62

在被调查农户中，有824户表示愿意供养子女上大学，只有极少数家庭选择了高中、初中，反映了浙江农村居民教育投资的热情和能力（表6-48）。

表6-48　农户对子女教育水平的意愿

选项	频率	百分比/%
未回答	51	5.50
小学	2	0.22
初中	15	1.62
高中、中专	36	3.88
大学	824	88.79
合计	928	100.00

在被问到子女大学毕业后是否愿意他们到农村就业时，有483位村民表示由孩子自己决定，有315位表示不愿意，只有93位表示愿意（表6-49）。

表6-49　农户对子女农村就业的看法

选项	频率	百分比/%
未回答	37	3.99
愿意	93	10.02
不愿意	315	33.94
由孩子自己决定	483	52.05
合计	928	100.00

村民们对本村的生活条件最满意的前三位分别是道路、通信和饮用水，满意率分别为56.36%、51.51%和49.57%（表6-50）。

表6-50　农户最满意公共物品

选项	频率	百分比/%
道路	523	56.36
通信	478	51.51
饮用水	460	49.57
治安	298	32.11
民风乡情	251	27.05
农田水利	172	18.53
环境卫生	140	15.09
教育	126	13.58
医疗条件	89	9.59
文化体育休闲	51	5.50

村民们对本村的生活条件最不满意的前3位分别是环境卫生、医疗条件和文化体育休闲设施，不满意的比率分别为51.51%、45.91%和38.15%（表6-51）。

表6-51 农户最不满意公共物品

选项	频率	百分比/%
环境卫生	478	51.51
医疗条件	426	45.91
文化体育休闲设施	354	38.15
教育	322	34.70
道路	297	32.00
治安	268	28.88
饮用水	251	27.05
农田水利	171	18.43
民风乡情	90	9.70
通信	39	4.20

在被问到有机会去城市生活是否愿意离开农村时，有527位村民表示愿意，188位表示无所谓，只有190位表示不愿意，总体来看，村民对城市生活还是比较认同和向往（表6-52）。

表6-52 农户移居城市意愿

选项	频率	百分比/%
未回答	23	2.48
愿意	527	56.79
不愿意	190	20.47
无所谓	188	20.26
合计	928	100.00

六、农村基础设施建设及村委工作

从这次调查结果来看，近年来，各被调查村绝大多数都进行了村内公共设施的建设。从近年的工程数量上来看，45个村平均每村有工程项目2.78项，进行工程项目最多的达到了7项，大多数有2～3项。具体分布情况如图6-1所示。

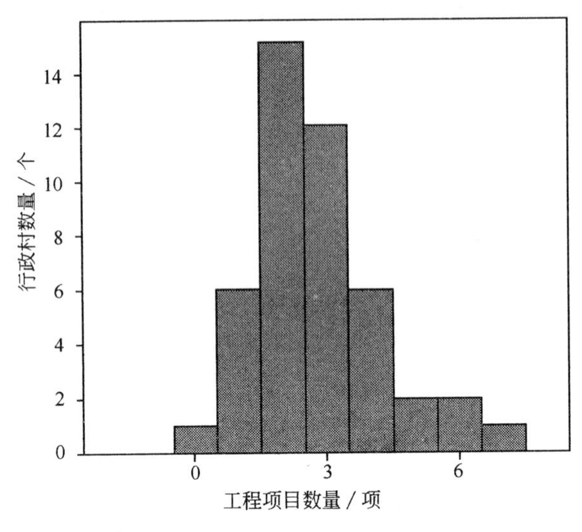

图 6-1　农村公共工程数量分布

这些工程项目的具体内容，排在第一位的是道路，为 37 项，其次是办公场所，为 20 项，第三位是水利工程，主要是村内河流渠道的整治，排在第四位的是饮用水工程（表 6-53）。

表 6-53　公共工程项目内容

选项	频率	百分比/%
道路	37	82. 22
水利	18	40. 00
办公场所	20	44. 44
饮用水	15	33. 33
污水设施	5	11. 11
改坟	8	17. 78
改厕	17	37. 78
其他	1	2. 22

从农村公共设施的资金投入情况上来看（表 6-54），42 个行政村总投入达 1292. 58 万元，平均每村投入 30. 78 万元，分布上也是极不均衡的，最少的只有数千元，最多的达到了 172 万元，标准差达 43. 22 万元，低于 10 万元的村达到了 52. 4%。

表 6-54　农村公共工程投入资金数量

项目	极小值	极大值	平均值	标准差
村公共设施建设资金投入数量/万元	0.10	172.00	30.78	43.22

注：有效数据为 42 个

这些工程项目的主要资金来源有 4 种（表 6-55）：一是村集体的自有资金，有 30 个村使用了集体资金兴建公共项目；二是上级政府的补助，有 33 个村在兴建公共项目时获得了上级政府的补助；三是以“一事一议”的方式向村民收取，只有 7 个村采用向村民集资的方式筹集公共项目所需要的资金；四是来自于企业和个人的捐助，大约有 6 个村在公共建设项目中获得过企业和个人的捐助。这个结果只是反映了被调查村资金来源的情况，并不反映各种渠道资金数量的差异。

表 6-55　农村公共工程资金来源渠道统计

选项	频率	百分比/%
村集体资金	30	66.67
上级政府补助	33	73.33
向村民收取	7	15.56
企业及个人捐助	6	13.33
其他	2	4.44

2006 年，通过“一事一议”方式，从村民处筹集的资金平均为 3.02 万元，最多的达到 40 万元，总体来看，通过“一事一议”方式筹集资金的数量是不大的，大多数村干部也都认为“一事一议”方式筹集资金比较困难（表 6-56）。

表 6-56　公共工程向村民筹集资金数量

项目	极小值	极大值	平均值	标准差
2006 年向村民筹集资金/万元	0	40	3.02	8.40

注：有效数据为 25 个

总体来看，目前农村社区公共物品的供给水平和层次还是比较低的，大多数村的基本道路硬化还有待完全解决，其他的公共物品供给数量和质量都严重不足，与农村居民的生产生活需要有较大的差距，与城乡协调发展的要求也有较大的差距。

七、村委的工作及认识

在了解村干部们对新农村建设的认识时，村干部们大多认为当前新农村建设的重点是增加农民收入、改善农村基础设施、改善生活环境，与村民们关心的问题比较一致（表6-57）。

表6-57 村干部对新农村建设重点的认识

选项	频率	百分比/%
增加农民收入	26	57.78
增加农业产出	4	8.89
改善生活环境	21	46.67
提高村民素质	14	31.11
改善农村基础设施	23	51.11

被问及当前新农村建设的难点时（表6-58），村集体经济力量弱、无力建设成为大多数村干部的共识，共有32位村干部对这一项做出了选择，占到了全部的71.11%。乡村条件差，村民较贫困、村民素质不高等原因则各只有三成的村干部认为是当前的困难。

表6-58 新农村建设主要困难

选项	频率	百分比/%
乡村条件差，一时难改变	11	24.44
经济基础差，村民较贫困	13	28.89
村集体经济力量弱，无力建设	32	71.11
村民素质不高，难决策、难执行	13	28.89

从村干部提供的数据看，有30个行政村对村庄建设进行了规划，占全部村的2/3，还有15个村没有规划，这一比例与新农村建设的要求有一定的距离（表6-59）。

表6-59 农村规划情况

选项	频率	百分比/%
有	30	66.67
没有	15	33.33
合计	45	100.00

从村干部们对村规划作用的认识来看，认为很有用的有25位，认为有点用的有15位，还有5位认为没什么用（表6-60）。

表6-60　农村规划的作用

选项	频率	百分比/%
很有用	25	55.56
有点用	15	33.33
没什么用	5	11.11

在当前农村建设规划的主要困难中，资金问题成为村干部们的首选，有21位村干部选择了这一项，其他原因还有观念问题和缺乏人才（表6-61）。

表6-61　农村规划的难点

选项	频率	百分比/%
没什么用	4	8.89
没资金	21	46.67
没人才	6	13.33
其他	6	13.33

以集资的方式进行村内公共设施的兴建，有25位村干部认为有可能、但很困难，还有8位认为根本不可能，只有二成多一点的干部认为可行（表6-62）。这一数据基本反映当前“一事一议”筹资的情况。

表6-62　公共工程向农民筹资的可能性

选项	频率	百分比/%
未回答	2	4.44
可行	10	22.22
有可能，但很困难	25	55.56
根本不可能	8	17.78
合计	45	100.00

导致集资修建的困难很多，而且各种原因都有影响，村民比较贫困、贫富差距大、钉子户等因素稍显突出，村民不团结、难以达成共识、村民不信任也都有所影响（表6-63）。总体来看，村干部在集资修建公共设施时，顾虑的问题比较多。

表 6-63　向农民筹资困难的原因

选项	频率	百分比/%
村民贫困，无能力负担	14	31. 11
村民不愿意进行公共建设	7	15. 56
贫富差距大	17	37. 78
村民不团结，难达成共识	11	24. 44
会有钉子户	14	31. 11
村民不信任	10	22. 22

第七章　浙江农村公共物品供给的主要政策

第一节　浙江省农村公共物品供给政策

一、全面推进新农村建设

经历了近30年的改革开放，浙江省经济社会发展进入工业化中后期阶段，为以工促农、以城带乡创造了较好的条件。2006年，浙江农民人均纯收入达到7335元，是全国平均水平的两倍，连续22年居全国首位；从结构上看，浙江很多农村从事第二、三产业的农民超过80%，农民的第二、三产业收入超过80%，全省城市化水平接近56%，农业份额在GDP中下降到6.5%。党的“十六大”以来，浙江省积极响应中央政府提出的新农村建设战略，初步绘制出新农村建设的宏伟蓝图，提出以新型工业化和城市化推动现代农业建设，以现代产业发展的理念经营农业，以先进的装备设施武装农业，以农产品加工流通的龙头企业带动农业，全面提升农业的综合生产能力和市场竞争力，推动传统农业加速向有市场竞争力、能致富农民和可持续发展的高效生态农业转变。

2006年1月18日在浙江省十届人大四次会议上，吕祖善省长向大会报告了《浙江省国民经济和社会发展第十一个五年（2006~2010年）规划纲要》，提出：建设社会主义新农村，推进城乡协调发展。为顺应全面进入以工促农、以城带乡发展新阶段的要求，应积极推进城市化，促进城市化健康发展；坚持统筹规划、因地制宜、分类指导、注重实效，全面建设社会主义新农村，推动产业新发展，建设新社区，培育新农民，树立新风尚，构建新体制，形成城乡互促、共同繁荣的城乡一体化发展新格局①。

2006年4月25日，浙江省委、省政府发布《中共浙江省委、浙江省人民政府关于全面推进社会主义新农村建设的决定》，指出为深入贯彻党的十六届五中全会精神和中共中央、国务院《关于推进社会主义新农村建设的若干意见》（中

---

① 关于浙江省国民经济和社会发展第十一个五年规划纲要的报告．浙江日报，2006-01-23

发〔2006〕1号)，按照浙江省2010年基本实现全面小康社会目标，并在此基础上提前基本实现现代化的战略部署，就全面推进社会主义新农村建设做出相关决定。决定指出：按照“生产发展、生活宽裕、乡风文明、村容整洁、管理民主”的要求，实行工业反哺农业、城市支持农村和“多予、少取、放活”的方针，加快农村现代产业体系、农村新社区、农村公共服务体系、现代农民素质、农村民主政治和城乡协调发展体制机制建设，努力缩小城乡差距，全面协调地推进农村社会主义经济建设、政治建设、文化建设、社会建设和党的建设①。

决定还指出，全面推进社会主义新农村建设的基本原则有以下六点。第一，坚持以人为本、科学发展。从解决农民群众最关心、最直接、最现实的问题入手，把保护好、发展好、实现好农民群众的根本利益作为社会主义新农村建设的根本出发点和落脚点。第二，坚持以工促农、以城带乡。把推进工业化、城市化的健康发展与社会主义新农村建设紧密结合起来，建立“以工促农、以城带乡”的长效机制，增强公共财政对新农村建设的支撑作用，把基础设施建设和公共服务的重点转向农村。着眼于突破城乡二元结构，消除制度性障碍，形成城乡资源要素优化配置、农村财富源泉充分涌流、新农村建设动力不断增强的体制和机制。第三，坚持党政主导、农民主体。既要充分发挥党委、政府总揽全局、协调各方的作用，形成分工协作、齐抓共建的工作格局；又要发挥市场机制的调节作用，努力形成符合社会主义市场经济要求的体制和机制，把各种要素引导到新农村建设中来。第四，坚持统筹规划、分步实施。科学把握近期目标和中长期目标的关系，坚持以规划总领新农村建设。按照统筹城乡生产力和人口布局的要求搞好规划，明确新农村建设的阶段性目标任务，分轻重缓急确定具体的实施方案。第五，坚持因地制宜、分类指导。从浙江省农村地域多样性和经济社会发展差异性较大的实际出发，不搞一刀切；坚持充分尊重农民群众的意愿，不搞强迫命令；量力而行，注重实效，不搞形式主义，扎实推进社会主义新农村建设。第六，坚持整体建设、协调推进。坚持一手抓全面提升农村生产力和农民收入水平，切实改善农民生产生活条件；一手抓新农民的培育、新风尚的营造和新体制的构建，全面提升农民的科技文化素质、思想道德素质、法律素质、健康素质和农村社会的文明程度，形成物质文明、政治文明和精神文明互动互促、协调推进的建设机制。

《决定》提出浙江省社会主义新农村建设的总体目标：通过推动产业新发

① 中共浙江省委浙江省人民政府关于全面推进社会主义新农村建设的决定．浙江日报，2006-06-12

展、建设新社区、培育新农民、树立新风尚、构建新体制，把农业建设成为具有市场竞争力、能致富农民和可持续发展的高效生态农业；把村庄建设成为让农民能享受现代文明生活的农村新社区；把农民培育成为能适应分工分业发展要求的有文化、懂技术、会经营的新型农民，形成城市和农村互补互促、共同繁荣的城乡一体化发展新格局，到“十一五”期末，全省农民人均纯收入要达到 9000 元左右，其中来自第二、三产业的收入为 80% 左右，逐步缩小城乡差距和区域发展差距；将新转移农业劳动力 200 万人，农业从业人员占全社会从业人员比重下降为 20% 以下，全省城市化率为 60% 左右。要大力推进农村新社区和中心镇建设。全省 60% 以上的村庄得到整治。推动城镇规划管理体系向农村延伸，重点培育 200 个左右有区位优势和特色产业支撑的中心镇。探索农村宅基地流转机制，促进农户向中心镇集居。推进城乡教育均衡化，把农村教育摆到优先发展的战略位置，推进农村中小学教育标准化建设，把发展职业技术教育作为现代农民素质建设的重大战略；扎实推进“农民健康工程”，全省农村新型合作医疗、三大类 12 项公共卫生服务覆盖率都达到 90% 以上，努力使浙江省的社会主义新农村建设走在全国前列。

要实现以上目标，农村公共物品供给水平和质量的提高是关键，因此决定中指出要从农村环境和公共服务两方面推动农村公共物品供给。一是建设整洁优美的农村社区。按照资源节约、环境友好、城乡一体和创造最佳人居环境的要求，重点搞好县域村镇布局规划，使中心镇、中心村的基础设施和公共服务完善配套，成为农村人口的集中居住地；全省 60% 以上的村庄得到整治，农村环境脏乱差的状况得到全面改观，建成一批规划科学、环境整洁、设施配套、服务健全、管理民主、生活舒适的农村新社区。二是拓展城乡均衡的公共服务。按照公共服务均等化原则，加快城市基础设施向农村延伸，城市公共服务向农村覆盖，城市现代文明向农村辐射，建立健全以区域城镇为依托，城乡衔接、功能完备、布局合理的公共交通、供水供电、广电、通信、商品连锁、金融保险、就业保障、科技普及、文化基础、卫生体育、应急救助等公共服务体系，服务网络覆盖到所有的中心村，让农民享受到便利、安全、高效、多样的公共服务。

二、实施“千村示范、万村整治”工程

“只见新房，不见新村；只见新村，不见新貌”，“走了一村又一村，村村像城镇；看了一镇又一镇，镇镇像农村”。前些年有人这样说浙江的一些农村景象。经济总量位居全国第四的浙江省，仍然存在着农村经济社会发展不协调的问题，

一些地方的村庄布局缺乏规划指导和约束，农民建房缺乏科学设计，有新房无新村、环境脏乱差等现象普遍存在，农村精神文明建设、社会事业发展相对滞后。

针对这一问题，2003 年 6 月，浙江省委、省政府开始在全省农村实施“千村示范、万村整治”工程，计划用 5 年时间对全省 1 万个村进行全面整治，并把其中 1000 个左右行政村建设成全面小康示范村。工程的建设思路是，“以村庄规划为龙头，从治理脏、乱、差、散入手，通过整治村庄环境，完善农村基础设施，发展农村社会事业，使农村面貌明显改善”。其中，示范村要达到以下要求：示范村要以全面建设小康为目标，按照“村美、户富、班子强”的要求，实现物质文明、精神文明与政治文明的协调发展，建设成农村新社区。具体要求是：

（1）在基层组织建设方面，村党组织坚强有力，成为“先锋工程”先进党组织；村级组织统一协调，村务管理民主规范，各项工作运作有序。

（2）在发展经济方面，集体经济实力强，人均农村经济总收入和农民人均纯收入达到基本实现现代化的标准。

（3）在精神文明建设方面，社区文化生活丰富，社会风尚良好，达到市级以上文明单位的标准。

（4）在环境整治方面，布局优化。村庄建设规划要科学处理生产、生活、生态文化之间的关系，布局合理，组团建筑有个性特色、美观大方，组团建筑间相互协调；建筑布局能充分结合自然地形，借山用水，错落有致；农户住宅实用、美观。道路硬化。通村及村内路网布局合理，主次分明，村内主干道硬化；通行政村主干公路达到四级以上标准。村庄绿化。山区、半山区、平原的中心村建成区的绿化覆盖率，分别达到 15%、20%、25% 以上。村庄中有休闲健身绿地，主要道路和河道两边实现绿化，住宅之间有绿化带，农户庭院绿化。路灯亮化。村内主干道和公共场所路灯安装率达到 100%。卫生洁化。给水、排水系统完善，管网布局规范合理，自来水普遍入户；村庄内有专用公共厕所，农户卫生厕所改造率达到 100%；农户普遍使用清洁能源；保洁制度健全，垃圾等废弃物集中处理，生产和生活污水净化处理，达标排放，基本消除垃圾及废水污染。河道净化。保护好村域内现有的水面，河道清洁，水体流动，水质达到功能区划的要求；河道堤防和排涝工程建设符合国家规定标准。

其他整治村的要求：其他整治村除了在村级组织建设、发展集体经济、文化社会事业、村务民主管理等方面要达到一定的标准外，还要根据各村区位特点、经济条件和社会发展水平，因地制宜地开展以治理“脏、乱、差、散”为重点的环境整治，具体要求是：

（1）环境整洁。做到按村庄规划搞建设，无私搭乱建建筑物和构筑物；垃圾集中存放，及时清运，消除露天粪坑和简陋厕所。

（2）设施配套。做到村庄主干道基本硬化；有较完善的给水、排水设施，河道应有功能得到恢复；搞好田边、河边、路边、住宅边的绿化。

（3）布局合理。有条件的地方，应结合新村规划，实施宅基地整理、自然村撤并和旧村改造。

实施“千村示范、万村整治”工程①的政策措施主要包括以下几点。

（一）各级政府都要按照集中财力办大事的原则，落实必要的建设资金

2003～2007年，省里每年安排一定的资金，主要用于示范村规划编制补助和村庄整治的以奖代补。各市、县（市、区）也要安排一定的配套资金。

（二）整合各部门力量，组织实施有关项目

在统一规划的基础上，村庄整治的规划、水利、供水、交通、绿化、污水治理等任务可分配落实给各相关部门组织实施。省直有关部门在实施“万里清水河道”工程、“万里绿色通道”工程、“乡村康庄”工程、“千万农民饮水”工程、“生态家园富民计划”工程等项目时，要与“千村示范、万村整治”工程建设有机结合起来，整体推进农业和农村基础设施建设。

（三）积极盘活存量土地，保证村庄建设必要的用地

在村庄整治中，宅基地退建还耕和土地整理等继续享受省定扶持政策。其中，宅基地退建还耕实施前，省里按规划复垦耕地面积的80%配发周转指标，完工后再从省级造地改田资金中安排一定额度的以奖代补资金。各市、县（市、区）也要在土地出让金中划出一定比例用于村庄整治。

（四）强化服务措施，降低建设成本

凡涉及“千村示范、万村整治”工程建设收费的，原则上能免则免，能减则减。各级各部门要在简化审批手续、降低规费收取标准、优先安排农用地转用指标、提供优惠贷款、加强指导监督等方面，提供实实在在的服务。

---

① 中共浙江省委办公厅．浙江省人民政府办公厅关于实施“千村示范、万村整治”工程的通知．2003-06-04

（五）充分运用市场机制，广泛吸纳社会资金

根据村庄整治实际，统筹考虑重大项目安排，拓宽投资建设思路，通过政策激励，积极探索试行土地资产运作、个人资本参与、企业投资经营、业主承包开发、共同投资管理等有利于促进“千村示范、万村整治”工程建设的好办法。

（六）规划先行，统筹安排

按照统一规划中心村、逐步缩减自然村和加快建设新农村的要求，搞好县域村庄布局总体规划和村庄规划。村庄规划编制要始终坚持人与环境的和谐，贯穿生态理念，体现文化内涵，反映区域特色，并与土地利用总体规划、基本农田保护规划、城镇体系规划以及交通、水利等规划相衔接。村庄规划的生活、生产区布局合理，体现乡村特点，做到实用性与前瞻性相统一。规划一经确定，必须严格执行，调整与修订规划必须按程序报经批准。目前，浙江县域村庄布局规划已覆盖全省，村庄建设规划已覆盖一半以上的村庄。浙江省建设厅专门印发了《村庄规划编制导则》，组织开展了农村住宅设计方案竞赛活动，编辑出版了两套《浙江省现代化新农村住宅设计优秀方案精选》，根据山区、丘陵、平原、水乡、海岛等不同地形特点，设计出联立式、排屋式、公寓式等系列方案，免费送到全省每一个村庄，方便农民选用。

浙江实行了一种独特的做法，就是“示范整治的点定在哪里，相关部门的服务和资金配套就跟到哪里”，村庄整治的规划、水利、供水、交通、绿化、污水治理等任务分配落实给相关部门组织实施，与“乡村康庄”、“万里清水河道”、“千万农民饮用水”、“万里绿色通道”、“生态家园”、“土地整理”、“双整治”、“先锋”等工程结合起来。

村庄整治从何入手，浙江的思路是，在农民群众最关心、最直接、最现实的利益问题上打开突破口。浙江紧抓不放的是农村的人居条件。其中，垃圾的收集、污水的治理和村庄道路的建设是重中之重。通过几年来的摸索，浙江还形成了适合平原和山区的不同的垃圾、污水处理模式。平原是“户集、村收、镇中转、县处理”，山区是“统一收集、就地分拣、综合利用、无害化处理”。目前，浙江65%的村庄实行垃圾统一收集，近14%的村庄开展了污水处理。

浙江的村庄整治还有一个很大的亮点，就是将村庄整治和发展生产统一起来。各地根据自身不同的区位条件、生态资源、人文积淀，因地制宜，开展不同的经营活动。例如，区位和经济条件较好的城郊村、城边村，把整治工作与改善

投资环境、调整产业结构等紧密结合，建设标准厂房、农民公寓、服务设施；地处生态源头地区、老区、山区和海岛渔区的村庄，把整治工作与古村落保护开发与发展休闲农业相结合，搞“农家乐”、“渔家乐”。不仅农民增收，集体经济也有了积累。

浙江确立了“党政主导、农民主体和社会各方共同参与”的建设投资机制。省委、省政府高度重视“千村示范万村整治”工程，成立了省农办等12个省级部门领导为成员的协调小组。5年里，每年召开一次现场会，交流经验，相互观摩。

在资金投入上，浙江注重发挥财政资金的主导和引领作用，每年加大公共财政的投入，不断提高财政资金的使用效率和效益。至今，各级财政投入工程建设的专项资金近50亿元，带动部门配套资金81亿元，村集体、农民群众、社会投入483亿元。

农民群众在参与整治环境、建设美好家园的过程中，环境意识、卫生意识明显增强，陈规陋习大为减少。村庄整治不仅极大地激发了广大农民踊跃参与的积极性、主动性，而且村级组织的凝聚力和战斗力进一步增强，干群关系进一步融洽。

经过5年不懈努力，浙江“千村示范万村整治”工程已完成阶段性目标任务。目前，全省已建成全面小康建设示范村1181个，环境整治村10 303个。在此基础上，浙江提出，再用一个5年的时间，全面开展村庄整治建设，将浙江建成农民生活最幸福的省份之一。

三、乡村康庄工程

随着浙江交通基础设施建设的加速推进，交通发展的形势可以用“突飞猛进”来形容，为浙江经济的飞速发展做出了不可替代的贡献。浙江省于2002年底实现了省城到地市“4小时交通圈”的历史性突破，从而改变了落后的交通状况，带动了地区经济的飞速发展。随着沪杭甬高速、杭宁高速、杭金衢等高速公路的相继建成，把浙江交通推向了新的历史地位。但与此同时，相比城市内和城市之间不断增加和提升的交通基础设施，农村交通设施却发展缓慢，农民出行条件更显落后，成为浙江交通的“短板”。在浙江实施乡村康庄工程以前，浙江省还有11个乡镇未通等级公路，有206个乡镇的通乡公路仍为砂石路面，有1.5万余个村的通村道路是不足4.5米宽的简易公路，这些路不能通客运班车，还有1000多个村没通公路，在这一背景下，浙江省于2003年启动了乡村康庄工程。

乡村康庄工程的总体目标和任务：在本届政府任期内，完成50 000km通乡、通村（指行政村，下同）公路的建设和路基、路面改造完善。以2003年初全省通村公路普查数据为基准，经过3～5年的努力，实现下列目标：到2005年，全面完成通乡公路等级化、路面硬化。到2007年，全省等级公路（准四级及以上）通村率达到90％以上，通村公路硬化率达到80％以上。其中，嘉兴、湖州、宁波、舟山等市全面实现通村公路等级化和路面硬化；杭州、绍兴、台州、金华等市通村公路等级率达到95％以上，通村公路硬化率达到85％以上；衢州、温州、丽水等市通村公路等级率达到85％以上，通村公路硬化率达到50％以上。

技术标准与补助标准：凡是享受省以上补助资金的通乡、通村公路必须达到以下技术标准并验收合格：

（1）通乡公路路基改造必须达到四级及以上公路标准，路面铺装必须为高级、次高级路面。

（2）通村公路路基改造必须达到准四级及以上公路标准，路面铺装应达到次高级路面以上。

（3）路面结构由基层和面层组成。基层类型按因地制宜、就地取材的原则，根据预测的车辆轴载情况，可采用柔性或半刚性基层，其厚度一般为15～20厘米；面层类型和厚度依据相应公路等级标准和交通量确定。

通乡公路省补助标准为新（改）建路基每千米补助25万元、路面铺装每千米补助18万元。通村公路省补助标准为：

（1）8个脱贫县的通村公路路基改造和路面铺装每千米各补助12万元。

（2）17个经济欠发达县、5个海岛县、3个革命老区县共25个县（市、区）的通村公路路基改造和路面铺装每千米各补助10万元。

（3）其他县（市、区）通村公路路基改造和路面铺装合计每千米补助16万元；路基和路面单项改造的，每千米补助8万元。

浙江省交通部门在组织实施乡村康庄工程这一较长时期的农村基础设施建设任务时，融入浙江农村经济发展的特点，因地制宜，紧紧抓住坚持规划在先、计划实施的原则，确保有序协调发展。一是“注重规划，修订标准”。在编制完善农村公路建设规划时强调“五个结合”：即将农村公路建设规划与实现农业现代化和全面建设小康社会规划相结合，与易地脱贫和人口梯度转移相结合，与农村工业经济和农业结构调整相结合，与土地资源和旅游开发相结合，与建设生态省和“千村示范万村整治工程”相结合。制定出台了《浙江省准四级公路工程技术标准（试行）》，在规划设计中充分利用老路，注重生态环境，资源节约。同时，还专门开发了农村公路电子管理信息系统，一县一图，真实反映各县农村公路建设现状和发展规划。二是按照“量力而行、尽力而为”的原则，合理确定分年度实施计划，将国债和部、省补助的项目统筹安排。三是坚持“因地制宜，分类指导”的原则，对平原和沿海经济较发达的县，力争在本届政府任期内达到村村通水泥路或沥青路。对经济欠发达县结合部分边远山区行政村的下山脱贫，首先解决通达问题。四是通乡通村公路建设与农村客运场站设施一并规划，统筹考虑，从根本上解决农民群众出行难的问题。

农村公路建设资金采取“以地方自筹为主，中央和省补为辅”的原则。各级政府应建立通村公路改造资金投入机制，落实好配套资金，在与中央和省补助资金拼盘后，统一管理使用。为积极争取有利于农村公路发展的政策措施，逐步建立一套长效稳定的投资保障机制，实现农村公路的可持续发展，浙江省交通厅和各级政府拓宽思路，抓紧制定相关政策和措施，通过乡村康庄工程的实施进行了多方探索，保证了工程建设的顺利进行。除原有补助政策外，对列入省年度建设计划的欠发达地区路基建设项目，从 2007 年开始，在现行欠发达地区通村公路平均每千米路基补助的基础上再增加 4 万元；对列入年度计划的通村公路和联网公路项目按实际完成公路数每千米补助 1 万 ~ 2 万元；对列入浙江省交通厅年度建设计划的桥梁、隧道等结构物分别给予 300 ~ 500 元/米^2 的补助；对景宁畲族自治县的补助标准从原来的 28 万元/千米的基础上提高到了 36 万元/千米。此外，在资金的筹措上，为加大省补资金扶持力度，除将国债资金由浙江省交通厅“统贷统还”，即将部分公路客货运附加费用于农村公路建设以外，还积极向交通部争取支持，同时积极向省政府争取优惠政策，经浙江省政府同意从 2004 年起提高公路养路费征收标准，把每年增收的 7 亿 ~ 9 亿元全部用于农村公路建设，不足部分再向银行贷款，使农村公路建设资金得到有力保证。

浙江省交通部门始终把工程质量作为重中之重来抓，明确了省、市交通工程质量监督部门的工作职责，各县交通部门专门建立质量监督组，履行政府监督职责；乡村监督员、社会义务监督员共同参与监督，使乡村康庄工程真正成为阳光工程。为提高业务素质，不断加强技术和管理人员的培训，2003 年以来，全省各级共举办各类培训班 185 期计 7800 多人次。浙江省委、省政府、省交通厅等各级领导干部和工程技术管理人员深入一线，靠前指挥，指导帮助，协调解决实际问题。针对农村公路建设的质量通病，及时采取专项整治，从加强管理和措施等方面着力提高乡村康庄工程的质量。

浙江省实施乡村康庄工程以来，目前已取得了重大成果。截至2007年11月底，全省的乡村康庄工程建设经过各级部门的共同努力，超额完成了本届政府确定的五年建设总目标，全省累计完成乡村康庄工程6.3万千米（路基、路面）建设改造任务，等级公路通村率和硬化率分别从2002年底的57%和48%提高到了96.17%和94.39%；有61个县（市、区）实现了“双百”目标。全省新增通等级公路行政村15 277个，新增通通村公路硬化行政村18 274个。乡村康庄工程的建设，最直接和最大的社会效益就是解决了农民出行难的问题。农村交通条件得到彻底改善，特别是山区、水网区、海岛等欠发达地区，路网基础达到较高水平。在服务农村经济发展，促进农业增效、农民增收上，乡村康庄工程建设不仅有效促进了农村经济结构调整，促进了高效生态农业的发展，而且促进了农村消费结构提升，是农民的致富工程，从根本上促进了城乡沟通，加快了农产品的流通。乡村康庄工程建设不但有效改善了农村的生产生活条件，为新农村建设提供了必要的硬件基础设施，促进了农村资源开发、产业结构调整和生产力发展，而且从真正意义上促进了生产发展、生活富裕、乡村文明、村容整洁、管理民主，为社会主义新农村建设做出巨大贡献。

2008年，浙江将重点建设农村通村公路和农村联网公路，完善农村公路网和农村客运网；建设以解决临崖、临水、高路堤、高落差为重点的安全保障网；实现农村公路建、管、养、路、站、运的综合协调发展。

四、农民健康工程

浙江各级党委、政府对农村公共卫生工作高度重视，把农民公共卫生工作作为关心群众疾苦、统筹城乡发展、推进新农民建设、促进经济社会和谐发展的大事来抓，将农村公共卫生工作纳入当地经济社会发展的总体规划。2005年8月，浙江省政府出台了《关于加强农村公共卫生工作实施意见》，在全省范围内开展了以公共财政为保障，以项目管理为抓手的农村公共卫生服务工作，确定免费为农民提供的农村公共卫生三大类12个项目服务。近年来，浙江省政府将“农民健康工程”建设作为首要任务来抓，推进了农村公共卫生服务工作的开展。使农村“看得起病，有地方看病”的目标逐步实现。

三大类12项任务主要为：一是保证农村享有基本卫生服务，包括健康教育、健康管理、基本医疗惠民服务和合作医疗便民服务；二是保证农村重点人群享有重点服务，包括儿童保健、妇女保健、老人和困难群体等重点疾病社区管理；三是保证农民享有基本卫生安全保障，包括公共卫生信息搜集报告、环境卫生协管、卫生监督和协助落实疾病防控措施等主要服务内容。

早在两年前，浙江省政府就设立专项资金，建立了为参合农民免费提供两年一次的健康体检制度，该项工作是全国领先开展的为农民办实事的活动，是浙江农民的健康福祉。

参加农民健康体检主要由农民社区卫生服务中心组织，以社区责任医生为主承担，基本内容包括体格检查、心电图、B 超、三大常规和 X 射线检查。为确保体检质量，省级财务和各地都投入资金加强了农村社区卫生服务中心的基本设备添置和更新，并从上级医疗单位派出骨干医生到基层，帮助指导体验。

从 2005 年起，浙江省按农村常住人口每人每年 15 元以上的标准设立农村公共卫生服务专项资金。按每人每年 10 元的标准建立参合农村健康体检专项资金。从 2007 年起，省财政每年对新农村合作医疗的专项补助资金达到 3. 68 亿元。目前，省财政每年用于“农民健康工程”的专项资金约 6. 68 亿元，加上市、县财政的资金，全省各级政府每年用于农民健康保障的投入达到 23 亿元。该省还全面推进农村卫生基础设施建设，省级财政对“农村中心集镇 200 强示范卫生院”建设已累计投入资金 4800 余万元。

以人人享有基本医疗卫生服务为目标，建立健全农村公共卫生管理体制和服务网络。县级以上政府成立有政府分管领导任组长，有关部门领导参加的公共卫生委员会，统一协调农村公共卫生工作；乡镇政府确定一名分管领导具体负责农村公共卫生工作，并配备公共卫生专管员；村级建设村公共联络员制度，形成健全的农村公共卫生组织领导体系。

两年多来，各级政府切实加强对农村公共卫生工作的领导，将其列入为民办实事工程，有序推进了农村公共卫生服务项目各项工作的开展，使农村“看得起病、有地方看病、加强预防少生病”的目标逐步得到实现。

截至 2007 年 11 月，浙江全省已有 65 个县级卫生监督所。共设立了 271 个乡镇派出机构，占全省县级卫生监督机构总数的 73%，覆盖了该省近 1445 万农民人口，还按照 1000 ~ 1500 服务人口配备一名社区责任医生的要求，通过择优选聘的方式，组建起一支社区责任医生队伍。

到目前为止，该省参合农民已达 3000 万人，占全省农村人口的 89%，当年度参合农村医疗受益面达到 45%，住院补偿率为 23. 62%，4 年累计筹集合作医疗资金 61. 23%，农民实际报销医疗费用 50. 31 亿元，共有 2483. 69 万人次受益。根据抽样入户调查，95% 的参合农民对新农村合作医疗表示满意或基本满意。全省累计参加农民体检 2416 万人，占全省参加农民总数的 80%，检出各种疾病患者387万人。其中，高血压患者达178万人，胆结石患者53万人，糖尿病患者18万人，肿瘤患者5.28万人。全省各地还为全省被检农民建立动态的健康档案，并将检查出来的患病农民全部作为社区（乡镇、村）卫生服务的重点对象，由社区责任医生上门进行跟踪服务，达到了“无病早预防、小病早发现、大病早医疗”的初衷，受到广大农民的普遍欢迎。

据统计，浙江农村公共卫生服务项目的任务落实率达到87.6%。农民对卫生服务的满意率也有了较大的提高。据省政府办公厅对22个县（市、区）的督查表明，这些地区的儿童规划疫苗全程接种率已达98.7%，肺结核病规范管理率已达95.9%，产前检查率达98%，农村饮用水水质监测率达93%，被调查农民对农村社区卫生服务的综合满意率达89.3%，对社区责任医生的满意率达84.3%。

五、农村养老保险制度

浙江是个经济较为发达的省份，进入老龄化的进程也快于全国。浙江省为贯彻和落实科学发展观，围绕构建社会主义和谐社会和社会主义新农村建设的重要战略部署，根据自身实际，对积极稳妥地推进农村养老保障体系建设进行了不懈的探索。

浙江现行的农村社会养老保险制度，自20世纪90年代初民政部试行推广以来，出台了《浙江省农村社会养老保险暂行办法》，已初步形成了一个以坚持社会养老保险与家庭养老保障相结合，坚持群众自愿为原则的农村社会养老保险框架。

2006年底，全省农村养老保险累计参保人数达444万人，农保基金积累额约为21亿元。但是，农村社会养老保险不同于城镇企业职工基本养老保险，主要的特点是个人缴费为主，集体经济有能力的情况下给农民一些补助，国家给予政策扶持，实行个人账户储蓄积累模式。而目前农民人均收入水平仍然比较低，加上集体经济大部分比较薄弱甚至有些地方没有，造成农民参保意愿不高或实际无力参保。正是由于现行农村养老保险制度方案本身存在的制度缺陷和实际执行过程中产生的一系列问题，实际上，自1998年起，包括浙江在内的全国大部分地区农村社会养老保险工作已经出现了参保人数下降、基金运行难度加大等困难，一些地区农村社会养老保险工作甚至陷入停顿状态。

尽管全面的农村养老保险制度尚未建立，但浙江省在农村重点人群的养老保险制度方面仍然取得了很好的成绩。

（一）创造了被征地农民社会保障的“浙江模式”

随着工业化和城市化的快速推进，被征地农民数量不断增多，矛盾日益突出。为了维护被征地人员合法权益和社会稳定，实现社会公平，浙江积极探索为被征地农民构筑一道“生存保障线”，初步建立了具有“浙江特色”的被征地农民社会保障制度。2003 年，浙江省率先实施了被征地农民社会保障制度，所需保障资金，采取“三个一点”的办法，即“政府出一点、集体补一点、个人缴一点”予以筹集。其中，政府出资部分不低于保障资金总额的 30%，从土地出让金收入中列支；集体承担部分不低于保障资金总额的 40%，从土地补偿费中列支；个人承担部分从征地安置补助费中抵交。到 2006 年底，对被征地农民实现即征即保，全省共筹集被征地农民社会保障金 253. 8 亿元，将 233. 9 万名被征地农民纳入社会保障范围。其中，有 196 万名被征地农民参加了基本生活保障，88 万名符合条件的农民已按月领取基本生活保障金或养老金。

（二）老年福利惠及包括农村在内的更多老年人口

自 2005 年底出台了《浙江省优待老年人规定》以来，全省各地结合当地经济社会发展的实际情况，逐步将老年人的生活补助优待办法，从百岁老人延伸至低龄老年人群体。2006 年初，宁波鄞州区在全省率先启动针对城乡特定老年群体发放生活补助费的政策，对于未享受养老保障的男 60 周岁、女 55 周岁以上的城乡老年人员，享受由区、镇两级财政划拨的生活补助金每月 80 ~ 120 元不等。此后，嵊泗、萧山、余杭等地也先后推出类似的举措。这意味着浙江省老年福利事业，开始由过去重点关注特困和困难老年人转向惠及更多需要帮助的普通老人。

（三）农村“五保”老人的生活保障得到基本解决

“五保”供养是新中国第一项农村社会保障制度，目前针对“五保”老人的供养主要有 3 种方式：自养、分散供养、集中供养。其中，将五保老人在敬老院等集中场地养老的集中供养应是最适合“五保”老人的养老方式，也是政府帮困救助的重要体现。浙江省在全国率先将城乡孤寡老人全面纳入集中供养。至 2006 年底，全省共有农村五保对象 49 523 人，得到集中供养的有 45 748 人，全省农村五保对象集中供养率达到 92. 4%，农村敬老院成为集中供养的主要场所。从供养标准来看，集中供养的“五保”对象在 2006 年的平均供养标准是 5005

元，为2005年全省农民人均纯收入的75.2%。

2007年，部分区域率先探索建立城乡全覆盖的养老保障制度。嘉兴、宁波、杭州在全国率先探索建立了覆盖城乡各类人群的养老保障制度。嘉兴积极探索统筹城乡养老保险制度，出台了城乡居民社会养老保险暂行办法，按照以参保人员个人缴费为主、地方财政给予补贴、集体经济适当补助的办法，将年满16~60周岁的城乡各类劳动者特别是广大农民统一纳入社会养老保障体系；对未享受社会养老保障的70周岁以上高龄老人，实行养老基本生活补助。宁波在慈溪率先建立了农民自愿参加、标准自主选择、政府财政兜底的新型农村养老保险制度，按上年全市农民月人均纯收入的50%、75%和100%分3档确定缴费基数和缴费比例，将所有本市户籍的农村居民纳入养老保障体系。杭州加快建立城镇老年居民生活保障制度，对市区年满60周岁、户籍满25年、无养老保障的3.5万名城镇老年居民实施生活保障，并出台针对农民和农民工的养老保险办法，养老保障制度已经覆盖到所有人群。

六、农村义务教育

率先建立义务教育经费保障机制。2006年，开始率先实施城镇和农村义务教育学杂费免费制度，2007年，进一步实施义务教育课本费免费制度，学校的服务性收费和代办收费全部取消，相应的支出纳入学校公用经费支出范围。为加强义务教育经费保障，义务教育经费保障机制改革全面实施，出台了义务教育经费保障机制改革的文件，明确了省、市、县各级财政义务教育经费的分担机制，全省义务教育经费全面纳入了公共财政保障范围。

全面完成农村中小学“四项工程”。为使广大农村孩子都能“念上书，念好书”，2005年，浙江省开始实施“农村中小学家庭经济困难学生资助扩面工程”、“农村中小学爱心营养餐工程”、“农村中小学食宿改造工程”、“农村中小学教师素质提升工程”（简称“四项工程”），到2007年底，全省共投入30亿元，为期3年的“四项工程”各项建设任务圆满完成。全省累计资助家庭经济困难学生176万名；为90万名义务教育阶段中小学生提供免费爱心营养餐；累计完成278.7万米^{2}的食宿改造面积；完成21万人、86万课时的农村教师全员培训任务。通过“四项工程”建设，使全省农村中小学师生教学生活条件有了明显改善，教师教学能力和水平有了进一步提高。浙江还将全面启动2008~2010年农村中小学教师“领雁工程”，用3年时间，为农村中小学培训3.3万名骨干教师，其中今年培训1万名以上。

从2008年开始，浙江义务教育阶段中小学生日常公用经费最低标准将在2007年提高的基础上再一次提高，分别由目前每生每年230元和330元，提高到300元和450元；为让中小学生真正“减负”，浙江将全面开展“教材瘦身”，下决心大幅度减少一些地方教材；全面推广示范高中招生名额按一定比例分配到初中的做法，2007年各示范高中实际分配招生名额比例至少要达到30%以上。为让欠发达地区农村孩子读好书，2007年浙江将资助31个欠发达县和海岛县，每所普通高中新建一个通用技术教室，为2800所农村中小学配送图书150万册，并用两年时间，通过并、转、改，从根本上解决偏远地区村校办学条件不达标问题。

七、农村文化基础设施

加快农村文化基础设施建设，实现和保障农民群众基本文化权益。把农村文化建设作为满足广大农村居民多层次、多方面文化生活需要和提高自身精神文化素质的有效途径，努力形成服务对象社会化、文化设施规范化、活动形式多样化的农村公共文化服务体系。加快乡村文化设施建设。继续巩固和推进农村县级图书馆、文化馆设施建设，着力加强乡镇文化站、村文化室建设。重点推进广播电视的进村入户，在“巩固、提高、稳定、保障”现有农村广播电视覆盖的基础上，实现100%的覆盖。

浙江省自1998年以来，累计投入4亿多元先后实施了两轮广播电视“村村通”工程建设，共完成了2135个盲点行政村和13030个盲点自然村的“村村通”任务，并完成了8个高山骨干广播电视转播台的发射机及配套设施的改造更新任务，大大增强了广播电视无线信号覆盖的能力，基本实现了省委、省政府提出的广播电视农村入户工程建设目标。2006年，浙江省财政又专门安排1.59亿资金，重点扶持全省30个欠发达地区的“村村通”工程建设。据统计到2006年底，浙江省乡镇和行政村的有线电视联网率分别达到98%和90%，农村广播和电视人口综合覆盖率分别达到98.38%和98.8%，有效解决了广大农民群众听广播、看电视难的问题。继续实施农村电影放映工程，基本实现全国农村一村一月放映一场电影的目标。发展文化信息资源共享工程农村基层服务点，逐步建成布局合理、门类齐全、功能齐备、便捷有效的农村公共文化服务网络。鼓励农民和社会各方面兴办文化产业。按照中央的要求增加政府对文化事业的投入，同时广开资金筹措渠道，制定优惠政策，引导和鼓励企事业单位、社会团体和个人捐助公益性文化事业或投资兴办农村文化产业，逐步形成政府与企业、社会团体相结合的资金投入机制，实现农村文化事业投入的良性循环。加强文化资源流动和整合。企业、学校的文体设施免费对当地村民开放，经常组织企业职工和当地农民开展文体娱乐活动，实现文化资源共享。继续实施送书下乡工程，加大对乡镇和村的送书数量，满足基层农民方便、及时地获取知识、信息。引导文化工作者深入乡村，开展形式多样、生动活泼的文化活动，满足农民群众多层次、多方面的精神文化需求，使社会主义先进文化牢固占领农村阵地。大力发展村社文化示范户、群众性文化组织，正确引导农民由文化消费的“受体”向文化消费的“主体”角色的转换，鼓励群众自娱自乐。积极开展适合农村特点和农民需求的健身活动。建设一批适应农民体育活动的武术、篮球、乒乓球、羽毛球等活动场所，为农村开展全民健身活动创造条件。可考虑从彩票收入中拿出一部分资金用于农村体育设施建设，体育设施的建设不追求高标准，要以低廉的收费、弹性的开放时间，吸引农民参与体育锻炼。充分利用农村中小学现有的体育场地设施，服务于周边村民。

八、农业保险、住房及农村食品安全

构建“三农”风险防范体系保障网。率先创建“政府推动、农户自愿、市场化运作”的政策性农业保险制度，2006年启动试点，2007年扩大到全省32个县（市、区）试点，有70%左右的种养大户参保，在“圣帕”、“韦帕”、“罗莎”三次台风和冰冻雪灾等大灾中发挥了重要作用。“罗莎”台风使浙江省水稻大面积受淹，32个试点共赔付3623万元，平均每亩300元左右；此次罕见的雪灾使大棚蔬菜、柑橘、生猪等不同程度受灾，及时进行了赔付，有效解决农户“因灾致贫”问题。2008年，政策性农业保险将在全省全面推开，构建农业生产安全保障网。在全省率先全面实施政策性农村住房保险制度，共有985万户农户参保，参保率达96.1%，有16 715户农户受灾得到赔付，为农户重建家园发挥了较好的保障作用。两大保险深受群众欢迎，都被公开评选为本届政府以来人民群众最满意的20件实事之一。在全省全面实施政策性能繁母猪保险，将上百万头母猪纳入保障范围，全省参保面达到65%。嘉兴还开展了政策性农民自主创业保险试点，开设个私财产、雇主责任、人身意外伤害、住房津贴四个组合险种，实现政府推进农民创业、保险公司拓展农村市场、创业农民减少创业风险的三赢目标。

全面实施农村困难群众住房救助制度，在2006年试点的基础上，2007年全面推进，通过多渠道筹集资金、多方式实施救助，逐步改善农村困难家庭的住房条件，到2007年底，各级政府投入救助资金超过2.3亿元，通过新建、改建、扩建、修缮、置换等多种方式，对18 000余户农村困难家庭给予了住房救助，改造危旧房屋建筑面积达125万米^2，成为“政府得口碑、老百姓得实惠”的民心工程。

浙江省从2004年8月开始，在绍兴等地开展“千镇连锁超市、万村放心店”工程（以下简称“千万工程”）试点。2005年，在全省范围内实施“千万工程”，引导和支持商贸流通企业，向农村发展连锁经营网点，建立商品配送网络，在乡（镇）政府所在地开设超市，并向有条件的村延伸开设便利店。对量大面广的农村，在每个行政村的现有各类商店中，通过自愿、公平、择优的方式，确定一家改造成放心店，实行“五统一”（统一牌匾、统一制度、统一标识、统一台账、统一承诺）管理，确保放心店的食品质量。该工程的目标是到2007年底，实现全覆盖，进一步改善农村食品消费环境，为建设社会主义新农村、构建和谐社会做出积极贡献。

九、推进农村中心镇建设及城乡一体化进程

近年来，浙江坚持走统筹城乡发展之路，采取了“两手抓”的方针：一方面加快培育中心镇，引导中小企业和民营经济向中心镇集聚，使中心镇成为县域经济的增长极和促进农民转移就业、农民市民化的主要平台。目前，全省已有266个镇进入全国千强镇的行列，产值超亿元的块状经济区601个；另一方面以“千村示范万村整治”工程为龙头，加快推进农村新社区建设。另外，浙江在有条件的地区，率先推行城乡一体化的战略。从2003年开始，义乌市在全国率先做出了推进城乡一体化的战略决策，并制定和实施全国第一个城乡一体化行动纲要，编制完成浙江省第一个城乡一体化社区布局规划。该《规划》实施后，义乌行政管理结构将有所改变，由“市—镇（街道）—工作片（社区）—村”四级管理结构，转变为“市—社区”二级管理模式（城市社区），或者变成“市—镇—社区”三级管理模式（农村社区）。该市按照“政府补助、市场运作、信贷扶持、农户自筹”的思路创新筹资机制，推进农村公共设施建设，市财政每年安排1亿元专项资金用于城乡一体化行动。此外，该市大力开展村庄整治，先抓“道路硬化、路灯亮化、卫生洁化、家庭美化、环境优化”，再抓“穿衣戴帽”、拆违拆空、城乡垃圾一体化处理，并积极建设现代化新社区，实施异地奔小康工程，发展农村社会事业。

第二节 绍兴县新农村建设考察

在调研中，我们对绍兴县新农村建设进行了几次考察，除对绍兴县新未庄、河塔村及新风村进行了实地走访外，还与绍兴县政府新农村建设工作的相关负责人进行了座谈。通过调查，获得了大量的直观感受和第一手资料。随后，又以此为基础，与全省其他部分乡镇的党委书记进行了研讨，了解了其他地区在新农村建设中的一些主要措施及他们对新农村建设的一些思考。

一、绍兴县新农村建设的主要成就

绍兴县地处长江三角洲南翼，东接宁波，西邻杭州，下辖 4 个街道、15 个镇，人口 71 万人，县域面积 1177 千米^2，共有行政村 307 个。绍兴县多次被评为全国农村综合实力十强县（市）、全国十大财神县、浙江第一县。2005 年，全县国民生产总值 390 亿元，人均 GDP 达 6400 美元，财政总收入 42. 32 亿元。其中，地方财政收入 20. 13 亿元，城镇居民人均可支配收入 17 950 元，农民人均纯收入 9130 元。2005 年，在全国最发达县域的排名位居第九。2005 年，国家统计局公布：绍兴县杨汛桥镇、钱清镇、福全镇、马鞍镇跻身全国“百强镇”。经济上的迅速发展，为绍兴的新农村建设打下了良好的基础。

绍兴市新农村建设起步较早，目前已经取得了明显的效果。建设“十大网”就是其中之一。建设“十大网”，成为绍兴新农村建设的主题。这十大网络是：一是村镇布局网。按照“人口向城镇集中，工业向园区集中，土地向规模经营集中”的原则，绍兴确立了“一个中心、三条轴线、三大组群”的市域城镇体系规划，构建了 22 个中心镇、304 个中心村，基本形成了中心城—中心镇—中心村——般行政村—自然村的框架体系。在此基础上，大量撤并行政村，由 2003 年的 738 个撤并成目前的 359 个。二是城乡交通网。就是以乡村康庄公路和城乡公交一体化为载体，加快城乡交通网建设。自 2003 年以来，全市共投入 9. 6 亿元，完成了乡村康庄工程 2743 千米，客车通车率达 83%。其中，绍兴县已村村通公交。三是城乡信息网。目前，绍兴市已初步建立起了覆盖城乡的信息化基础网络和服务体系。全市实现了“村村通电话”，电话入户率达到了 122. 4%；有线电视覆盖 99. 2% 的村，入户率达到了 68. 5%；无线电话信号基本覆盖全市城乡；宽带覆盖率达到 94. 7%，到年底，基本完成村村通宽带。四是城乡生态网。2002 年以来，绍兴市一直在扎实推进生态公益林建设工程、退耕还林工程和千里绿色林带工程，形成了200万亩生态公益林，新建绿色通道810千米，建立了国家、省、市级自然保护区21个和国家级森林公园8个。2007年以来，绍兴又将工作的重点放在了城乡一体化的燃气供应上来。目前，全市煤气供应普及率已达到了90%以上，并正在加快实施总投资6.4亿元的天然气利用工程。五是城乡流通网。“千万工程”为载体，建设现代流通网、监管责任网、群众监督网和商品准入制度等“三网一制度”，切实保障农民的消费安全。目前，全市75%的乡镇建立了连锁超市，23.7%的行政村建立了放心店。六是城乡健康保障网。着重抓住与农民生活紧密相关的三个环节。一是确保农民有水喝、喝干净水，二是确保农民生活在清洁的环境中，三是确保农民有地方看病、看得起病、看得好病。七是城乡社会保障网。立足系统化，着眼整体性，重在建立健全社会就业、社会保险、社会救助、社会优抚、社会帮困“五位一体”的保障体系和城乡统筹体系。八是城乡文化教育网。重点是统筹城乡教育均衡发展。同时强化农民培训体系建设和基层文化设施建设，丰富农村文化生活。九是城乡金融网。合理布局银行城乡服务网点，鼓励向城郊结合部和农村集镇迁移；创新金融服务机制，建立适合农村中小型企业需要的信用评级、业务流程和风险控制等制度，推广农户小额信用贷款和自报公议、联保贷款等业务。十是城乡平安网。目前，全市形成了市建设“平安绍兴”领导小组、乡镇（街道）综合治理工作中心、村（社区）综合治理工作组三级组织网络。今后，要重点完善村、乡、县三级调处机构，有效调处各类矛盾纠纷，同时，强化防控一体化的工作格局，全面提高社会治安防控能力，确保社会稳定有序。

绍兴县是浙江省及绍兴市较早推进新农村建设的县。特别是党的“十六大”提出统筹城乡经济社会发展，全面建设小康社会以来，绍兴县依据县域经济社会发展新阶段要求，适时做出了在全县实施全面小康新农村建设的战略决策，把它作为解决“三农”问题的重要载体，提出建设小康住宅、小康设施、小康环境建设目标，并计划用八年左右的时间，完成新一轮村庄改造，把广大农村建设成为住房实用美观、设施配套完备、环境整洁优美、社会文明进步的全面小康新农村，让全县人民共享改革开放的成果。目前，全县有20个试点村、41个中心村、110个环境整治村启动建设。其中，8个村已被浙江省委、省政府命名为“全面小康建设示范村”，12个村被绍兴市委、市政府命名为“全面小康建设示范村”和“整治村”。实践表明，开展全面小康新农村建设，有效改善了农民生活生产条件，增加了农民的资产和收入，提高了农民的素质，促进了社会风气的好转，是实现城乡统筹和破解三农难题的重要载体和有效途径。近来，绍兴县又积极重点推进村庄整治，实施了改水改厕，绿化亮化工程等，大大提高了村民居住环境质量。已建成一批经济繁荣、环境优美、政治民主、社会文明、生活富裕的社会主义农村新社区，基本实现了城市基础设施向农村延伸，城市社会事业向农村覆盖，城市文明向农村辐射。

农村生产生活条件改善。全县共建小康住宅16万米^2，拆除旧房10万米^2，新增村庄绿化面积27万米^2，村内河道砌坎30千米，村庄道路硬化72万米^2，安装路灯2630盏，新增垃圾箱1119只，新建公厕359座。建成移民示范小区3.35万米^2，安置落实下山移民193户。同时一大批公建设施、文化活动中心、医疗卫生服务中心、超市放心店投入使用。农村精神文明建设加强连续实施的农村精神文明建设“双字号”工程，是绍兴县新农村建设的里程碑，改变了绍兴县农村长期以来的“脏、乱、差”环境，转变了农民的传统观念和陈旧陋习，使农村的环境卫生和社会风气，农民的文明素质和精神面貌开始有了新的变化。与此同时，扎实开展文化大县建设，文化村镇创建稳步推进，群众性文化活动丰富多彩，精品文化不断涌现，极大丰富了农民业余生活。农村经济发展，农民收入提高。环境的优化，使资源优势转变为产业优势，基本实现农业区域化、规模化、产业化经营，农业经济效益显著提高。全县销售超亿元的农业龙头企业达12家；农庄经济方兴未艾，建设“特色种养+休闲观光”的特色农庄48个，经营面积2.9万亩，目前已完成投入6800万元；农民人均纯收入每年增幅在10%左右，2004年为17%，收入达到8077元。

（一）坚持城乡统筹，建设农村新社区

统筹城乡发展，充分发挥城市对农村的带动作用，扎实推进农村新社区建设，促进城市基础设施向农村延伸。

1. 高起点规划

坚持以规划为先导，立足现实，谋划长远，实行城乡规划统筹。

（1）完善县域城镇体系规划，确立“一主三副两群四十个中心村”的县域空间规划体系，依据县域规划制定镇域规划，依据镇域规划制定村庄规划。

（2）规划模式拆、改、留并举，以改、留为主。拆就是破旧立新，主要拆公用设施和道路建设所需用地、城中村和移民村；改就是推陈出新，主要改规模较大、基础条件较好的自然村；留就是革面洗心，主要进行环境整治和公共设施配建。拆改留三招并举，使新村布局合理，形成“三生一服务”（生活区、生产

区、生态区、服务区）的功能区块。

（3）规划标准高、中、低兼顾。依据经济水平、承受能力、区位条件和地容地貌，城郊、平原、山区区别对待，不搞“一刀切”。目前，全县累计投入资金1500多万元，编制完成绍兴县发展战略规划、绍兴县域城镇体系规划、绍兴县县城城市总体规划、15个镇总体规划和70%的新一轮村庄规划。

2. 高水平建设

坚持体现地方特色和文化内涵，融入自然山水，尊重历史文脉，保护生态环境建设，典型示范，梯度推进。

（1）坚持试点村、中心村、整治村三类典型。全县确定了20个试点村、42个中心村和18个环境整治村作为示范村，因村制宜，以点带面。试点村重在全面发展，体现特色；中心村重在人口与产业集聚，体现规模；整治村重在环境整治，体现配套。

（2）坚持住房、设施、环境三大标准。住房以联立式、公寓式住宅为标准，全面推进；设施以建好“三大中心”（文化活动中心、村民休闲中心和医疗卫生服务中心）、配好“六大管线”（电力线、电话线、有线电视线、自来水管、污水管和雨水管）为达标；农村社区实现硬化、亮化、绿化、净化、美化的小康环境。

（3）坚持统建分购、统管代建、统管自建3种方式。统建分购指村集体经济组织利用划拨土地集中组织建设，农民向村集体购买；统管代建为村民委托村委统一代建；统管自建指村民按照村委提供的住宅套型方案和统一建筑风格自行建设。

3. 高层次配套

以构筑城乡一体的基础设施为依托，以“五张网”建设为重点，优化各种资源配置，加速农村与城市对接，实现基础设施城乡区域共享和有效利用。

（1）路网，投入7700万元，在浙江省率先完成乡村康庄工程，实现村村通公路和村村通公交。

（2）河网，实施水利、生态、景观、市政四位一体的“清水河道”工程，县财政每年切出3500万元专项资金，努力营造水清流畅、岸绿景美、桥连路通、人水和谐的河道生态环境。

（3）信息网，结合有线电视线路改造工程，投入资金3300万元，实现信息网村村全覆盖。

(4) 供排水管网，投放17亿元资金，建起了300千米长的排污主管线和60万吨的污水处理厂，实现了近1/3县域面积的污水集中排放处理。目前，投资10亿元的第三期40万吨污水处理工程正在规划建设当中。投资近12亿元，建成全县性的大型水厂和392千米的供水主管线，统一供水覆盖全县。

(5) 教育网，投入巨资实施新一轮校舍改造，推进城市与农村教育资源对接，促进区域教育均衡发展。在“高普九”达标基础上，启动教育现代化工程，逐步在全县实施免费义务教育，高标准、高质量普及15年教育。

(二) 坚持文明辐射，培育现代新农民

开启民智，激励民力，凝聚民心，大力推进文明育农、科技富农工作，努力培养造就适应时代社会发展需要的现代新型农民，促进精神文明向农村辐射，让农民共享城市文明。

持续开展农村精神文明建设“双字号”工程。1999年，开展“双改”（改厕、改坟），结束了绍兴县露天粪坑、坟墓在村前屋后随处可见的历史。2000年，开展以“清理河道垃圾、清理路面垃圾”为重点的“双清”工作，落实了路面、河道的长效保洁机制。2001年，开展“整治生活环境、整治社会风气”的“双治”活动，清理农村宅基地，禁止建造寿坟提高骨灰存放率，清除非法庵堂庙宇，全县骨灰集中存放率达100%。2002年至今，开展“创建文化村、创建卫生村”的“双建”活动，实现由“破”到“立”的转变。到目前共有70%的村创建成为卫生村、文化村，农村面貌焕然一新。

全面启动“农民培训”工程。全县建立6个区域性成人教育中心，实施“十万农民转移培训工程”，以农民技能培训和转移就业为重点，采取“政府买单、企业订单、学校出单”的“三单制”培训模式，每年培训被征地农民、下山移民、下岗转岗职工和外来农民工3万人次，转移就业率达70%以上。以提升农民意识的知识性培训为重点，实施“十所百点”工程（十所县级示范基层党校、百个农村教育点），健全县镇两级党的报告员队伍、农民教师团和农村文艺宣传骨干队伍，累计举办各类培训班、报告会和文艺演出100多期，参加人次达2万以上，农民素质得到明显提升。

(三) 坚持改革发展，优化管理新体制

致力于建立消除城乡二元结构的体制和机制，大力推进城乡配套的各项改

革，攻坚克难，开拓创新，努力为全面小康新农村建设添活力、强动力、增后劲。

实施“三有一化”保障制度改革，对失地农民实施有保障、有股份、有技能、村庄社区化为主要内容的“三有一化”政策。“有保障”，就是改土地为社保，把大部分征地货币化补偿，加上财政公共安排补助转为失地农民社会养老金，凡被征地农村的在册年满16周岁农业人口均可参加失地农民养老保险，参保率98%；“有股份”，就是改集体资产为村民股份，折股到人，合股经营，按股分红，建立新型经济合作社；“有技能”就是改失地为转业，采取“用工企业下订单、成职学校出菜单、县镇政府来买单”的“三单制”免费技能培训、对接型就业机制，培训农民2.4万人；“村庄社区化”就是将传统村落整治建设为全面小康的农村新社区，对失地农民实行“农转非”，对无地村实行“村改居”，56个村、13.75万人完成撤村建居和“农转非”。

绍兴县积极建立机制，为农业农村的长远发展创造更为有利的条件。这种机制的构建途径是“两减两增”：精简镇村机构，减少在新农村建设中的管理成本；下放执法权给镇街，减少在新农村建设中的管理程序；通过村民自议村务，增加村民参与村级公共事务建设的意识；通过发展村级经济，增加农村开展公共事务建设的实力。根本目的是深化体制改革，解决好新农村建设机制上的活力问题。县政府在其中更多的只是引导，让农民从自身的生产生活需要参与新农村建设的具体实践，从中释放出巨大的活力，扎扎实实推进新农村建设。

推行“两并一派”管理体制改革。针对乡镇政府职能错位、村级行政成本过大、农村社会矛盾增多等问题，积极探索和推行以并村、并办、派员为主要内容的“两并一派”农村管理体制改革，创新乡镇运行机制。“并村”，就是调整行政村规模，按照“规模并大、布局并优、实力并强、村官并少”的原则，于2003年上半年撤并行政村，减幅达58.3%，村居人口从700多人增加到1500多人。行政村撤并后，规划布局趋向合理，农村资源得到整合，建设和管理成本明显下降，仅村官工资支出每年就减少1500万元。“并办”，就是将原乡镇七办八所机构归并为“四办两中心”，即党政办、经济发展办、社会事业和保障办、村镇建设办、矛盾调处中心和驻村指导中心，优化了经济服务职能，强化了社会管理职能。“派员”就是给每个村派驻村指导员，从乡镇抽调三分之一的力量实行专职驻村，下移工作重心，转变干部作风。“两并一派”实施以来，村两委会关系明显协调，村级上访大幅度下降，村级经济发展路子拓宽，为推进全面小康新农村提供了体制保障。从2005年开始，还率先尝试乡镇扩权，突破县对镇的委托授权，实施农村综合改革。他们尝试委托执法方式，把环保、安监、劳动和社会保障、林业等执法部门的检查、监督权及部分审批、处罚权委托给专门成立的镇综合执法所，其中涉及审批及处罚的事项，盖章权在县主管职能部门。

建立“三网一制”消费安全制度。针对农村食品消费管理存在“盲区”情况，以供销超市放心店建设为龙头，积极构筑农村现代流通网、消费监管责任网、农民消费维权网，全面推行商品准入制度。目前已有 282 家农村放心店开业，覆盖率92%。放心店建设采取改造加盟、新办加盟和直销店 3 种形式，均由供销超市实行“统一配送、统一形象、统一售价、统一营销、统一管理”，促进了农村消费安全，释放了农村市场潜力。

完善“六位一体”卫生服务体系。针对农民看病难的实际，因地制宜，合理布局，投资 1 亿多元，建立 19 个社区卫生服务中心和 109 个乡村卫生服务站，在浙江省率先实现社区卫生服务全覆盖，由过去单纯的医疗和疾病预防拓展到健康教育、卫生防病、日常保健、社区康复、医疗服务和计生指导“六位一体”的综合服务体系，使广大农民享受优质的医疗服务。同时，全面建立新型农村合作医疗制度，覆盖率达84. 2%；实施以特困医疗救助为主要形式的农村大病医疗保险，建立县、镇、村三级出资的救助资金500 余万元，对因病致贫的特困群众进行定向救助。

二、绍兴县新农村建设经验和特点

全面小康新农村建设必须破除3 个认识误区。

第一，破除理解上的“简单化”。一些干部群众对全面小康新农村理解不够深刻、不够全面，认为“新农村就是新房子，新房子必须是新别墅”。其实全面小康新农村建设的内涵十分丰富，既要改善住房条件，又要改善生活环境，既要重硬件，又要重软件，既要使农民节约建房钞票，又要盘活资源、节约土地。例如，简单把新农村等同于新房子、新别墅，违反规定突破人均建设用地指标，与国情、县情不相符，会使全面小康新农村建设误入歧途。

第二，破除规划上的“理想化”。一些村对土地利用、资金来源等问题考虑不周全、不现实，贪大求洋，急于求成，盲目超前，导致规划脱离现实，难以真正付诸实施。有些村甚至规划刚编制完成，就“朝令夕改”，使群众无所适从。因此，规划必须立足现实，放眼长远，传承文化，体现特色。

第三，破除建设上的“短期化”。有些镇村干部希望自己在任内多做出业绩，新农村建设热情很高，容易出现急于求成的苗头和倾向，往往没有系统考虑、统筹安排就匆忙上马，出现工程质量低下、公建设施配套不足、来回折腾等现象。推进新农村建设，是一项长期而复杂的系统工程，光有满腔热情是远远不够的，必须着眼全局，咬定目标，薪火相传，持续推进。

绍兴县新农村建设的主要特点包括以下内容。

（一）因地制宜，多种模式推进新农村建设

根据村庄的位置，经济条件及现有格局等不同情况，采取了不同的模式进行建设。有整体拆迁型的新未庄，有在现有格局上以环境整治为主的河塔村，有整体规划分阶段实施的新风村。各种不同的模式，有效地利用了现有资源，提高了新农村建设的成效。

（二）起步早，效果好，重视整体规划

绍兴县的新农村建设起步早，而且从一开始，就非常重视整体规划，做到规划先行，分步重点推进，取得了较好的效果。

（三）系统安排与梯度推进结合

全面小康新农村建设不是单项性、阶段性工作，而是一项全局性、长远性的工作，必须立足长远，着眼全局，通盘考虑，分清轻重缓急，分清建设时序，有计划、有步骤的组织实施。通过阶段性的成效，鼓舞士气，凝聚民心；通过典型示范，探索经验，辐射全面，带动一般。

（四）整治环境与注重特色结合

整治环境不能千篇一律，丧失特色。要依托村域特点和人文景观，把新农村整治成为风景秀丽的旅游村，创建成为山清水秀的生态村，保护成为古色古香的文化村。

（五）群众自愿与政府推动结合

政府可以充分发挥管理和服务职能，充分依靠农民、发动农民、相信农民，充分调动农民的积极性、创造性，以农民为中心安排新农村建设各项工作，通过一定的激励政策带动农民出智、出力、出钱，吸引农民主动创造美好的生活环境和先进的生产方式 。在对镇级基层政权放权的同时，绍兴县通过在村一级实施公共事务“一事一议”制度，把新农村建设的主动权交给了全体村民，增加农

民参与村务决策的意识。村里今年要办啥事，先由村民来“点题”。并且村内事务办理、财务管理都有一套明明白白的流程图，办什么事，合不合理、公正不公正，对照一下就知道。2005年底，夏履镇莲东村村“两委会”向全村405户农户发放了年度工作计划和重大项目安排的意见建议征求表，请村民评议2006年村里要办哪些实事。结果，村民们一致要求在沿村的溪河边建几个凉亭，方便村民日常休闲。今年，这几个凉亭成了村里人气最旺的休闲场所。

（六）硬件建设与软件配套结合

全面小康新农村建设不仅仅是物质条件的改善，还要倡导和推进适应现代文明要求的生活新方式。必须坚持以人为本，注重农民生活质量的提高，提高农民的文化素质和文明程度，调动农民更加自觉地参与村民自治和基层民主政治建设。同时建立健全农村各项长效机制，制定村规民约，建立民情理事会，使新农村建设有长久生命力。

三、绍兴县新农村建设的机制及其思考

（一）绍兴县农村公共物品供给融资机制

在绍兴县，已经基本形成了以村集体经济和县财政转移支付为主，其他资金来源为辅的融资机制。在具体的项目上，村集体在自己负担部分的情况下，由绍兴县财政补贴一部分。今年，绍兴县加大了财政补贴的力度，安排的资金从去年的1500万元增加到了5000万元，补贴的项目也增多了，有力地推动了新农村建设事业。但是，这种方式也存在一定的困难。由于各个村的集体经济能力差异极大，即使是绍兴县这样一个经济发达的县，大量的村集体经济薄弱，大约有80多个村村集体年收入低于10万元，无法获得相应的建设资金。村集体经济的收入来源不稳定，可能导致建设成果缺少维护而丧失。绍兴县目前正在积极培养村集体经济实力，希望能够以此解决新农村建设的部分资金，但具体政策及实施效果还不明朗。

（二）农村公共物品供给主体安排及供给方式选择机制

目前绍兴县已经初步形成了农村公共物品的分级供给机制。县、镇、村等在公共物品供给体系中都扮演了一定公共物品的供给主体或在某种公共物品供给中承担一定的角色。但是，事权和财权的不对称仍然存在，供给方式仍相对单一。

目前，关注的问题是如何分配资金，如何更有效地利用建设资金的问题还没有进行系统的思考。

（三）农村公共物品需求表达机制

绍兴县在进行新农村建设过程中，重视从农民切身利益出发，为农民办实事，得到了广大农民的信任，推动了农村精神文明的发展。但是，由于政府在新农村建设中的主导地位，大部分的项目是由政府决策，资金使用也以政府决策为指挥棒，导致农民在资金使用上并没有很多的决策权，还不能表达出他们对农村公共物品的需求特征。从供给与需求的关系上，也明显表现出结构的不平衡，政府对硬环境的偏好也较为明显。

（四）农村公共物品供给决策机制

公共物品的供给决策总体上应采取自下而上的需求表达过程和自上而下的主体选择过程、资源配置过程和项目分解与实施过程相结合的决策体制。目前，绍兴县公共物品供给中决策主体主要还是资金的提供者，即主要集中于县级政府。这种体制是政府主导的产物，有决策快、有资金保障的优点，但其缺点也十分明显，也就是当各村情况差异大的情况下，可能会脱离农民的实际需求。

建设社会主义新农村必须坚持因地制宜、分类指导，以点带面、典型示范，民主决策、规范运作。浙江省是市场化改革比较充分、非公有制经济比较发达的省份，民间资金比较充裕。温州、台州等非公有经济比较发达的地区，民间投资已经成为投资建设的主力军。因此在统筹城乡发展的投入机制上，要采取积极引导民间资本投入的政策，放宽政策，放松限制，充分发挥市场机制的作用，大力吸引民间资本投向统筹城乡发展的各项经济社会事业建设中去，充分发挥浙江省经济发展中的机制和体制上的优势，加快城乡统筹发展的过程。

第八章　农村集体经济与农村公共物品供给

第一节　农村集体经济发展与农村公共物品供给

一、我国农村村级经济发展历程

1949年新中国成立后，我国实行土地改革，农村形成了以个体农民土地所有制为主的生产关系格局。但由于资金及家用生产资料的严重缺乏，经济力量薄弱，不少农户难以开展正常的农业生产活动，更无法抵御自然灾害，容易出现两极分化。为了尽快改变这一状况，防止两极分化，中共中央及时地制订出《关于农业生产互助合作的决定》、《关于发展农业生产合作社的决议》和《关于农业合作化问题的决议》等几个文件，中国农村便开始了轰轰烈烈的合作化运动。至1956年，全国农民几乎都被组织到高级合作社内。与此同时，农村手工业也开始了互助联合。1953年，我国进入大规模的经济建设时期，农村已开始办起了一些集体性质的工副业。在此期间形成了村级经济的雏形。

1956年初，农业合作化运动进入向高级社发展阶段，到年底，进入农业生产合作社的农户占87.8%，全国基本上完成了农业生产资料私有制向公有制的转变。农村组织形式也日趋单一。在此期间，村级经济又得到进一步发展，许多互助组为了尽快富起来，办起了一些集体性质的农村工副业，实行农业与工副业综合经营。由于发挥了互助合作的优势，加之党中央又给予了充分肯定，要求各地组织积极支持，这使农村工副业迅速壮大起来，很快成为农村重要的经济力量。1957年，全国手工业总产值达133.7亿元，比1949年增长3倍多。其中，农村手工业占很大比重。由此可见，当时村级经济的主要部分是村级手工业企业。

1958年的“公社化”运动，由于“大跃进”、大炼钢铁，使农村工业出现了暂时的“奇迹”。社队小工业企业达70万个，产值达100多亿元，1959年，依然继续猛增；但由于盲目发展，脱离了实际，又不尊重经济规律，最后导致了经济发展的严重失调，许多社队企业被迫下马，造成了生产力的严重破坏。1961年，党中央提出了“调整、巩固、充实、提高”的八字方针，以后随着农业生产的恢复和发展，又提出了“以农为主，以副养农，综合经营”的方针。通过这一系列的政策和措施，社队企业又有所恢复和发展。但整个20世纪60年代，由于极左思想的影响，村级工副业被当做“以钱为纲”和“资本主义道路”加以批判，发展基本上处于停滞状态。

20世纪70年代初，国务院要求加快农业机械化进程，许多地区先后得到一些城镇企业的技术、资金和人员的支持，办起了一大批农机厂、农具厂等小型企业。由于适应了广大群众治穷致富的迫切要求，村级工业在逆境中和“夹缝”里依然顽强地生存和发展着。

1979年，党的十一届四中全会通过的《中共中央关于加快农业发展若干问题的决定》指出，“社队企业要有个大发展”，“凡是符合经济合理的原则，宜于农村加工的农副产品，要逐步由社队企业加工。城市工厂要把一部分宜于农村加工的产品或零部件，有计划地扩散给社队企业经营，支援设备，指导技术”。由此，社队企业有了较快的发展。但是，由于在指导思想上贪多求快，好多地方搞群众运动的方式，只要是社队就要办个企业。由于不切实际，很多工厂办不下去纷纷破产，损失较大，使得全国村办企业总数由1978年的124.4万个下降到1981年的100万个。

二、家庭联产承包责任制与村级经济

在以联产承包责任制为核心内容的农村改革的最初几年中，村级经济在全国大部分地区出现了程度不同的萎缩。

综合分析村级经济出现萎缩的原因，大致有以下几个方面：

第一，农民心理和认识上的原因。联产承包责任制，是集体所有制条件下的一种经营管理制度，一种经营方式，生产队是发包单位，农户是承包单位；生产队对一定量的土地规定产量和上交任务，包给农户耕种；产品收获后，农户除按规定向国家缴纳税收、向生产队缴纳集体提留外，剩余部分归自己所有；同时，联产承包责任制的本意是坚持集体所有制，将原来农业单一的集中劳动的经营方式，变为以家庭为经营单位、以家庭经营和统一经营相结合的双层结构。它的基本特征是：在统一经营的前提下，家庭成为一个独立的经济实体，自主经营，自负盈亏；在家庭经营的基础上，完成统一经营的任务，实现统一经营的职能。统一经营和家庭经营两者互相依存、相互促进。没有家庭经营，也就无所谓双层经营体制下的统一经营；没有统一经营，家庭经营也不是新型的家庭经营，也不可能得到进一步的发展和完善。

然而，饱尝了“大、公、平”带来的没有什么经营自主权和生活水平提高缓慢、不少地方甚至没有解决温饱的农民们，面对着大包干，看到了希望之光。大包干，交够国家的，留足集体的，剩下都是自己的。作为集体的提留，很多地方已经是名存实亡，有的地方甚至名实俱亡。不少农民在心理上认为集体经营总是不好。这也难怪，过去长时间的集中统一经营给他们留下了痛苦的烙印。因此，农民要求土地分散经营；随之部分农田水利等基础设施遭到程度不同的损坏和失修；机器设备有的也分了，留给集体的只是那些不能分割或家庭用不着的残缺生产资料。不少地方已很难利用这些生产资料构建成一套完整而有效的集体经营层次。集体成了空架子。

第二，干部的认识。在联产承包制推行之初，一部分同志跟不上形势的发展和农民的要求，习惯了传统的“大、公、平”的做法，对联产承包责任制有这样或那样的想法。继而又在家庭联产承包责任制面前显得无所作为，有的甚至认为“承包到户，改革到头”，既然是“种好责任田，不管百家事”、“包产到了户，不要村干部”，那么干部的事也就是“上传下达，处理纠纷，结婚登记”，这都反映出其认识的偏差。在一部分领导同志的头脑中，似乎村级经济的发展就显得不重要了，甚至变成了累赘。只有那些村级企业较发达、村级经济实力较强的地方，村一级才有可能保留较完整的集体财产和积累，并在实践中进一步成为农户家庭经营的有力支持和保障。一是因为集体的这类项目不便由家庭直接分割，二是由于农民真正感受到村级经济发展所带来的经济利益。

第三，理论和政策的导向。在当时的情况下，宣传家庭联产承包责任制无疑是正确的，但是，对家庭经营的有些具体做法以及所隐藏的一些问题，没有及时地引导和解决，有的虽然提出了一些政策措施，但没有真正落实。例如，有的村并没有实行大部分地区所实行的小规模的家庭承包经营，但仍取得了好的社会经济和社会效益，对此并没有及时地宣传报道。

第四，在当时家庭经营迅速发展的初期，所取得的成果大，而付出的投入少，当时的确是只改变一下政策，而不需花多少投资，就可使产出翻一番或更多。这在当时就使某些具体做法所产生的局限性被掩盖起来，在人们看来，村级经济似乎成为可有可无的层次，甚至在近期利益的选择上成为对农户家庭经营的障碍和约束。

总体来说，村级经济的发展在联产承包责任制推行之初出现萎缩，有其必然性。因为在实践中农民认识到了“统”（不是我们现在意义上的“统”）的危害性，认识到了“分”对他们生产和生活的意义。双层经营意义上的“统”对农民经营的积极作用尚未得到较充分的显示。在讲求实惠的中国农民面前，集体经营似乎没有存在的必要，而家庭经营的短期实践印证了农民的这种认识。当然，就是在这种短期实践中，家庭经营也初步暴露了一些缺点，只不过是被成绩所掩盖，或是因家庭经营发展不平衡，不少地方尚在推行家庭经营的宣传指导，因而不宜过多地宣传它所暴露出来的缺点，否则，会影响到部分地区家庭联产承包责任制的推行工作，会引起已经实行家庭经营地区的农民思想上的混乱，不少地区在实行之初就抱有这样那样的惧怕心理。但是，不能不说，在发展完善家庭联产承包责任制的过程中，在需要“统”的时候，我们“统”的功能没有能得到应有的发挥，也没有能及时地加以引导，在这一点上，也落后于农村经济发展和农民的要求。

家庭经营使农村经济迅速发展。据统计，农民人均纯收由 1978 年的 133. 57 元增加到 1986 年的 423. 7 元，每年以 15. 53% 的速度递增；随着收入的逐年增加，食品消费的比重逐年下降，由 1982 年的 60. 48% 下降到 1986 年的 56. 3%，而同期住房、日用品、文化服务支出等消费的比重持续上升，由 1982 年的 22. 66% 上升到 1989 年的 29%，这预示着一个新的消费结构正在逐步取代以维持基本生存为主的旧消费结构。同时，农村产业结构和农业内部结构都发生了较大的变化。联产承包责任制的推行，使农业向现代化农业迈进了一大步，开始了由自足经济向市场经济的转化。

村级经济从整体上来看，1982 ~ 1985 年处于滑坡阶段。集体资产、大型生产项目、村级企业（如农场、林场、果园、小加工厂）都下放了，只有一小部分村对集体财产和企业保留了一小部分。1985 年后，村级经济处于恢复、起步和发展阶段。尽管农村改革初期留下了统一经营层次比较脆弱的后遗症，然而村一级组织依然是农村村落政治经济相结合的统一体，是基层政权联系群众的桥梁和纽带，村级经济的确是村一级组织强有力的经济基础和保证，它与农民的经济利益直接相连。在农村多种形式、多种层次的生产资料所有制格局下，村在改造荒山、荒土、荒水，进行农田水利基本建设，发展加工业等方面有农户所不能比拟的优越性以及为家庭经营服务的不可替代性。村级经济的重新起步与发展，是农村改革不断深化的结果。农村一级的改革政策和措施，包括实行联产承包责任制；发展多种经营形式和经营方式；恢复和发展农村集市贸易；坚持“决不放松粮食生产，积极发展多种经营”；鼓励农业剩余劳动力向非农产业转移；变革农产品购销制度，逐步放开农产品价格；大力发展农村市场经济；等等。这些政策解除了制约农村经济发展活力的枷锁，也为后来村级经济的重新起步和发展提供了基础。

（一）农业生产的特点要求村级经济发展

土地是农业生产的基础，但土地是和居住村落联系在一起的，它不能随意搬动。并且，人们运用生产资料作用于土地，既有进行生产的功能，又有保护自然生态的责任。因而既要综合开发利用，又要保护生态环境。为了保证土地的有效利用，还需要建立较大规模的水利设施，才能全面地推动农业发展，而这就需要村级经济有一定的经济实力担负起组织的任务。

（二）要想进一步富裕，需要发展村级经济作为保障

随着家庭经营的发展，在一定农村区域内，农业劳动力的增加与农业产出之间，呈现明显的边际收益递减效应。为了维持收入的继续增长，或者说为了弥补农业收入的相对下降，强烈要求村级经济有所发展，吸纳一部分过剩的劳动力。同时，由于农产品在那一阶段的比价不合理，务工与务农之间存在收入悬殊的现象。要解决这个问题，一条途径是扩大经营规模，提高规模效益，使务农劳力在规模经营的基础上提高收入水平；另一条途径就是发展多种经营，发展集体企业，均衡各业之间劳动力的收入，这也要求村级经济重新起步，发挥其特有的作用。

（三）产业结构的调整，需要村级经济重新起步和发展

以农户为生产单位，经营规模狭小，这是我国农业生产的基本特点。农民为了满足自己生活上的需要，什么都要种一点养一点，产量不高，产品的商品率就更低了。同时，由于承包草场山林近期收益低、责任重，大多数农民不愿也无力承包，严重影响了草场山林的建设和管理，要调整这些不合理的产业结构，需要村级经济的发展或统一经营管理，做出合理安排，或为农户承包经营提供社会化服务。

（四）剩余劳动力的增加，呼唤着村级经济的发展

家庭联产承包责任制为农业生产带来了较高的生产率，也带来了劳动力剩余的日益增多。农业生产具有明显的季节性、周期性，生产时间上有相对固定的顺序性，忙闲相间、农闲时间较长。因而，农业劳动力本来就有季节性和长年性的剩余，只不过在原来“一大二公”的集中统一经营时没有充分暴露而已。联产

承包责任制的推行使剩余劳动力显露出来。随着机械化程度的提高，更可以节省出大量劳动力，这些劳动力必须从农业以外的其他行业中寻找出路。随着人均耕地面积的日趋下降，农业人口和农业剩余劳动力不断增加，农民为了取得收入，也急需在农业之外寻求劳作的途径；而非农产业的发展，较之农业来说，收入相对较高，这也就刺激了农业劳动力要求更快地转移到非农产业部门。这种多余劳动力的大部分，在当时也不可能在城市中寻找更多出路，于是，利用有限的农业积累在本区域里办乡村工业就成了必然的选择。

（五）农户家庭经营的发展，要求社会化服务，呼唤着村级经济的发展

联产承包，不是说农业发展的一切问题都解决了。实践证明，它的发展完善需要指导，特别是对其进行产前、产中、产后的社会化服务。农民自己买化肥，自己找原料，且缺乏经营决策咨询，降低了经济效益，农业生产难以进一步发展。农民渴望得到社会化的服务。

在中国古老的农业经济传统及经营心理的影响下，在现实的市场经济发展水平下，家庭经营在一定程度上不可避免地带有小农经济的痕迹。它积累资金扩大再生产的意愿和能力都比较低；采用新技术，提高劳动生产率和土地产出率的能力低；抵御自然灾害，改善生态环境的能力弱，因而，经营具有脆弱性。事实上，理论和实践提出的土地规模经营，加强对农户家庭经营的各项服务，强调对农业增加投入，掀起科技兴农的新高潮，无一不是针对家庭经营的脆弱性而提出的。如果仅仅停留在或满足于家庭联产承包经营所取得的成绩，不把农村改革深入，农村经济发展中出现的好的苗头就有可能丧失，而要解决这些问题，弥补家庭经营的不足，促进农村市场经济更长足的发展，有效的途径之一就是建立、创新、发展村级集体经济。

村级经济发展的起步一般是以村级工业企业发展为先导的，具有市场经济开放性的特点，它与农民经济利益直接相关，因而发展异常迅速。村级经济发展到今天，除了一部分是原村经济的保存和发展之外，更主要的部分是在农村改革中发展起来的。

改革后重新起步和发展的村级经济与改革前的村级经济，尽管都属于集体所有制性质，但有着明显的不同。

第一，如前所述，现阶段的村级经济的发展，建立在农民已经开始走上富裕之路的基础上，不像以前那样，不少地区的农民连温饱问题都没有解决。现在农

民在全国范围内已经解决了温饱问题，不少地区的农民超越了温饱阶段，正在向全面小康迈进。

第二，村级经济的范围扩大了。改革前的村级经济，经济范围单一，主要是农业，如农场、林场、果园等，现在村级经济的经营范围除了农业以外，工业、建筑业、商业、饮食服务业等发展起来了（当然，全国的发展是不平衡的）。有的村已经发展成为农、工、商、建、运、服的综合经营体；有的村级经济的经营地域，已经扩大到了外村、外地、外省，经营的地域越来越广。随着经济的发展，经营范围也越来越宽。

第三，改革中重新起步和发展起来的村级经济，其经营形式不再像原来那样，在生产经营上完全隶属于村行政，而是实行多种形式的承包制，村级企业有了经营管理的自主权。不少企业都强化经营管理，有的企业还请来了洋管家。

第四，改革中重新起步和发展起来的村级经济，不是靠国家保出来的，而是在国家政策的引导下，在国家财政和地方政府的支持下，自力更生，艰苦创业干出来的。它们没有靠山，没有铁饭碗，因而它的发展也更有动力和活力。同时，它也面临着激烈的市场竞争，有着较大的竞争压力，处于市场经济发展的环境之中。

第五，改革中重新起步和发展起来的村级经济，与农民的联系非常密切。它们或是由农民集资发展起来，实行集资代劳、入股等，或是农民进行直接的劳动投入。村级经济的收益与农民利益直接相关。从各地村级经济发展来看，这些收入或用于积累，扩大生产规模；或用于农田水利基本建设，改善家庭经营的条件；或用于对家庭经营，提供产前、产中、产后的服务，完善双层经营，强化统一经营层次；或用于直接减轻农民负担，代缴农民的各项提留；或用于社会福利事业，公益事业和发展教育、卫生、体育等。总之，对于提高农民的物质和文化生活发挥了重大作用。这是村级经济发展最可靠的群众基础。农民对村级经济发展充满了感情和希望，也正因为如此，它的发展具有强大的生命力。

三、村经济的组织与管理

（一）村经济组织与管理体制的演变

1952年，中国农村在土改完成后开始实行农业集体化，经历了从互助组、初级农业生产合作社到高级农业生产合作社的由低级向高级的发展过程。到1956年底，基本上完成了农业生产资料私有制的社会主义改造。这个时期，村集体经济力量还很薄弱，在管理机构上设立了顺应自然习惯的乡和行政村。

1958 年，农村开始人民公社化，此后人民公社体制一直延续到 1978 年。人民公社的特点是所谓的“大”与“公”，即一方面成为工农商学兵五位一体的、规模巨大的社会基层组织；另一方面是公有制逐步提高，基本上实行平均主义的分配制度，在管理上，开始采取的是“统一经营、统一核算、统一分配”，后改为“三级所有、队为基础”的方式。人民公社实行“政社合一”的管理体制，既是经济组织，又是基层政权组织。这期间的村经济管理，完全包含在人民公社管理体制之中。

随着农村经济体制改革的深入，村经济管理体制也在不断调整。目前村经济的组织管理一般分为 3 个层次：一是政府的宏观组织管理层次，二是具有宏观管理和微观管理双重职责的社区性村经济组织的层次，三是村经济实体内部的自我管理层次。目前在这 3 个层次中，第一层次尚很薄弱，第二层次的性质和关系尚未明朗化，职能也尚未正规化，第三层次的职能虽然比较明确和具体，但仍存在许多缺陷。

从管理机构的设置上看，1982 年宪法规定恢复设立乡民族乡、镇人民政府，并在农村中的行政村中设立村民委员会，代替过去的生产大队。

在村一级组织的设置上，主要有以下两种形式：一是党、政并设的村，即设有党支部和村委会，这种形式目前在广大农村中是最普遍的；二是党、政、经并设的村，除党支部、村委会外，还设有经联社一类的村合作经济组织，有经联社主任等干部。

目前，大部分地区的村委实际上是村经济的直接组织管理者。它负责村办企业兴办的决策，资金的筹措，村办企业负责人的任免，人员的安排，为家庭经营提供社会化服务，等等。村党经济起着监督作用。村合作社经济组织的作用还很脆弱，它与村委会往往是“两块牌子，一套人马”。由于历史及新旧体制交替的原因，三者往往是重合的，因而在村经济的组织管理上也往往是“三位一体”的。

（二）当前村经济组织与管理中存在的问题

（1）从宏观上看，不少地方都提出几个轮子一起转，重点抓村办（发展村办工业），但是，村级经济发展起来并非发个文件就完事，有的地方是雷声大，雨点小。中央也提出要壮大集体经济，强化村级服务功能，但是，由于客观条件特别是经济实力、管理水平等的限制，村经济发展起来也并非易事，特别是在经济不发达地区更是如此。

（2）从整个社会来看，产业结构不合理，条块分割，自成体系，这就制约着农村经济的发展，村经济发展也受到制约。

（3）村经济实体的经营问题很多。当前的村办企业中大多存在着制度不健全、管理人员素质低、管理活动非科学化等情况；企业干部由村里指派，没有明确的目标责任，生产人员也没有严格的岗位责任制；企业经营效益与干部、职工的经济利益不挂钩的现象也存在。同时，资金来源紧张，市场信息不灵，这对主要依靠自由市场调节的村办企业来说，目标不准，行动不快，因而导致企业产品不适销对路，市场竞争力不强，不少企业处于高负债经营的状况中，经济效益下降。

（4）村级管理体制上职责不明、政企不分的现象大量存在，管理方式上仍未从行政性的组织指挥方式中摆脱出来。在村党支部、村委会和村经济组织之间，各自的工作内容和任务很不明确。根据我国农村的实际情况，这几个机构之间相互渗透是正常的，但现状却是相互替代。村级经济组织（如经联社）的作用，往往被党政机构代替，形同虚设。

（5）村干部素质有待于进一步提高。虽然村干部的素质同过去相比有所提高，有的已经成为全国知名的企业家，但是，多数的村干部由于受产生条件的限制，其素质还不能适应农村市场经济发展的新形势。其主要表现：一是缺乏理论水平，对党的路线和各项方针政策不能全面准确的理解，在改革的潮流中缺乏创造性；二是受环境和传统习惯影响较深，眼界不够开阔，头脑不够灵活，缺乏组织、协调、发展市场经济的经验和能力；三是缺乏正确的工作方法，或者只会用行政命令的方法去完成各项任务，或者是面对新形势束手无策，消极治村，使自己处于被动地位。

（三）加强村经济的管理

村经济的组织与管理应包括以下内容：一是宏观上对村办企业的计划指导；二是村经济的产业选择；三是村办企业实体内部的管理活动，如经营机制的完善、人才培养、资金管理、技术改造、市场竞争、市场信息与预测、经济联合等。

1. 加强村经济的计划指导

计划指导的必要性在于，它有利于克服和减少盲目性，保持国民经济的协调稳定。加强村经济的计划指导包括以下几个方面：一是从实际出发，进行分类指导。根据当前村经济发展现状，要分层次、分类型地确定发展方针，不能一个模式，一个要求，更不能“一刀切”；二是对于村经济发达地区，要适时地转到以内涵扩大再生产为主的路子上来，同时，注意建立“贸工农”型的生产结构，发展外向型经济，力争打入国际市场；三是对较发达地区，要坚持内涵与外延并重，继续兴办新的企业，同时开展多种形式的经济协作和联合，尽快地把资源优势转变为经济优势；四是落后地区有一个兴办村办企业的问题，要鼓励农民把资金投向村办企业，发挥当地资源优势，重点发展农副产品加工业和为农业服务的储运、包装、供销等行业。

2. 进行合理的产业选择

村经济发展何种产业，应立足于当地的经济条件。选择合理了，经济效益、社会效益就高，否则就低。

（1）农业企业。农业企业是粗放经营向集约经营转化的结果，并非凡有农业的地方都能搞。一般来说，城市郊区兴办农业企业的条件比较成熟，因为这些地方生产集约化程度较高，农业生产条件（如水利、机械等）较好，劳动力转移快，可以发展养殖场、饲养场、菜果园等。对于较落后的农村，不宜一味强调发展农业的企业化经营，但是有些方面，如林场、果园等，可以因势利导，在条件成熟时，发展企业化经营。

（2）工业。兴办工业企业在村经济中最普遍。工业包括的范围很广，各行业又有其特殊性。

（3）农副产品加工业。对于饲料工业，要建立在粮食稳定增长的地区；对于食品工业，要以方便城乡居民的生活为前提，一定要达到卫生标准的要求；兴办毛纺、造纸业等，要考虑到避免与同类城市企业争原料和自己的技术水平等因素。

（4）建筑材料工业。村办企业适于选择那些技术简单的建筑材料制造行业，如砖、瓦、灰、砂石业，有利于发挥村办企业劳动密集、就地取材、分散作业的优势。

（5）小采矿业。适于选择那些地处山区、矿源零星、储量有限、国家不宜开采的矿点。

（6）机械电器业。技术发达地区，可以以制造加工为主；不发达地区，应以维修为主。

(7) 建筑业。它是容纳劳动力最多的行业，不管是发达还是不发达地区，只要是市场，都可以发展。

(8) 交通运输业。在陆路运输中，应特别注意发展短途客运和货运。在水路运输中，应以河运、湖运为主，承担一些短途、量少的客货运量。

(9) 商业服务业。应集中在收入高、购买力强、交通方便、消费量大的工矿区、城市郊区和远离城市的乡镇集贸点。

3. 造就村办企业家

“人无头不走，雁无头不飞。”村办企业和其他各行各业一样，在企业的生产经营活动中，需要一个核心人物来进行有效的决策、组织、指挥和协调，这种核心人物就是村办企业家。造就村办企业家，有利于克服村经济管理体制中的政企不分、职责不明、多头领导的弊端，是增强企业活力的有效途径。

一个合格的村办企业家，应当有高度的政治思想觉悟，较强的竞争意识、市场意识、产品质量意识和效益观念以及危机感；敢于和善于运用经营决策权、用人权；具有与此相适应的管理村办企业的知识结构和民主作风；具有既大胆又科学的开拓创新精神；等等。

4. 改善企业经营管理

企业经营是指企业为了适应不断变化的市场环境，借助内外部条件对自身的生存和发展进行运筹、谋划，以实现企业目标的行为过程。

改善企业经营管理，首先要树立新的经营概念。企业领导者要与以往的单纯以生产为中心或单纯以销售为中心的旧经营观决裂，代之以新的经营观念，如大生产观念、市场观念、竞争观念、人才观念、时效观念、消费者观念、服务观念、信息观念等。其次要建立完整的经营机体。一个村办企业完整的生产经营活动行为，包括从生产什么、生产多少，到生产工艺过程和产品包装的选择；从原材料的采购、劳动的消耗、成本的核算，到销售价格的制定；从产品的宣传、销售策略的制定，到销售后的服务等业务活动。

5. 健全资金管理制度

资金问题，是目前村级企业发展所公认的“瓶颈”问题。在资金管理的问题上，第一，财务会计核算要正确反映企业各项计划的完成情况，对各项主要经济技术指标进行分析，找出增减变化的原因，做到所提供的数字正确、及时，能够反映企业经济活动的真实面貌，为决策提供正确可靠的依据。第二，要厉行节约，反对铺张浪费。要大力压缩非生产性开支，特别是反对请客送礼，反对各种不正之风，反对挥霍浪费集体资财。第三，贯彻物质利益原则，处理好国家、集体、个人间的关系。要利用经济和法律手段处理好各方面的经济关系，促进改善经营管理，积极履行经济合同。在保证完成国家税收任务的前提下，逐步增加企业积累，使职工收入随着劳动力生产率的提高，逐步有所增加。第四，依靠群众，实行民主理财。要建设健全领导、专业人员和群众代表相结合的组织机构，负责监督检查乡村经济实体所筹集资金收支款项，杜绝不合理开支。

6. 努力进行技术改造

技术改造投资少、见效快、收益大，它和新建项目相比，一般可节省投资1/3，缩短工期2/3。它是当前形势下企业展开竞争、增强活力、提高效益的主要路子。企业进行技术改造，必须符合以内涵为主的扩大再生产的要求，做到依靠原有企业生产要素的改善和使用效率的提高而扩大再生产，尽量采用先进适用的技术。村办企业的技术改造，也要集中力量，保证重点。对重点项目和关键环节，要周密、审慎地做好前期工作，在改造中要实行严格的责任制，把好施工质量关。

第二节　村级财务管理

一、村级财务管理的现状及其面临的现实矛盾

所谓村级财务，是指与涉及本村集体经济的资金往来有关的各项事务。村级财务与广大村民的切身利益紧密相关，也是村民自治中村民关注的焦点问题。村级财务是我国农业集体最基本的核算单位，随着农村经济及社会各项事业的发展，农村财务管理工作在农村经济发展中地位越来越重要，作用也越来越大。近些年来，各级政府始终重视并不断加强农村财务管理工作，取得了一定的社会效益，但是由于各种原因，我国村级组织的财务管理工作仍存在大量不规范之处，不仅影响了村级集体经济的发展，而且也影响了广大村民的积极性。探讨村级财务管理工作中存在的问题，寻求解决问题的办法，是一个十分紧迫的课题。

（一）我国村级财务管理的相关制度

改革开放以来，我国农村实行以家庭承包经营为基础、统分结合的双层经营

体制。为了规范村集体经济的财务管理，财政部于1988年和1991年公布实施了《村合作经济组织会计制度（试行）》和《村合作经济组织财务制度（试行）》，1996年分别对这两个制度进行了修订。2004年又发布了新的《村集体经济组织会计制度》，取代了1996年公布的《村合作经济组织会计制度（试行）》，但并未公布新的财务制度取代原有财务制度。

1998年公布的《村民组织法》中明确指出，村民委员会应当支持和组织村民依法发展各种形式的合作经济和其他经济，承担本村生产的服务和协调工作，促进农村生产建设和社会主义市场经济的发展。村民委员会应当尊重集体经济组织依法独立进行经济活动的自主权，维护以家庭承包经营为基础、统分结合的双层经营体制，保障集体经济组织和村民、承包经营户、联户或者合伙的合法的财产权和其他合法的权利和利益。在1988年试行的《村民组织法》中，曾有规定村民委员会依照法律规定，管理本村属于村农民集体所有的土地和其他财产，教育村民合理利用自然资源，保护和改善生态环境。尽管在1998年修订中，这一陈述未再进入条文，但从现实状况来看，村委会在现实中仍是村集体资产主要的控制者。在1996年的《村合作经济组织财务制度（试行）》第六十三条中，将其适用主体定义为由村民委员会代行合作经济组织职能的村，也是因为这种情况是比较普遍的。

为适应双层经营的需要，村集体经济组织应实行统一核算和分散核算相结合的两级核算体制。2004年公布的《村集体经济组织会计制度》规定了核算主体和范围，凡是作为发包单位的村集体经济组织发生的收支、结算、分配等会计事项都必须按本制度的规定进行核算。村集体经济组织所属的各承包单位实行单独核算，所发生的经济业务不记入村集体经济组织的账内。同时规定，村集体经济组织应配备必要的会计人员，也可以按照民主、自愿的原则，委托乡（镇）经营管理机构及代理记账机构代理记账、核算。

在1996年的《村合作经济组织财务制度（试行）》中规定，该制度适用于按行政村、自然村或原生产大队、生产队设置的社区性合作经济组织。村合作经济组织是社会主义劳动群众集体所有制经济组织，有独立进行经济活动的自主权，其合法权益受法律保护。任何单位和个人都不准侵犯、平调村合作经济组织的财产和向其摊派。村合作经济组织的财务管理工作，要贯彻执行党和国家在农村的方针政策及有关法律法规；适应家庭联产承包责任的需要和双层经营体制的特点，坚持统一管理与分散管理相结合的原则；实行计划管理和民主管理；坚持自力更生、勤俭办事业的原则。村合作经济组织应建立健全财务管理制度，如实反映村合作经济组织的财务状况，正确处理国家、集体、个人以及集体内部各行业、各经营层次之间的经济利益关系，维护生产经营者的合法权益，保护集体资产的安全与完整。村合作经济组织要完善内部承包经营责任制，搞好各项承包合同的签订、结算和兑现工作，加强对所属企事业单位财务活动的管理和监督，指导有关农户搞好经济核算。村合作经济组织应当做好财务管理基础工作。各项财产物资的增减要有完整的原始记录；各项收支活动要做到手续齐全，内容合理；平时不定期地进行财产清查，年度终了前，要进行一次全面财产清查。村合作经济组织的财务工作要接受业务主管部门（即农村合作经济经营管理部门，下同）和财政部门的指导和监督。

与《村民组织法》相呼应，《村合作经济组织财务制度（试行）》规定了与民主理财相关的条款。经济组织的财务管理工作必须坚持民主理财的原则，要按月或按季公布收支明细表及有关账目，年终进行全面的财务检查和清理，公布全年财务收支账目，接受群众的监督。村合作经济组织要建立以其成员代表为主、有关村干部共同参加的民主理财组织。民主理财组织的成员应由群众选举产生。民主理财组织要定期召开理财会议。民主理财组织要认真听取和反映全体成员对村合作经济组织财务管理工作的意见和建议。民主理财组织有权监督财务制度的实施情况，重点对财务计划、收益分配方案、公积金、公益金、福利费的提取和使用，管理人员工资的确定，承包合同及其他经济合同的执行和实施情况进行检查；有权检查现金、银行存款、物资、产成品、固定资产的库存情况；有权检查会计账目。任何人不得妨碍民主理财组织行使上述职权。村合作经济组织的下列事项也要上报乡（镇）业务主管部门审查，经成员大会或成员代表大会讨论通过后执行。①计划外较大的财务开支项目。②主要生产项目的承包办法及承包指标。③村合作经济组织管理人员工资的数额。④其他重大财务事项。对违反上述规定所造成的经济损失，在查清责任的基础上，酌情由责任人赔偿。1997 年，农业部和监察部共同发布了《村集体经济组织财务公开暂行规定》，进一步明确了村集体经济组织财务公开的形式、内容和实施要求。

党的“十六大”以来，我国全面取消了延续多年的农业税，做出了建设社会主义新农村的重要部署，农村经济进入了新的发展时期。取消农业税及提留统筹等费用后，村级财务会计工作出现了新的情况。

第一，财会工作的内容有所变化。以前，村级经济来源主要包括向农民收取的提留统筹收入和集体自营收入两部分，而提留统筹收入又是村级组织收入的主体部分。取消农业税以后，村级组织不再向农民收取费用，日常开支及必要经费主要由财政部门直接拨付，使村集体经济组织的收支构成及核算内容发生了很大变化。

第二，财会工作的角色发生转变。以前，村级组织客观上充当着有关方面向农民收取各种税费的载体，财会工作则是实现这一载体功能的重要手段，每年代收、代缴、转账等业务量很大。取消农业税后，村级组织不再承担这一载体功能，农民与村级组织的强制经济义务关系也不复存在，村级账务会计工作量随之大大减少，一般要比原来减少一半以上，甚至出现财会人员工作量不足、人员闲置问题。

第三，财会工作的性质悄然变化。近年来，一些村级组织的经济职能出现了弱化趋势，统一经营业务日趋减少，资源发包又多数一次性发包若干年，村集体日常会计业务简化为转移支付资金的简单收支。尤其是随着以税费改革为核心的农村综合改革的逐步深入，村集体经济组织进一步突出了社区管理的职能，使村级财会工作的性质也随之发生变革，社区管理业务日趋占主要地位，有的地方甚至趋向非经济组织会计性质。

第四，财会管理存在被弱化的可能。由于一些地方集体经济薄弱，经费无法满足体制转轨时期的村级开支，村级组织运行困难，财会人员收入偏低，工作积极性不高，加之财会人员素质有限。造成有的村级财务制度执行不到位，会计核算不规范，必须引起足够重视，从改革的根本要求和发展的长远趋势出发，探索有效模式，加强监管。

（二）村级财务管理对政府与社会关系的影响

村集体经济组织财务管理，是围绕生产经营和管理协调活动开展的，在整个经营管理中具有重要的地位和作用。它关系到村集体经济组织集体资产的安全和完整，关系到生产经营和管理服务工作能否正常开展，关系到生产要素的合理组合和利用，关系到能否正确处理内外各方面之间的经济利益关系，关系到调动广大社会群众的积极性，关系到村集体经济能否发展壮大和有没有凝聚力的问题。因此，财务管理不仅是个经济问题，也是个政治问题，搞好财务管理，是发展各业生产，切实提高经济效益的需要，是壮大集体经济，充分发挥村合作经济组织统一职能的需要，也是加强农村基层民主政治建设和廉政建设的需要，能使基层干部组织和干部密切联系群众，严明纪律，富有战斗力，带领广大社员群众走共同富裕的道路。

由于村集体经济涉及村民的切身利益，随着农村经济和村民自治的发展，农民富裕了，法律意识增强了，农民对干部廉政、勤政、增加权力透明度的要求提高了，特别是对干部管好用好集体资产的愿望更为迫切。据有关数据统计，信访局受理的来信来访中反映村级财务管理问题的上访批次占上访总数的相当比例，主要反映村级财务管理混乱，农民状告村干部损公肥私的事件时有发生，村级财务问题成为影响当前农村稳定的各项因素中的核心问题。

村级财务管理混乱的后果是多方面的，既有经济的，也有政治的，最直接的后果当然是村级集体资产的严重流失。

1. 农村集体资产流失严重

改革开放以来，我国一些地区的农村集体经济有了较大发展，有的已经形成相当规模，但是由于管理工作存在的问题，致使村级集体资产流失惊人。而在那些集体经济不发达的农村，土地、果园、水面等资源性集体资产也同样存在着严重的流失问题，低价变卖集体资产、出租土地和厂房等现象相当普遍。

2. 村集体经济力量削弱，无力进行村集体建设，村公共物品供给能力不足

村委会是村庄内公共物品的主要供给者，如果村集体经济力量较弱，村委往往无力、也没有动力去为村民提供满足公共需要的产品，导致村基础设施落后、集体福利低下，村民无法享有基本的生产生活条件的改善。

3. 农民利益遭受损失，负担加重

在我国现行的村民自治制度下，村级组织的所有各项开支所需的资金基本上都是农民直接或间接负担的。所以，村级财务管理混乱，用钱无度、花钱无数的状况，必然使村干部要想方设法加大对农民提留的额度，减少农民从集体资产中应该得到的分配。这实际上就是农民负担屡减不轻的一个重要原因，这个“无底洞”不堵，农民负担问题，至少是村一级的农民负担问题就难以根治。因此，村级财务管理混乱对于农民个人来说，其直接后果必然就是负担加重，利益遭受侵犯。

4. 为村级干部的贪污腐败提供了便利，损害了基层组织的权威

国家推行村民自治的目的，一方面是在社区层次上给予农民充分的民主权利；另一方面也是利用农民的民主权利监督农村干部，有效制约腐败。而村级财务管理的混乱却使村干部可以更便利地浑水摸鱼！贪污腐败，他们有的甚至是故

意不健全财务管理制度或违反国家有关财经规定，中饱私囊或挥霍浪费，这就使村民自治的运行与国家推行村民自治的目标相去甚远。这一方面侵犯了农民的利益，另一方面极大地损害了农村基层组织的权威，大大降低了农民对于党和国家的政治信任感，使党和国家的方针政策在农村地区得不到农民的配合而难以有效地推行。

5. 激化干部与农民的矛盾，引发农民的非制度化政治参与，损害农村地区的社会政治稳定

在对我国农民政治参与的研究中发现，目前我国农民为了纯粹政治目的的政治参与很少，他们的政治参与绝大多数都是为了经济目的。由于我国农民政治参与的技能还比较欠缺，合法参与的意识还不强，因此在一些人为因素的刺激下很容易以非制度化的形式表现出来。而由前可知，村级财务管理混乱的经济后果就是侵犯了农民的利益，加重了他们的经济负担，当这引起农民的不满时，就很容易使他们产生义愤，激发他们的非制度化政治参与。农民的非制度化政治参与是对农村基层组织建设的极大破坏，危害农村地区的社会政治稳定。

（三）村级财务管理中存在的问题

由于我国的村民自治制度推开时间并不长，作为一项基层民主制度还处于不断的完善中。村级财务管理是村民自治制度的一个部分，也是其中专业性与技术性要求较高的一个内容，因此，在其走向规范的过程中，在某些地方和某些时候，难免会产生这样或那样的一些问题，这些问题主要有以下几个方面。

1. 村级财务制度不规范，会计凭证、会计账簿、会计报表等会计资料手续不健全

主要存在以下几个方面的问题。①原始凭证方面的问题。单据不规范，白条普遍存在，不仅有白纸甚至还有烟盒纸入账。使用“片片账、卷卷票”（即一片纸、一卷票为一个账，如修一条路就是一片纸加一卷票）的手法，玩“无账可查”的把戏。村合作经济组织的收支单据中凭证要素不齐全，少事由、事项、审批签章，尤其支出单据无领款单位和领款人，更不用谈经办人和证明人了。②会计处理方面的问题。首先是账务处理不规范。村合作经济组织的账务处理未严格执行相关的会计制度，科目设置不齐，核算范围不清，基本是流水账，不能正确反映财务收支的情况，使用增减法记账；也不分资金来源性质，不列明细科目，

一本糊涂账；查账相当不便，不便于群众监督。有的只设总账，未建立相应的明细账或只设现金、存款科目，未设固定资产科目和登记簿，也不设应收应付款和内部往来科目，不管收支，均在现金、存款中体现，不能真实、全面地反映资金运动状况。其次是记账不及时，报表不准确，集体资产流失，无参考价值。③会计报表方面的问题。有部分村合作经济组织出于自身利益或政绩考虑，会计报表数字是根据上级下达的计划和任务倒算出来的，采取“调整”的方式上报，结果造成会计信息严重失真；关于报表的编报有年报无季报或有月报无年报现象也很普遍；同时，会计档案不全，有些凭证、账簿、报表没有及时分类归档保留，遗失现象严重。更有甚者，连一本账都没有，不建财务档案。正是这种账务上的不规范，造成了财务移交手续的不健全，在理不清的财务往来中，有的“新官不理旧事”，造成了村级账目的混乱，很多账目已经无法查清，涉及农民利益的问题，也就只有农民吃亏了。

2. 会计核算资料的真实性、准确性、合法性存在问题

过去，农村经济落后，商品交易额小，农民也没有购物开发票的习惯，村级组织的公积金也很少，可供村干部开支的资金更少，所以，村级财务长期习惯了白条报销，村民也不足为奇。这种习惯延续至今，成为村级财务管理混乱的一大顽症。无论是职务消费、社会公益事业，还是村级基础设施建设中，村干部都有可能利用假发票、白条谎报支出，造成现金管理失控。

3. 集体资产管理混乱

集体资产管理不善，流失严重是村级债务形成的重要成因之一。集体资产管理主要有以下两个方面的问题：①物资管理手续不全。个别地方存在有账无物，账实严重不符的情况。例如，财产早已卖掉或报废，但账面没做任何处理。个别村干部自身要求不严，打着借用公物的幌子，长期占用集体资产不还，最终达到个人实际占有的目的。发包出租欠规范，主要表现在手续不规范。口说为凭，书面合同少；合同要素不全，条款不明。程序欠规范。个别村主任、干部搞暗箱操作，不进行招标；有的不开“两委”会，少数人说了算，即使开了会，个别干部又擅自变更集体决定。②资产损失严重。有些村干部对农村合作经济组织的财物不但不管，反而以低价转让或送给他人或让它自然消失，既不建账入簿，也无专人管理，更谈不上运用和增值。有的甚至将应记入固定资产的开支列入生产费用开支，致使固定资产流失严重。除了村级财务制度没有建章立制外，村级财务

另一大隐患是村干部欺上瞒下建账外账。这是村干部吃喝玩乐的来源，也是村民和上级组织无法监管的村级财产。村级土地、山林收入、各种承包收入、计生罚款甚至村民的土地补偿费、上面下达的财政专项资金、救灾救济款，都有可能被列入账外账，供村级干部挥霍，无人知晓。

4. “村务公开、财务公开”有名无实，造成集体利益的流失

财务公开，接受村民的民主监督是村民自治的要求，也是《村民委员会组织法》的明文规定，但是在实际运行中村级财务不公开仍是一个普遍的问题。主要表现在以下3个方面。一是乡镇代理记账的审核问题。乡镇农经站是最后也是最有效的一道审核关口。但由于农经人员不熟悉财务，业务素质较弱，原则性和责任性欠缺等原因，存在着重记账轻管理，只审凭证不审开支合理与否，使违反财务制度的票据凭条得以记账。二是实行会计电算化后，对电脑打印账目校核不细，产生失误，引起群众误解。三是在财务公开的内容方面存在着欠细欠具体的问题，对于重大支出项目没有专项公布，也有个别村公开的数字是虚构的。管理条例和村级财务制度明文规定账款要分管，但有些地方财务制度形同虚设，一部分村干部身兼数职，既是村干部，又是会计兼出纳，收钱管钱；即使选拔财会人员，也任人唯亲，全凭个人好恶，致使一些素质低下、不适合会计工作的人被选到会计岗位上来，这样的会计人员全凭村干部的指令行事，从而满足村干部个人开支的需要。

5. 不按上级要求执行财务收支制度

我国在各项财政收支管理工作中，都实行了收支两条线。按照《村合作经济组织财务管理制度》规定，开支由村经济合作社社长“一支笔”审批，社长直接经手支出的票据须指定一名村主要领导审批凡属支出的凭证，必须写明用途并由经手人签名，证明人作证，审批人审批，做到三项手续齐全。该制度又对开支额度的审批权限均有明文规定。但在实际中也存在不少问题。①审批不够规范。个别村开支不经集体研究，大额支出不讨论。②账款结报不及时。有的由于财会人员随便逃岗，无法保证正常记账。③报销凭证不够规范，现在有的村收款开非统一收款收据，开白条收支入账仍无法杜绝。对包租收入、税费收入坐收坐支，致使该收的钱收不上来，影响税收入库工作。有的落后地区，公共积累少，村级财务困难，村干部就私自提高税费，增加农民负担。主要表现在两方面：第一，挥霍公款现象严重。有的村一年集体收入很少，甚至连正常的开支都难以维持，

但村干部花钱时，从不考虑这项支出是否必要，有钱就花，没钱再想办法。有的村村级集体经济条件虽然好些，但村干部只顾自己享受，用公款用车甚至购车；有的用公款吃喝玩乐，年招待费高得惊人；有的以外出学习考察为由，到处游山玩水，村民意见很大。第二，贪污挪用时有发生。一些村合作经济组织的开支，单凭一人经办，一人审批，一人管钱，单位资金与私人资金长期相混，贪污就在所难免了。个别村不知道是为公事还是私事而开展的对外业务活动，均在村合作经济组织的资金中报销。

（四）主要原因及其现实矛盾

我国村级财务管理中存在的问题，与村级财务管理法规不健全、缺乏有效的监督制约机制及村级财务人员素质偏低有着密切的关系。具体来说有以下几点。

1. 法律法规不完善

《中华人民共和国宪法》第八条规定：农村集体经济组织实行家庭承包经营为基础、统分结合的双层经营体制。农村集体经济组织作为双层经营体制的一个层次，既是一个具有管理、服务职能的组织，又是一个具有一定生产经营活动的组织，与企业、事业等其他组织相比，具有很大的特殊性。由于我国法律没有规定农村合作经济法人条款，对于农村集体经济组织一直没有明确定位，究竟是属于其他经济组织，还是属于社团法人，无论民法还是经济法都缺乏具体规定，由于农村集体经济法律地位不很明确，导致农村集体经济财务管理存在很多政策上的含混。例如，农村集体资产能否抵押，农村集体经济组织的有关业务是否应该缴纳营业税等都没有明确的规定。虽然在我国有《会计法》及有关的会计规章制度，但是，由于村民委员会的财产所有权归村集体所有，村民委员会可以依法独立行使经济活动的自主权。村委会不是政府部门，不具有行使国家权力的职能，也不是企业，实行独立核算、自负盈亏、追求高额经济利益，因此，其在会计核算和理财等方面应有别于其他经济组织和政府部门。随着农村经济的发展，村委会的收入由计划经济时期的“三提五统”、留成等小额收入，发展到目前有村办企业收入、土地转让收入、出租收入和扶贫专项资金收入等多渠道、多样化的格局。支出方面，特别是在农村费改税后，村委集体事务实行“一事一议”制度，村中的筹措资金和安排支出原则上由村民集体讨论通过后才能执行，因此，在财务制度和会计核算方法上必须与新形势下农村经济发展相适应。但到目前为止，我国村集体财务制度尚未形成，严重影响到村级财务管理的质量。国家在制定财经法规时，往往忽视农村集体经济的特殊性，对这项工作的监督管理缺乏相应的制度和法律依据，致使对有关违纪违规问题处理不力，相应的管理措施也得不到很好地贯彻落实。另外，许多村党支部书记与村委会主任两个个体之间的工作不协调，分工不科学，责任不明确，双方既要争夺财务权，面对问题时又相互推诿，使村级财务管理更加混乱，《村集体财务管理制度》也难以出台。

2. 制度不健全，民主理财、财务公开不到位，群众缺乏知情权、参与权，缺乏监督机制

由于村民委员会是村民自我管理、自我教育、自我服务的基层群众性自治组织，并实行民主选举、民主决策、民主管理、民主监督，其职能和作用有别于其他各级政府部门，村民委员会主要职责是“宣传宪法、法律、法规和国家政策，支持和组织村民依法发展各种形式的合作经济和其他经济，承担本村生产的服务和协调工作，促进农村生产建设和社会主义市场经济的发展。”“办理本村的公共事务和公益事业，调解民间纠纷，协助维护社会治安，向人民政府反映村民的意见、要求和提出建议。”按照《中华人民共和国村民委员会组织法》第十八条和第四条的规定，“村民会议每年审议村民委员会的工作报告，并评议村民委员会成员的工作。”和“乡和民族乡、镇的人民政府对村民委员会的工作给予指导、支持和帮助，但是不得干预依法属于村民自治范围内的事项。”由此可见，村民会议是监督村委会工作的主要机构之一，从理论上说村民会议能够制约村官，但是由于它没有自己的常设机构，例会要一年才召开一次，还常常不落实，而且召集权也在村官手中，所以它难以对村官进行及时不间断的监督，既无法对村官进行不信任投票，也无法进行个案对抗，不受制约的权力必然会产生腐败。

3. 财会人员队伍不稳定，专业素质普遍偏低

部分村实际上都是村主要干部的近亲担任本村财务负责人，主管会计和出纳工作，于是每逢换届便出现了“一朝天子一朝臣”的现象。会计人员学历普遍偏低，年龄老化，不懂业务的财会人员无证上岗，专业管理人员少，非专业管理人员多。农村的村、组会计人员大都是农民身份，由于经费和时间的限制，不可能得到充分的培训，导致财会人员政策水平、业务素质普遍较低。加上农村经济的发展，新业务不断出现，如集体土地开发、农村税费改革、财政转移支付比重加大等，老会计原有的知识不能解决这些新问题。有的村级领导干部素质不高，忽视财务管理工作，根本不按规定配备专业财务管理人员，大部分会计岗位由他

人兼职，甚至有的村会计、出纳和保管等工作由一人兼任，这样必然会导致账目不清，有的甚至不建账或不记账。另外，会计核算把关不严，尤其是当村领导的意图与会计法规冲突时，会计人员出于个人利益极易屈从于村干部的意志，开支的随意性大。

4. 对财务管理的重要性认识不够，民主监督不到位

一方面，乡镇领导重视不够，村干部素质差。部分乡镇领导思想上存在着“重生产、轻理财”、“重指标、轻实效”的片面认识，对加强财务管理的认识不够。而少数村干部法制观念淡薄，视集体财产如家财，带头违反制度，随意撤换财会人员，使制度形同虚设。有些村干部不熟悉财务法规和财务制度，不按财务规章制度办事，不听财会人员的意见和建议，造成财务管理新老问题不断。另一方面，群众参与意识淡薄，使民主监督作用难以发挥。由于农民群众常年忙于各自生产经营，无暇顾及集体之事，部分村民对集体的事不关心、不过问，民主管理和监督流于形式，给了某些村干部可乘之机。也有部分村，大部分青壮农民到外地打工，根本不愿意得罪也没必要得罪村干部，靠那些老年人、妇女和孩子也无法监督村干部，同时也缺少财务知识，许多人连对公示的账目也看不懂，导致了对公共资产无法监督、无力监督，使村级财务公开、民主监督流于形式。此外，乡镇财务、审计力量薄弱，对村级财务指导、监督不够。

5. 外部监督机制不完善

由于村级委员会是村民的自治组织，村委会成员由村民直接选举产生，不脱离生产，根据情况可以给予适当补贴，人员经费、办公经费的来源除极少部分由财政拨款，大部分主要是由村集体筹措，村委会与财政部门并非实质意义上的领拨款关系单位，在某些地方，村委会既不用编制预算和决算，每月也不用定期编制月报表上级乡镇政府或财政、审计部门，也没有明确要求村委会定期报送会计报表的义务，因此，上级财政、审计部门对村委员会财务经济活动也缺少必要的原始监督依据。加上个别乡村位置比较偏僻，居住分散，上级的监督力度又不够，对村级财务的审计监督也没有形成制度，审计和财政等部门的检查和管理较少。

村级财务管理是村民自治的一个核心问题，出现的问题已经引起了农村基层工作者、理论工作者和各级领导的关注，人们都在积极寻找解决这个问题的办法，以促进我国农村村民自治的健康发展。解决思路集中在加强民主监督和外部

监督两条路上。目前，比较流行、受到推广的解决方案有两种，一是财务公开，二是村财乡管，它们虽然在一定范围内比较有效，但是要普及推广却还存在着很多问题。财务公开是村务公开的内容之一，与村民自治的基本精神是完全一致的。不论是试行的村组法还是 1998 年 11 月颁布的正式的村组法都有明确规定：村民委员会办理本村的公共事务和公益事业所需的费用，都要经村民会议讨论决定。这个方案的基本出发点是调动村民民主参与的力量，把村级财务管理好，凡是涉及村民群众切身利益的大事都要由群众讨论决定，并由群众监督实施。这是这个方案中积极可取的一面。但是这个方案存在着很多制约因素：第一，财务公开只能在村民自治真正推行的地方才能实现。一般来说，只有真正实施村民自治的农村才有可能做到村务公开，而村民自治真正运行良好的那些农村却基本上不存在财务管理混乱的问题。相反，凡是村级财务管理存在问题的农村，基本上都是村民自治没有真正落到实处的农村，这些农村也就不会做到财务公开；即使做到了财务上墙，也只能是摆花架子走过场而已，村民们看到的也只能是一些虚假的数字。因此，财务公开这个方案对于那些财务管理存在问题的农村，实际上就等于什么也没有说。而据专家分析，目前中国真正实行村民自治的农村只有很少部分。第二，财务公开需要村民的有效参与。财务公开不仅仅意味着要让村民们知道并了解村级财务的情况，更重要的是它意味着村民要参与村级财务的决策活动和监督活动，否则公开不公开是任何意义也没有的。因此财务公开是以村民的广泛、有效的参与活动为前提和基础的。这需要我国农民要有较高的参与决策和监督的素质。而目前在我国推进村民自治才起步不久的情况下，我国农民的这种素质尚处在一种启蒙和初步锻炼的阶段，因此把这个棘手的难题推给农民自己显然有一定难度。村财乡管与财务公开的出发点差不多是完全相反的，财务公开主要依靠农民的民主力量自下而上地管理村级财务，而村财乡管尽管形式有很多，但是都是依靠乡镇政府的行政力量自上而下地监督、制约村级财务。村财乡管在一些地区实施后收到了一定的成效，因而也得到了有关部门和地区的肯定和推广。但是从各地的反映来看，这种做法仍然不能解决村级财务管理中出现的问题，只是把这个问题从村一级上升到了乡镇一级。例如，最近一段时间，总结起来看，村财乡管存在的主要问题有两点。第一，村财乡管模糊了农村村级财产产权主体，为乡镇侵吞村级资产提供了条件。因为在没有法律界定的情况下，由于我国农村乡镇与村传统管理体制惯性的作用，很容易使乡镇拆借、挪用甚至平调属于村级的财产。第二，更重要的是这种方案与我国农村目前正在推行的村民自治的精神是背道而驰的，是以牺牲村级民主政治建设为代价的。根据《村民委员会组织法》的规定，村民委员会是村民自我管理、自我教育、自我服务的基层群众性自治组织，在村民的民主参与下，依照法律规定管理本村农民集体所有的土地和其他财产；乡镇政府对村民委员会的工作给予指导、支持和帮助等。而村财乡管使村民失去了民主参与、监督本村财务的权利和机会，同时改变了乡镇政府对村民会的指导关系，强化了传统的行政领导关系，因而确有逆历史潮流之嫌。

二、村财乡管的利弊分析及其对政府与社会关系的影响

（一）我国村级财务管理的主要模式及其比较

1. 从目前来看，村级财务管理模式的选择主要受经济发展状况和村级组织管理水平的影响

目前，村级财务主要管理模式有4种：

（1）村有村管。这种管理模式的主要特点是，村集体经济组织按照《村合作经济组织财务制度》和《村合作经济组织会计制度》的要求，自己配备财务人员，独立设置账簿，单独开设银行账户，实行独立核算、独立管理。在这种管理模式下，村组织独立配备会计、出纳等专业人员，有的还设有总会计师。会计账簿齐全，会计核算比较规范。采用这种管理模式的村组织数量不多，主要是经济发达的村组织。这类村组织的集体经济发展较好，经济业务较多，财务管理水平比较高。

（2）村账乡管，又称村级财务、资金“双代管”。农村会计制度、财务制度改革后，由过去的收付记账法改为借贷记账法，村级财务人员的水平不能适应，许多村不建账，“包包账”、“捆捆账”等糊涂账很多，财务管理十分混乱，引起了群众的不满。为解决这一问题，20世纪90年代初开始探索的村级财务双代管的模式到90年代末逐步被地方政府接受并逐渐得到推广。这种形式比较适合当前基层的管理水平。在这种管理模式下，村级组织的账簿、资金由乡镇经管站代为管理。乡镇按村单独设立账本记账，乡镇建立专门的档案室，实行一村一柜，分档管理，年底账簿、单据退给村组织保管。村级同时设会计、出纳，并记流水账。村会计一般以月为单位，定期持经村主要负责人签批、村民主理财小组审查通过的单据到乡镇经管站，经乡镇审计人员审计通过后，在乡镇经管站的指导下记账。乡镇代管的村级资金，以村为单位分设账户专户储存，支取资金时，有村集体和乡镇经管站双方的财务印鉴方可支取，确保乡管村用，防止借支、挪用。

村级留有小额备用金，供村组织使用。这种管理模式坚持了村级集体资金所有权不变、资金使用权不变、资金收益权不变，但多数地方规定了开支的审批权限，对生产性开支和非生产性开支分别规定一个限额，限额内由村组织自行决定使用。超过限额，根据金额大小，分别由乡镇分管领导或主要领导审批或根据村委会、村民代表会讨论意见审批。政府对村级资金的使用进行干预，村组织的资金使用权受限。其突出特点是，把村级民主理财与审计监督规定为必经的程序。由事后审计变成事前审计，强化了对村级财务的监督。这是当前村级财务管理的一种主要形式，主要集中在经济不太发达的村。为了防止隐瞒收入或坐收坐支，有的地方实行了“三代管”，在代管账、资金的基础上，又代管村级各种合同，对合同的履行情况也要进行监督。

（3）会计委托代理制。这是近年刚兴起的一种新的管理方式。一些村级经济业务少、会计人员素质低、管理水平差的村组织采用这种模式的较多，该模式是在财务双代管模式上发展起来的。这种管理模式以乡镇为单位，建立农村会计代理中心，由村组织与乡镇农村会计代理中心签订村级财务代理书面委托协议书，代理中心代理村级会计、出纳业务。代理中心设主管会计、联村会计若干名，代理中心为各村分别设立银行账户、分别建立账簿、分别核算收支，银行账户实行代理中心与村组织双方印鉴共同管理，村级取消财务管理人员，只设一名报账员。村财会人员主要管理票证、集体资产，登记农户往来，及时同联村会计结账。村成立民主理财小组，负责审查村级发生的收入、支出凭证，对村级收入、支出的真实性、合理性提出意见。这种管理模式与双代管一样，多数地方规定了村级开支审批权限，超过限额要经过乡镇政府负责人审批。村组织的资金使用权同样受限。代理中心业务要接受乡镇经管站的指导，根据村的大小、经济业务多少收取一定的服务费作为其经费主要来源，也有个别地方是乡镇财政支付管理费。乡镇通过代理中心的服务行为参与村级财务监督管理，具有指导、监督、审计、反映等多种作用。近年来，全国各地都在积极推广委托代理制的模式，因为这种模式从形式上看，是比较符合法律规范的，村与乡镇代理中心在形式上是一种更接近市场运作的委托和受托的合同关系。

（4）会计委派制。这一管理模式的特点主要体现在对会计人员任用管理进行的改革上，目的是强化村会计的独立性。这种管理模式，其基本财务管理方式与村有村管方式相同，只是村会计由乡镇聘任并委派。村会计由乡镇直接管理考核，村级无权决定村会计的任免。村会计的聘任有两种方式：一是考聘制，由乡镇面向社会公开考聘村会计，经县级主管部门培训、考核通过后，发给任职资格证书，由乡镇聘任并委派到村担任会计，负责财务管理工作。有的地方也称这种方式为会计异地任职。二是选聘制，由县或乡镇确定标准，由各村根据标准推荐会计人选，本村村民也可以自荐，经县级主管部门考核合格，人选达到3人以上的，由群众代表大会公开选举产生一名村会计，乡镇聘任并委派担任其所在村的会计。会计人员的报酬大多由乡镇向村统筹，有的由乡镇财政支付，统一考核、统一标准、统一发放。目前，这一管理模式还处于探索阶段，仅在部分地方实行，数量较少。

2. 村级财务管理模式的比较分析

（1）村有村管模式是村级财务管理的基本模式，符合财务管理制度的要求，是与产权理论相适应的。在这种管理模式下，村级集体资产的所有权、使用权、收益权、处置权等全部由村组织或村民来行使，乡镇政府干涉不多，村级财务独立性较强，自主权较大。这种管理模式的不足主要是民主监督与管理难以落实。①决策程序不科学。这些经济发达村，往往是由一些能人带动而发展起来的，如天津的大邱庄等。这些能人由于其特殊的贡献，在村中的地位是不可动摇的，群众对其也有一定程度的依赖心理。以至出现凡事个人说了算，决策不民主的现象。这种决策方式在经济发展初期，对节约时间、提高效率是有效的，但随着集体经济规模的扩大，经济运行质量的提高，这种决策方式的局限性也逐步显现出来。②民主监督不够。正是由于村组织领导的权威不容挑战，因此也使村级财务管理的透明度不高，监督不到位。对多数村民来讲，一方面监督意识不足，另一方面由于受专业知识和信息不对称性的影响，农民也很难对村级财务进行有效监督。③审计监督难以实施造成监督难的主要原因：一是法规的强制性不够。目前，全国有11个省制定了农村集体经济审计法规，农业部也专门制订了《农村合作经济内部审计暂行规定》，要求对村集体经济进行审计监督。但这些法规缺乏强制性，对违法行为的惩处措施多数只是提出原则性的要求，没有可操作性强的具体标准，在实践中很难执行。二是政府的保护。这些经济发达村多数都是当地财税大户，同时村支部书记与乡镇甚至县的领导有着千丝万缕的关系，这些都使得当地政府以保护经济发展的名义，阻碍或者禁止对这些村进行审计监督。三是农村集体经济审计机构无力进行审计监督。目前，乡镇财政普遍紧张，承担不了审计任务，而县、乡农副经营管理机构虽然得以保留，人员却很少，在同时担负着农民负担管理、土地承包合同管理等任务的情况下，很难再有精力对这些村集体经济财务情况进行全面的财务审计。

(2) 村级财务“双代管”突出了政府在村级财务管理中的作用。村级财务“双代管”对村级财务的监督加强了，在现有管理水平下，对规范村级财务管理无疑是十分有效的，但也有非常明显的不足。首先，村级集体资金的处置权受到了限制。虽然村级集体资产的所有权、收益权、使用权不变，但是村级组织在如何使用、使用多少上权限受到限制。村级自主权不完整。各地普遍规定了资金的审批权限，当超过一定的金额后，需要经过乡镇领导的审批。独立的财权是自治的基础，也是供给公共物品的基础，村级财务由乡镇统管，使村级自主权大大受制于乡镇政府，造成村组织不能自主地根据民意供给村民所需的公共物品。由于乡镇政府的干预，不仅村级的权力受到侵犯，还会产生其他问题，如权力寻租导致腐败的问题、乡镇干部审批决策失误造成的损失如何补偿的问题等。其次，村级财务“双代管”还不利于调动村级财务管理人员的积极性。以村会计为代表的村级财务管理人员是村民推举出来的理财人员，基本职能就是为村集体管家理财。实行村级财务“双代管”并没有取消村级财务人员，所改变的是将他们的财务管理权收到乡镇。这样村级财务人员的积极性势必会受到影响，而这些财务人员对村级经济情况比乡镇代管人员熟悉，如果没有他们的积极配合，便很难提高农村财务管理水平，甚至可能出现两者矛盾的现象，这不仅对财务管理无益，而且对村级集体经济的发展也是有害的。再次，村级财务“双代管”还容易造成村财乡用。村级资金是农村集体资金，其所有权属于全体村民所有。“双代管”管理模式下，虽然采取了多种措施避免挪用，但由于“双代管”是政府行为，政府所属的部门直接管理资金，难免会出现乡镇平调、挪用、挤占村级集体资金。最后，容易形成账外账。由于实行“双代管”，村级受到的监督约束力度加大，因此，村级往往采取一些对策，如设“账外账”、“小金库”等。

(3) 农村会计委托代理制与村级财务“双代管”基本相同，只是由政府无偿、强制代管变成了村级组织自愿委托，实行有偿服务。虽然这种自愿仍带有一定的强制性，但毕竟从表面上看更尊重村级自主权。尽管是有偿服务，但由于村级不设会计，因此在一定程度上减少村级的开支，有利于减轻农民负担。会计委派制在增强会计独立性的同时，还提高了村会计的素质。特别是实行公开考聘的方式，由于面向社会，人才选拔面宽，因此有利于具有较高文化素质的专业人才进入农村会计队伍，这也使村级财务管理更加专业化。但这种管理体制与现代产权理论明显不符，因此缺乏理论支持，还需要进一步研究。

村级财务管理的规模与本村集体经济发展的状况成正比。发达地区的村级资产能达到数百万元甚至上千万元、上亿元，欠发达地区的村级资产一般只有几十万元甚至几万元。这种差别决定了各地在管理村级财务时不可能采取统一的模式，必须结合本村实际，采取灵活多样的形式。

（二）“村财乡管”的利弊分析

客观地说，村财乡管对加强村级财务管理，遏止农村干部铺张浪费和假公济私的行为、缓解党群、干群关系、巩固农村社会稳定起到了一定的作用。但是，村财乡管倘若脱离特定的对象和范围，盲目地肯定并加以推广，势必会衍生出其他许多弊端。从民主管理和民主监督方面来看，主要问题集中在乡镇政府越权干涉村委会的财权。《村组法》规定村委会有权依法管理属于村民集体所有的财物，自主管理村民委员会的财政事务，实行财务公开。但有的乡镇以村委会管理能力不足为名，实行“村账乡（站）管”，就是将村一级的财会账目统一拿到乡镇，由乡镇统一管。有的乡设农经站，乡里把村账委托给农经站管，所以也叫“站管”。有的地方推行“双代管”，即村里财务乡站两层部门都管，村级的现金、账目统一收到乡镇经管站管理，村级财务单独核算，而收支的审批、审核权在乡镇，各村财务只是跑腿记账的。实际上这是村账乡管的一种。村账乡管这一做法，在一定时期一定程度上扭转了一些村级财务管理混乱的局面，但随着农村经济的不断发展和农村民主政治建设的日益深入，对村级财务管理的要求越来越高，其弊端也越来越大，最主要的是这一做法本身不符合村民自治精神，削弱了村民民主管理权利，妨碍了村民对村级财务的监督，也在一定程度上为乡镇政府内部的权力腐败提供了便利条件。

1. 村财乡管背离了农村实行村民自治的规定

随着农村改革的进一步深入，农民的民主意识不断增强，要求参与村务、财务管理的积极性愈加强烈。《宪法》及《村民组织法》规定，在农村实行村民自治，发展基层民主。但是，村财乡管这种越俎代庖的行为，有悖于村民自治、自我管理、民主理财的原则，也使党员议事会、村民议事会、民主理财小组的作用得不到充分发挥。

2. 村财乡管模糊了农村村级财产产权主体，为乡（镇）侵占村级资产提供了条件

我们在乡（镇）财政审计中发现，大多数乡（镇）都程度不同地存在挪用、挤占村公积金、提留款等村级资财的现象。究其原因，固然是多方面的，但村财

乡管客观上提供了违规操作的便利条件。众所周知，农村公共、公益事业发展资金，主要是村民的创造和积累，只有全体村民或其法定代表人才是村级财产产权的真正合法主体，才能行使村级的所有权和管理权。《民法通则》、《村民组织法》对此均有明确规定。

3. 村财乡管不利于乡村干部转变工作作风、树立民本意识

实行村财乡管，不仅人为地限制了村里的自主权，妨碍村民行使民主权利，也不利于乡（镇）干部深入基层，密切联系群众。它不仅会挫伤村干部的工作积极性，也与转变政府职能的大趋势背道而驰。

4. 村财乡管增加了农村干部和农民的负担，滋生了一些新的问题

由于实行村财乡管，一般都要安排4～5名管理人员，其办公经费、业务培训费等由村里负担，而且每月定期的报账、审账等工作，村委会会计、主任到乡（镇）办公，其餐费、误工补贴、差旅费等项支出，也要由村民负担。另外，有的村为让乡（镇）顺利地批准其财务支出项目，不惜以请客、送礼等手段来达到目的。还需指出的是，部分乡（镇）的个别管理人员素质不高连起码的工作责任心都没有，甚至把经手的账簿等会计资料遗失、毁损。总之，村财乡管的利弊虽是仁者见仁、智者见智，但有一点可以肯定的是：在《宪法》规定我国实行村民自治的大背景下，从根本上说，搞好村级财务管理，最终还要走村民自治、民主管理的路子。

三、优化村级财务管理的思考

（一）村级财务管理的发展目标

规范化、法制化、电算化规范化是财会工作的基本目标。通过规范财务管理和会计核算，建立长效机制，提高管理水平，使财会工作由传统的经验型管理向规范化管理迈进，是做好财会工作的治本之策。

近年来，村级财会规范化工作取得了很大进展，但取消农业税后，面对新的形势，需要在更高的层次上规范村级财会工作。规范化建设主要包括三个环节：一是制度规范化。制度规范是基础，没有制度的规范就没有财会工作的整体规范。应认真执行财政部为适应农村税费改革新形势制订的《村集体经济组织会计制度》，制定相应的细则和办法规范会计核算。同时，建立健全财政转移支付资

金管理、财务审批、收支结报、“一事一议”、民主理财等方面的管理制度，确保财会工作在规范的章程制度下有序运行。二是操作规范化。建立健全财务管理和会计核算全程的操作标准。财务事项的发生、经办、审批、审核、记账、公开等每个步骤都要制定相应的规则、方式、手续和标准，并严格遵循，确保操作规范化。三是监督规范化。一方面，要建立和实施规范的考核、奖惩机制，确保各项制度的有效实行；另一方面，要加强对会计工作审计监督和民主监督的规范化建设。审计工作做到程序规范、取证规范、认定规范、处理规范。要解决民主监督中组织不健全、政策不熟悉、监督不到位等问题，使民主监督经常化、制度化。

法制化是财会工作的内在要求。法制化包含三个方面的含义：第一，法制化是一个系统的概念，是由一系列若干层次法律、法规和制度组成的规范会计运作的法制体系。《会计法》虽然对会计工作运行及相关法律责任做了明确规定，但是，由于会计与经济发展的适应性和会计与法律所要求的稳定性之间存在矛盾，法制化还要求必须与具体会计规则、实施机制以及配套制度有机配合，加强法制配套体系建设。第二，法制化是一个动态的概念。不同时期的特定经济行为，需要不同的法律、法规和制度进行调整，尤其是取消农业税后，需要针对新形势，切实完善相关配套措施，并做到“有法必依、执法必严、违法必究”，推动法制化的深入实施。第三，法制化是会计工作的重要环境。这是会计工作有效开展的基础和保障，只有建立了严谨的法制环境，会计职能作用才能更充分发挥，会计工作秩序才会进一步规范，会计工作质量才会不断提高。

电算化是财会工作的必然趋势。近年来，农村实行财会电算化的硬件、软件条件日趋成熟，进程逐步加快，很多地方以市、县为单位整体推进，黑龙江、吉林等省已全部实行了农村会计电算化。会计电算化之所以能迅速普及，根本原因在于它自身的优越性及对财务会计工作的巨大影响。首先，会计电算化减轻了会计人员的工作强度，除了需要手工输入原始数据外，记账、平账、编制报表等工作都由计算机自动高效地完成，提高了工作效率。其次，大量财务会计信息能得到及时、准确的统计、分类、汇总、分析，有利于促进管理水平的提高及会计工作职能的发挥。最后，会计电算化的开展，要求广大财会人员必须学习掌握有关知识以适应工作要求，从而客观上推进了财会人员素质的提高。但是，由于电子计算机引入会计工作，使会计核算的方式、程序、内容、方法等有别于传统会计，改变了传统的工作程序和组织体系，现行会计制度的某些方面还与之不相适应。因此，应把握趋势，加强指导，建立健全包括电算化岗位责任制、电算化操作、计算机硬软件和数据管理、档案管理等相应制度，加强规范、引导，推进会计电算化工作的蓬勃开展。

（二）当前优化村级财务管理的措施

搞好村级财务管理，必须坚持公开、民主、合理、有效的原则。所谓公开的原则，就是指要让村民对村级财务管理的过程，尤其是收入与支出情况有一个相对充分的了解。村委会作为村民选举产生的自治组织，是受全体村民委托管理村级财务的。作为集体资产的所有者，村民们当然有权了解财务运作的详情。公开，实际上就是把知情权和监督权赋予村民。所谓民主的原则，就是指重大财务事项的决定必须按照民主程序进行，该经村民大会讨论的就交村民大会讨论，该由村民代表大会决定的就由村民代表大会决定，该由村"两委"共同研究的就由村"两委"共同研究，决不能由少数几个村干部或党支部书记、村委会主任一拍脑袋就定了。坚持民主的原则既是对集体资产的负责，也是对村干部的一种保护，可以防止村干部由于一时冲动而决断失误。所谓合理的原则，就是指安排财务收支必须从实际出发，从经济发展的客观规律出发。所谓有效的原则，就是要在保证集体资产不流失的前提下，通过合理的安排，设法保证集体资产的增值。

1. 完善村集体经济财务管理制度

搞好村级财务管理，建立健全规章制度，使村级财务管理有章可循，规范村干部的行为和乡镇政府的行为。要规范农村财务，制度建设是根本保障。为使村级财务管理有章可循，必须严格执行农业部、财政部新颁布的《村集体经济组织会计制度》和《村合作经济组织财务制度》，这两个制度对资金管理、固定资产管理、票据管理、义务工、民主理财、财务审计等方面都做出了具体规定。同时，要尽快出台符合新形势下的村级财务管理规章制度和会计核算制度，进一步规范完善村级财务管理行为。目前，县、乡镇财政、农村集体资产管理部门应协助村委会完善村级财务管理制度，制定农村财务管理实施办法、票据管理制度、民主理财制度、财务公开制度、会计档案管理制度、农村集体审计监督管理办法和农村财务会计人员管理制度等基本规章制度。在此框架下，各乡镇、村又要因地制宜分别就岗位责任制、民主监督、财务公开、财务审批、费用标准、预决算和财产物资管理等方面进一步明确。彻底避免因村级财务制度不完善而无章可循的混乱局面。因此，要在两个基本制度的基础上，从各村的实际出发，尽快建立健全切实可行的村级财务管理制度，同时，村级财务必须坚持收支两条线，实行先收后支，杜绝以收抵支，差额入账，坐支现金等现象。

2. 坚持实行村级财务公开

民主理财、财务公开不仅是村合作经济组织对财务管理的一个主要方面，也是农村村务公开的一项重要内容。党中央、国务院一而再再而三地强调要切实保护农民群众的合法利益，凡是村里的重大事情和群众普遍关注的焦点问题都应向村民公开，尤其村级财务要公开，以便让群众明白本村的财务状况，听取群众的意见，接受群众的监督。财务公开的要求有以下几点：一是公开的内容要真实、具体。公开的内容要全面，凡是群众普遍关心和涉及群众切身利益的项目和内容都要公开，公开的项目要具体详细，不能只公布总数，如资产要分类或按项公开，债权债务要列明债权人或债务人的单位或个人名称等，以便让群众明白清楚。二是公开的时间要及时。凡需随时公开的重大财务活动和专项财务活动，应随时逐项公布。否则，时过境迁，起不到应有的作用。需定期公开的常规性的财务活动要按规定的时间及时公布，间隔时间不可过长。年初时公布财务计划，每月或每季度公布一次各项收入、支出情况，年末时公布各项财产、债权债务、收益分配、水电费、义务工及以资代劳等情况。三是公开的形式要多样性和连续性。对某项公开内容采用的公开形式确定之后，在一定时期内应保持不变，以便于群众熟悉和理解。在有些情况下，一项公开的内容也可同时采用几种公开的形式，以增强公开的力度，便于群众记忆和引起重视。四是财务公开的程序要严格。在财务公开前，应根据公开的项目和内容，对所需要的资料进行搜集、筛选、分类和整理，以保证财务公开的内容系统全面完整。对搜集整理的资料，首先由民主理财小组进行评论、核实，检查各项财产和债权、债务是否账实相符，各项收入和支出是否合理合法，各项财务管理制度是否严格执行。经评论核实后，填制财务公开表，并报有关领导审核，各认可后，加盖乡镇经管站印章再公布。五是财务公开中群众提出的问题、意见和建议，应及时解决处理，暂时难以解决的要做出解释，不得对提出问题和意见的群众进行压制和打击报复。六是村合作经济组织的公开应认真接受群众监督。

3. 加强民主理财力度

民主理财一般有两种形式：一是财务运作中的监控，二是财务完成后的追究。第一种形式是指由村民代表会议选举 1 ~ 3 名非村干部的村民代表组成理财小组，与村集体有关的每一笔报销活动（或规定一定的限额），都必须由理财小组审核签字后方能入账。第二种形式是指村民代表会议产生的理财小组，在日常生活中并不干涉村级财务的处理，而只在年中或年终对账目进行审查，不合理的开支必须由原报销人退赔。在具体实施时还要注意两点：一是理财小组成员不能由村干部兼任，一兼任，理财的公正性就会受到置疑；二是村“两委”必须配合理财小组的工作。如果村干部自己感觉账目有问题，拒不接受民主理财小组的审查，民主理财制度也就无法落到实处。因此，乡镇党委和政府在这个问题上一定要坚决给予“指导、支持和帮助”。①进一步加强对农村财务管理工作的领导，要把村级民主理财和财务公开列入各级政府的重要议事日程，强化责任目标管理，加大责任追究力度，确保民主理财和财务公开工作落到实处。②建立健全村民主理财组织，依法选举产生年轻化、知识化的民主理财小组成员。制定和规范民主理财程序，定期召开理财例会，集中审核村集体经济组织的财务收支，把好农村财务监督“第一道关”，管好农村集体资产。③依照《村合作经济组织财务制度》的规定，制定和完善适合于村级财务管理的各项制度及细则，使民主监督具有可操作性，切实做到有章可循，照章办事。④加强对村民主理财小组成员的业务培训，进一步提高他们的政策水平和业务技能，真正达到懂财务、会看账、能审计，使他们成为农村财务监审的行家里手。⑤推行“民主理财巡查”制度，强化村级民主监督。县乡两级农经管理部门要对村集体经济组织进行定期和不定期巡视检查，直接参与村级民主理财活动，监督指导民主理财和财务公开工作的开展，为搞好农村财务管理工作奠定基础。

4. 建立健全财会机构，配备与财会工作相适应的，具有一定素质的，一定数量的财会人员

保持会计的独立性是做好农村财务会计工作的重要组织保证。随着农村改革的深化和农村集体经济的持续稳定发展，财会机构在农村经济建设中的地位和作用，将会显得更为重要。为了保证行使财务管理、会计核算和会计监督的职能，提高村合作经济组织财会人员水平，应选用具备必要的专业知识和专业技能，熟悉国家有关法律、法规、规章和国家统一的财务管理制度和会计制度，也要有较高的政治觉悟和良好的职业道德的财会人员。因此，稳定财会人员队伍，提高财会人员素质至关重要。财会人员被确定之后，一般不要随意变动，以稳定财会人员队伍。村合作经济组织财会人员的任命（聘任）、免职（解聘）要按照国家有关规定任免。任命会计，必须经考核合格持“会计证”上岗。村合作经济组织

的财会人员也可实行聘任制，以前聘任的可以连聘连任，对不称职的财会人员可随时解聘，但不能空岗，要有合格的财会人员及时补聘。会计应当根据村民会议或村民代表大会所制定的规则行事，保持相对的独立性。为了达到这一目的，会计的产生方式就要相应变化，即应由任命制向聘用制转变。聘用的主体应是村民会议或村民代表会议。在村委会选举中，不宜由当选的村委会成员分工负责会计工作，但为了减少干部职数，具有会计资格的村委会成员可以经村民会议或村民代表会议聘请兼任会计。财会人员要明确自己的权利和义务。为提高财会人员的素质，要切实加强对财会人员的业务培训，有必要时，定期或不定期地对财会人员进行业务考核。同时建立和完善农村财会人员的技术职称晋升制度，县乡主管部门要定期检查，使农村财会人员尽快适应农村经济发展的要求。

5. 加强组织领导，强化财权管理

要实行严格的收支预算制度，每年年初，各行政村按“收支平衡，略有节余”原则，编制村级财务收支预算方案，经村民大会或村民代表大会通过并经乡镇经管站审核，报乡镇人民政府批准后执行。乡镇党委政府要把抓好农村财务管理列入党委政府的工作议事日程，纳入年度工作计划和目标责任管理。各乡镇需确定一名党政领导主管农村财务，定期听取农村财务管理工作的汇报，研究、部署农村财务管理工作。要经常听取群众的意见，定期对村级财务进行审计。对审查清理出来的问题，及时按照有关法律、法规进行处理。可根据乡镇和村集体具体条件，实行“村财乡管”制度，即村里不设会计只设出纳，村级账目由乡镇有关部门代管，财务收支实行“报账制”。

6. 加强审计监督

加大审计监督的力度，加强对村级财务工作的监督检查。严肃查处贪污、挪用、侵占集体款物等违法违纪行为，对清出的重大问题建议严肃处理，做到件件有着落，事事有回音，给群众一个满意的答复。今后要逐步加强对农村财务的审计稽核工作，尤其是业务人员的离职审计。对在检查中发现的严重违纪违法行为，要追究财会人员和村干部的行政、法律责任。有条件的乡镇可配备专职或兼职的农村财务审计人员，坚持定期和不定期地深入村组检查、指导和督促工作。乡镇也可以根据需要，委托会计事务所开展对村干部任期、离任审计或重点项目财务收支审计。就目前情况看，县城中的小型会计师事务所普遍存在业务量少、吃不饱的问题，拓宽审计领域是其进一步发展的需要。农村会计核算中的许多内容，如土地承包、村组织公共权力的运作、村干部的腐败问题、农村负担的合理性等，可委托这些会计师事务所进行审计并要求其对农村集体资金的使用提出合理建议，挖掘资金使用潜力。

“村财乡管”与村民自治背道而驰，财务公开又需要特定的条件才能行之有效，那么村级财务管理中的问题就听之任之、放任自流吗？显然不能。那么我们还有什么其他更好的办法吗？或许从国家的层次上加强立法、健全制度是一个首要的选择。因为《村民委员会组织法》赋予了村民自治组织在本社区的事务中很大的自主权，但是却没有对制约和监督自治组织做出相应的规定，对自治组织的负责人违反村民自治的行为也没有相应的惩罚措施，而仅仅把这种监督建立在目前还显得相对软弱无力的村民的民主参与之上，从而在“自治权”和“制约权”之间没有建立起一种对等的关系。村级财务管理中出现的这些问题实际上仅仅是这种不对等关系的一个表现，因而进一步修改和完善《村民委员会组织法》是使我国村民自治进一步健康发展的必要举措。

第九章　农村公共物品供给中的建设规划问题

第一节　农村建设规划的重要意义

一、村庄建设要求新规划

新农村建设是一个庞大的系统工程，涵盖了经济建设、政治建设、文化建设，而建设新农村中的新村庄建设型规划，更具丰富的内涵和更全面的要求。结合我国农村的村庄规划实践，当前在全面推进新农村建设工作中，加强村庄规划建设，合理规划建设村庄具有重要的现实意义。

村庄建设规划是村庄建设、村庄整治的基础，规划编制对象是城镇规划建设用地范围外，村庄布点规划定点的村庄。村庄建设规划的基本任务是在乡镇总体规划和村庄布点规划的指导下，确定村庄具体规模、范围和界限；综合部署村庄各项建设；为村庄居民提供切合当地特点、与当地经济社会发展水平相适应的人居环境。

新农村建设提出的“村容整洁”，既是农村经济社会发展的任务和目标，也是当前农民治旧图新的迫切愿望。以往建设部门将重点放在了城镇规划和建设上，而忽视了农村村庄的规划和建设，造成了农村村庄的民宅建设布局混乱、建设水平低、功能不全、基础设施不配套、居住环境“脏、乱、差”等问题。加之多数地方农村村庄民宅建设没有专业设计，也缺少设计图纸可供选择，仅凭农村工匠个人经验施工，不仅住宅结构不够合理，适应性较差，而且建筑质量和安全难以保证，使用寿命短。村庄和民宅建设既没有体现现代气息，也没有反映当地特色风貌，缺乏个性和美感。所以，要解决村建中的问题，必须贯彻科学发展观，解决先行规划、科学规划的问题。

建设社会主义新农村，要坚持规划先行。村庄规划是村庄建设的蓝图，事关农村发展的全局和长远大计。①村庄规划是新农村建设的需要。村庄面貌是农村综合发展水平的集中体现，而新村庄规划构成了一个经济发展与社会进步相统一、外在形象与内在素质相融合的科学完整的目标体系，包含了农村现代化的核心内容，体现了新形势下农村全面发展的客观要求。有利于调动广大农民的积极性和各方面的力量。通过村庄规划，可以整合公共财政资源，既立足长远，又着眼当前，减少工作上的盲目性。因此，加强村庄规划和整治，改善农村人居环境，是建设社会主义新农村的重要任务之一。②村庄规划是改善农村居民生活生产环境的需要。目前，我国农村规划工作已经起步，一些经济较发达、先富裕起来的村庄，在优化农村环境方面已有很好的经验，但大部分村庄仍存在以下问题：一是村庄建设规划性差，村庄功能不健全。哪里有空地，哪里就建房，分布较散，规模偏小，不利于基础设施配套。二是随意建设，布局凌乱，乱搭乱建的现象不少，脏、乱、差现象普遍。三是功能落后，设计简单，施工质量堪忧，安全隐患很多。这些问题表明，正是由于村庄长期缺乏科学规划，致使农民居住生活环境差，影响了农民生活质量。③村庄规划是经济发展的需要。新农村建设的中心任务是发展农村生产力，不能把村庄建设简单地理解为村庄硬件建设。村庄规划不仅要注重改善农民的生产、生活条件和居住环境，改变村容村貌，而且更要注重促进农村经济社会全面发展。村庄规划要以增加农民收入为前提，加快调整农村经济结构进程为基础；与优化农业区域布局、优化农产品品种、充分发挥各地的资源优势结合起来；与区域经济的主导产业发展相适应，加强农村信息网络建设和农资连锁经营，促进农业生产发展。④村庄规划是节约耕地的需要。近20年是我国农村住房建设发展较快的时期。据有关资料统计，2000年，我国农村住房建设面积比1980年扩大了近四倍，而其占用的土地则远高于这一比例。在一些地方，农村住房建设习惯于弃旧宅、建新宅、向村庄外围扩散。个别地方人均占有的住宅面积（包括村庄周围的废弃地）甚至接近人均拥有耕地面积的一半，挤占耕地的现象严重存在。为了保护耕地、节约耕地，必须重视和加强村庄规划建设，合理布局住宅，规划村内道路，提高土地使用效率。因此，只有加快农村村庄建设、合理布局、整体规划、改善基础设施，才能便利农民的生活，大幅度提高农民的生活质量。

村庄建设和小城镇建设一样，要坚持先规划后建设，切实发挥规划的指导作用。使乡村建设逐步走上“科学规划、合理布局、因地制宜、规模适度、配套建设、功能完善、保护环境、节约资源”的道路，形成各具特色的新农村新面貌。如果规划设计滞后或规划设计不科学合理，带来的将是盲目建设、浪费资源、污染环境等一系列问题。

二、村庄规划建设的思路

科学规划是事关新农村建设的基础性工作，在农村经济发展的转型时期，要促进新农村建设可持续进行，必须坚持以下几个原则。①坚持科学发展观，使乡村建设和环境建设同步发展。在村庄规划中必须坚持科学发展观，把可持续发展放在突出地位，处理好社会进步、经济发展与环境保护的关系，坚持经济效益、社会效益和环境效益的统一。要坚持经济建设、城乡建设、环境建设同步规划、同步实施、同步发展的方针。要避免过去发达国家所走的“先建设，后保护”、“先污染，后治理”的弯路，使乡村建设和环境建设同步发展。避免出现基础设施不配套、垃圾随处堆积、没有污水处理设施、土地资源消费大、绿化面积少、环境脏乱差等问题。②坚持从全局出发、统一规划，协调发展乡村人居环境建设，尤其要坚持统筹安排住宅、文化、教育、商业等公共设施建设。要合理布局规划住宅区、工业区、商业区、文化区，使分区功能明确，社会服务和生活服务功能完善，从而改善和提高城镇居民的生活水平和生活质量。要充分考虑道路、排水、环保等公用设施的建设。乡村的防洪、道路、给排水、供电、通信、园林绿化、消防、市场、科教文卫体等基础设施和公共服务设施也要统一规划，配套完善，使功能健全。③坚持立足长远，把村庄规划纳入小城镇规划的范畴。村庄建设不是简单的“盖洋楼”或追求规划形式上的整齐划一，我们要建的不仅是建筑形式有地方特色，更是追求建设一个公共服务设施完善和适于农民生活的环境。这就要求我们站在统筹城乡发展的战略高度，实行城乡统一规划，考虑城市化的进程和发展布局，合理预测农村人口向城市转移的规模。要把“村镇建设”和“城市建设”等同对待，在村庄规划时应当把农村看做城市的一部分，而不再是城市的附属品。把乡村规划列入经济社会发展专项规划，与城市规划统筹考虑，确保村庄建设高起点规划，高质量建设，避免随意、无序建设。

坚持以人为本、尊重民意、体现特色、保护耕地资源、实现人与自然和谐发展和促进村镇居民生产生活环境改善，是村庄规划必须注意把握的基本原则。村庄规划建设特别要尊重民意，听取群众意见，维护群众利益。规划一旦确立，就要持续推进，社会主义新农村建设就会呈现千姿百态、蓬勃发展的新局面。

三、农村建设政策的发展趋势

农村建设包括了建制镇、集镇和村庄等不同类型的居民点。具体而言，有近2万个建制镇、2.2万个集镇、65万个行政村和257万个自然村，共居住生活着近10亿人。其中，约8亿农民。从居民点数量上看，近年来随着城镇化发展都呈现出了稳步下降的趋势。直观上看，这意味着相当数量的农村居民点正在逐渐消亡；政策上看，政府不需要对每一个农村居民点都加大投入、加快建设。从功能上看，不同类型农村居民点有不同的职能定位。因此，分类指导、突出重点，有选择地支持一部分农村居民点建设与发展，既符合我国现阶段的财政支持能力，又是避免投资浪费的必然要求。

（一）建制镇建设政策

根据规模和职能差异，建制镇可以划分为两种类型，一类是中心镇（或重点镇），规模较大，城镇功能较强，具有明显的城市特征；另一类是一般镇，规模较小，城镇功能较差，具有亦城亦乡的特征。重点镇要立足于加快建设与发展步伐，壮大经济基础和增强城镇功能，为转移农村劳动力创造更多的就业岗位，集聚人口和非农产业，充分发挥带动周围农村地区发展和推进城镇化的作用。一般镇要立足于为当地农业和农村发展服务，充分利用已有基础，控制建设发展规模，加强综合环境整治，提高城镇功能，改善群众的生产生活条件。

（二）村庄建设政策

根据规模大小，村庄可以划分为两种类型，一类是中心村，通常是村委会所在地，规模较大；另一类是自然村，通常是村民小的聚居地，规模较小。一般来说，北方地区、平原地区村庄规模较大，有时几个行政村或自然村集中在一个居民点；其他地区的村庄规模较小，有的仅几户农户。中心村主要应为农民奔小康服务，在政府帮扶和村民自主参与下，通过村庄整治，重点解决配套设施不足和建设混乱等问题，逐步完善最基本的公共设施，改善人居环境。规模较小或正在萎缩的自然村应限制扩大建设规模，制止违法、违章建设行为，通过规划控制、土地整理、退宅还田等方式，及时调整部分村落消亡后的空间布局。

（三）集镇建设政策

集镇包括两种类型，一类是乡政府所在地，具有行政中心的职能和相应的配套设施，与一般镇比较类似；另一类是非乡政府驻地，或者是传统集市所在地，或者是被撤并乡镇的原政府驻地，不具有行政中心的职能，与中心村类似。从政策上看，前一种类型应参照执行一般镇的建设政策，但由于已有基础比一般镇差，要求和标准可以略低于一般镇；后一种类型应参照执行中心村的建设政策，但由于已有基础好于中心村，要求和标准可以略高于中心村。

第二节　农村建设规划的内容与要求

一、农村规划编制的内容

村庄布局规划大县以镇为单元编制，小县以县为单元编制，保护型和老村庄保留的即选址新建的村庄都要在布点规划中明确。村庄布局规划重点考虑：①在县域城镇体系规划指导下进行。②与村庄规模调整和缩减一些规模较小、分散的自然村庄相结合。③按照规模适度、有利发展、有利稳定、方便生活的要求进行。既要避免农民生活不方便，也要避免迁就现状、规模过小、布局过于分散。④新发展的新村选址尽量避免跨现行行政区的土地调整。⑤村庄布局规划中对迁移的村庄要科学论证。在村庄布局规划编制完成后，可以着手编制村庄建设规划。新农村规划要综合考虑道路、给水、排水、供电、卫生、绿化、防灾等，在工作程序和内容上与农村土地利用、农村公路、水利、教育、经济社会发展等专项规划做好衔接，还要与县（市、区）城镇体系规划相适应。

1. 生产与生活统筹规划

合理安排生产方面的农田区、村办企业区、林木绿化区，生活方面的住宅区、公共福利设施区、商业网点区等，定位合理，各得其所。农田区建成了田、林、路、渠四配套的丰产田，粮、经作物集中连片，规模经营；村办企业建在村外公路一侧，便利运输，便利农民上工。新农村建设要总结历史经验，理顺基本思路，坚持因地制宜，有计划、有步骤，忌搭花架子、刮攀比风、搞“达标热”、掀“小跃进”。要顾及每个村的环境条件、收入水平、生活习惯、文化传统等因素，因村制宜，分类指导；一次规划，分期实施；能高则高，宜低则低；勿论高低，不乱则好。例如，农建不搞“推光头”，村建少搞大拆迁，硬化要多栽树，少植草坪；小巷不必安路灯；休闲场所不要建大而无当的广场等。

2. 村建与房建统筹规划

逐步配套新农村规划着力点是改善生产、生活基础设施，让农民享受到改革开放的成果，逐步接近市民的生活水平。具体要抓好一小一大两个单元。小单元农家庭院要上档次，要按卫生标准改房、改水、改厕、改灶、改圈；自来水、有线电视、通信网络、沼气、太阳能等新能源，节水、节能等新设备，书报、音像等文化科技资料要入户。城郊、工矿区的村庄要先期实现集中供气、供热。大单元整个村庄要上设施，要治脏、治乱、治差、治散；街道要硬化、村庄要绿化、环境要净化；要有水利、交通、教育、文化、卫生等公共基础设施。

3. 经济与文化统筹规划

并重并举建设的目的是满足人民群众的物质与文化生活两方面需要。不少农村，包括一些先进村不重视建设公共文化福利设施，集体文化娱乐活动弱化，一些传统文化娱乐项目濒临消失。农民除在家中看看电视、打打麻将，别无他事，别无他所。改变这种状况要从规划上得到体现。首先要办好村级“三大项”，即建一所标准小学，为普及初、高中教育打好基础；建一座甲级卫生所，为农民提供初级卫生保健；建一处科技文化活动室，可开展多功能活重点地扎实推进。有条件的还可建图书阅览室、敬老院及健身房等。组织引导农民走出家门，享受丰富多彩的文化生活。

4. 人居与自然统筹规划

趋向和谐要强力保护农村在人与自然的和谐方面较之城市的天赋优势，让农民既能过上市民生活，又能避开现代城市之病的危害。新农村规划中规定的各种功能区之间的界限要划做“红线”，不能随便改变，除规划的农田建设、土地整治、水利水保、绿化造林等项目外，原来的地形地貌、附着的植物群落、繁衍的飞禽走兽均在保护之列。还要保护历史遗址等人文景观。一些有代表性的民居、老街、庙宇以及石磨、石碾等生产设施、生活用品要选样留存，给新农村留下历史记忆与参照，为教育后人做教材。

5. 节约与集约统筹规划

要贯彻中央关于建设节约型社会的重要指示精神，建设节约型新农村。集约利用资源，达到节地、节能、节水、节材。农村建设节约利用耕地方面空间很大，村办厂（场）占地都要精打细算，集约使用土地。农村建筑要逐步告别秦砖汉瓦，推广使用非黏土砖等建材和三角构架梁等技术，节约土地、木材等短缺资源。改造旧房或新建住宅要在朝向、结构、用材、燃料、照明等方面全面推行节能技术。

二、农村规划编制的要求

以人为本。通过新农村规划科学合理的布局，做到人与环境的和谐，进一步改善农村生活方式，改善农民居住环境，提高农村生活质量。在新农村规划和建设中要做到，强调政府主导作用的同时必须自始至终突出农民在新农村规划中的主体地位，发挥农民积极性，不搞大包大揽。

农民对乡村规划的知情权、参与权。新农村规划在编制中要广泛征求农民的意见，反映农民的愿望和农民的要求，保护农民的利益。规划编制完成后，规划的布局、规划的内容、实施规划的要求都要让农民清楚。要发挥村民委员会的作用，尊重地方民俗风情和农民生活习惯，在农民自愿和参与基础上进行规划，规划编制要做到农民满意、村委会满意、政府满意。

科学论证民主决策。在符合相关法律、法规程序的前提下发扬民主，新农村规划在审批公布之前应充分听取和征求各方面意见。

实事求是，因地制宜，量力而行。各地经济水平、文化素养需求等相差很大，要从实际出发，不搞“一刀切”，不搞不切实际的大拆大建，不盲目攀比。经济水平相对较好的地区可以快一些，已经实施撤乡并镇的可以快一些，农村基础工作好的可以快一些，农民积极性高的可以快一些。新农村规划能快则快，不能快则先做前期准备工作。千万不要拔苗助长，不要急功近利。新农村规划建设是一个过程，是一项长期任务，要在发展中不断完善，在完善中不断提高，在提高中巩固成果。

有利生产，方便生活。新农村规划要更人性化，通过精心组织、合理布局，使农民的生产和生活更加便利和舒适。完善村庄的公共设施配套是村庄规划的重中之重。我国农村的公共设施配套是相当落后的，我国大量农村居民的生活质量是相当低的。具体到浙江的实际，交通、能源等设施已基本健全。但不同地域也存在差别，城区边缘的村庄，虽然农民经济收入较高，却由于垃圾处理设施、污水处理设施等缺乏，环境恶化的速度非常快，在这些村庄已很难呼吸到清新的空气，见到清澈的河水。而山区的村庄，由于交通不便，学校、卫生等设施较为缺乏，村民上学、就医存在较大困难。

节约用地，集约用地。新农村总体规划应与新农村土地利用规划结合起来。目前，我国村镇建设用地总量是城市建设用地总量的4.6倍，且用地布局散乱、分散无序，粗放利用现象严重。“统一规划，相对集中，并小村为大村”的农房建设方针，在多年的实践中证明是合理的。对此，村庄规划的编制必须根据土地利用总体规划、集镇村庄发展规划，对农村利用不充分的建设用地进行综合整治，提高土地利用率。合理的规划是解决当前农村小、散、乱的现状及“挤”出大量土地的前提。

突出地方特色社会主义。新农村建设首先在规划上把关，不能把当地传统的建筑文化丢掉。村庄规划不能用城市规划的理念和城市规划的编制办法来实施。农村规划重在有可操作性和实用性，平原、山区、丘陵地区在规模上、布局上都要有区别。这种区别不仅体现在地形、地貌上，还要体现在地方文化、地方风俗上。

在此基础上，在村庄规划中还应以“5个结合”为基本原则：①与生态建设相结合，依据“养猪—沼气—种菜”的生物循环模式，结合改水改厕同步实施规划，合理布局农村居点；②与农业综合开发相结合，依据当前镇域农业发展状况，努力使规划适应区域产业结构，将原来分散的农民住房合理集中，便于农民生产生活；③与土地整理相结合，在农村耕地微调中预留规划的村庄建设用地，并与土地利用总体规划相协调；④与基础设施建设相结合，依托乡村主干道进行规划布点，将偏远村庄向交通方便处迁移，包括实施村庄的整体搬迁；⑤与旅游开发相结合，使农民住宅的设计具有地方特色，与镇内众多的人文、自然景观和周边风景名胜区交相辉映，力求在建筑风格上和谐统一，为旅游开发打下基础。

第三节　农村建设规划存在的问题、困难及对策

一、农村建设规划的主要问题

《浙江省村镇规划建设管理条例》于1997年11月12日浙江省第八届人民代表大会常务委员会第四十次会议通过，2004年7月30日，浙江省第十届人民代表大会常务委员会第十二次会议对其进行了修正。这一条例对浙江省村镇建设规划的制定与实施，村镇建设的设计和施工管理，房屋、公共设施、村容镇貌和环境卫生管理及相关的法律责任都做出了比较细致的规定。2004年，浙江省制订实施了《统筹城乡发展、推进城乡一体化纲要》，省财政拿出6147万元专项经费用于补助规划编制，全省77个应编规划的县市区已全部完成村庄布局规划编制，并批复实施。

在长期的城乡二元体制下，地方区域规划普遍地存在着“城有乡无”的情况，农村特别是村庄缺乏科学规划。为了了解浙江省村干部对规划制定和实施方面的看法，在问卷调查中设计了相关的内容。

在了解村民对目前农村环境最不满意的事项中，有389位村民认为目前农村

房子造得太乱，达到了全部被访村民的41.92%，仅次于对农村水环境的意见。可见，村民们对布局合理与环境相对协调的建设规划还是有相当强列的要求。

在对村干部的问卷调查中，我们了解了农村建设规划的制订情况，有38个村制定了农村建设规划，而有7个村没有制定，总体来看，规划制定情况还是不错的，大部分的村已经有了规划。

但是，在了解农村建设规划在当前农村建设中的作用时，发现情况就不那么乐观了，只有25位村干部认为很有用，有15位村干部认为是有点用，还有5位村干部认为没什么用处。

在了解当前农村建设规划制定和修编存在的主要困难时，有21位村干部选择了缺少资金，占到了全部人数的46.67%，另外有4人认为没有什么用，所以就没有制定的需要。

从问卷调查和访谈中，我们总结了当前村庄规划的总体情况是：①各地村庄规划编制的进展不平衡，大多数区域的农村已经编制了建设规划，但少数地方有规划的村比重较低。②各村庄规划编制的深度不平衡。尽管做了规划的村庄数量已占相当比例，但其所做规划的内容和水平差别很大。有的编制比较规范，总规详规较为完整，并经过区县规划部门审批；多数村庄规划做得比较粗糙，如只画了效果图；还有的村名义上做了规划，实际上没有落实。③各级对村庄规划的态度和打算不尽相同。大致有三类看法：一是认为规划很有必要，主要是正在或准备进行开发建设的村持此类认识。有的村干部经历了原来觉得规划没有必要，后来在开发建设过程中体会到做规划的重要性。也有一部分干部从道理上认为需要进行规划，但是受目前各种条件的限制（如村里没有这笔经费），感到做规划力不从心。二是认为村庄没有必要做规划。主要是一些被列入城镇中心区规划范围内的村和多数缺乏经济实力的村。前一部分村已经被纳入乡镇规划，似乎没有必要再做单独的村域规划。后一些村（这是大量的），近几年相继进行税费改革、落实土地承包、集体经济产权制度改革和实行村民自治等几项大的改革，使村的经济社会组织正处在一个变动时期，改革又都涉及村的经济利益。改革后，配套措施跟不上，不少村干部感到可以支配的钱少了，对前景缺乏乐观的预期，有的抱临时观念。在这种心态下，无心考虑村庄规划。三是认为村庄可以先不搞"规划"，最好先要有些"规范"。现在村庄的发展、建设和规划都没有什么规范可作参考或依据，造成建设的混乱和管理的困难。具体表现在如下方面：①村庄规划编制工作明显滞后。一是缺乏乡村发展建设的总体规划；二是村庄规划编制滞后，有的村没有编制规划，有的村没有地形图。②村庄规划的编制质量参差不齐，缺乏前瞻性、权威性和有效性，难以起到指导作用。各级干部普遍不熟悉村庄规划知识，对村庄规划的作用、内容、重点、程序，各种设施如何合理安置等都缺乏了解。一些村庄内部布局不合理，有的沿公路夹道建设，影响了村民安全和交通效率；低水平的规划建设，增加了公共基础设施的配套难度，损害了农村的自然环境、景观形象和持续发展能力。③村庄的意愿与上级对村庄的规划布置之间不协调。编制村庄规划的前提条件是，首先要由乡镇规划来确定村庄的功能和前途。不少乡镇在做镇域规划的时候，着眼点是通过迁村并点、聚拢人口来扩充镇区规模，从而增加建设用地指标；在整个规划实施期内的建设用地，又多用于近期的开发建设。这样，乡镇规划对村庄的调整就成了多批建设用地的手段，迁村并点实际上很难实现；而被规划为迁并的村庄，许多尚不具备合理安置和补偿村民的经济实力，不少干部和群众对上面提出的搬迁上楼的要求不满，存在着“买得起楼，住不起楼”的担心。④有些村庄的规划未经审批，违法占地、违章建筑的情况难以遏止，不仅浪费了土地资源，而且留下经济纠纷和社会矛盾的隐患。还有的村庄规划编制不合理，土地过多地用于住宅，特别是商品房建设，导致农用地减少，产业用地不足，商品房销售困难，后备资源枯竭，持续发展能力不足。⑤对目前规划执行的信心不足，由于农村建设是一个周期很长的工作，目前浙江农村土地资源缺乏，农民建房大都是见缝插针，利用村内空地或老宅基地，建设时间又参差不齐，短期内调整的余地不大。

当前，村庄规划存在以上问题的主要原因有以下几点。

（一）缺乏宏观指导，管理体系薄弱

在理论上，人们都承认村庄建设应规划先行，但从实际情况看，村庄要调整，但实施时间有近有远的，有要继续保留、并扩大人口规模的，有基本保持现状、在短时期内不做较大机械性人口变动的。各个村庄的前途和布局到底如何尚没有定位，而那些被上级规划纳入调整的村庄，到底能否真正实施也存在着疑问。同时，由于过去对村庄规划建设的内容缺乏研究，缺少规范和标准，造成对村庄的规划建设不熟悉，难以从宏观予以科学指导。从基层看，那些认为村庄规划没有必要的村干部，对本村的发展建设并非没有想法，主要是对“规划”的概念和内容不太了解。现在，一提村庄规划，许多人就认为是旧村改造；而一提“旧村改造”，又往往联想到拆房盖楼——这在绝大多数村庄短期内是不具备条件的。这样理解村庄规划，必然感到规划是一件难以企及的事情。

（二）缺乏村庄规划的编制经费和落实规划的建设资金，特别是启动资金不足

在长期二元结构下对农村投入严重不足，造成目前多数村庄经济基础薄弱，不仅缺乏进行乡村公共事业建设的实力，也缺乏编制规划的经费。

（三）缺乏指导村庄规划建设的规范和政策

反映最强烈的是缺乏以下规范和政策：①对于在集体土地上建设农民住房和平衡资金的商品房建设，缺乏明确的指导政策。除少数城镇地区以外，其他多数村庄无法走以开发带动建设的路子。集体土地上盖房也不能合法地进入市场，难以回收资金用于再建设。这成了对农村规划建设进入良性循环的严重制约。②缺乏集体土地建设的房屋产权政策。目前，在集体土地上建设住宅楼房没有产权凭证。农民上楼后产权不清，既不能进入市场出售，也不能做银行抵押，因此农民搬迁后存在不安定感，结果是新房盖起来，老房不敢拆。同时，商品房难以进入市场，非本地农民户的居民想买不敢买，影响了建设资金回笼，制约着村庄建设步伐。③缺乏集体土地建设的资金支持政策。村庄建设缺乏启动资金，政府没有投入，乡村缺乏实力，开发受到限制，银行不给贷款，乡村建设筹集资金举步维艰。结果是当地乡村难于自主开发，往往要依赖引进开发商。④缺乏村庄规划建设的规范标准。对于城市和小城镇规划建设，如配套的规范、用地分类及其标准，公共建筑配置及面积控制以及居住、基础设施、环境保护等规划建设都有相应的要求；村庄规划建设不同于城镇规划建设，有自身的特点，不能套用城镇标准。

（四）缺乏规划技术手段

各地在进行村庄规划时面临的普遍问题是技术力量不足。如果要求短期内大部分村庄都做出较高水平的规划，那么面对全省众多的村庄，将是一件工作量很大的工程。而且，做规划不仅需要规划行业的专业人员，也需要有经济社会发展规划方面的支撑。因此，如何运用市场机制，从技术上、组织上协调好规划力量，协调好总体完成村庄规划工作的年限，需要进一步认真研究。

二、农村建设规划存在的主要困难

“城乡建设，规划先行”早已成为社会共识。在这种宏观条件的背景下，强调“规划进村”似乎不应成为问题，但目前一些地方在新农村规划方面还存在

亟待解决的问题，突出表现在规划观念、人才队伍、规划能力三个方面。

规划观念落后。从基层方面来说，很多地方把本应全盘考虑、综合协调的新农村建设片面理解为仅仅是村庄的村容村貌建设，变成了拆房子、搬村子等简单建筑行为。由于缺乏科学指导，这种行为不仅劳民伤财，同时也造成一些历史文化传统遗产的破坏。由于 GDP 或地区生产总值出政绩的指导思想，长期以来，国家和地区规划工作中重城市、轻农村；城市规划中重市区、轻郊区的现象普遍存在，甚至还有一种“农村建设不需要像城市那样进行规划”的落后观念在各地发生影响。这是由长期存在的“城乡二元结构”导致的，影响了对未来中国农村景象的描述与刻画。事实上，解决中国发展问题的关键在农村，只有逐步缩小城乡差距，建设起“让城里人向往”的社会主义新农村、让农民过上“令城里人羡慕”、“让乡下人自豪”的健康生活，中国的问题才能从根本上得到解决。

规划人才严重短缺。农村规划的缺失和水平的低下，实际上反映了相关规划人才的缺乏。长期以来，国家和地区的规划重点往往是城市，由于需求导向的作用，社会上从事规划的单位和专业人士为数不少，但是他们的目光所关注的焦点往往不在农村，他们当中许多人所掌握的知识技能，也与社会主义新农村规划的需要存在差距。因此，从事农村规划的人才非常稀少。由于农村教育水平低下，农村本身更是缺乏规划专业人才。在这种局面下，工作在农村基层第一线的干部从责任出发，以非专业的水平而从事“规划”事务的虽有不足，亦无可厚非。倒是专业机构和专业规划人才，应该考虑补上这一课，发挥自己的专业所长，支持社会主义新农村的规划和建设。惟其如此，全社会解决农村问题的宏观成本才会有所降低，新农村的建设质量和文化品位才会有所改善与增强。

规划能力欠缺。这里所说的规划能力，包括有两个方面的内容：一是知识，二是财力。建设社会主义新农村，规划首当其冲。农民有需求，但是知识能力不足，在短期内难以依靠自身力量得到解决。顺理成章的想法是：在积极培养本地人才的同时，请国内外的专家来帮助农民完成规划。然而，任何经济活动都必然有成本发生，规划进村也不例外。农民没有足够的动力和经济实力聘请规划专家。从另一个角度说，为了降低交易成本，专家们组织起来，才能更好地、持续地致力于面向农村的规划活动。为了提高新农村的规划能力，一方面应该安排组织农村干部进行关于规划以及规划实施的专业知识培训，开阔视野，提高他们的知识水平；另一方面，有关部门（如建设部、农业部、中国工程院、中国社会科学院等）应该考虑组建或遴选针对农村、面向农民、从事农村规划的企业或机构，同时鼓励社会各方力量参与竞争，纳入规范管理，实行资格认证，更好地为建设社会主义新农村服务。

（一）对开展村庄规划的必要性缺乏正确的认识

由于村庄规划工作见效慢，往往需要几年甚至十几年的时间才能达到规划预期的效果。个别乡镇的一些领导，对村庄规划的认识还只是停留在农民建房这样的程度上。而许多乡镇的村庄20世纪八、九十年代以来，绝大多数农民已经建了新房，认为现在已无房可建，做不做村庄规划已经无关紧要了。没能正确地认识到村庄规划具有提高农业综合生产能力、繁荣农村经济、发展农村社会事业、构建和谐社会的巨大作用。目前，大多数乡镇干部、农民对村庄规划的认识也只是停留在“规划、规划，纸上画画、墙上挂挂”这样的程度上，认为规划过于空洞，规划目标离现实生活过于遥远，没有实际意义。

（二）规划法制观念淡薄

虽然规划部门对《城市规划法》、《村镇规划建设管理条例》等法律法规做了数年的宣传，但见效甚微，多数农民群众只知道建房要经过国土资源部门的审批，至于还要经过规划部门的批准就有很多农民群众表示不解，对于“一书两证”的内容知者就更少了。所以在农村，农民领取土地使用证后，立即投入建房的现象比比皆是。这些现象反映了农民群众、农村干部缺乏规划法制观念，规划建设部门对相关法律法规的宣传也不够。

（三）村庄规划与土地利用总体规划之间难以协调

按照国务院、浙江省政府要求，土地利用规划与村镇规划应该是“两个规划一张图”，以便于实施衔接。但由于体制问题以及还存在认识上的一些偏差，实际出来的是“两个规划两张图”。两个规划的目标都是“合理布局、节约用地”，但村镇规划是以“改造空心村、撤并自然村，建设中心村”这个动态的方法，调整盘活闲置的土地资源，通过合理规划减少人均占地面积，从而达到节约用地的目的；而土地利用规划是确定定居点后，圈定农保用地这个静态的方法达到保护土地的目的。两个规划一动一静，如果好好地衔接，则可以事半功倍；反之，则会滞缓新农村建设步伐，影响农业农村现代化目标的实现。村庄规划的实施，是一个“改、撤、建”的过程，是一个从现在就要做起的经历较长时期的演变过程，其实质是对土地利用的再调整过程。在这个过程中，面对土地利用规划所圈定的“不变”性，就不可避免地会碰上“难以调整”的问题，这时候就需要政府出面协调，拿出一个切实可行的具体措施。

（四）村界、队界对实施村庄规划存在一定影响

大多数村庄，农民都是在自己的责任地或承包地里建房，自己的地在哪里房屋也就建在哪里，缺乏统一性与协调性。而要实施统一的村庄规划，则必然要对建设用地有一定的调控。另外，村、队这个农村的基本单位，是农村各种性质用地的普遍界限，要实施规划，就必须打破这个用地界限。否则，村庄规划难以顺利实施。

（五）镇建设队伍力量不强，整体素质不高

村镇建设员队伍配置不完整且不稳定，有些乡镇对村镇建设员的作用认识不足，出现随意变动建设员岗位的现象，削弱了村镇建设队伍的力量。另外，村镇建设员的素质参差不齐，有的既没有工作经验又缺乏理论知识，这也是规划工作难以开展的一个原因。

三、搞好村庄规划的措施

（一）树立科学发展观，把做好乡村规划提上日程，加强法制建设

在率先基本实现现代化和“统筹城乡经济社会发展”的新时期，为改善城市的发展环境和人民的生活环境，形成与“新北京”相适应的环境优美、生态良好、经济发达、富裕文明、城乡融合的现代化首都郊区，迫切需要加快乡村规划建设。为有效地指导编制村庄布局规划和村庄规划、建立乡村规划建设的长效机制，应制定村庄规划管理条例、村庄规划编制办法及技术规程、村庄规划编制指导手册等规范性文件，使村庄规划建设有规可循。

（二）明确村庄规划建设的思路，加强总体规划、宏观指导和全面统筹

首先要做好村庄规划的基础性工作，完成村庄地形图的测绘工作，做好市和区县的村庄布局规划；在此基础上，指导村庄普遍做好粗线条的保护性规划，以便在村庄定位尚不明朗的情况下，保护集体土地、农村文化、农民利益，避免盲目建设和违规建设；对于有经济实力、有改造条件、有编制规划要求的村庄，从政策上鼓励、经费上支持、技术上指导、程序上规范其总规和详规的编制；允许

并支持一批已经成功进行建设改造的强村富村，在平等互利的基础上，向其他村庄辐射，进行跨村界的联村规划和建设，以强带弱，以富带贫，运用市场经济机制带动其他村庄的规划建设；对于大部分村庄，近期内不强求其编制深度规划，尊重各村具体情况和村民的意愿，村庄的深度规划要成熟一个编制一个，编制一个就予以鼓励、支持、指导和规范，使之有较高的起点和可行性。这样，随着各村庄的经济发展而产生内在需要，在各级政府的帮助下，经过5~10年的努力，就有可能以较小的投入和成本，高水平地全面完成村庄的规划建设。

（三）依据城市总体规划，做好区县域布局和村庄两个层次的规划

编制村庄布局规划，要按照因地制宜，规模适度，有利于农村经济社会发展、方便农民群众的生产生活，有利于农村社会稳定的要求，制定切实可行的村规模调整和撤村建居方案，解决好村庄总体布局问题；按照城乡一体化的思路，从区域的角度统筹安排供水、污水和垃圾处理等市政基础设施和医疗、文化、教育等社会公共设施建设，解决好区域性基础设施布局问题；统筹安排城乡土地资源，考虑村庄布点要与市、区县域城镇体系规划相衔接，为区域性交通、水利等设施建设预留用地，为城市扩张、产业基地等建设预留用地；衔接好与防洪等自然灾害防治规划的关系，协调好与自然、历史、文化等各种保护区规划的关系。编制各村庄规划，应考虑各地经济社会发展水平和广大农民群众意愿，规划的立足点放在在现状基础上适当改造和环境整治；高度重视、切实保护好村落中的文物古迹、特色民居等历史文化遗产，发掘地方优秀传统文化、民俗风情和民居建筑文化，丰富村庄建设的文化内涵，搞好乡村形象设计，突出地方特色和乡土特色。

（四）村庄规划建设要坚持从实际出发，稳步前进，分类指导

以农业为主的村，多数发展水平和农民收入水平还比较低，编制规划要考虑这些村庄村民务农的通勤半径和生产方式的特点，不急于从空间上调整村庄的位置，不急于扩大行政区划的规模，也不急于让农民“上楼”；以旅游业为主的村，村村之间、户户之间的经济收入不均衡且差别较大，这类村承担着为旅游服务和保护乡村特色的功能，不宜盲目地盖楼和按城市面貌改造村庄形象；以工业或服务业为主、发展水平和农民收入普遍较高的村庄，应抓紧规划，有步骤地进行产业布局及用地功能的调整，避免盲目占地、盲目建设。特别要注意，大多数村庄不应把房地产开发作为主导产业。除了为当地村民改善居住条件和平衡资金

之用的房地产开发以外，尽量把建设用地留作未来的产业发展用地。还有一些已经基本上没有农地和企业用地、而以土地或厂房租赁为主的村，应保持租赁经济特点，并根据具体情况研究下一步可持续发展问题。

从实际出发，应慎重地进行村庄调整工作。村庄调整至少包括行政区划和空间位置两个层次的调整。村庄的形成都有其自然、历史等渊源和经济、社会等条件。村庄的发展演变是一个自然的历史过程，在一定时期内具有相对的稳定性。村庄行政区划和空间位置的稳定性，是村民安居乐业的重要条件。因此，要解决好行政区划调整与空间位置调整的关系，尽量避免不顾主客观条件，频繁地变更行政区划的做法；更要慎重地对待村庄的空间调整，不要不顾村民意愿而轻易地并村拆房。对于那些农民群众总体富裕程度确实较高且旧村改造的意愿非常强烈的村庄，应鼓励其在高水平规划设计的前提下拆旧建新进行整体改造；对于大多数不具备上述条件的村庄，应把立足点放在环境整治和局部改造上，切忌不切实际和不顾群众意愿的大拆大建，不搞“劳民工程”、“扰民工程”、“形象工程”、“政绩工程”。

应允许一部分没有编制规划要求的村庄暂时不必要做深度的规划。可先定一个三五年的简单规划，然后逐步调整，不一步到位。对于这部分村庄，主要是要求按照村庄规划建设的规范，进行一些局部建设和调整，改进生活设施，重点是加强村庄环境整治，走投资省、见效快的路子，为下一步规划建设打好基础。

（五）完善乡村规划建设的管理体系建设，加强管理和服务机构，培育村庄规划建设的中介组织

村庄规划建设既是一件涉及当前富裕农民的事情，又是一件长远的工作，需要加强各方面的协调。因此，需要梳理村庄规划的机构和人力资源，加强管理部门的力量，提升市县两级政府乡村建设部门的行政规格，增加编制，增设协调城镇和乡村的规划、用地及基础设施建设指导及拆迁政策等业务机构。乡镇和村庄要进一步加强规划队伍。为帮助基层做好规划编制工作，可发挥中介性规划服务组织的作用，借助于中介性规划服务组织进行调研、联系专家、提供信息服务及培训、帮助村庄做好前期论证等工作。

（六）调整和完善村庄规划建设政策

包括：①鼓励利用多种形式进行村庄建设。在自主开发和引资开发等形式中，应鼓励农民集体开发。②占补平衡用地政策。为使占补平衡用地政策兼顾土

地所有者、开发建设者、使用者三方利益，村庄建设改造节约出来的土地可分为用于农民改善居住条件、用于平衡资金、用于产业发展等几部分。考虑到产业用地应适当向城镇和工业基地集中的发展方向，村庄产业用地可采取租赁、入股等方式适当置换到城镇工业基地，供集中建设使用。③新建房屋产权政策。集体用地新建房屋，可考虑由区县一级政府颁发房屋产权证，作为一种较为长期性的过渡办法。④新村建设或旧村改造要享受比城市危房改造更加优惠的政策。主要是对回迁户自用房屋免收土地出让金、大市政费、绿化费、防洪费等。⑤建设启动资金政策。政府对农村基础设施、公共设施建设应制定规划，编列预算，逐年加大投入，有计划地对不同地区分期分批地进行重点建设改造；动员各部门的资金支持，集成使用；运用市场机制吸引社会资金投入，鼓励采取招投标方式。

（七）开展对农村基础设施建设问题研究

农村规划不同于城市规划。目前农村建设所需要的许多技术、设施不能照搬城市现成的东西。几百人口的村庄进行污水处理的系统不同于上万人口的城镇。照搬城市的手段，就有可能造成规划上的误导。需要针对北京农村不同规模、不同地形、不同聚集程度的村镇拿出可供选择的多种配套技术方案，为此要抓紧搞好农村配套建设的技术攻关，拿出“菜单式”方案，给农民、规划师以可供选择的余地。

（八）加强对乡村干部的专业培训

针对当前农村规划的一些问题，要强化干部培训。乡村规划培训要有计划地分期分批进行，可做一个 2～3 年的工作规划。

当前政府在新农村规划中，应当充分调动农村集体组织和村民的主动性和积极性，发挥指导与支持作用。具体包括以下几个方面。

第一，提供智力支持，鼓励专业机构参与规划。国家应采取一定的激励措施，鼓励、支持和要求科学机构、大专院校和有资质单位的专家学者深入乡村，指导、帮助、参与新农村建设规划的制定和实施，使之高起点、高质量。政府应以一定的资金支持和政策保障来激励当代大学生，尤其是考取公务员的大学毕业生到农村工作 2～3 年，了解农村和农民，接受实践锻炼，支持农业和农村发展。

第二，坚持统一规划，凸现区域特色。农村各地发展千姿百态、千差万别，起点有差距，过程有快慢，水平有高低，在统一规划的前提下，必须树立科学发展观，因地制宜，稳步推进，既要着眼于改善村容村貌，又要从本地实际出发，尊重农民意愿，充分考虑农民的承受能力；既要坚持节约集约使用土地的基本原则，又要便于农民生产生活，体现地方特色。

第三，新农村规划应该围绕“新设施、新环境、新房舍、新农民、新保障、新风尚”这“六新”来进行。新设施，主要包括生产和生活基础设施，如交通、电力、信息和农业基础设施等；新环境，指的是生态环境良好、生活环境整洁；新房舍，应体现在特色与地域风情的高度统一与和谐上，体现在美观、实用（结构、光照、通风等）和节约（土地、材料、能源等）上；新农民，就是培养有文化、懂技术、会管理、文明向上的新型农民；新保障，就是建立统一体系的农村养老保障、最低生活保障和医疗服务制度，让农民像城里人一样享受生活；新风尚，指建设生态文明新村是推进社会主义新农村建设的方向和重点。

当前新农村规划主要从以下几个方面着手：

第一，规划需要倾听农民意愿，应搞好规划需求调查。新农村规划哪些内容，农民需要什么？是做好规划工作的基础。例如，最近从杭州市余杭区的新农村规划调查中，我们了解到对于“生产发展、生活宽裕、村容整洁、乡风文明、管理民主”五个方面的建设任务，调查结果表明：对于生产发展，农民认为最重要的是需要发展农村工业，其次是发展种植业；生活方面，排在第一位的是需要拓宽增收渠道，其次是增加就业机会；很多村民都意识到乡村规划的重要，66%的人认为乡村规划是村容整洁的首要任务，其次是改善居住环境；乡风文明方面，调查结果显示70%的农民认为提高农民素质是最重要的，其次是改变陋习；管理民主方面，村务公开和村领导班子被认为是最重要的。对于生活中需要解决的不便之处，调查结果显示，按照迫切程度排在第一位的是文化娱乐，第二位的是出行，第三位为医疗、教育，说明在余杭这样经济比较发达的地方，对于文化、医疗等方面的需求是排在前列的。对于政府在公共服务的投入需求，社会保障排在第一位，占67%；教育排在第二，占33%。说明在生活比较宽裕的情况下，农民对于社会保障、教育的需求是非常迫切的。对于是否搬迁到中心镇和中心村，调查表明，57%的人是可以考虑的，36%的人非常愿意搬到中心村或中心区，不愿意的或无所谓的不到10%。对于新农村建设中农民最担心的问题，59%的人最担心自筹资金率过高，其次担心出现豆腐渣工程，第三担心生活没有得到改善，第四担心是搞成政绩工程或者形象工程。上述调查结果反映了余杭区农民对新农村建设的需求，以此作为规划的出发点。需要指出的是，浙江各地农村环境、经济基础、发展程度、差异较大，各地因地制宜、实事求是的搞好规划调查工作是非常重要的。

第二，新农村建设规划需要建立相关的指标体系。各地可根据实际情况，按照新农村建设的内涵，设立“生产发展、生活宽裕、村容整洁、乡风文明、管理民主”五个方面的指标体系。例如，有关方面根据杭州市余杭区的规划调查，设计了五个方面二十八项个指标[①]。在生产发展方面，突出了农业科技进步贡献率指标；在生活宽裕方面，设计了农村恩格尔系数、农村互联网入户率、农村养老保险覆盖率等指标；在村容整洁方面，突出了生活污水处理率和垃圾无害化处理率；在乡风文明方面，设计了人均受教育水平、农民文化娱乐支出比重、乡镇图书馆覆盖率等指标；在管理民主方面，突出了村民自治比重等指标。指标中既有预期性指标，也有约束性指标，如养老保险覆盖率、生活污水处理率等就是约束率指标。

第三，新农村规划应创新规划思路，突出地方特色。不同地区的经济社会发展水平不同，比较优势不同，新农村建设规划的重点也应该有所不同。规划中应注重因地制宜，突出地方特色。对于经济比较发达的地方，新农村建设规划的思路主要体现两点，第一是创新，第二是和谐。创新就是要突出机制创新和体制创新。新农村建设成功与否关键在于制度创新。规划本身就是引导政策的过程，为政策导向变为政策现实提供参考。和谐就是强调经济发展到一定水平以后，新农村建设要突出生产、生活和生态的和谐发展。和谐发展要协调好两大关系：一是注重经济与社会事业的协调，积极探索建立与经济发展水平相适应的农村文化、教育、科技、社保等社会事业发展；二是注重新农村建设与要素资源的协调，特别是土地资源、人口资源的协调。浙江省土地资源非常紧缺，特别是随着城市化和工业化进程，土地越来越紧张，一些地方村庄规划很好，但是由于没有土地指标，规划蓝图无法变成现实。因此，正确处理新农村建设和土地要素之间的矛盾，引导农民向中心镇中心村延续，引导企业向开发区和园区集聚，使社区布局、工业布局、基础设施布局实现集约化。再者是人口要素，浙江的许多村镇外来人口占了相当大的比例，有的甚至超过了当地的人口。新农村规划中必须考虑外来人口的生活、居住和就业问题，这些都对基础设施的建设提出了新的要求。

第四，新农村规划应避免走入一些误区。第一个误区是新农村规划只调研农村。新农村规划不能就农村谈农村，新农村与城市应该是一个互动的关系，所以新农村调研时不能只往农村跑，应该更多地往城市跑，特别是城乡结合地区要统

① 新农村建设之“余杭路径”. 浙江日报，2006-09-15

筹调研，更多的研究如何让城市带动农村。第二个误区调研不深入，对于农民的需求掌握得不准确、不充分。在调研的时候要真正地深入到农村、农民，了解农民的切实需求。第三个误区就是按照城市规划的理念来规划农村。新农村建设不是城市建设，新农村规划并不是要把农村规划成城市。农村有其特殊的生产生活需要，应该从农民的实际需要出发，尊重农民意愿，更不能把农村规划成千篇一律的混凝土建筑。第四个误区是政府动而农民不动。现在专家、学者、官员都在研究新农村，但更重要的是要发挥新农村建设主体即农民的自主性、积极性，让农民真正投入到新农村建设中去。

浙江发达地区与欠发达地区，山地、平原、丘陵、沿海、岛屿各地农村地形地貌、环境资源条件差异性很大，新农村的村庄规划编制应坚持因地制宜，充分考虑各村经济发展水平、村庄建设情况、地形地貌和农民意愿，坚持因地制宜，分类指导，量力而行，逐步推开，多层次地推进环境治理、村庄整理、旧村改造、新村和特色村建设。例如，地处浙西南欠发达地区的江山市，在新一轮村庄规划修编中就提出其指导思想是：按照统筹城乡经济社会发展的要求，以村庄规划为龙头，从治理“脏、乱、差、散”入手，加大村庄环境整治的力度，完善农村基础设施，为加快实现农业和农村现代化打下扎实的基础。

第十章　农村公共物品供给中的环境问题

第一节　农村环境问题的现状

一、我国农村环境问题的现状

农村环境是指以农村居民为中心，乡村区域范围内的各种天然的和经过改造的自然因素的总和。它是农村居民生活和发展的基本条件，本质上是村民与自然的相互依赖的关系。农村环境问题是指农村居民自身在从事农业生产过程中以及在日常生活中，所造成的破坏农村生态环境或者污染农村环境的现象，还包括农村的工业企业在生产中由于不合格排放造成的河流、大气、土壤等污染农村环境的现象。而后者的危害性在我国日益严重。农村环境破坏及污染不仅直接影响农村居民的生活和身体健康，而且还制约农村经济的可持续发展，影响社会的和谐。

全球化不仅成就了资本、技术和信息超越国界的结合，也为环境污染的勃发提供了平台。借助这么一种平面推移，全球村里环境污染变得更为凶猛。环境污染不再是城市独有的专利，也不是个别地方的现象，它成为一种超越国界的对人类的全面报复行动。全球一体化的发展格局，让全球村的村民面临严峻的事实——污染没有国界。在消失的边界面前，我们无处遁形。更为残酷的是，农村也不再是我们逃避环境污染的世外桃源，至少中国的农村环境不再是。

在中国，尤其是GDP每年都高奏凯歌的今天，环境污染已经成为伴随经济发展的普遍现象。在整个“十五”期间，拟定的计划大部分都得到了实现，但是环境指标却没能完成。作为“十一五”规划第一年的2006年，全国化学需氧量（COD）排放总量1428.2万吨，比2005年增长1.0%；二氧化硫排放量2588.8万吨，比2005年增长1.5%。2005年、2006年更是接连爆发了一大批群众反映强烈、社会高度关注的环境事件。从这些可以看出，发达国家上百年工业化过程中分阶段出现的环境问题，在我国已经集中出现，环境污染已经成为当前我国发展中的一个重大问题。环境污染与工业化、城市化、人口增长、就业压力、资源短缺、贫富差距、社会治安等相互制约，已经累积成了严峻的社会问题。我国经济每前进一步，都付出了沉重的环境代价。而且代价的载体在不断地扩展，城市的污染在向广袤的农村蔓延，逐渐地混淆着城市和乡村的界限。

中国农村的环境现状令人担忧。农村环境形势的严峻，已经威胁到农村居民的生活。农业生产环境污染、农村生活污染、城市和工业污染向农村转移、农村生态破坏已经成为当前农村环境的突出问题。点源污染与面源污染共存，生活污染和工业污染叠加，各种新旧污染相互交织，农村环境保护工作基础薄弱。在“世界地球日”纪念活动中，国土资源部部长孙文盛表示要突出强调土地资源，要坚守18亿亩耕地红线。但已有数据显示，目前全国受污染的耕地约有1.5亿亩，污水灌溉污染耕地3250万亩，固体废弃物堆存占地和毁田200万亩，合计约占中国耕地总面积的1/10以上。全国每年被重金属污染的粮食就达到1200万吨，直接经济损失超过200亿元。改革开放给农民的生存条件带来巨大的改善，但是与城市相比，无论是收入差距还是生存环境差距，城乡之间的距离都在不断加大。中国农民为中国现代化付出了巨大的代价，但他们却愈来愈被排挤在现代化成果之外。城乡居民收入差距由20世纪80年代的1.8∶1，扩大到90年代的2.5∶1，2003年达到了3.2∶1。与此同时，城市与农村的环境治理差距也在逐步扩大。据卫生部门和水利部门的调查，我国农村饮用水符合农村饮用卫生准则的比例为66%，还有34%的人口饮用水达不到准则的要求。初步摸底调查显示，我国有3亿多人饮水不安全，其中有1.9亿人饮用水有害物质含量超标。大量无处理的生活垃圾露天放置，畜禽养殖污染物的肆意排放，农药化肥的不合理使用，农村各类企业“三废”的无处理排放，这一系列问题使得农村的环境污染问题日益突出，并且形成由小范围的局部生态破坏演变成区域性、大范围的环境恶化。

农村环境污染显现的恶果之一是癌症的大幅增加。根据卫生部2005年的有关资料显示，近30年来我国癌症发病率与死亡率一直呈现持续增长趋势。20世纪70年代、90年代和21世纪初，每年死于癌症的人数分别为70万人、117万人和150万人。目前，全国癌症死亡已经位居各类死因的第一位，每死亡5人当中即有1人死于癌症。农村地区癌症死亡率增长速度明显高于城市，癌症高发区也多处于农村和西部地区。癌症已经成为我国农民因病致贫、因病返贫的重要原因。以江苏省为例，有资料表明，江苏农村每年产生生活垃圾1200万吨，绝大多数未经处理而随意倾倒，江苏癌症发病率在全国有着较高的比例。20世纪70年代初，全国肿瘤死亡回顾调查表明，江苏癌症死亡人数约占全国的10%，属于癌症高发地区；90年代初，江苏全省癌症死亡人数占全国的8.58%；2006年，最新统计数据表明，江苏癌症死亡人数仍占全国的7.53%。农村环境的恶化产生了不少的癌症村，有关癌症高发村的报道经常见诸报端，江苏、广东、河北、河南、安徽、湖北、浙江乃至新疆，部分村庄癌症高发的现象几乎遍及全国。癌症高发已成为污染地区农村无法回避的现实。诚然，癌症的产生有诸多的原因，包括自身的因素和外部的影响，如饮食习惯、食用农药过量的果蔬、环境质量下降等。但是，这些癌症村都有一个共同的特点，那就是所在地区自下而上的环境发生了重大改变，水土遭到了严重的污染。正所谓上游工业违规排污，下游癌症村较为常见。从水环境的变迁，可以看出农村环境的恶化。

1978~2006年，中国国内生产总值年均增长9.67%，远高于同期世界经济3.3%的年均增速度。城镇居民人均可支配收入由1978年的343元提高到2006年的11 759元。农民人均收入也由134元提高到3587元。然而“农村环境污染问题如果不能得到有效解决，改革开放带来的经济增长和农民人均收入5%~8%的增长，将会被全面抵消。农村环境恶化问题犹如一颗定时炸弹，随时都有可能爆炸”。

二、农业生态环境形势严峻

农业生态环境是指由农、林、牧、副、渔业生产所必需的土壤、水、森林、草原、空气和阳光等自然因素组成的综合体。当前，我国农业生态环境恶化主要体现在以下四个方面。

（一）土壤环境恶化

1. 水土流失加剧

我国在农业经济发展的同时，农村的生态环境也遭到了严重的破坏。我国是世界上水土流失最为严重的国家之一，特殊的自然地理的社会经济条件，使水土流失成为我国主要的环境问题。目前，我国的水土流失面积已从新中国成立初期的约153万千米^{2}扩大到356万千米^2，以1万千米^2/年的速度扩展。近50年来，我国因水土流失的土壤总量约达50亿吨。严重的水土流失使得耕地减少，土地沙化，生态恶化。目前，我国水土流失严重的黄土高原地区，每年要流失地表土1厘米以上，约16亿吨，其中流失的含氮量约4000万吨，相当全国一年化肥生产量，土壤流失的速度比土壤形成的速度快120~400倍，年复一年的水土流失使土层变薄，土地日渐贫瘠，土地生产力大大下降。在长江流域及其以南的地区，水土流失引起的土地“石漠化”使不少地方丧失了人类生存的条件，不少人成了生态难民。现在我国每年至少有50亿吨沃土付之东流，上亿吨氮、磷、钾养分随之流失。如果不抓紧治理，总有一天，土层会流失殆尽。

2. 沙化面积扩大

目前我国沙化土地面积已达168.9万千米^2，占国土总面积的17.6%。近1/3的国土受到风沙威胁，每年因此造成的经济损失达540亿元。天然林面积比新中国成立初期大约减少了1372万公顷；草地退化面积达1.3亿公顷，占草地总面积的1/3。并且每年以200万公顷的速度增加。目前我国造成退化、沙化、碱化草地约1000万千米^2，占我国草原总面积的50%。进入20世纪90年代，沙化土地每年扩展2460千米^2。历史上水草丰美的科尔沁草原、鄂尔多斯草原等，由于过牧等多种原因，载畜量下降，草原退化严重。更为严重的是，现在仍有一些草原被过度开垦。

3. 农地污染严重

目前，我国受重金属污染的耕地多达2000万公顷以上，占耕地总面积的1/6，受农药和其他化学品污染的农田约6000多万公顷，约有65%的污灌耕地遭到不同程度的重金属和有机物污染；华南地区部分城市有50%的耕地遭受镉、砷、汞等有毒重金属和石油类有机物的污染。2005年环保总局发布的调查数据表明：珠三角近40%的农田菜地土壤重金属污染超标，其中一成土地污染属严重超标；长江三角洲地区有的城市连片的农田受多种重金属污染，致使10%的土壤基本丧失生产力。全国每年出产重金属污染的粮食多达1200万吨；主要农产品中，农药残留超标率高达16%～20%。大量土地施用化肥和农药，使土地板结，理化性能变劣，降低了食品安全。据资料显示，2003年，我国农田化肥施用量为464.5公斤/公顷，超过发达国家安全施用量225公斤/公顷上限的一倍以上；农药施用量达15公斤/公顷，是发达国家的每公顷使用量的两倍多。其中，高毒农药占农药施用总量的70%，国家明令禁止的一些高素养、高残留农药仍在部分地区生产和使用。农用塑料薄膜用量为159万吨，并且每年有40万吨地膜废弃在农田里，形成对耕地的白色污染。土壤遭受病菌污染的程度也逐年加剧。受酸雨和大气污染影响的耕地面积更大。据调查，20世纪90年代前期，受酸雨污染的农田总面积达到2688万公顷。其中，pH值小于4.5（对土壤和作物有着较高的腐蚀性）的污染面积占234.7万公顷（3520万亩）；受大气污染的耕地面积为530万公顷（7950万亩），占到全国耕地总面积的6%；工业固体废弃物占用的耕地面积也高达13万公顷（195万亩）。2007年5月，国土资源部公布了受污染耕地的最新数据是1.5亿亩。这些污染意味着农民赖以生存的“命根子”受到严重破坏。耕地污染使其转换为财富的能力下降，加快了土地退化和沙化，削弱了土地的产出能力并降低了农产品的质量，增加后代农业生产的成本，直接损害后代人提高收入的能力。我国是世界上人均耕地资源较少的国家，耕地资源数量日渐减少，土地质量不断退化，威胁到我国的粮食安全，影响可持续发展战略的实施。联合国粮农组织的研究分析认为，人均耕地低于0.05公顷这一警戒线后，即使在现代化生产条件下也难以保证粮食自给。积极遏制我国耕地数量和质量迅速下降的趋势已刻不容缓。

4. 土地资源受到严重蚕食

我国耕地资源非常有限，总体上只有18.3亿亩。其中，只有15.6亿~16亿亩用于粮食生产。近年来，耕地被占用的速度非常快，耕地面积呈锐减趋势。根据国土资源部的统计，1978~1993年的16年间，我国耕地面积平均每年减少28.6万公顷；1997~1999年，平均每年减少27.8万公顷；2004年，我国耕地面积降为12 259.3万公顷，2000~2004年，平均每年减少132.3万公顷。据预测，我国2020年耕地面积将减少到10 977万公顷。2004年，我国的人均耕地面积已从2003年的1.43亩减少到1.41亩，预计到2020年降为1.138亩，到2032年为1.037亩，到2050年为1.016亩。即使在国家的严格控制之下，耕地面积也从1996年的19.51亿亩减少到2004年的18.37亿亩，9年间平均每年减少1425万亩。仅2003年一年全国耕地面积就净减少3806万亩，减少2%，人均耕地从1.47亩降至1.43亩。2005年，我国耕地面积减少540万亩。全国已有600多个县人均耕地低于国际公认的0.05公顷警戒线。

（二）水资源污染严重

1. 水资源的掠夺性使用，导致区域性的水资源耗竭

农业灌溉需求的过分增长，至今已造成灌溉农业面临灌水资源枯竭的局面。对水资源的掠夺造成的全球气候变化的影响形成我国北方地区干旱的区域环境恶化的趋势。农业抗旱能力削弱，甚至影响到居民的饮用水安全，许多地方把“南水北调”作为解决水问题的关键。

2. 水源污染严重

我国许多地表水系、湖泊河网，如我国重点治理的太湖流域、巢湖、滇池、淮河流域等，在城镇工业污水、生活污水及农业污染的围攻下，受到严重污染，如富营养化。这些加剧了农业水资源危机。全国70%以上的河流湖泊遭受不同程度的污染，COD排放总量水平高于环境承受能力的40%左右。2004年中国水资源公报显示：在13万千米评价河长中，I类水河长占6.3%，II类水河长27.2%，III类水河长占25.9%，IV类水河长占12.8%，V类水河长占6.0%，劣V类水河长占21.8%。全年符合和优于Ⅲ类水的河长占总评价河长的59.4%。在评价的50个湖泊中，水质符合和优于Ⅲ类水的湖泊有18个，部分水体受污染的13个，水污染严重的19个。对49个湖泊的营养状态进行评价，17个湖泊处于中营养状态，32个湖泊处于富营养状态。目前，我国因污染而不能饮用的地表水体占全部监测水体的40%。由于农村生活和农牧渔业生产及规模化、集约化畜禽养殖造成的农业面源污染、工业污水的大量排放，广泛分布在农村的河流、湖沼、沟渠、池塘、水库等处的地表水体和地下水体，严重污染事故时有发生，不仅造成粮食和水产品减产，还直接威胁着食品安全与广大农民的身体健康。据统计，2003年全国牲畜存栏为96 155.5万头，排出的粪尿量约为322 836.2万吨。其中，大多数尚未进行无害化处理，而直接流入水沟、大河和湖泊，不仅成片地污染农作物，而且造成人畜用水困难。

3. 污水灌溉

许多地区利用污水对农田进行灌溉，对农田土壤、地下水和农产品带来严重的污染威胁。根据农业部组织的全国性污染灌溉地区调查，我国污灌区均受到不同程度的各种病原菌、有机污染物、盐分和重金属的污染。据国家统计局农村社会经济调查司2004年的数据，1978～1998年，我国农业“污灌面积”从500万亩增加到5427万亩，占全国总灌溉面积的7.3%；目前，污水灌溉面积已达330余万公顷，主要分布在海、辽、黄、淮水资源短缺的四大流域，占总污水灌溉面积的85%。

4. 水资源严重短缺

因泥沙淤积、盲目围垦及气候干旱，全国湖泊水面比新中国成立初期减少约140多万公顷。鄱阳、洞庭两个大湖水面比20世纪50年代初期缩小29.69万公顷，减少了31.2%，不仅影响渔业生产，而且减弱调蓄洪水能力，加剧了湖区洪涝灾害，同时导致了淡水资源短缺的进一步加剧。我国是世界上人均淡水资源严重缺乏的国家之一，按人均拥有1000米^{3}为人类生存的起码需求量来衡量，全国有10个省、自治区、直辖市的11%的国土面积、1/3以上的人口处于严重缺水状态。

5. 海洋生态环境变坏

近海海域水质不断恶化，赤潮发生次数增加，面积扩大，1999年，几乎所有的近海海域都发生过赤潮。围海造地和养殖的过度开发，导致我国沿海自然滩涂 湿地总面积减少近一半。非法捕捞和炸礁造成我国南部一些地区的珊瑚礁资源已濒临绝迹。

（三）陆地生态系统污染

由于生态环境遭到破坏，在人口、粮食、环境破坏的多重压力下，我国陆地生态系统野生动植物失去了再生的基本条件，一些珍稀动植物已经灭绝，许多地区自然植被在人为和自然灾害的破坏中已经不复存在，严重影响生态平衡。我国有15%～20%的动植物类受到恶劣生态环境的威胁，高于世界10%～15%的平均水平。在《濒危野生动植物种国际贸易公约》中所列的640个物种中，中国占了156个。区域生态系统农、林、草、水结构比例严重失调，环境超载，自然生态功能脆弱。面对社会经济的发展速度和全球气候变暖的冲击，环境退化，生态系统的稳定性、抗灾害能力及对生物生存和适用性皆处于不确定的前景。同时，森林植被破坏严重，我国森林覆盖率仅为12%左右，大大低于世界31%的平均水平。人均森林面积和积蓄量只有世界平均数的15.2%和11.1%，不少地区缺乏良好的植被覆盖。人为地乱砍滥伐使森林植被层失去其调节水源的功能，造成严重的水土流失，洪涝灾害加剧。

（四）大气污染

工业废气随意排放，随意焚烧工业垃圾、生活垃圾现象比较普遍，这种现象严重破坏了空气质量。此外，农村生活垃圾露天堆放，蚊蝇丛生，臭气熏天；秸秆随处堆或就地焚烧，严重污染了环境。

三、浙江农村问卷调查结果

在本次的访谈和问卷调查中，我们深深地感觉到随着浙江农村经济的发展、农村居民收入的不断提高，他们对环境问题也日益重视，也表现出了对生活环境改善的巨大需求。在对村民进行调查中，被问及对本村生活最不满意的方面，环境卫生问题列在了第一位，共有478位村民表达了对本村环境卫生的不满，反映出了村民们对环境卫生问题的关注以及目前农村环境卫生总体较差的现状。

从村民对环境问题的主要意见来看，他们所认为的目前农村存在的主要环境问题见表10-1。

表10-1　农村主要环境问题

选项	频率	百分比/%
垃圾问题	368	39.66
房子造得太乱	389	41.92
河流水太脏	461	49.68
周围企业排污	172	18.53
道路太差	264	28.45

从生态环境方面来看，农村已经开始重视卫生环境问题。大部分村对垃圾进行了收集和集中，但是能够将垃圾进行集中专业处理的村只有14个，只占全部被调查村的31.1%，其余的大部分只是将垃圾收集进行集中的堆放或填埋，很容易造成环境的二次污染，还有14个行政村未建立垃圾收集系统，村民们的生活垃圾直接丢弃，对环境的影响比较严重（表10-2）。

表10-2　农村垃圾处理情况

选项	行政村数量	百分比/%
直接丢弃	14	31.1
集中堆放	12	26.7
集中并进行填埋	5	11.1
集中并进行专业处理	14	31.1
合计	45	100.0

相对垃圾处理情况，农村居民生活污水的排放情况则不容乐观，除了3个村以外，其余42个村居民的生活污水都是直接排放到环境中，对农村的环境造成了较大的污染。大多数的村民反映农村地表水体水质低劣，富营养化现象严重（表10-3）。

表 10-3　农村污水处理情况

选项	频率	百分比/%
直接排放	42	93.3
有污水池集中收集	3	6.7
合计	45	100.0

目前，浙江农村的燃料结构已经发生了较大的转变，在 45 个被调查村中，以液化气为主要燃料的有 17 个村，还有 12 个村中柴草和液化气的使用都较为普遍，只有 13 个村目前以柴草为主要燃料，使用煤为主要燃料的只有 1 个村（表 10-4）。如果使用柴草为燃料，一般需要砍柴，所以会对植被产生破坏。因此，对柴草这种传统燃料的替代率越高，越有利于林地和植被的保护。

表 10-4　浙江农村燃料结构

选项	频率	百分比/%
未回答	2	4.4
柴草	13	28.9
柴草和液化气	12	26.7
煤	1	2.2
液化气	17	37.8
合计	45	100.0

从本次调查问卷的结果来看，随着经济的迅速发展，农村居民的环境意识也不断增强，对生活环境的要求也日益提高。垃圾的处理情况改善较快，大多数村已经开始对生活垃圾进行收集和处理。但农村的水环境问题较重，大量的污水未经处理就排放入河道，对地表水和地下水都造成了较为严重的污染。

浙江省农村环境另一个主要的问题是农村工业污染日益加剧。由于农村工业的迅速发展，浙江农民的收入也得以迅速增长。但是，与此同时，由于农村工业大多规模小，大量的小企业以家庭工厂的形式存在，技术落后、环境意识弱、布局分散，导致其污染治理水平低，废弃物基本上直接排入环境，造成对环境的污染。

第二节　农村环境恶化的主要危害及其原因

一、农村环境恶化的社会危害

农村环境恶化对农村的危害是多方面的，它不仅给村民的身心健康造成了直接的损害，而且影响经济社会的发展。具体而言，农村环境污染的存在和加剧可引发以下一系列问题。

（一）农村环境恶化加剧了社会不和谐因素

其不仅将继续扩大现有的城乡不平等，而且在一定程度上削弱了后代人缩小城乡不平等的能力，妨碍了城乡差距的缩小。农村中的自然资产因为环境污染的加剧而贬值，在未来时代，其转换为财富的能力有下降的趋势。环境污染会从很多方面损害农村自然资产的品质；与此同时，治理环境污染，消除由其引起的负面影响，还将增加后代农业生产的成本和后代农民的财政负担。在此情况下，后代人要缩小与城市的差距，将面临更为严峻的形势。

（二）农村环境恶化导致新的社会矛盾

首先表现为利益群体之间的矛盾。由于工业化的触角伸到农村，形成了污染企业与村民的极大矛盾。搬迁到农村的企业在相当程度上是劳动密集型企业和污染企业。污染企业搬迁到乡镇的目的，在一定程度上是为了逃避环境保护的限制，换句话说，是一种逃避改造的污染转移。这种企业的存在必然会给当地农村的环境带来破坏，产生与村民之间的矛盾。其次是同一生态环境的共有性。同一片山林、同一条河流都可能由于污染的产生而殃及池鱼。特别是河流上下游，如果仅仅是维护行政区域自身的利益，必然会产生行政区域间的矛盾。再次是村民之间生活环境的矛盾。生活垃圾和生活污水的处置在大部分农村是处于无管理状态。随着消费水平的提高和生活习惯的改变，农村垃圾的成分已经发生了很大的改变，不可降解物质的增加，给垃圾的处置带来了困难。在没有垃圾收集场所的情况下，随意放置生活垃圾，不仅污染环境，影响村容村貌，还会给邻里之间带来矛盾。

（三）农村环境恶化对不同利益群体的伤害

其造成的伤害可归纳为两类：有形与无形。有形伤害是指身体的伤害。污染

通过改变周边环境，直接作用于生活在农村的农民，使其遭受各种疾病的折磨，如癌症和各种莫名怪病的困扰。无形伤害是指思想意识的伤害。在二元经济的影响下，农民的待遇与城市居民不一致。农民的需求层次低、农民环境要求低的意识对农村环境的恶化起着推波助澜的作用。长期的政策导向，已经使得城乡无形地被划分成两个利益群体。城市居民与农村居民的差距不仅仅是户籍管理制度的不同，而且是不同的两个社会阶层的差距，造成农村居民在公共福利享受等方面逊于城市居民，在环境保护的公共资源分配上同样如此。尽管伤害是同样存在，但农村居民受伤害的程度要远大于城市居民。

二、农村环境污染源的主要类型

（一）工业污染

1. 乡镇企业对农村环境的污染

农村工业化是中国改革开放 20 多年间经济增长的主要推动力，在县域经济发达的浙江、江苏等东部地区表现得较为明显。然而乡镇企业蓬勃发展的同时，也给农村环境带来了巨大危害。一直以来，乡镇企业由于布局不当、经营管理水平低、设备陈旧、技术落后、环保意识薄弱、污染物的无序排放等原因，对农村环境造成了严重污染，已成为农村环境的最大污染源。这种工业化实际上是一种以低技术的粗放式经营为特征、以牺牲环境为代价的反积聚效应的工业化，村村点火、户户冒烟，不仅造成污染治理困难，还导致污染危害直接。目前，我国乡镇企业废水 COD 和固体废物等主要污染物排放量已占工业污染物排放总量的 50% 以上，而且乡镇企业布局不合理，污染物处理率也显著低于工业污染物平均处理率。首先，乡镇企业的能源多以煤为主，而煤的燃烧利用率低，缺少净化设施，致使尾气中烟尘浓度严重超标，造成农村大气污染。其次，水污染是乡镇企业中最严重的环境问题，多数乡镇企业为技术水平低的造纸、制革、印染和冶炼等耗水工业，大量的污染废水未经任何处理直接排入乡村河道，造成农村水体大面积污染。仅 1997 年全国乡镇企业废水排放量就达到 383 877 万吨。最后，乡镇企业固体废弃物多数直接堆放在农田里，使大量农田遭受污染，农民无法对宝贵的土地资源继续利用。

2. 城市污染企业向农村转移

目前，城市的环境保护越来越受到重视。许多城市都有意识地杜绝污染产业。例如，首都钢铁厂将在2010年前全部搬迁，北京今后将不再发展涉钢产业。遗憾的是，农村因此成为污染产业的必然落脚地。随着对造纸、化工等重污染工业企业实行强制关停，有些在城市难以为继的企业竟借助农村一些乡镇大力招商引资的机会，冠冕堂皇地"上山下乡"，将生产阵地转移到了乡村。这些重点污染性质的企业从城市转移到农村，也把污染带到了乡村，这些重污染企业排放的污水、污气和污物，导致农村环境严重污染。

3. 城市工业"三废"向农村的蔓延

城市工业"三废"向农村转移问题也相当突出，"三废"污染农田面积占到耕地面积的3.3%，农田污染事故也近有发生。近几年的调查显示，我国因工业固体废物堆存而被占用和毁损的农田面积已达1313万公顷以上，53 313万公顷以上的耕地遭受不同程度的大气污染。由于环境污染，导致每年粮食减产100亿千克以上，直接损失达125亿元。这一切致使当前中国许多地方的农村环境问题日益严重，并有愈演愈烈之势。

（二）面源污染

1. 化肥、农药造成的污染

我国是一个农业大国，也是农药与化肥的生产和消费大国之一，目前农药生产能力约达76.7万吨，已成为仅次于美国的世界农药生产大国。由于人多地少，土地资源的开发已接近极限，化肥、农药的使用成为提高单位土地产出水平的重要途径。而这种"现代化"的农业生产是面源污染最为重要的来源，据调查，农村面源污染在各类环境污染中的比重已占到30%～60%。面源污染难以有效控制，会造成湖泊等水体的富营养化，使之失去生产和生活的使用价值，面源污染的严重性因此逐渐显现出来。目前，对污染物排放实行总量控制只对点源污染的控制有效，对解决面源污染问题的意义不大。太湖、三峡大坝库区、杭州湾等监测资料都表明，悬浮物和大部分氮、磷来源于农田径流。除了湖泊富营养外，面源污染还造成地下水污染甚至食品污染。一方面，就农药污染而言，据统计，我国每年使用农药的土地面积在2.8亿公顷以上，每年使用的农药量达到50万～60万吨。其中，约有80%的农药直接进入环境。由于农药的利用率低于30%，所以70%以上的农药散失于环境之中，使大气、土壤、水体、农畜、水产品受到污染并通过食物链对人体健康造成危害。2002年，对16个省会城市蔬菜批发市场的监测表明，农药总检出率为20%～60%，总超标率为20%～45%，远远超出发达国家的相应检出率。另外，这些高毒农药的施用在杀死害虫的同时，也杀死、杀伤害虫的天敌和其他益鸟，影响了生态平衡。同时，害虫逐渐对农药产生了抗药性，使农药施用量越来越大，加重了农业环境污染，使其陷入恶性循环之中。另一方面，由化肥造成的环境污染十分严重。据统计，我国化肥年使用量4637万吨，按播种面积计算，化肥使用量达40吨/千米^2，远远超过发达国家安全上限。加上施肥结构不合理，氮、磷、钾使用比例不平衡，过量施用氮肥和磷肥，钾肥施用不足。全国缺钾耕地面积占耕地总面积的56%，20%～30%的耕地氮养分过量。其结果导致化肥利用率低、流失率高，土壤板结、耕地质量差，并通过农田径流加重了水体有机污染和富营养化污染，甚至影响到地下水和空气。目前，东部已有许多地区的面源污染占污染负荷的比例超过了工业污染。总之，化肥和农药已经使我国尤其是东部地区的环境污染，从常规的点源污染型转向面源污染与点源结合的复合污染型，并直接破坏农业伴随型生态系统，对诸多野生动物的生存造成巨大的威胁。

2. 地膜污染

由于大棚农业的普及，地膜污染也在加剧。近20年来，我国的地膜用量和覆盖面积已居世界首位，2003年，地膜用量超过60万吨，在发达地区更多，而目前地膜的回收率则不足30%。地膜的使用一方面给农业带来明显的经济效益，另一方面给农田土壤带来污染，被称为“白色污染”。残留在土壤中的农膜，使土壤的通透性变差，另外地膜中有害物质的分解还会对农产品品质产生较大影响。由于大部分农膜使用非降解地膜，年复一年，日积月累，在地膜残留严重的地方，农作物减产20%～30%。据浙江省环保局的调查，被调查区地膜平均残留量为3.78吨/千米^2，造成减产损失达到产值的1/5。伴随着中西部农业现代化的推进，这类污染在中西部粮食主产区也已经出现。

3. 规模化畜禽养殖业的污染

近十多年来，畜禽养殖业成为农村新的污染源，河网密布地区这种污染甚至已经超过工业污染。对环境影响较大的大中型集约化畜禽养殖场，约80%分布在人口比较集中、水系统较发达的东部沿海地区和诸多大城市周围。这些地区可利用的环境容量小，没有足够的耕地销纳畜禽粪便，生产地点离人的聚居点近或者处于同一个水资源循环体系中，加之其规模和布局没有得到有效控制，没有注意避开人口聚居区和生态功能区，造成畜禽粪便还田的比例低、危害直接。同时，大多数养殖场粪便、污水的贮运和处理能力不足，粪便和污水的处理率仅为5.0%和2.8%，90%以上的规模化养殖场没有污染防治设施，大量粪便、污水不经任何处理直接排入水体，加速了我国水体富营养化趋势以及大气的恶臭污染甚至地下水污染，畜禽粪便中所含病原体也对人群健康造成了极大威胁。据初步统计，目前，我国每年禽畜养殖排放的粪便粪水总量超过17亿吨，再加上集约化生产冲洗水，实际排放量还不止这个数字。而此类污染源点多面广，治理难度大。如此多的禽粪禽便无疑严重污染了养殖场周围环境，并且导致水体污染，国家环保总局有关官员称，畜禽养殖污水已相当于工业污染的总和。调查显示，2000年，我国畜禽粪便产生量达到19亿吨，是当年我国工业废弃物产生量的2.4倍。例如，北京至2002年大中型畜牧场2500家，蛋鸡场901个，年排放废弃物达700多万吨，因堆粪占据土地1200公顷。堆粪场（池）附近的农田由于粪水的直接侵蚀，使大量农田失去了生产价值，此外粪尿中大量氮、磷渗入地下，使地下水中硝态氮、细菌总数超标。水产养殖也对一些湖泊、水库造成污染，这种污染的来源主要包括鱼类粪便、饵料沉淀、为使水生植物生长而撒播的各种肥料等。目前，养殖业还在不断发展，一些地区养殖总量已经超过当地土地负荷警示值，养殖业的不合理布局也严重破坏了农村和城镇居民的生活环境。

4. 城市垃圾对农村的污染

环境污染从城市转移到农村，这在中国是一个事实。虽然各种政策规定都禁止将污染转移到农村，但由于利益的驱使和监管上的问题，这种污染转移趋势日益显著。据调查，我国每年有90%以上的城市垃圾是在郊外填埋或堆放。1995年，我国垃圾填埋为1100万吨，此后每年约以10%的速度递增。如此大量的垃圾堆放和处置必然要占用大量的土地，基于城市土地的寸土寸金，一些城市，特别是某些中心城市，由于没有专门的垃圾处理场，于是将城市垃圾运往农村。这些由城市转移到农村的垃圾，严重污染了农村的空气。加上这些生活垃圾的渗出液属于高浓度污水，严重污染水域、水源和土壤。例如，污染物渗入地下水，致使地下水中的硝酸盐、氨氮、细菌总数等各项指标超标，而目前农村的吃水基本靠打土井，有害物质渗入到地下水将给村民的健康造成很大危害。这种以牺牲农村环境为代价来保持城市自身清洁的做法显然是对农村权益的侵犯。

5. 农村生活垃圾及生活污水的污染

在农村，生活垃圾除了小部分用做肥料，大多乱倒。除少数乡镇设有简单的垃圾填埋场进行统一填埋外，绝大多数乡镇村庄的垃圾随意堆放在公路旁、江河小溪边，道路、河流、农田成了天然垃圾场。少数乡镇即使有垃圾填埋场，但大多选址不当，把垃圾场建在公路边、河流旁，且不能及时覆盖，造成二次污染影响下游卫生。许多村虽然建了垃圾箱，但不能及时清运，垃圾长期露天堆放产生大量氨、硫化物等有害气体，严重污染了大气；在堆放腐败过程中还会产生大量的酸性和碱性有机污染物，并会将垃圾中的重金属溶解出来，重金属和病原微生物会造成地表水和地下水的严重污染。据有关部门调查，每年产生的约为 1.2 亿吨的农村生活垃圾几乎全部露天堆放，有约 51% 的农民家庭是将生活垃圾直接倒入沟渠，有 18% 的人直接倒入农田，只有很少的人是将垃圾掩埋或烧掉。另外，每年产生的超过 2500 万吨的农村生活污水几乎全部直排，未做任何防治处理，因此生活污水对氮、磷负荷的贡献也相应增加，这使农村聚居点周围的环境质量恶化。尤其值得注意的是，在我国农村现代化进程较快的地区，这种基础设施建设和环境管理落后于经济和城镇化发展水平的现象并没有随着经济水平的提高而改善，其对农村环境的威胁也与日俱增。

6. 秸秆造成的污染

我国每年产生各类农作物秸秆约 6.5 亿吨。其中，40% 未被有效利用，秸秆随处堆放或就地焚烧，严重污染了环境。农村焚烧农作物秸秆和生活垃圾的现象比较普遍，夏秋收获季节秸秆焚烧尤为严重。秸秆焚烧不仅浪费了宝贵的生物资源，而且增加了二氧化硫和降尘的含量，严重污染大气环境。弥漫的烟雾造成能见度降低，直接威胁航空、公路、铁路等交通运输的安全。同时伴随着农村生活方式的改变，越来越多的农户燃料结构发生了变化，转向使用液化气和电器。使原来作为主要燃料储备的秸秆现在成为废弃物，往往被抛入河道，不仅破坏了农村整体环境，而且这些物质的自然腐败形成了新的水污染源。秸秆还田可以增加土壤的有机质，但由于对还田机械的要求比较高，目前还不能在农村得到广泛运用。

三、农村污染形成的主要原因

我国农村环境的恶化，与现行农地制度也有着紧密的关系，还与新中国成立后一直实行的城乡二元体制、农村环境法律制度的缺位及环境资源产权不明的制度等密切相连。

（一）现行农村土地制度固有缺憾是农村环境问题的根本原因

（1）土地所有权主体界定不严，带有较大的变动性与不确定性。

不是明晰化、规范化的土地产权主体，导致农地环境保护主体虚置。我国《宪法》明文规定，农村土地归集体组织所有，但在现实生活中，农村集体土地所有权的主体界定在很大程度上处于混乱与虚化状态。一方面，国家通过各种形式掌握了相当程度的农村土地产权；另一方面，即使农村集体组织享有了土地产权，也缺乏真正明确的组织载体。我国《宪法》规定："农村和城市郊区的土地，除法律规定属于国家的以外，属于集体所有，宅基地，自留地，自留山，也属于集体所有。"《民法通则》规定："集体所有的土地依照法律属于村民集体所有，由村农业生产合作社等农业集体经济组织或村民委员会经营管理。已属于乡镇农民集体经济组织所有的，可以属于各该农业集体经济组织农民集体所有。"《土地管理法》除了上述相关的条文外，还规定："已经分别属于村内两个以上集体经济组织的农民集体所有的，由村内各该农村集体经济组织或者村民小组经营管理。"最新颁布的《农村土地承包法》对"农村土地"的内涵界定指出"农民集体所有与国家所有依法由农民集体使用的耕地、林地、草地以及其他仍用于农业的土地"。由此可见，我国农村土地所有权主体可以是乡镇一级的集体经济组织，也可以是村集体，甚至可以是村民小组。而不管是哪一级集体经济组织，主体权利的行使都要最终委托给自然人或自然人集团；所以实质上的所有权行使主体可以是农业生产合作社，也可以是村委会或村民小组。而法律上对这些自然人与自然人集团的行为框架没有明确规定。更为重要的是，国家虽然将农地所有权界定给农民集体所有，但依然保留了土地征用权、土地使用总体规划权以及宏观管理权，这些实际控制权使政府甚至拥有了比所有权主体更大的权力，从而使所有权主体的实质归属变得更为复杂。同时，我国的乡镇及行政村组织和各级地方性合作经济组织差异极大，组织形式纷乱复杂，基本上还处于一种无序化、分散化与变动性、不规范性的状态之中，由此决定了农村土地所有权主体的混乱与不严密，从而导致土地产权关系界定的模糊性与随意性。而从产权经济学的视角出发，目前，中国农村土地集体所有权归属本质上是虚拟的，而这一层虚拟的土地所有权实际上归属于乡镇一级政府，从而使基于农村土地产权而形成的村民—村集体组织或村委会合理的委托—代理关系异化成为村集体组织或村委会—乡镇政府这样一种“委托－代理悖论”。另外，相关土地法规只规定了土地所有权的归属，而对于土地所有权的内涵、地位、界限、法律形式、实现方式、保护手段等，均没有相应合理的规定，至于土地所有权主体的经济地位、法律地位、财产地位以及其职能范围、行为方式等，更没有明确的规范，这样不可避免地导致土地所有权在现实生活中的不规范运动，从而引发一系列不利于土地资源有效配置的负面效应。

（2）土地经营主体组织程度差，规模小，分散性强；同时农民的土地经营权界定不严，农民产权严重残缺，缺少明确有效的法律支持与制度保障，从而导致各种干扰与侵权行为的产生。

完整的土地经营权应包括土地使用权、自主决策权、经营自主权、收益占有权、成果处分权、产权继承权；但在实际土地生产经营过程中，这些本来应该属于农民家庭的正当权益受到来自国家、集体等多方面不合理的侵蚀，农民应有经营权的时效性与完整性并无制度保障。同时，土地使用权主体过于细小化、分散化，我国目前农村土地经营主体总量达1.7亿个之多，而其经营的土地规模平均只有0.5公顷，这就极大地限制了土地经营主体组织程度的提高。近年来，随着改革的深化，农民的土地经营权不断充实。但从根本上讲，土地经营权目前主要是作为一种政策规定在运行，而不是作为一种法律手段和制度规范在运行，其稳定的基础是持续的政策规定，而不是明确的法律制度。这样，土地经营权就没有真正的法律化与制度化，从而导致农民对国家土地政策的时效性把握不定，难以建立与健全土地经营稳定持久的利益预期，各种短期行为的频繁发生也就在所难免。农户承包经营经常处于调整变化状态，农户家庭的应有权益经常受到干扰与侵蚀。需要指出的是，无论从哪个角度讲，频繁的土地调整，对农户家庭的经营预期，对土地资源的保护利用以及土地长期投入都是一种损害。由于土地征用制度的实施，不仅使农民土地权益大量流失，而且使相当数量的失地农民成为“三无”游民；之所以如此，根源就在于农民本身缺乏维护自身权益的产权基础与组织保障，特别是农民土地产权的残缺，导致农民无法也无力有效地保护应有的土地产权利益。

（3）土地管理权主体不明确，土地管理机构分散；同时，对于土地管理权主体及土地管理权的内涵缺乏必要的法律规定与制度保障，由此决定了土地管理手段的不完善、管理方法的不灵活和管理行为的不规范。

在我国农村经济运行中，至今还没有一个能有效地管理土地微观经营活动的独立的经济组织与机构，更没有形成一整套自上而下的土地监督协调体系；

而我国农村的实际又反衬出目前农村土地经营管理的种种缺憾，主要表现为：土地管理权主体的多元化与模糊性、土地管理活动的重复性与低效性、土地管理手段的单一化与行政性，进而可能导致土地管理行为的随意性与偏好性以及各种不合理的侵权“越位”现象的产生，从而不利于微观土地经营活动的顺利进行。之所以如此，一个重要的诱发源就在于农村土地集体所有制所引发的“政个不分”，因为农村土地集体所有就意味着集体这一虚拟或者界定不清的产权主体拥有土地发包权、转让权、管理权、监督权甚至处分权。在现实生活中，不仅表现为农村基层政权乱占耕地、出卖土地等人为干预行为，而且还直接表现为出于“政绩升迁需求”而对农民经营权利的非理性干扰。近年来层出不穷的形象工程以及频繁出现的村委会私自出卖土地导致农户耕地减少等现象，就是明显的例证。另外，在农村土地产权不明晰的条件下，不断加剧的“寻租”现象也极大地侵蚀了作为农村土地经营权主体农户的根本利益，据有关资料显示，目前在城市建设征用农村土地的过程中，征地补偿收益的分配格局为：被征地农户占5%～10%，集体组织占25%～30%，而政府及相关机构则占60%～70%。

（4）土地流转与集中机制发育迟缓，在很大程度上妨碍了土地适度规模经营的形成与土地规模效应获取。

就我国而言，未能真正按效益原则进行农村土地的流转不能不说是农村土地制度设计的一大缺陷。任何稀缺的资源，只有按效益原则进行配置，才能发挥其应有价值，流转是一切稀有资源优化配置的主要途径。在我国新中国成立前漫长的社会演变中，农村土地始终处于分散化使用状态，这一事实构成了自给自足的小农经济产生与存在的基础，是中国农村长期落后的重要根源。我国目前现行的土地两权适度分离、家庭承包分散经营的制度模式，虽然消除了土地收益分配中的平均主义，却又导致了土地使用权的平均化与土地使用权主体的细小化和凝固化，据农村社会经济调查固定观察点统计，1986年，全国280个村、2.7万个样本农户中，户均承包耕地9.2亩，分成8.99块，块平均面积仅为1.02亩；到2000年，全国农村户均经营的土地面积降到8.33亩，分成9.5块，每块平均面积仅为0.87亩。如果对经济总量世界前7位的国家进行横向比较，则更能反映我国农户经营土地面积的局限（图10-1）。这种状况严重阻碍了土地的适度流转与合理集中；而且现行土地制度除国家征用外，基本上排除了集体所有权形态的土地流转。而农户经营权形态的土地只能通过农民的相互转包与集体的调整来进行流动，这样就排除了土地的流动属性与引入市场机制的可能性。而产权经济学明确告诉我们，任何市场交易都是以产权明晰为前提的，既然用于交易的农村土地产权归属界不清，产权主体无法确定，那么也就不可能出现真正意义的规范化的土地市场交易。况且在实践中，农民之间的转包与集体调整缺少必要的法律规范与制度保障，带有较大的自发性、盲目性与随意性，因此，在现有土地产权制度下，农村土地市场仍然是一个封闭市场，土地只是一种资源而不是商品，是一种生产要素而不是资本。因此，现行土地制度难以从根本上建立起有效的土地流转与集中机制，无法培育出适度规模的符合市场经济要求的经营主体，从而限制与妨碍了土地和其他生产要素的优化组合。

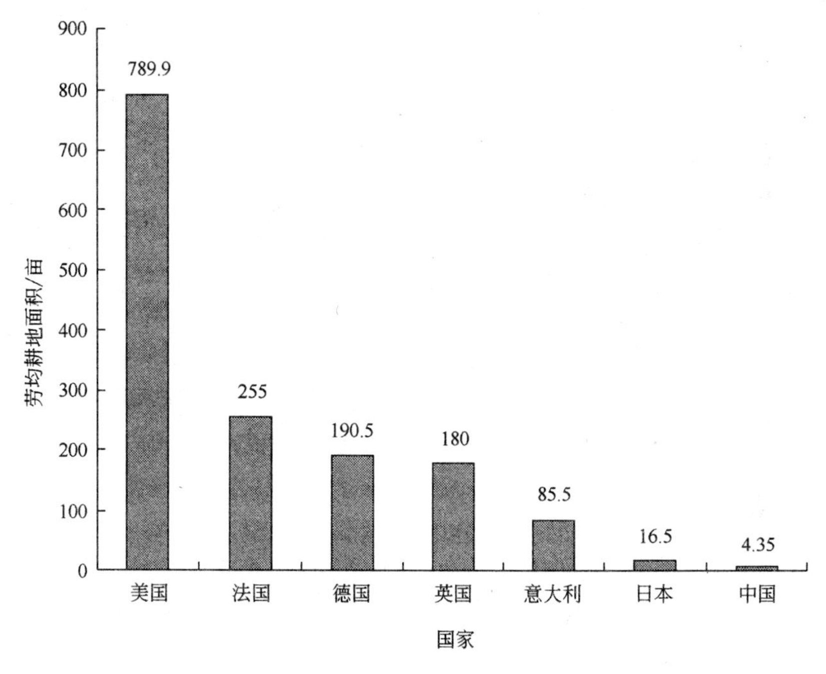

图 10-1　世界各国劳均耕地面积

综上所述，可以把目前农村土地制度的缺憾概括为：土地产权关系界定不严，土地权益关系相对混乱；土地配置规模狭小，土地经营主体分散；土地收益分配制度变革滞后，效应欠佳；土地流转机制不健全，流转效果不理想；土地经营外部环境不优化，保障机制发展不协调；土地经营主体素质低下，经营行为不规范；土地调控机制运行乏力。由此可见，土地两权适度分离、农民家庭承包经营这一农村土地制度模式，必将随着农村生产力的进步而不断充实和创新。之所以如此，根源就在于目前农村土地制度自身的不足，使其无法稳定化、规范化，难以为农村经济改革与发展提供有效持久的推动力。因此它只能是一种过渡性的模式选择。这一过渡性模式的固有缺憾是造成农村土地环境问题，尤其是农业用地环境问题的根本原因。

在这一制度下，环境资源权属不明也是导致农村环境恶化加剧的内在因素。在我国，自然资源所有权属于国家或者集体，也就是公有制度，但其产生的利润或产品却直接为私人所有，这种难以法定的产权关系被冠以承包经营。这种权属关系下的经营形态比旧体制更有利于调动经营者的积极性，但产权不清不白是阻挡环境保护的一大障碍。使用人往往为了追求更多的经济利益而逃避管理、保护、合理利用的义务，往往会置社会利益于不顾而追求个人利益。例如，我国为了保护环境而实行的“退耕还林”政策与“封山育林政策”，显然会减少农民与林木工人当前的收入。若政府没有采取有效的措施去补偿他们的损失，就会造成很多地方的盗林现象猖獗，导致水土流失。在承包经营体制下，尤其是相对较短的承包期限，承包方往往为了在最短时间内获得最大经济效益，对资源采取掠夺式开发，根本不考虑环境的承载能力。许多农村都存在着对资源掠夺式开发和利用的情况。然而，仅仅依靠加强管理、加大环境执法力度是难以完全消除这种危害的。所以，改革我国目前的自然资源所有权的模式还是很值得思考的。

（二）城乡二元体制是农村环境污染的深层原因

1. 在城乡二元体制下，造成过量的农村人口资源之间的紧张关系

长期的城乡分割，使得我国城市化进程缓慢，使得我国农村社会相对封闭，人口不能自由迁移，大量人口被滞留在农村，使农村人均资源极其有限，从而加剧了人口与资源之间的紧张关系。一直以来，我国城市化水平远远落后于世界平均水平。2000 年，世界平均城市化水平达 47%，中等发达国家为 50%，高收入国家为 79%，而我国在 2002 年仅为 39.1%，比中等发达国家低 11 个百分点。1980～2002 年，我国农村人口总量从 7.96 亿人增加到 8.07 亿人，占全国总人口（大陆地区）的 63.7%，农村劳动力约为 3.92 亿人。目前，我国可耕地面积约为 16 亿亩，人均 1.26 亿亩，只相当于美国的 15%、澳大利亚的 12.2%、加拿大的 2.5%。2000 年，农业部课题组运用劳动力合理负担耕地法，测算出我国现阶段农业部门需要的合理劳动力数量约为 1.96 亿人，也就是说，我国现在农村剩余劳动力高达 2 亿人左右。随着农业集约化经营程度的提高，如果按照发达国家的技术与管理水平从事农业生产，我国的种植业只需 4000 万～5000 万人，而

农村剩余劳动力将增加到3.5亿人。在今后相当长的时期内，农村人口的持续增长和耕地的递减难以逆转，人多资源少的矛盾愈加突出。大量人堆积在农村，其就业方式就是破坏性就业，对自然资源和环境的需求已经超出其供应能力。既构成了对农村环境资源的巨大压力，也扩大了农村生态环境破坏的乘数效应。如果考虑到农民相对落后的粗放经营、生活方式和环保水平，则这种规模的农村人口对于生态环境的破坏作用则更大。

2. 在二元分割体制下，农村的贫困状态加剧了生态环境的恶化

城乡差距的持续扩大，使得农村贫困状态更加突出，农民面临着巨大的生存压力和改善生活的动力，从而无力顾及生态环境污染。在缺少人力资本以及适当发展途径的情况下，很多农民不得不走资源消耗型的发展之路，以非持续的方式掠夺性地利用土地和森林资源，从而直接造成土地退化、森林破坏、生物多样性损失、缺水以及农村环境污染等一系列环境问题。环境质量的下降又反过来制约了农民摆脱贫困。2002年底，全国农村绝对贫困人口为2820万人，贫困发生率为3.0%，相对贫困人口（还不稳定的农村低收入人口）5825万人，占农村人口的比重为6.2%。两者相加为8645万人。如果考虑到农村贫困的标准过低，抛弃农村居民收入的计算方式存在的明显弊端，农村贫困人口应在9000万~15 000万人之间。我国城乡收入差距1995年为2.72∶1，1997年为2.47∶1，2000年为2.79∶1，2001年为2.9∶1，2002年为3.1∶1。与农民不高的收入和较多的支出相比，城市居民不用考虑生产性开支，同时还享受多种福利补贴，因此实际差距应该是5∶1甚至6∶1。对于城市居民而言，农民无论是收入水平还是增长幅度都是非常低的，我国城乡收入差距远远高于世界发达国家和中等收入国家，城乡收入差距比为1.2∶1和1.5∶1，城乡收入差距越突出农民改变自己地位的内在冲动就越强。改变贫困的诉求，成为农民谋求发展的最直接动力。由于受资本缺乏以及发展途径狭窄的制约，农民不得不走资源消耗型原始积累的加速发展之路。这种发展实际上是掠夺式发展，以非持续的方式残暴地从环境中索取发展，从而导致一系列的破坏生态环境问题。与此同时，农民的生态保护动机却不足，对由环境引起的健康损失、景观损失等不太关注，作为受害者，他们最关注的是收入是否提高和物质生活是否得到改善。

3. 在二元社会结构下，农村的环境保护长期受到忽视

在农村，环保基础设施、政策和法规体系、环保经费等均供给不足，是农村

环境污染失控的一个重要背景。城乡分割制度还表现在我国环保工作明显存在着“重城轻乡”现象。城乡社会实行了不同的生态环境保护政策，生态环境保护工作从一开始就把投入重点放在大城市、投入结构放在大工业和大工程上，农村成了被遗忘的角落。制定的许多环境保护技术政策、法规和标准，也是主要针对城市国有大中型企业的，与我国农村生态环境保护相关的政策、标准和法规很不健全。在环境治理的基础设施方面，农村也远远落后于城市，很难遏制农村生态环境不断恶化的趋势。城市的生活垃圾处理系统、生活污水排放管网已经建成并日趋完善，而广大农村的规划严重不足，处于无管理或半管理状态，公共卫生设施极端缺乏，导致农村的排水沟是露天明沟，河流成自由的排污沟，垃圾沿河、沿湖、沿路边随便堆放。随着农村生产、生活污水和废物排放量迅速增长，有害垃圾的种类和数量也在攀升。落后的基础设施与日益加大的生态污染负荷之间的矛盾日益突出，直接导致了农村环境污染的加剧。另外，农村环保部门缺乏应有的管理经费，相当一部分管理经费和工资，要靠收取乡镇工业的排污费来解决。排污费不能用来治理环境，农村环保政策的效力和合理性就受到置疑，在污染企业面前其权威性就大打折扣，其治理污染的积极性就无从谈起。

4. 在城乡分割的体制下，滞留农村的农民素质偏低，生态环境保护意识和能力较差

一方面，我国工农业之间的二元结构强度一直处于高位，至2000年达到5.26倍。这表明我国农业的比较生产率及比较收益率都非常低。另一方面，在城乡社会保障方面，我国社会保障体系目前主要覆盖城市，基本上没有延伸到农村。城市失业保险覆盖率已达71.7%，而农村几乎为零。城市最低生活保障基本实现应保尽保，而农村除部分省市外，尚未建立低保制度。这样，农民只有到城市里趁年轻多挣钱的选择，造成大量的农村精英分子流向城市。本来农民的教育水平就低，稍有文化的青年人也到城市去打工“支援”城市去了，剩下的大多是老人、妇女和儿童，环保意识和能力也就无从谈起。

5. 在城乡二元社会结构体制下，农村缺少具有污染治理实力的企业

农村的产业结构过于单一，相当多的人是以农业为生。劳动密集型的小规模农业生产增加了农村环境污染的防治难度。城乡断裂体制，使得农村教育水平偏低，劳动人口的平均文化程度只相当于初中一年级水平；农村在电力设施、道路、电话、医疗设施等公共设施和服务体系方面也远远落后于城市。这样资金密

集和技术密集型企业很难在农村建立起来，即使建立起来也很难发展起来。本土成长起来的乡镇工业又无法克服自己的规模较小、布局分散、社区属性很强、市场适应不强等先天不足，这既造成乡镇工业利用外部提高自己的条件缺失，也给企业污染的治理带来难度。

（三）农村环境的管理缺位是造成农村环境问题的体制因素

1. 农村环境保护法律制度的缺位

环境法律从本质上讲是以保护社会公共利益实现人类社会持续发展为价值的法律。面对如此严重的环境问题，一套强有力的行之有效的法律保障措施是必要的，因此加强农村环境污染防治立法，健全农村污染防治方面的法律、法规、完善有关法律、法规（细则），使农村经济活动中的环境行为更加合理，从而有效地调整和改善农村环境中的各种社会关系。但是，目前我国涉及农村环境保护和污染防治的法律法规非常少。从对国家环境保护总局政策法规司编的《中国环境法规全书》（1982～1997 年）的分析中可以看出，在其中的 296 件法规、375 件环保标准和我国参与的 28 项环境保护条约中，事关农村环境污染防治的寥寥无几。虽然我国已初步形成了一个以《中华人民共和国环境保护法》为主体的环境保护法律法规体系，但此体系没有综合性的农村环境资源保护法规或条例。《环境保护法》对农业环境保护虽有涉及，但很简单，而且未能将农村环境、农业环境和农业自然资源的保护统一起来；《农业法》仅对农业资源和农业环境保护做了原则性的规定；《农业技术推广法》中涉及了农业环境保护技术的内容；《基本农田保护条例》中也有一些有关基本农田环境保护的规定。这些环境法律法规都涉及了农业环境保护，对农村环保事业的发展起到了一定的推动作用，但是未有直接涉及农村环境保护的内容。目前，我国所颁发的关于农村环境污染防治的政策法规主要有：《土地管理法》及其实施细则、《村庄与集镇规划建设管理条例》、《农业法》中的相关规定、《基本农田保护条例》、《中国 21 世纪议程》中的相关规定、《中华人民共和国农业技术推广法》与《全国生态环境保护纲要》中的有关条文、《农业转基因生物安全评价管理办法》、《农业转基因生物标识管理办法》。此外还有《关于加强乡镇、街道企业环境管理的规定》，1996 年 10 月，八届人大常委会 22 次会议通过的《乡镇企业法》中的相关规定，1997 年国家环保总局、农业部、国家计划委员会、国家经济贸易委员会联合颁布的《关于加强乡镇企业环境保护工作的规定》，共计有法律条文 15 个，加上基本法《环境保护法》的规定有16个文件。但是，数量上的优势并不能说明问题，从法规的题目上我们可以认为这些条文是有针对性的、单项性的、有时效性的条文，而总则性的、明确的、具体的条文却是缺位的，以中国环保法的基本法《环境保护法》为例，在6章47条的条文规定中，只有“保护和改善环境”这一章（第三章）的第20条做出了规定。而在法律责任一章中也没有相应的责任性的规定，仅有的这一条又试图涵盖一切，结果自然是不够全面和理想的。目前，我国地方大部分省、自治区、直辖市都颁布了省级的农业环境保护条例。例如，江苏省于1998年通过了《江苏省农业生态环境保护条例》，广东省也于同年颁布了《广东省农业环境保护条例》。这些省级的农业环境保护条例内容差异并不太大，着重点是农业生产生物的环境因素保护，未把农村、农民、农业看做一个有机联系的整体而关注农村的环境保护工作。总之，我国现有的农村环境保护立法主要的关注点是农业环境的保护，主要是由农业行政主管部门监督实施。国家环境保护总局正在组织实施的《农村小康环保行动计划》，是目前唯一一个针对农村环境综合整治的一项重要计划，还未上升到法律层次。农村环境保护法律法规的执法主体目前主要是两个部门。农业部负责农业环境保护工作，主要是保护和管理农业环境，控制农药、化肥、农膜对环境的污染，推广植物病虫害的综合防治。国家环保总局负责农村村镇环境保护工作，协同农业部门指导农业生态环境保护工作。各个省、自治区、直辖市所颁布的省级的农业环境保护条例一般都是地方政府总体指导，赋予各个农业行政主管部门执法主体资格，可能有涉及渔业、水利、林业行政主管部门，各个省规定不一。

多年来，农村环保除各种示范试点和创建活动外，资金投入不多，农村环境管理难度很大，县乡政府部门财政困难，资金投入不多，农村环境管理难度很大，县乡政府部门财政困难，亦无人员支持。因此，现有法律的实施常流于形式。现有的农村环保法律法规在许多地方领导干部和农民群众心中并不清晰，地方领导干部为了增加地方财政收入，与乡镇企业一起，为了追求一时经济的发展而无视环保法，忽略环境，采取掠夺式、耗竭式的策略发展经济，争取政绩。普通农民亦无能力对农村干部进行约束。

从以上法律条文的分析中我们可以清晰地看出，在整个环境立法体系中，对农村环境污染防治的疏漏，或者由于农村环境侵权法律救济的依据不够充分，造成了农村环境污染问题中的法律缺位。虽然我国现行法律对环境保护的主体责任、侵权人的民事责任做了规定（《宪法》第26条，《民法通则》第124条），并且也规定了相关主体的环保义务及控告检举权力，但仔细研读这些法条不难发现，上述法律包括宪法在内，一方面缺乏对环境权内容和主体的明确界定；另一方面对环境侵权行为救济途径的规定也过于原则、笼统，缺乏可操作性。由于这样的偏差，导致了在现今农村环境污染状况十分严重之时，我们却没有与之相适应的法律予以规制，致使环境侵权行为是受害者缺乏充足的法律依据，使自己所遭受的损害得到相应的救济。这对于社会弱势地位的广大农民来说更为明显。

2. 环境管理体制不完善

环境管理体制是环境保护机构设置、领导隶属关系和环境管理权限划分等方面的体系、制度、方法、形式等的总称。完善的环境管理体制，是国家环境战略方针、政策、制度得以贯彻执行的保障。我国现行的环境管理体制是按辅助性原则为依据的统分结合的多部门、多层次的管理体制，国务院设立国家环境保护总局，在《环境保护法》的规定下，省、市级政府建立环境专门机构，工业较集中的县、镇一般也设立专门机构或由有关部门兼管，甚至在较大的工矿业企业也设有环保科、室与环保专职人员。但是，绝大多数乡镇没有环境保护机构，环境监测和环境监理工作基本上处于空白状态，县级环保部门较少在其所辖村镇设立派出机构，农村环境管理人员的配备、经费的落实等又明显不足。农村环境管理难度很大，现有的农村和农业环境监测与环境影响评价工作非常薄弱，农村环境管理很难通过现有的农村发展框架得到有效实施，省级和县级的环境行政管理已经难以适应当前农村环保形势的要求。一些地方的环保部门尚未独立出来，不能有效地保证国家和地方环境法规的贯彻执行，从而使一些省级、县级环保部门成为本地区行政的附属机构。由于执法主体繁杂，地方和保护主义严重，往往为了地区利益、部门利益，形成了上有政策，下有对策，只注重经济发展，忽略了环境保护；各环保部门之间相互扯皮，推诿责任，造成部门分割、条块分割的局面；环境保护工作缺乏整体观念和协调，在环境执法中常常出现了一些执法不严、违法不究等执法不力的现象，造成现有法律的实施常常流于形式。具体而言，我国现行环境管理体制主要存在以下 7 个方面的问题：

第一，缺少必要、明确的法律依据。中国的行政和环境立法中还没有专门针对环境管理体制的条款。有关环境保护管理机构的设置及其职责的行政规定缺乏系统性和完整性，各种规定之间缺乏衔接、协调和配合，甚至相互矛盾。在与环境和自然资源相关的立法过程中，有关部门为了自身利益，会“以法争权”，结果导致立法授权和立法内容难免成为平衡各个部门利益的产物。环境保护管理体制是从各个部门分工管理逐步变为统一监督管理和分工负责相结合，但是在环境保护和立法过程中，只注意对新机构的授权，而不注意对原有机构及其相关职能的撤销。

第二，缺少参与社会经济发展综合决策的手段。为了提高环境保护参与综合决策的能力，1998 年，国务院机构调整方案规定，国家环保总局应受国务院委托，对重大经济和技术政策、发展规划以及重大经济开发计划进行环境影响评价。在实际动作中，环境保护参与综合决策和职能并没有落实，与经济发展相比，环境保护常常处于被动地位。地方环保机构也面临同样的问题。在环境保护与社会经济发展的联系日益紧密的今天，环境保护不能主动地参与到制定相关法律和重大的社会经济发展政策、规划中去，减少了取得环境与经济双赢的机会。

第三，综合协调能力下降。1998 年，国务院机构改革撤销了原国务院环境保护委员会，其职能由国家环保总局承担。但实际上，国家环保总局不是国务院组成部门，缺少必要的权威性和履行该职能的手段，原国务院环境保护委员会的协调各部委的职能基本上没有得到执行。在经济体制改革前，行业部门拥有很大的权力和实力，行业部门内部设有比较有力的环保机构，对整个行业的环保工作确实有很强的组织和领导作用。后来，机构改革大大削弱了这些部门力量，有的机构被撤销或合并了，原有的环保机构也被大大压缩或完全取消了，这时候各行业主管部门（特别是工业主管部门）在落实环境保护政策法规中的作用被极大地削弱了。尽管 2001 年国务院批准建立全国环境保护部即联席会议，但该机制目前还不完善，在部门分工和相关法律法规存在不明确甚至冲突的情况下，该机制能发挥多大作用政治家待检验。任何国家的环境保护都不可能由环境主管部门一家承担，环境管理需要依靠部门间的合作，因此无论采取何种环境保护管理体制，建立有效的部门协调机制都是十分必要的。

第四，生态保护无法实施统一监督。由于历史和现实的原因，我国的生态环境保护体制建设落后于污染控制，政府的生态保护管理职能分散在各个部门，采取按生态或资源要素分工的部门管理模式，缺乏强有力的、统一的生态保护监督管理机制。主要原因有 5 点：①由于在国家一级缺乏生态保护的统一决策、统一监督管理体制和机制，存在政府部门职能错位、冲突、重叠等体制性障碍，造成国家公共利益和部门行业利益的冲突，国务院提出的“统一法规、统一规划、统一监管”的要求难以落实；②各部门都从部门利益出发，积极推动制定本部门所管理的资源法律，并通过法律加强自身的授权和权力，造成法律法规间的矛盾，

“政出多门”加大了基层部门执行有关法律法规的难度；③在规划和政策制定上各自为政，相互衔接不够，使生态建设和生态保护标准各异，措施综而不合，极不利于国家生态保护宏观调控；④由于一些分工不够明确合理，造成多头管理，执行分工时职能越位、交叉和重复，在一定程度上加重了生态环境的破坏，突出表现在水资源管理与污染防治、物种保护与自然保护区管理等；⑤资源管理部门政企不分，资源管理部门既有资源保护、监督生态建设的职能，又有经营和开发资源的任务，这种局面不利于生态环境的保护。

第五，区域和流域环境管理体制需要改革。我国始终没有建立健全区域河流的环境保护管理体制。环境管理一直按照行政区划进行，对于跨行政区和流域的生态保护和污染控制缺乏管理机制和控制措施，在局部利益的驱动下，各区域和流域发展相互脱节，使地区间的协调非常困难，加剧了生态的破坏。由于缺少行之有效的生态补偿机制，流域内部和区域间的环境协调没有稳定的制度保障。在相同地区同时存在多种规划，如土地规划、林业规划、农业规划、水利规划、生态功能区划，却没有统一的综合生态环境规划。因此，流域和区域环境保护管理体制迫切需要改革。

第六，地方环境保护管理体制应继续改革。考虑到生态环境问题的跨行政区性质和关系到国家利益的重要性，政府决定对省环境保护行政主管机构实行国家环境行政主管机构和省人民政府双重领导。这一决定表明，国务院认识到环境保护作为政府基本职责的特殊性，对于抑制地方政府出于短期和自身利益违反国家环境保护法律政策的行为发挥了一定的作用。但是，目前的“双重领导”主要表现为对省环境保护行政主管机构主要负责人的任命，而对具体工作还缺乏有效的监督机制。

第七，人员编制和资金严重不足。尽管政府机构改革的目标是减员增效，但人员编制不足已经严重影响政府环境保护管理体制的正常运行。国家环境行政管理人员占总人中的比例只相当于发达国家的十几分之一到几十分之一。由于人力资源缺乏，行政管理人员忙于应付眼前问题，无暇顾及长远发展和宏观战略，长此以往，必然造成政府行政管理的短期行为，这与环境保护管理体制必须考虑国家的长期和整体利益的原则相违背。环境保护工作是政府的基本职能，需要耗费较多的财政资源，但是在我国的财政预算中，用于环境保护行政管理的资金份额与环境保护管理体制所担负的重大责任很不对称。特别是国家用于生态保护行政管理的资金严重不足，无法为环境管理提供必要的资金支持。

第三节　主要政策措施

一、调整农村土地制度

（一）对现行农地制度进行适度改革，建立有利于农业可持续发展的农地产权制度安排

应采用渐进式的制度变迁模式，在保持社会稳定的前提下，使我国农地制度过渡到实行国家与农民的双层产权制度，即国家是农村土地的管理所有权主体，农户是农村土地的使用权主体，原来属于集体组织的土地所有权适时发生分解，这样可以从根本上避免基层政府任意侵犯农民所承包土地的合法权益。这种制度安排，一方面有利于国家对土地利用的监管，由于土地具有天然的公属性，因此为了保障全社会的利益，国家必须对土地利用的行为进行适当的约束；另一方面有利于激励农户保护土地的积极性，在资源稀缺的条件下，一旦农户拥有对土地排他性的明确权益，就会产生稳定而长期的经济预期，从而激发他们对土地进行长期投资，便于克服因缺少主人翁感而产生的短期行为。另外，由于目前我国社会保障体系不健全，土地往往成为农民的最后保障，农户也会因此通过对它增加长期性投资，保持农业生态的可持续利用以获得持久的收益。有调查表明，土地承包期延长 30 年后，66% 的被访农户愿意对其承包土地做长期投资。其中，有 33% 的农户不愿对承包地长期投入的主要原因是认为土地承包期延长 30 年难以真正实现。

（二）稳定土地承包经营权，规范农地流转制度

我们应该在未来的民法典中明确土地承包经营权的物权方面的基本内容，并建立可行的农村土地承包经营权法律帮助制度。稳定的承包制度能够让农民对土地产生稳定的预期，激励他们进入长远投资领域，加强农地基础设施建设，提高农地的肥力。同时，稳定的土地承包关系是建立土地流转机制前提。稳定的承包经营权可进一步明晰土地使用权，避免基层组织任意操纵土地流转，以达到规范、完善土地流转市场，促进农业的规模经营，解决农业比较利益偏低、在市场竞争中处于不利地位的深层次矛盾。具体而言，可以在全国推广某些地方已经实行的延长土地承包期至 50～70 年，“增人不增地”等的政策。在延长土地承包期

的同时，实行土地的有偿使用，对集体收回的农转非、弃耕撂荒的土地不再平均分配，一律实行招标发包。“增人不增地”能够切断新增人口与土地之间的链条，这就势必产生一股向外的推力，刺激一些农户不再依恋有限的土地，而去开发非农资源或从事非农产业。另外，为了在公平与效率、稳定与流动间建立一种均衡，可以推行“两田制”的做法，即把耕地分为“口粮田”和“责任田”或“承包田”。前者承担社会保障功能，人人有份，后者划分成片，引入效益机制进行适度竞争，由农民根据能力投标承包。“两田制”的实施，一方面可以促进农地使用权的流转，使得土地和劳动力资源得到合理组合配置；另一方面能使从事非农产业的农民解除后顾之忧。

（三）适时修订《土地管理法》、建立公开透明的市场化用地制度

《土地承包法》赋予了农民长期而有保障的土地承包经营权，农民依法享有承包地使用权、收益权和土地承包经营权流转的权利。但是《土地管理法》、《土地管理法实施条例》、《农业法》在对农民的土地权益保障，如集体土地征用补偿、土地流转收益等方面，着重强调集体是所有权人，而国家对集体土地的征用补偿是按“原产值”确定的，对农村集体和农民的权益存在着一定程度的侵害，加之土地征用补偿费归农村集体经济组织所有，集体土地的所有权主体又存在虚置现象，因此，当农户承包的土地被国家依法征用时容易引起争议。为此，适时修订相关法律法规中存在的互相矛盾的条款，使之与建立社会主义市场经济体制的改革目标相一致，是极为必要的。应该看到，现行的征地项目早已超出“公共利益”的需要。在许多地方，政府所征用土地用于工商业、房地产等趋利项目的占一半以上。为了正确处理经济发展与资源利用、保护的关系，杜绝土地审批与使用中权力寻租现象，切实保护农民土地权益，必须严格区别公益用地和商业性用地，变计划色彩浓厚的划拨制度为公开透明的市场化用地制度。要严格规范补偿行为，对不按规定支付补偿安置费用的，要依法严肃查处，以切实保障农民的土地权益。

二、转换政府在防治农村环境污染中的角色定位

为了控制与治理农村的污染，实现农村的可持续发展，政府必须改变传统的干预角色，纠正几十年来由增长取向导致的市场扭曲，让市场价格能够反映出社会成本和环境成本。面对农村污染这样有别于城市污染的环境问题，政府应该减少直接的行政干预，更多地使用经济手段和激励机制控制自然资源的输入和污染

物质的输出，使生产者或消费者行为朝着有利于环境的方向发展，改变传统的“高消耗、高生产、高排放”的线性模式，向“低消耗、高功能、低排放”的循环模式转变。例如，纠正不利于环境和可持续发展的税和补贴等。同时，需要政府消除那些不必要的阻碍资源恢复、再使用和再生产的规章，如建立企业产品责任延伸制度、在消费环节实行押金返还制度、促进回收立法等；在科学和技术政策上，要加强政府对基础研究的支持。总之，政府必须创造更强的激励，去促使产业作为一个整体朝着有利于环境可持续利用的方向运动。

（一）转换政府在防治农村环境污染的角色定位，重塑农村环境政策体系，以适应农村环境的特点

政策创新一般应遵循适应性增强和运行成本减少的原则，基于我国农村特有的环境特征，在制定农村环境与资源保护政策时，在总体方向上应把握以下3点。①确定政策优先次序。影响农村可持续发展的资源环境问题很多，如耕地数量减少及质量退化、水资源短缺、农药和化肥污染、乡镇企业污染等，但在资金、能力有限的条件下，不可能一下子都解决。因此，必须确定哪些问题应优先采取政策措施加以解决。衡量的标准包括：对农村可持续发展的制约程度、解决的难易度、解决的条件是否具备等。可以给不同方面以不同权重，进行计算比较，再排序。然后针对排在前面的问题优先采取政策措施。②实行全方位管理。我国现行一些环境与资源管理能发挥一定作用，但不能达到总体令人满意的效果。例如，污染防治政策只管排放口，着重于末端治理，而不顾及投入、生产排放的全过程；只注意产生污染的生产活动，而忽视了对生产产生影响的消费行为；只针对排放污染的企业，而不针对因污染治理而能享受到优美环境的个人。我国环境经济政策中没有产品税、使用费、投入品费，这种不全面的管理必然会影响政策的成效。为取得更大成效，我国的资源与环境保护政策应从目前的个别环节、个别对象的不全面管理向全方位管理转变。③多种政策手段相结合。我国现行环境政策体系中，命令控制型政策手段占绝大多数，而经济政策手段较少。在当前环境资源的管理中，应更多地采用经济政策手段。但是，经济政策手段并不能代替命令控制型政策手段，两类政策手段并不是互相排斥的，而是互相支持的。实际的环境管理过程需要将这两种类型的政策手段相结合。现行许多政策是经济手段与标准、规定的结合。两种政策的协同作用能够大大提高环境管理的效果。例如，以色列将配额和收费两种手段结合起来，极大地促进了用水效率的提高。

总之，为了促进我国农村可持续发展，保护自然资源与环境，决策者必须根据不断变化的外部环境，创造性地制定政策，综合运用多种政策手段，使我国农村环境走上可持续发展之路。具体而言，以下几个方面应该成为当前农村环境政策体系新的方向：①由政府管制性环境政策向引导性环境政策转变；②制定适当的生态补偿政策；③实行有利于生态环境的农业补贴方式；④实行由“谁污染，谁治理”到“谁受益，谁付费”的政策原则；⑤改革和完善现有与环境相关的税收政策。

（二）加强政府对农村环境的综合管理

第一，必须做到经济发展和农村环境保护相协调，要求在宏观上，从长远的角度处理好二者关系，同时还要通过合理生产力布局，合理分配人力、财力、物力才能落实。因此，世界银行提出的“经济靠市场，环境靠政府”的观点，值得我国思考和借鉴。环境保护作为下放的一项基本职能，不但不应削弱，而应不断加强对农村环境的综合管理。第二，必须建立各级领导干部环保实绩考核制度，加大对农村的环境保护投入，搞好农村规划。在环境意识还未在全国观念中深入时，加大对领导干部的环保教育，提高地方领导干部的法制和环保意识，协调经济发展和环境保护的关系，提高各级决策者对环境与发展的综合决策能力。目前，领导干部任免考核体制不合理，地方政府与地方环保部门在机构上存在着隶属关系，也存在着经济利益与环境利益的冲突。因此，要强化各级领导的污秽意识和环保意识，改变只注重经济政绩、不注重环境效益的干部考核任免机制，把环保工作与领导干部的全面政绩考核联系起来，建立各级领导干部环保实绩考核制度。第三，加强政府对环保的宣传教育，提高农村环境意识。环境科学主要研究人为原因引起的环境问题，因为人造成了环境污染和破坏，因此防止污染和破坏的决定因素还是人类自身的觉悟和行为。我国目前农村环境问题严峻，关键还是环境意识没有深入人心。开展宣传教育的目的是启发人们的觉悟，提高认识，规范人们的行为。只有加强环保基本国策的宣传教育、环保法律法规的宣传教育、环保违法典型案例的宣传教育才能逐步增强广大农民的环保意识和法制观念，树立自觉保护环境的责任感、紧迫感。在农村，可以通过村规民约等方式，形成村民自治机制，起到互相监督、互相制约作用。根据不同的自然条件，不同区域及不同经济发展的程度，根据乡镇现状，选择一些具有代表性、示范性典型的乡、镇、村，创建生态示范乡、镇、村，以强化农村基层干部、农民的环境意识，推动示范城镇的环境综合整治，利于农业结构的合理化，更好地发挥广大农民的参与作用和舆论工作的监督作用。我国是个农业大国，所以农村环境的保护具有广泛的社会性和公益性，决定了其必须依靠社会各方面的力量共同完成。大力普及环境科学和环保法律知识，提高全民的环保意识，使广大农民树立自觉保护环境的新风尚。第四，引入新的综合决策机制。在传统决策模式中，环境因素通常游离在外。因此必须引入一个新的综合的决策机制，实现环境与发展的综合决定。这是对传统决策思维方式及其决策体系的一种变革。第五，加强和完善政府的宏观调控。如同《中国21世纪议程》所指出的，建立基于市场机制与政府宏观调控相结合的自然资源管理体系。政府的宏观调控活动主要有：建立与市场经济相适应的自然资源资产管理制度；政府将组织自然资源的综合调查、勘探、规划和综合开发利用，根据经济政策以及有关资源的稀缺状况，对一些重要的资源管理实行统一规划，包括五年计划和中长期规划；建立各种自然资源的实物账户和价值账户，以支持建立综合的环境与经济核算体系，补充或改进现有的国民经济核算体系；除一些稀缺资源进行特别管理之外，将允许在中央政府的指导或控制下，进行资源开发经营权和使用权的交易；逐步取消不利于自然资源持续利用和环境的资源价格政策，如低于成本的森林砍伐、矿产资源的无偿开采、水资源价格补贴以及能源价格补贴等政策；尽快制订和实施《资源综合利用法》及其实施条例，把自然资源的综合开发利用纳入法制轨道。

（三）组织搞好村庄规划和治理，改善农村人居环境

目前，我国农村人居环境普遍较差，污染严重。这种状况决定了改善农村人居环境是属于一项长期的任务，政府必须积极稳妥地推进其治理。在新农村建设过程中，必须正确处理好发展农村经济与改善人居环境的关系、政府帮扶与农民自主参与的关系、集中整治与长效机制的关系、发展小城镇与村庄整治的关系、集约节约用地与统筹城乡用地的关系。主要措施有以下7个方面的内容。①要完善县域城镇体系规划。县域城镇体系规划要为改善农村人居环境提供依据，重点是明确村庄整治选点、基础设施布局和建设时序、严格保护的自然生态景观，确定未来10~20年内的村庄布局。各地应依据县域城镇体系规划，统筹协调面向农村的各项基础设施建设，为“村村通”工程合理布局提供技术支持，避免因村庄自然消亡带来的投资浪费以及因支持村庄规模过小造成的投资效益低下，提高公共设施共建共享的服务范围，增强对优化城乡居民点布局的引导力度，降低村庄人居环境治理的总体成本。②合理确定村庄整治内容。国家制定全国性指导目录，各地制定地方性指导目录，确定支持整治项目的资金与实物补贴形式、范

围、标准，规范申请审核程序、支付方式、使用管理和监督检查等。列入指导性目录的整治项目，政府要加大帮扶力度，确保项目的实施。③制定村庄整治规划。村庄规划是指导和规范村庄人居环境建设与治理的一项重要公共政策。其重点是制定和实施村庄整治规划，既注重解决当前村庄整治的重点问题，又要充分考虑后续的村庄规划与管理需要，突出乡村特色和可持续发展。编制村庄规划与管理需要，突出乡村特色和可持续发展。编制村庄整治规划与管理需要，突出乡村特色和可持续发展。编制村庄整治规划，要依据政府发布的指导性目录，合理确定村庄整治的具体项目，并做出相应的现状评估。在此基础上，确定整治项目的空间布局与技术要求，明确整治项目的主要指标，测算工程量，提出实施计划、实施管理以及运行维护管理建议。从村镇的布局、建设规模、发展方向等方面对村镇建设规划进行环境影响评价，避免盲目建设，忽略环境因素造成灾难性后果。保证环境规划与村镇规划、环境建设与村镇建设、环境管理与村镇管理同步进行。新农村规划要针对自然环境和地形地貌布局，相对集中、有机组合，形成方便生活、有利生产、节约资源、便于环保的区域布局。例如，研究部门在广州调研发展中心镇时发现，乡镇普遍规模偏小、人口过于分散，产业水平低，分布不集中，一个镇普遍只有4万~5万人，建设基础设施如自来水、通信、煤气管道等成本负担重，除个别中心镇外，普遍达不到规模效益要求。参考了国外的数据后，研究部门提出了中心镇的规模一般在20万人左右较为适当，可以满足城镇基础设施的规模经营要求。④推广应用适用技术。加强村庄治理适用技术的研究与开发，组织科技人员下乡开展技术咨询服务，积极推广适用技术的应用，加大对村庄适用技术研发推广的支持。研究村庄秸秆生物质能技术与装置，开发利用沼气资源，推广应用农村住宅节能技术和太阳能、风能、热泵技术。开发适合当地资源条件的建材生产技术，推广新型建筑体系成套技术。⑤加强对农房建设的指导和管理。严格执行“一户一宅”政策，严禁城镇居民以租用、借用和“荣誉村民”等形式占用农村宅基地。在经济条件比较好的地方，可以在群众自愿的条件下，通过提高基础设施和公共服务设施供给水平与服务能力，吸引过于分散的村落和散居农户向中心村集中。加强对“土草房”、“土窑洞”、“土坯房”等农房改造的指导。对于正萎缩和消亡的村庄，加强规划控制，停止新的宅基地审批和基础设施建设。⑥加强部门间的综合协调。各地有关部门要按照统一部署，从农村工作大局出发，加强沟通与协调，整合各种资源，共同制定并执行农村人居环境治理实施方案，共同承担规范村庄治理和保护农民利益的责任。要切实将村庄治理工作与各地农村的中心工作结合起来，使村庄治理切实成为促进农业和农村发展、为农民解决实际问题的工作平台。⑦建立和完善保障机制。我国多数地区实行市带县体制，市县政府应承担起改善农村人居环境的责任，通盘制定城乡发展规划。要加大财政性建设资金投入力度，将市政公用设施逐步向郊区农村延伸。建立严格的农房拆迁管理机制，防止盲目搬迁农民房屋，损害农民利益，引发农村不稳定。建立村庄整治工作的督促检查制度，对政府补贴、村民投工投劳、实物与资金、进度与质量等实行全程监督。建立以农民为主的公共设施长效管理机制，保证设施持续发挥效益。

三、建立健全体制机制，强化农村环境管理

（一）加大对农村环境公共设施的投入

环境保护是一项以政府为主导的公益性活动，因此需要政府的大力支持和引导。虽然，自20世纪90年代中后期开始，我国实施积极的财政政策，投巨资在全国范围大规模地进行生态建设和环境保护事业，但是在农村，政府投入环境保护的资金却很少，农村环境进一步恶化。因此，投入必要的资金到农村环保基础设施建设上，是推进农村生态环境保护工作的基础。主要措施有3方面的内容。①各级政府要加强各方面的组织协调，多渠道筹集建设资金，努力增加对农村环境基础设施的投入。各级财政要相继设立污染防治基金，并逐步向农村生态环境综合整治倾斜。乡镇在获取的土地有偿使用费中，可安排适当比例用于环境污染治理重点工程项目的建设。对城镇生活污水处理厂（包括小型生活污水处理装置）、秸秆综合利用、禽畜粪便综合使用、沼气工程、河海清淤等重点工程建设项目，政府要加强政策引导，在金融、信贷等方面给予政策扶持，鼓励走产业化道路。同时，污水处理设施的运行要引入市场机制，实行企业管理。②要重视农村环境保护基础体系建设问题。过去，在农村环境问题上政策和投入没有跟上，一个重要原因是我国的环境监测和统计在农村地区存在明显漏洞，甚至根本就没有这种监测和统计资料，这也是农村环境的具体情况好像明白又不太清楚的内在原因。广大的农村和乡镇这方面基本没有形成环境监测和统计工作体系。这使我国农村问题难以得到准确及时的反映。因此，应加强对农村环境保护基础体系的建设。③推行农村环境管理和污染治理的“自上而下”的筹资机制和“自下而上”的决策机制。首先是建立“自下而上”的开源机制。与城市不同，改善农村环境公共服务的难点在于资金筹集。因此，应全面贯彻“以城带乡，以工促农”政策，推行农村环境管理和污染治理的“自下而上”的筹资机制，高层政

府应该成为农村治理的筹资主体。中央政府应加大资金的专项转移支付力度，明确解决农村环境问题的资金渠道和部门责任，使农村的环境管理体系建设和聚居点的污染治理基础设施建设有明确的资金来源。省级政府应建立与农村环境公共服务筹资相联系的财政保障体系，并出台相关政策和法规，确保农村环保资金有稳定的来源，如用法规的形式规定其在政府财政支出中的比重。同时，应加大排污费资金用于农村环境污染治理的比例，以体现对受害者的补偿。其次要建立“自下而上”的节流机制。“开源”之外，必须采取有力的“节流”措施，即要有针对性地解决部门分割、重复建设以及“自下而上”决策等问题，以提高有限资金的使用效率。对于农村面源污染这样涉及面广的污染，应将治理资金集中到一个部门统一调配。对于农村聚居点的公共服务资金使用方式和方法，应逐步建立农民自主决策机制。

（二）实行城乡环境统筹治理制度

构建统筹城乡发展的环境保护调控体系包括如下几点：

（1）将农村环境保护工作纳入各级政府环境保护工作的总体规划。将农村环境保护和农业的可持续发展工作，纳入各级政府环境保护和可持续发展的长远规划中去，并在政策、资金、人员上统一部署、总体规划。各级政府要把农村环境保护纳入国民经济和社会发展规划，推动城乡环境保护均衡发展，及时协调和解决农村环境保护工作中的矛盾和问题，为农村环境保护工作创造良好的外部环境。

（2）建立以政府为主体的多元化农村环境保护投资体制。萨缪尔森等福利经济学家认为政府提供公共物品具有更高的效率。政府要加大对农村环境保护的财政支持力度，在财政预算中足额安排农村环境保护资金，并保持逐年增长的趋势。涉及农村环境综合治理的重大项目，应优先纳入国民经济社会发展计划。充分利用世界贸易组织的“绿箱”政策，不断加大政府对农业环境科学研究的支持力度。通过发行股票、债券等融资形式支持农村环境保护建设，采取优惠的投资导向政策，引导国外资金和技术力量进入农村环境保护领域。通过以上措施，逐步建立以政府为主导，多渠道、多元化的农村环境保护投资体系。

（3）结合小城镇建设，加强农村环境综合整治。在小城镇建设的规划设计中，应将环境保护作为城镇规划的重要影响因素，从环境保护的角度建设小城镇。加快小城镇基础设施建设，规划乡镇自来水厂、水处理厂和垃圾处理设施，解决垃圾、污水乱堆积、乱排放的问题；加强农村改水改厕工作的进度，积极开展农村优美小城镇的建设工作。要把乡镇企业的发展同小城镇的建设结合起来，引导乡镇企业合理布局和适当集中。有计划地建设乡镇工业小区，对企业污染采取分散处理与集中治理相结合的措施，实行污染物排放总量控制。

(4) 健全城乡环境综合管理体制，提高管理效率。为了有效提高农村环境保护工作的效率，各级政府应健全环境保护工作管理机构，重点加强县级环境保护部门的建设，在有条件的乡镇可新建立环境保护管理机构，或配备专门人员进行环境管理和监测工作，为农村环境保护提供组织上的保障。要加强环境保护部门和农村行政、技术部门之间的协调合作，形成政府统一领导，环境保护部门监督管理，各有关部门分工负责的运行机制，提高环境因素在政策决策中的影响能力。建立健全环境质量目标考核责任制，把农村环境保护考核目标纳入当地政府考核目标体系。此外，要逐步完善农村和农业环境管理技术标准和监测信息体系，实现信息共享，减少重复建设，及时提供农业环境变化信息，为农村环境管理提供科学依据。

（三）建立环境资源使用权让渡受益机制

由于自然资源和环境容量在一定时空范围内是有限的，公民应该平等地享有使用自然资源和环境容量的权利。但在现实社会中，农民对自己享有的环境资源和环境容量部分的使用权低价甚至无偿让渡给了城市居民。这种让渡的出现有以下几种情况：一是非自愿型让渡，如国家对产权的界定和在个人之间的分配的法律法规对农民的偏离；二是无知型让渡，农民没有意识到某些环境资源和环境容量的价值，以低价格或零价格让渡给城市居民；三是经济上的不平等导致的对环境资源和环境容量的需求差异，造成事实上的让渡。使用权是所有权的一种权能，其让与和取得一般都伴随着经济收益的获得和支出，但在现实生活中，农民的这种让渡行为并没有产生相应的经济效益。建立环境资源使用权让渡受益机制首先要考虑环境权益的配置问题。权益配置不仅要考虑效率问题，同时也要考虑公平问题。从我国现有的环境资源分配情况来看，农村土地产权分配体现了较高程度的公平，而其他类型的环境资源分配则主要体现的是效率。现阶段，土地作为农民的生存性资源，其给农民带来的希望在家庭联产承包责任制实施几年后就已经破灭。这种生存性资源一方面不能让渡，另一方面也缺乏让渡的受体。在这种情况下，我们可以尝试对其他类型特别是具有市场让渡条件的环境资源的环境权益进行初始分配，以重新给农民带来致富热情和途径。

（四）完善农村环境宣传教育体系

道德虽然不像法制一样具有强制性，但却是市场的重要补充。在市场经济体制下，其对规范人们的经济行为也是必不可少的。因此，为了预防和抗衡农村环境侵权行为，完善环境宣传教育体系应是其中应有之意。

（1）应借助社会舆论、媒体的宣传，增强广大农民对环境侵权行为认识的能力，鼓励农民积极维护自己的环境权益。一方面，农民作为村庄的主体，作为农村环境监管的基本力量，在农村环境法治建设中应发挥其主体作用，对环境污染和生态破坏的制造者施加压力，所以应加强农民参与和农民监督。另一方面，在市场经济条件下，只有让广大农民积极参与和监督，确保广大农民对环境的知情权和监督权，才能保证作为弱势群体的农民能够适时获得所在区域生态环境的资料，有正常途径和机会向有关决策机关表达意见。要鼓励农民广泛参与环境影响评价、环境决策、环境执法监督活动，在环境立法、环境标准制定过程中充分听取农民的意见。但由于农民的“搭便车”意识，农民的监管又显得苍白无力，所以如果政府能对个人监管翻案者提供物质条件，减轻个人监管企业破坏环境的成本，甚至给予奖励，就可以大大激发村民的监督潜力。例如，浙江富阳地方政府在2000年实施有奖举报措施，不仅对举报者奖励，同时环境部门24小时接听举报电话，并规定对边远地区的举报，执法人员务必2小时赶到现场，其他地区1小时赶到，这样富阳政府为环境保护顺利地发动了民众的潜在力量。

（2）加强生态环保知识的教育和普及。一是通过宣传与普及环境知识，让公众认识到我国农村生态环境恶化的现状及其严重的危害，增强危机感、紧迫感和责任心。要利用信息公开化，让公众了解农村环境的恶化对城市乃至整个国家的影响，明确城市环境的改善不应该以牺牲农村环境为代价。二是在提供物质文明和精神文明的同时，提供生态文明。要开展各种形式的宣传，如利用杂志、广播、电视、文艺表演、“美德在农家”活动等，向广大农村干部群众宣传生态环保知识，从而树立强烈的生态意识和环保意识，自觉投身到保护农村环境卫生的行列中。三是开展贴近实际、贴近生活、贴近群众的宣传教育，特别是加强农民等生产者的宣传和教育，把绿色食品、有机食品系列标准和生产技术、生态环境保护基本知识作为农技培训、“绿色证书”培训的重要内容。必须充分发挥新闻媒体的作用，要因地制宜地设计群众喜闻乐见的载体，对农民进行环境知识的宣传与教育，特别要重视青年一代的环保教育，要将环境教育作为义务教育的重要内容，在中小学生中普及生态环境保护知识，使农民养成良好的生产生活习惯，在环境保护和污染治理方面变被动为主动。例如，农民过多地使用化肥或农药，或者使用方法不当，导致环境的严重污染，这些都没办法受到法律的约束，但通过社会宣传教育，提高他们的环保意识之后，他们将自觉与不自觉地注意这些问题。同时，在全社会大力提倡使用环保产品，减少塑料袋和一次性塑料餐具的消耗，减轻农村白色污染，引导人们树立“绿色消费”观，营造绿色时尚。

(3) 对一些特定的主体，如各企业负责人，应加大农村环保意识的宣传，增强他们的社会使命感，在农村环境污染问题上，实现其道义责任向社会责任的转变。在这些群体中广泛开展保护环境的公德教育，提高其环保意识，以培养他们保护环境的社会责任感，使之自觉保护自己身边的生存环境。

(4) 加大环境法治宣传教育，努力提高农民环境法治意识。我国目前农村环境问题严峻，关键还是环境意识没有深入人心，只有加强环保法律法规的宣传教育、环保违法典型案例的宣传教育，才能逐步增强广大农民的环保意识和法治观念，树立自觉保护环境的责任感、紧迫感。

四、加强农村环保科技创新与推广

自20世纪后半叶以来，世界科学技术的发展日新月异，农业领域的育种、施肥、灌溉等常规技术日益创新；生物技术、信息技术在农业中不断应用，为改造传统农业技术注入了新的活力；农业高新技术发展迅猛。正在形成一场全球性的新的“绿色革命”。为此，我国政府已明确提出了“科教兴国”战略，并从国情出发，积极推进农业科教事业的发展，加快农业科技革命。可见，在研究如何防治农村生态环境污染的科学和技术领域，政府正在扮演着重要角色。由于知识越具有基础性，一项研究的私人部门赞助人获得的潜在利益越少。随着研究变得越来越实用时，私人部门的份额就越大。这就是大企业能够比小企业从事更多研究的原因。因此，政府必须是科学与技术研究领域，尤其是一些基础性研究领域的主要投入者。目前，我国的公共农业科研投资还不足农业生产总值的0.3%，农村科技落后，农业生产科技含量低。在我国当前的农村生态环境污染问题上，缺少的是既能控制环境污染又能增加农民收入的实用技术。许多县一级的农业科研和科技推广机构名存实亡，农民不能从农村技术推广人员那里取得环境友好型的实用技术，这也是长期以来我国农村生态环境恶化尤其是面源污染加剧却无法根治的原因之一。因此，农村环境保护需要加大对农村环境保护相关科研的支持力度，如发展污染土地的治理和修复技术、农村适用的简便实用的工业污染防治技术、农业节水、发电及农业废弃物综合利用技术等。在农业生产中推广相关技术可以提高资源的有效利用率，减少各方面的污染源。在立法中应体现政府对相关技术的创新和推广的扶持，并切实推广污染防治技术。

（一）加快生态技术的创新

改革开放以来是我国可再生资源培育和自然生态环境保护研究成果丰硕的时期，清洁生产技术研究也有相当大的进展。但是，同亟待解决的问题相比，技术创新的数量和水平仍不足。随着农村经济快速发展，有些技术已经难以继续应用，这意味着生态技术创新、升级已成为越来越迫切的问题。生态技术创新具有知识产权保护难的特征。完全依靠市场机制诱导，实际完成的技术创新必定低于技术创新的可能性。为了最大限地发挥技术创新在保护环境中的作用，政府应对生态技术的创新给予有力的扶持，必须大力加强农业科学技术研究，提高农业发展的科技会计师。要将农业、农村生态环境保护纳入环保产业发展的重点、切实加大科技投入力度，积极组织农业农村污染防治的科学研究，重点发展一些可持续农业的科技领域的创新，包括化肥、农药、农膜新品种 、新剂型及其高效利用的技术；可持续农业、生态农业、文体农业、旱地农业和各类型的多层综合利用资源的成套技术；各种类型的间、套、复种耕作技术和多熟制种植技术，能量多层次利用等技术；产量高、质量优、抗旱性强、适应性广、生长快的各种优良品种的繁育技术；各种病、虫、害、旱、涝、风、冻等自然灾害的防治技术；先进的喷灌、滴灌、管理灌溉等农业节水技术；农业废弃物综合利用等实用技术的推广、开发农村生活污水、生活垃圾处理等适宜技术。另外，还应集中力量支持农业基础科学研究，如生物工程研究等。

（二）大力推广污染防治技术

大力推广污染防治技术，建立健全农村的生态科技推广体制。农业生态科技研究的目的在于推广和应用，这就要求各级政府应贯彻《农业科技推广法》，下大力气建立健全和完善农村的科技推广体制，做到组有农技推广员，村有农技推广小组，乡（镇）有农技推广站，县（市）有农技术推广中心，并通过科技示范户的典型示范作用，不断地推广、应用新农业生态技术。针对农村污染异于城市的特点，尤其是农村面源污染具有种类繁多、产生量大、分布广、治理难的特点，开展农村污染防治适用技术和技术应用推广措施研究，并进行污染源头分类控制。例如，大力推广化肥深施、测土配方施肥等农业技术（这是减少化肥流失、提高化肥利用率的有效措施）、农用化学品减量化的技术措施、人畜粪便资源化利用和村镇生活污水、生活垃圾的高效、低成本、易于推广的适用处理技术开发和推广，农业清洁生产模式及生态农业区划开发推广等。

主要参考文献

北京师范大学中国农民问题研究中心 . 2006. 中国农民问题——新农村建设与农民问题调查 . 北京：团结出版社
财政部农业司公共财政覆盖农村问题研究课题组 . 2004. 公共财政覆盖农村问题研究报告 . 农业经济问题，(7)
蔡纯一 . 2003. 转型时期农村公共物品供给的政策设计——对减轻农民负担的思考 . 商业研究，(11)
陈东明 . 2006. 做好新农村规划工作为新农村建设服务 . 小城镇建设，(3)
陈杰，刘彦朝，姚裕萍 . 2003. 农村公共物品供给体制（机制）创新 . 华东经济管理，(10)
陈锡文 . 2002. 农民致富的脚步为何越走越慢 . 人大复印资料，(12)
陈锡文 . 2005. 中国农村公共财政制度——理论・政策・实证研究 . 北京：中国发展出版社
陈锡文 . 2005-11-04. 推进社会主义新农村建设 . 人民日报
当前农业重大问题研究课题组 . 1999. 当前我国农业发展面临的重大问题与对策 . 管理世界，(4)
党国英 . 2001. 以市场化为目标改造农村社会经济制度 . 中国农村观察，(3)
邓大才 . 2003. 论我国“三农”问题的基本特征和求解路径 . 社会科学前沿，(2)
杜鹰 . 2006. 关于“十一五”农村经济发展规划编制的几个重大问题 . 中国经贸导刊，(1)
樊纲 . 1995. 论公共支出的新规范——我国乡镇“非规范收入”若干个案的研究与思考 . 经济研究，(6)
樊胜根，张林秀 . 2003. WTO 和中国农村公共投资 . 北京：中国农业出版社
方明，刘军 . 2006. 新农村建设政策理论文集 . 北京：中国建筑工业出版社
方宁 . 2004. 中部地区乡镇财政研究 . 北京：清华大学出版社
冯海发 . 1993. 我国农业为工业化究竟提供了多少资金积累 . 调研世界，(3)
冯继康 . 2006. “三农”难题与中国农村土地制度创新 . 山东：山东人民出版社
高新军 . 2003. 从我国农村税费改革看乡镇政府公共物品的供给 . 理论导刊，(10)
葛云伦，王学钊 . 2005. 农村公共物品供给制度与增加农民收入 . 天府新论，(2)
顾益康，邵峰 . 2003. 全面推进城乡一体化改革 . 中国农村经济，(1)
国家计委宏观经济研究院课题组 . 2001. 农村税费改革问题研究 . 经济研究参考，(24)
国家税务总局课题组 . 2000. 农民负担与农业税制改革问题 . 税务研究，(4)
韩俊 . 2006. 建设新农村钱从哪里来 . 瞭望，(1)
何菊芳，何秋仙 . 2004. 构建农村公共物品供给的新体制 . 浙江学刊，(6)

贺雪峰 . 2003. 新乡土中国——转型期乡村社会调查笔记 . 南宁：广西师范大学出版社
湖北省建设厅 . 2006. 村庄规划编制技术导则
湖北省建设厅 . 2006. 村庄整治技术导则
胡拓坪 . 2001. 乡镇公共物品的供求矛盾探析 . 财政研究，(7)
胡兴禹 . 2004. 对我国农村公共物品非均衡与农民收入增长问题的探讨 . 山东省农业管理干部学院学报，(3)
胡映兰 . 2005. 改革开放以来党的农村经济政策研究 . 北京：中央文献出版社
黄志冲 . 2000. 农村公共物品供给机制创新研究 . 现代经济探讨，(10)
贾康，白景明 . 2002. 县乡财政解困与财政体制创新 . 经济研究，(2)
蒋满霖 . 2003. 我国农村公共物品供给与农民负担研究 . 南京农业大学学报（社会科学版)，(2)
康忠，魏旭，林万龙 . 2001. 家庭承包制实施以后农村村级医疗卫生服务供给体系变迁研究 . 中国农村经济，(8)
雷原 . 1999. 农民负担与我国农村公共物品供给体制的重建 . 财经问题研究，(6)
黎炳盛 . 2002. 村民自治的最初诱因：非集体化改革后农村公共物品供给的失效 . 云南行政学院学报，(4)
李彬 . 2003. 乡镇公共物品制度外供给分析 . 北京：中国社会科学出版社
李秉龙，张立承，乔娟等 . 2003. 中国农村贫困、公共财政与公共物品 . 北京：中国农业出版社
李成贵 . 2004. 国家、利益集团与“三农困境”. 中国社会经济体制比较，(5)
李华 . 2005. 中国农村公共物品供给与财政制度创新 . 北京：经济科学出版社
李剑阁，韩俊 . 2004. 解决我国新阶段“三农”问题的政策思路 . 改革，(2)
李金旺 . 2006. 用科学规划引领南阳社会主义新农村建设 . 农村·农业·农民，(5)
李燕凌 . 2004. 我国农村公共物品供求均衡路径分析及实证研究 . 数量经济技术经济研究，(7)
李燕凌，李立清 . 2005. 农村公共物品供给对农民消费支出的影响 . 四川大学学报（哲学社会科学版)，(5)
李云飞 . 2002. 加快农村公用基础设施建设 . 求是，(17)
李子青 . 2006. 认真抓好农村村庄规划切实促进新农村建设 . 城乡建设，(4)
李佐军 . 2006. 中国新农村建设报告（2006）. 北京：社会科学文献出版社
林万龙 . 2002. 乡村社区公共物品的制度外筹资：历史、现状及改革 . 中国农村经济，(7)
林万龙 . 2003. 中国农村社区公共物品供给制度变迁研究 . 北京：中国财政经济出版社
林毅夫 . 1992. 制度、技术与中国农业发展 . 上海：上海三联书店
刘保平，秦国民 . 2003. 试论农村公共物品供给体制：现状、问题与改革 . 甘肃社会科学，(2)
刘斌，等 . 2004. 中国三农问题报告 . 北京：中国发展出版社

刘兵．2004．公共风险与农村公共物品供给：另一个角度看农民增收．农业经济问题，(5)
刘德宝．2006．新农村建设要搞好科学规划．社会主义新农村建设，(3)
刘汉屏．2004．乡镇财政与基层政权运行研究．国家社科基金课题报告
刘鸿渊．2003．农村税费改革对农村公共物品供给的影响及体制创新．改革纵横，(9)
刘书明．2001．统一城乡税制与调整分配政策：减轻农民负担新论．经济研究，(6)
刘云龙．2001．民主机制与民主财政．北京：中国城市出版社
陆学艺．2002．“三农论”：当代中国农业、农村、农民研究．北京：社会科学文献出版社
马晓河．2003．解决三农问题的战略思路与政策措施．农业经济问题，(2)
农业部调研组．2006．社会主义新农村建设百村调研汇集．北京：中国农业出版社
潘逸阳．2005-06-08．加快推进新农村建设．人民日报
彭代彦．2002．农村基础设施投资与农业解困．经济学家，(5)
邱晓华．2006．关于社会主义新农村建设的几个问题．宏观经济管理，(3)
瞿振元，李小云，王秀清．2006．中国社会主义新农村建设研究．北京：社会科学文献出版社
上海财经大学公共政策研究中心．2004．2004 中国财政发展报告——中国农业、农村、农民政策研究．上海：上海财经大学出版
盛荣．2004．关于农村公共物品与服务研究现状的思考．中国农业大学学报（社会科学版），(3)
苏晓艳，范兆斌．2004．农民收入增长与农村公共物品供给机制创新．管理现代化，(4)
孙立刚．2000．农村公共物品供给问题的经济学分析．北京大学中国经济研究中心学刊，(2)
谭秋成．2000．地方分权与乡镇财政职能．中国农村观察，(2)
陶勇．2001．农村公共物品供给与农民负担问题探索．财贸经济，(10)
陶勇．2005．农村公共物品供给与农民负担．上海：上海财经大学出版社
同春芬．2006．转型时期中国农民不平等待遇透析．北京：社会科学文献出版社
汪前元．2004．从公共物品需求角度看农村公共物品供给制度的走向．湖北经济学院学报，9
王绍光．1997．分权的底线．北京：中国计划出版社
王曙光．2006．农村金融与新农村建设．北京：华夏出版社
王为民．2003．关于加大我国农村公共物品政府供给的思考．经济师，(10)
王雅鹏．2006．破解“三农”问题与构建农村和谐社会．山东农业大学学报（社会科学版），(1)
魏建．1998．“公共物品”的强制性供给与农民负担的谈判制度．南开经济研究，(1)
温铁军．2000．中国农村基本经济制度研究——三农问题的世纪反思．北京：中国经济出版社
温铁军．2006．新农村建设理论探索．北京：文津出版社
吴朝阳，万方．2004．农村税费改革与农村公共物品供给体制的转变．中央财经大学学报，(5)
吴士健，薛兴利．2002．试论农村公共物品供给体制的改革与完善．农业经济问题，(7)
项继权．2002．短缺财政下的乡村政治发展．中国农村观察，(3)
熊巍．2002．我国农村公共物品供给分析与模式选择．中国农村经济，(7)

徐秋慧 . 2004. 论农村公共物品供给与农民负担 . 经济与管理，(2)
徐小青 . 2002. 中国农村公共服务 . 北京：中国发展出版社
徐勇 . 2000. 中国村民自治 . 武汉：华中师范大学出版社
徐勇 . 2002. 县政、乡派、村治：乡村治理的结构性转换 . 江苏社会科学，(2)
叶敬忠 . 2006. 农民视角的新农村建设 . 北京：社会科学文献出版社
叶文辉 . 2004. 农村公共物品供给体制变革的探讨 . 云南财贸学院学报，(2)
叶文辉 . 2004. 农村公共物品供给制度的比较分析 . 天府新论，(3)
叶兴庆 . 1997. 论农村公共物品供给体制的改革 . 经济研究，(6)
袁镜身 . 1987. 当代中国的乡村建设 . 北京：中国社会科学出版社
岳军 . 2004. 农村公共物品供给与农民收入增长 . 山东社会科学，(1)
曾鸣，谢淑娟 . 2007. 中国农村环境问题研究——制度透析与路径选择 . 北京：经济管理出版社
曾业松 . 2004. 新农论 . 北京：新华出版社
张军 . 2002. 乡镇财政制度缺陷与农民负担，中国农村观察，(4)
张军，何寒熙 . 1996. 中国农村的公共物品供给：改革后的变迁 . 改革，(5)
张军，蒋琳琦 . 1997. 中国农村公共物品供给制度的变迁：理论视角 . 世界经济文汇，(5)
张军，蒋维 . 1998. 改革后农村公共物品的供给：理论与经验研究 . 社会科学战线，(1)
张林秀，李强，罗仁强，等 . 2005. 中国农村公共物品投资情况及区域分布 . 中国农村经济，(11)
张启明 . 1998. 论传统户籍制度对农村经济的负面影响 . 财贸研究，(2)
张泉，等 . 2006. 城乡统筹下的乡村重构 . 北京：中国建筑工业出版社
张晓波，樊根胜，张林秀，等 . 2003. 中国农村基层治理与公共物品提供 . 经济学季刊，(7)
张秀生，陈立兵 . 2005. 村经济发展 . 武汉：武汉大学出版社
张毅 . 2003-10-11. 加强农业基础地位 . 人民日报
张忠潮，刘德敏 . 1999. 论传统户籍制度对农业产业化的影响 . 经济体制改革，(1)
赵丙奇 . 2002. 农民负担与农村公共物品供给 . 经济问题探索，(11)
赵树凯 . 2001. 农村基层组织，运行机制与内部冲突 . 经济要参，(32)
赵树凯 . 2003. 乡村治理：组织和冲突 . 战略与管理，(6)
郑新立 . 2006. 关于建设社会主义新农村的几个问题 . 农业经济问题，(1)
周广生，渠丽萍 . 2003. 农村区域规划与设计 . 北京：中国农业出版社
周立新，杨抚生 . 2002. 农村公共物品的供求矛盾与对策选择基点 . 南京经济学院学报，(5)
周晓明 . 2004. “三农”问题的经济学反思 . 农村经济，(10)
朱钢 . 2002. 农村税费改革与乡镇财政缺口 . 中国农村观察，(2)
朱钢，张元红，张军，等 . 2000. 聚集中国农村财政——格局机理与政策选择 . 太原：山西经济出版社

“新农村建设”丛书已出版分册

建设社会主义新农村是中国现代化进程中的重大历史任务。本丛书全面总结了浙江省新农村建设的成功经验，对我国全面深化农村改革、解决好“三农”问题、健全社会主义新农村建设的体制保障具有重要的意义。

本书主要研究了新农村建设中政府提供农村公共物品的重点及最低保障，当前农村社会公共物品供给的情况及主要问题，以及扩大农村公共产品供给的条件、机制、政策；重点探讨了农村公共产品供给主体安排及供给方式选择机制、农村公共产品需求表达机制、农村公共产品供给融资机制，以及农村公共产品供给决策机制；同时，对当前与农村公共物品供给紧密相关的农村集体经济问题、农村规划问题和农村环境问题也进行了较为深入的阐述。

本书通过对农村公共物品供给现状进行分析，力求为政府部门工作人员制订和执行农村发展政策提供科学的参考依据；为从事我国农村发展研究的广大研究人员提供基础研究资料；为对我国农村发展问题感兴趣的学者和研究生、本科生等提供帮助和借鉴。

(F-1311.0101)

ISBN 978-7-03-022562-7

科学出版社 科学人文编辑部

电话：010-6400 0934

E-mail: niuling@mail.sciencep.com

建议上架类别：社会科学总论

定价：42.00元